聯經評論

練習曲的演奏與變奏：詩人楊牧

陳芳明◎主編

抒情的奧秘

——「楊牧七十大壽學術研討會」前言

陳芳明

一行詩，一段文字，一則論述，一首譯詩，都可視為生命裡有機的內在連結。每種文體，每種技藝，形成詩人靈魂的巨大象徵。楊牧孜孜不倦致力一個詩學的創造，進可干涉社會，退可發抒情感；兩者合而觀之，一位重要詩人的綺麗美好與果敢氣度，儼然俯臨台灣這海島。

從十六歲出發的年輕詩人楊牧，在今年臻於七十歲。超過半世紀以上的歲月，他投身於詩、散文、評論、翻譯的經營，擘造可觀的文學知識，爲戰後世代構築動人心絃的詩藝與語藝。詩學的累積，僅從單一的詩集或散文集，可能不易窺其規模；但是，經過五十年的時間延續，他的文字實驗與實踐，已經形塑成爲一個時代的重要風景。

早期寫詩時，他還在摸索自己的美學途徑，追尋的痕跡遺留在最初的《花季》與《水之湄》。但是，到達《燈船》時，楊氏風格隱然可見。同時期完成的《葉珊散文集》，與他的詩行相互照映，一時迷醉多少年輕讀者。楊牧用力於詩最鮮明之處，莫過於他的敘事技巧，在每首詩背後往往暗藏一個故事。他擅長使用懸疑與推理的手法，讓象徵語法放在前面，使一則傳說或事件隨著詩行演進而巍巍浮現。正是他的敘事傾向，截然區隔了他與同世代詩人的意趣。

一九七四年是他進入豐收時期，三首傳誦甚廣的詩作〈林沖夜奔〉、〈瓶中稿〉、〈秋祭杜甫〉次第發表。尤其林沖角色與性格的塑造，透過山神、風聲、飄雪的交響聲音，構成一首速度極快的流動詩，使夜奔的動作歷歷在目。他以詩的形式表現說故事的技巧，在現代詩人中可謂無出其右者。在詩史上，一位詩人獲得注目與肯定，無非是依賴他所創造的語言。他擅長動用猶豫、遲疑的語氣釀造氣氛，但是詩的內部已經埋藏一個確切答案。這種文字藝術，也許受到中國傳統話本的影響，但是他也從西方戲劇裡接引火種。最重要的是，他有個人獨特的語言表演範式，選取的文字有時是白話，有時是典雅的文言文。他勇於嘗試把久已不用的古字置入詩中，爲的是試探古代漢語的生命力。凡是經過他再次運用，把恰當的字安放在詩或散文的恰當位置，文字的魂魄便再度回到人間。

他的詩文發生明顯重要轉折，應是始於七〇年代初期的《年輪》。文字不僅注入現實關懷，而且也對戰爭與性的主題進行質疑。他觀察遠在中南半島激烈爆發的越戰，也目睹他同一世代的美國青年被徵召投入戰場。戰爭是人性貪婪的延續與中止，性是生命的上升與下降。在愛慾生死的探索中完成後，他的生涯進入三十歲年代，也同時展開在海外任教的旅途。遠離自己的故鄉，在陌生土地開始體會歲月如何趨於成熟。他的散文《柏克萊精神》、《探索者》、《山風海雨》，終於表現出精神朝向故鄉花蓮回歸的慾望。既像回憶錄的文體，又像絕美藝術的追求，使他整個生命產生一種永恆的土地認同。然而，那又不只是一冊回憶，其中除了不斷挖掘記憶深處的啓蒙與成長經驗，他致力重建自己的人文價値與思想結構。在眞實與虛構之間，他爲一個世代的知識份子留下擁抱、關懷、批判、憤怒的蛛絲馬跡。就在這段時期，詩集《北斗行》、《禁忌的遊戲》、《海岸七疊》、《有人》先後出版，激越卻圓融的聲音於焉誕生。其中的長詩〈有人問我公理與正義〉，果敢注視台灣社會的族群議題，在一位青年人身上看到台灣母親與中國父親的兩種文化交會，內在的衝突、矛盾、和諧躍然詩行之間。

楊牧詩風從此進入新的階段，台灣也開始進入一九八〇年代。微熱而活潑的島嶼，以鮮明的形象降臨在他的詩行。他探問的不只是時間，對生命之體悟與情愛之求索，較諸三十歲年代的猶疑怔忡有了更爲確定的態度。歲月開始進入後中年時期，或者說，秋熟的季節緩緩逼近之際，他對文字的掌握更加純粹熟練。這可能是迎接黃金收割時期所展現的一份自在與自信，詩壇開始有人默默議論，承認他的詩頗有豁達氣象。

確然如此，他對自己的文學志業逐漸朝向重整收束的階段。從前的回憶散文系列，總結成爲《奇萊前書》。進入新世紀時，他又向故鄉交出一冊《奇萊後書》。這時代一顆最佳心靈的塑造，都在抑揚頓挫的節奏中次第完成。《前書》是童年到青年的成長散文，他的知識啓蒙，朋輩過從，師長教示，都以迂迴方式帶出一顆灼熱的詩之魂魄。《後書》指向他在海外的漂流與停泊，知識的輝光，人性的洞澈，在幽微圓潤的文字裡琢磨提煉。美文之所以美，已非文字的鍛鑄而已，還溢出書籍之外，呈現他與世界訂下溫暖、和解的契約，使散文的重量恰如其分地置放在擾攘的人間。

柔軟而馴良的詩人，對於奇萊山有一種無可言喻的鍾愛。當這座山的名字出現在文壇時，所有的讀者都能感受他的強烈暗示，他的生命意義確然在故鄉土地得到安頓。在同一時期集結的詩作《完整的寓言》、《時光命題》、《涉事》與《介殼蟲》，也以更為隱晦的方式傳遞一個信息：他已不再以熱情的語言看待世界。因此有人議論他的詩越來越晦澀。事實上，晦澀僅是一種障眼法，他的句型語法更能放射歧義的抒情。在世紀之交完成的〈和棋〉，表面上是一場虛擬的棋賽，在陽光樹蔭下進行一場自我詰問。生命臻於峰頂之際，所有人事情愛並沒有任何輸贏，整首詩點出他看待人間時自有一份寬容。他的文學整頓儀式，並非只集中在詩與散文。從《柏克萊精神》以降所探索的知識追求與學術議論，他總結成《隱喻與現實》、《人文蹤跡》、《掠影急流》，相輔相成地積極定義何謂人文精神。這種精神，與他的詩中抒情、散文言志的風格，可謂同條共貫。

一位詩人的藝術成就，也許不能限制在詩的領域去理解，還應延伸到散文、評論、翻譯作整體性的評估。一行詩，一段文字，一則論述，一首譯詩，都可視為生命裡有機的內在連結。每種文體，每種技藝，形成詩人靈魂的巨大象徵。楊牧孜孜不倦致力一個詩學的創造，進可干涉社會，退可發抒情感；兩者合而觀之，一位重要詩人的綺麗美好與果敢氣度，儼然俯臨台灣這海島。政治大學台灣文學研究所決定以連續三天（二〇一〇年九月二十四日至二十六日）的詩朗誦活動與學術討論，來迎接楊牧的七十大壽。會議規模極大，尚不足以概括他畢生建造起來的詩學格局。挖掘他，分析他，或許能窺探他抒情的奧秘亦未可知。時間不盡不止地跨越與消逝，可能催老了一位詩人的肉體，但是他留下的藝術業績，無可否認，必然在文學史中熠熠發光。

目次

楊牧
——台灣現代詩的Game-Changer

奚　密（美國加州大學戴維斯分校東亞語文系和比較文學系）

詩是不會自動發生的，詩必須追求。
——《楊牧詩集Ⅰ：1956-1974》序（一九七八年七月二十七日）

現代漢詩發生在一個舊典範舊模式受到全面挑戰，新思維新文明風起雲湧的歷史轉捩點。結構性的變化使詩作爲一種現代文類，無可避免地被邊緣化，但也因此帶動了詩人對詩根本性的重新思考和定義，以及對新美學典範新讀者群的探索與建立[1]。短短九十年的歷史，現代漢詩經歷了多次的價值轉換

1 奚密，《從邊緣出發：現代漢詩的現代性》。原文是筆者編譯的*Anthology of Modern Chinese Poetry*（New Haven: Yale University Press, 1992）的導言；中文修訂版收入《從邊緣出發：現代漢詩的另類傳統》（廣州：廣東人民出版社，二〇〇〇），頁一—五五。

和典範輪替。每一次的轉換和輪替皆有賴於遊戲規則的改變，而遊戲規則的改變既來自體制結構的疆界重畫，也和作家的實驗與獨創密不可分。

本文試提出一個新的理論架構來探析楊牧在現代漢詩史上的意義。楊牧作爲當代華語詩壇最重要的詩人之一，無可置疑。放諸整個現代漢詩史，他也是佼佼者。逾半世紀的創作，不論是質量高度還是影響所及，鮮有出其右者。本文著眼於詩人六十年代中到七十年代中的原創文本和其他相關文學實踐，認爲這十年時間奠定了楊牧在台灣詩壇的卓越地位，開啓了他對新生代詩人的深遠影響。我提出Game-Changer這樣一個理論模式，希望能提供一個研究文學史的新詮釋角度，並對某些習以爲常的看法進行補充與修正。

一、Game-Changer理論架構

本文提出的理論架構的核心概念，我稱之爲Game-Changer，字面意思是「改變遊戲的人」。Game-Changer的基本定義如下。第一，作爲文學史的推動者，Game-Changer是一位作家，或是一個作家群，透過作品和其他文學實踐(諸如結社、編輯、出版、朗誦、座談、論戰等)，建立新的文學習尙與價值，進而改變了文學場域的生態，對當代和後代的發展造成深遠的影響。第二，Game-Changer常常出現在文學史的轉捩點，當舊的典範日益衰微，而新的典範方興未艾之際。Game-Changer往往從邊緣出發，透過作品和其他文學實踐，突破舊的思維及書寫模式，在文壇上建立優越的地位，而造成上述影響。

雖然Game-Changer這個詞在當代美國的語境裡跟商業、影視界、以及政治領域有關[2]，但是「遊戲」作爲一個概念在西方有悠久的歷史和多元的意義。遊戲理論在哲學、教育、數學、經濟學、甚至生物學等領域裡都有其特定的應用範圍。最早討論遊戲的是柏拉圖(Plato，西元前四二三—三四八)。在他的《共和國》(*Republic*)裡，遊戲這個詞(包括名詞和動詞)出現在多種不同的語境，大約八十次之多。例如，他認爲遊戲是一個關鍵的教學法，遠比塡鴨式教育來得有效。透過類比性的遊戲，兒童得到的不僅是未來專業的訓練，更是作爲理想公民的熏陶。同時，柏拉圖也將遊戲的觀念運用到哲學對話、寫

---

2 Game-Changer近三年才進入美語的辭彙。它最早使用的語境是商業和娛樂界。例如二〇〇七年Larry Popelka寫的GameChanger Manifesto: How Small Companies Are Winning the Consumer Products Battle"，二〇〇八年"Mike Bonifer的*GameChangers – Improvisation for Business in the Networked World*(網頁http://www.gamechangers. com/index.html/about, 二〇一〇年十二月七日閱覽)，和二〇〇八年A.G. Lafley與Ram Charan合寫的*The Game-Changer: How You Can Drive Revenue and Profit Growth with Innovation* (New York: Crown Business, 2008)。娛樂界用這個詞來形容小說或是電視連續劇作家創造高潮疊起，出人意料的故事情節。有一個獎項叫"We Media Game Changers Awards"，肯定傳媒工作者對社會改進所作出的貢獻。二〇〇八年的美國總統大選期間，這個詞被媒體廣泛地使用於政治新聞。政治評論者檢驗競選人的一舉一動，不管是一句失言，一次失誤，一場辯論，或是一則醜聞，都可能成爲一個Game-Changer，改變選舉的局面。這個用詞最有名的出處是二〇一〇年初兩位資深媒體人John Heilemann和 Mark Halperin的書，以歐巴馬歷史性勝利爲主題的*Game Change: Obama and the Clintons, McCain and Palin, and the Race of a Lifetime* (New York: Haper Collins, 2010).

二〇〇八年十一月三日美國總統大選前夕，我在荷蘭萊頓大學訪問，第二天早上要做一個講座。晚上因爲掛記選舉的結果，輾轉反側，無法入睡。胡思亂想的結果是把Game-Changer這個政治用語轉移到文學領域，覺得還能自圓其說，遂決定把講座題目改成〈現代漢詩的Game-Changers〉。

作、神話等方面。大體而言，遊戲具備理性的規則、步驟、及目標，有別於隨意的玩耍。

直到十八世紀，德國哲學家康德(Immanuel Kant，一七二四—一八〇四)才明確地將遊戲的觀念應用到美學上。他強調美的經驗既是主觀的也是普世性的。藝術就好比遊戲的完全投入，其中得到的愉悅經驗構成它「無目的的目的性」(Zweckmässigkeit ohne Zweck)。因此，美學判斷得以從功利性考量(如模仿現實或科學眞理)的束縛中解放出來。另一位德國哲學家席勒(J. C. Friedrich von Schiller，一七五九—一八〇五)則從不同的角度來探討遊戲的美學意涵，認爲人類的本能是，當他滿足了生存的基本需要後，自然會將剩餘的精力用來追求遊戲的愉悅，並因而激發其想像力。闡釋學宗師伽德莫(Hans-Georg Gadamer，一九〇〇—二〇〇二)承襲了這個傳統，認爲藝術沒有必然的目標和目的；從創造到接受，好比一個遊戲的過程。作爲文學自給自足的譬喻，遊戲的美學論述也被介紹到十九世紀末、二十世紀初的中國，深刻影響了王國維(一八七七—一九二七)、朱光潛(一八九七—一九八六)等學者，在當時的文壇雖然不是主流，卻是一道不容忽視的支流，爲現代漢詩開啓了一個新的契機[3]。

二十世紀的西方見證了遊戲說的進一步發展，不但範圍上有了大幅度的擴展，意義也十分新銳。在哲學、社會學、文化研究等領域裡，多位重要的理論家都提出新解。基本上，他們都逾越了傳統美學的範疇，揚棄了藝術自給自足的論點，將遊戲放在更大的分析脈絡裡——不論是維根斯坦(Ludwig

3 相關討論可見拙作*Modern Chinese Poetry: Theory and Practice since 1917*的中譯本，《現代漢詩：一九一七年以來的理論與實踐》(上海：上海三聯書店，二〇〇八)，頁二五—三〇。

Wittgenstein，一八八九—一九五一)的「語言遊戲」(Sprachspiel)，德希達(Jacques Derrida，一九三〇—二〇〇四)的「差異的寫作」(differance)，還是羅蘭・巴特(Roland Barthes，一九一五—一九八〇)的社會規範，傅柯(Michel Foucault，一九二六—一九八四)的權力結構[4]。這些理論或凸顯語言表意的產生，或揭露隱性的權力機制，或強調對社會制約的顛覆。總體而言，它們代表了現代哲學對傳統的批判和新典範的引進。從柏拉圖到後結構主義，遊戲在西方理論中始終擔任著重要的角色。

遊戲也是法國社會學家布迪厄(Pierre Bourdieu，一九三〇—二〇〇二)「文學場域」(literary field)理論中常用的比喻。如果我們將文學場域視為一個遊戲的空間，它一方面代表結構性的制約，參與者必須遵守「遊戲的邏輯」[5]。另一方面，結構提供參與者種種可能，他們有意識或無意識地培養並體現代表品味的「習尚」(habitus)，透過象徵資本和文化資本的累積，以占據最有利的位置。此理論結合了主觀和客觀因素，試圖用科學實證的方法來解釋顯赫名聲和優越地位形成的成因。近十餘年來它也被廣泛應用在中國文學與台灣文學研究的領域裡[6]。

---

4 有關文學批評史上的遊戲說，參考Gordon E. Slethaug在*Encyclopedia of Contemporary Literary Theory: Approaches, Scholars, Terms*(Toronto: University of Toronto Press, 1993)的綜述。Irene Rima Makaryk ed., "Game Theory," pp. 64-69.

5 Pierre Bourdieu, R. J. ed., *The Field of Cultural Production: Essays on Art and Literature*(New York: Colombia University Press, 1993), p. 720.

6 例如Michel Hockx(賀麥曉), *Questions of Style: Literary Societies and Literary Journals in Modern China, 1911-1937*(Leiden: Brill, 2003)；Sung-sheng Yvonne Chang(張誦聖), *Literary Culture in Contemporary Taiwan:*

現代理論在結構和主體之間尋求平衡的企圖，並不限於布迪厄。舉例來說，英國社會學家紀登斯（Anthony Giddens，一九三七—）也認爲社會既規範了主體行爲，又使主體行爲的發生變得可能。反之，社會結構的製造和複製均有賴於個體「技巧的演出」[7]。換言之，結構並非外在於主體認知與行爲；它內在於主體，只有主體才能體現結構。結構固然不斷地被複製，但複製的過程也蘊含了改變該結構的可能性。他認爲「規則」和「資源」是社會實踐的結構性因素，其目的是權力的獲得。紀登斯所建立的社會實踐理論結合了宏觀和微觀視野，他稱之爲「雙重結構化論」和「雙重闡釋學」。此理論和布迪厄頗有雷同之處，但是布迪厄強調「位置」（position），而紀登斯凸顯知識性（knowledgeability）與意向（intention）。而且，布迪厄的理論也涵蓋了文化和文學，不僅限於政治和社會研究。

除了他的廣度，布迪厄的特殊貢獻在於他所建立的「實踐理論」（theory of practice）著眼於日常生活中的實踐，並在結構和主體之間建立了一個不可或缺的仲介，也就是「習尚」的概念。「習尚」一詞來自拉丁文裡的「習慣」，最早出自亞里斯多德（Aristotle，西元前三八四—三二二）。在布迪厄之前的若干哲學家和社會學家也使用過這個概念，包括胡塞爾（Edmund Husserl，一八五九—一九三八）、韋伯（Max Weber，一八六四—一九二〇）、牟斯（Marcel Mauss，一八七二—一九五〇）、伊里亞斯（Norbert

（續）

From Marshall Law to Market Law（New York: Columbia University Press, 2004）；奚密，《「新詩集」與中國新詩的發生》（北京：北京大學出版社，二〇〇五）。

7 參考Philip Cassell ed., *The Giddens Reader*（Standford CA. Starford University Press, 1993），尤其是第二部Problems of Action and Structure, pp. 88-175.

Elias，一八九七—一九九〇)等。在前賢的基礎上，布迪厄將此觀念進一步發揮，認爲作家在文學場域裡「卡位」必須遵守的遊戲規則，固然來自體制，但是它們並不全是外在的，很多是內在的。它們不是硬梆梆的，而是活生生的規則(例如生活品味、肢體語言等)。他用「習尙」來指涉「一套持久而且可以移位的傾向」，一種「對遊戲的直覺」(a feel for the game, sens du jeu)，「實際感」(a practical sense, sens practique)[8]，類似本能。習尙和場域彷彿是雞生蛋，蛋生雞的迴圈關係：習尙是場域創造的；但是沒有習尙，場域就無法存在。作爲一套感知和鑑賞系統，「習尙」是透過教養和教育等渠道學來的，因此它的形成是社會性的，也和社會階級有密切的關係。彷彿一套密碼，透過它，我們可以解讀文化理解和文化意涵。

布迪厄所代表的「文學的社會學」(sociology of literature)有其巨大的貢獻。他開闊了文學研究的視野，深刻了文學研究的分析。但是我認爲其理論並非沒有局限，也無法照搬到所有的社會。這和布迪厄研究的個案有關。他以十九世紀後期、二十世紀初期的法國爲研究對象，其社會階級(上層、中產、下層)和文化階級(學院、非學院)都有相當清楚的定位。但是在別的社會裡，未必如此。下面試提出幾點補充。

第一，雖然布迪厄對文學藝術和其他場域(如經濟、科學、政治)之間的區別多所著墨，但似乎可以

8 Pierre Bourdieu, Matthew Adainson trans., *In Other Words: Essays towards a Reflexive Sociology* (Cambridge: Polity Press, 1990), p. 61.有關習尚的討論，參考Pierre Bourdieu, *The Field of Cultural Production*, pp. 64-73.

更全面，更細膩。在文學場域裡，自我區別或「卡位」本身並不足以——更無法保證可以——贏得名聲或權力。僅僅有「立場」、「策略」，而沒有原創度高的文本，仍無法在場域裡發揮可觀的作用。即使我們將文本視爲策略的一種，仍然需要探究它的有效性，並不是按照策略實踐的文本就一定可以達到其目的。因此，在討論現代漢詩的Game-Changer時，我企圖具體落實在體現某個「立場」、某套「習尙」的創作實踐上。後者也應視爲一種重要的象徵資本，和前者構成一體之兩面。舉例來說，主張「明朗語言」或「表現日常生活」的立場，可以在文學場域裡得到一席之地。但是它是否有足夠分量的文本來支撐它，實踐它，是一個不能不考察的層面。

第二，習尙是布迪厄的文學場域理論的核心，它提供了一個有效的、原創性的分析工具。在探討現代漢詩場域中的習尙時，我將進一步考慮習尙的內在聯繫，因爲習尙不是單一的，而是一個有機系統，個別元素之間存在著緊密的相輔相成的關係。例如，在文學場域裡，主張明朗風格的立場者不會擁抱疏離的詩人形象，主張純詩的立場者通常實驗性較強。在現代漢詩的場域裡，習尙的有機形成固然和社會階級有關，但是它不是唯一，甚至未必是最主要的因素，否則無法解釋爲何社會背景迥異的參與者會認同和表現同質的習尙。這在戰後的台灣現代詩場域裡可以明顯看到。國共內戰導致大批大陸移民遷台，各種社會背景的詩人在詩壇活躍，並結成有共同理念的詩社。

第三，與第二點密切相關的是，正因爲習尙是一套有機系統，所以它是會演變的。演變的原因很多：社會潮流、政治環境、個人經驗、群體理念，甚至物質文化的變化，都作用於文學習尙。再者，在不同的時空裡，類似的習尙可能擁有不同的資本價值，得到不同程度的重視。例如，台灣詩人對通俗文化的態度，從五、六十年代的排斥和輕視，到八、九十年代的接受和挪用，是一個明顯的轉變。是甚麼使得早先「有效」的習尚失去「效應」？這是布迪厄的理論比較忽略的，也是Game-Changer企圖補充的一個層面[9]。

第四，布迪厄認爲，在文學場域裡，不同的立場是可以預期的，例如正統與前衛的對立，純藝術和商業藝術的對立，資深與新銳世代的對立。這些對立不斷地被複製，被用來作爲爭取優勢的策略。因此，立場的爭取是「類機械性的(quasi-mechanically)，……幾乎獨立於主體意識和意向之外」，而且表現出「相對不變的形式」[10]。我認爲這個原則固然可以成立，卻是一個相當籠統的說法。文學場域裡的對立立場，是否必定採取二元對立的方式，值得探究。而且，在某個特定時空的文學場域裡，雖然場域所賦予的可能性不是無限的，但是客觀和主觀因素結合的可能性卻難以預料。換言之，雖然「接觸機會」(access)是客觀的，歷史性的，作家的理解和接受卻是主觀的，個人性的。例如，戰前戰後的台灣詩人都接觸到超現實主義，但是他們如何透過習尚和文本做出回應，卻各有不同。不可預期性是文學場域的一個常在元素，正如Game-Changer將以何種面貌出現是不可預期的一樣。美國藝術評論家亞瑟・丹托(Arthur Danto，一九二四)表達了類似的觀點：「(場域)中有多少立場呢？某種程度上，我們是無法回答這個問題的，直到某一立場已經出現，讓我們看到某種可能性已得到了實現。……場域能解釋我們

9 參考James Bohman, "Practical Reason and Cultural Constraint: Agency in Bourdieu's Theory of Practice," Richard Shusterman ed., *Bourdieu: A Critical Reader* (Oxford: Blackwell Publishers, 1999), pp. 129-152.

10 Pierre Bourdieu, *The Field of Cultural Production*，頁五九。

事後認定是個（塡入）空位（的藝術家）嗎？我的理解是，一旦他發現自己只是塡補一個空位時，他就失去興趣了。」[11] 換言之，潛在的立場可能有許多，但是沒有作家的實踐，它們就無法顯現，甚至無法想像它的出現。

以上四點補充也點出了「文學的社會學」模式的某些傾向。布迪厄的文學場域理論明顯聚焦於權力；它不但視權力爲無所不在，而且以權力作爲社會實踐的最大前提和文化場域的根本邏輯。布迪厄的理論預設，和其他社會場域一樣，文學具備高度的目的性和策略性，是一個追逐權力爭取資本的所在，權力也決定了參與者——布迪厄稱他們爲企業家（entrepreneurs）——之間的關係。這是否眞能解釋藝術創作複雜的現象學，令人質疑。質疑並不表示我們要回到作家的動機或神秘主義。其實，布迪厄的理論早已隱含了動機的預設：文學場域的參與者以自我利益爲考量，其文學實踐都是工具性的。

「統馭」（domination）的「複製」（reproduction）是布迪厄論述中的主要議題。文學場域的佼佼者用他們擁有的文化資本和象徵資本來重新組建統馭結構。果眞如此，我們很難解釋文學史的演變。因爲根據其邏輯，最擅長累積資本並擁有最多資本的「玩主」具有足夠能力來保護他們已得的優勢地位。換言之，維持現狀對其最有利。英國社會學家詹金斯（Richard Jenkins，一九五二—）就指出布迪厄的決定論傾向和迴圈邏輯：客觀結構生產文化，文化決定實踐，實踐又複製客觀結構[12]。美國社會學家拉許

---

11 Arthur Danto, "Bourdieu on Art: Field and Individual," in *Bourdieu: A Critical Reader*, p. 218.

12 Richard Jenkins, *Pierre Bourdieu* (London: Routledge, 1992); "Beyond Social Structure," P.J. Martin & A. Dennis ed., *Human Agents and Social Structures* (Manchester: Manchester University Press, 2001), pp. 133-151;

(Scott Lash)也有類似的觀察，並提出反思性的集體認同來解釋場域的變遷[13]。

我所提出的Game-Changer受到上述諸家的啓發，融合了遊戲的雙重意義：封閉與開放，制約與自由。它在觀察分析現代漢詩的歷史演變時，我試圖結構與主體相容，場域與文本並重。結構和主體正如同索緒爾的結構語言學中語言(langue)和言說(parole)之間的關係：前者是隱性的規則，後者是體現後者的具體實踐。沒有前者，後者就沒有意義。另一方面，後者既複製前者，又可以改變前者。我用Game-Changer來凸顯作家有條件的主體性；他在結構中尋找開放，在制約下表現個性。此悖論甚至已超出文學場域的考量，直指文學的本質：如何使用公共性規範性的語言來創造私己獨特的語言？這亦屬於文學史研究的範疇。

若干現代理論用權力用結構來解構西方美學傳統中的「天才」、「藝術性」、「創造」等所謂的「迷思」。然而，作家才具和場域之間本就存在著相互建構，相互指涉的內在關係。Game-Changer的概念不偏重兩者中的任何一方，而是將它們視爲一有機整合。身爲Game-Changer的作家，其原創力不只呈現在文本上，也呈現在作家所抱持的文學觀和文學習尚上。Game-Changer不僅內化了文學場域的潛在價值和遊戲規則，他也有能力去改變現狀，引領新習尚，創造新規則。拒絕參與遊戲的作家，理論上當然可以存在。但是，當拒絕本身成爲一種習尚、資本時，他其實已經改變了遊戲規則，參與了遊戲的過

(續)
"Pierre Bourdieu and the Reproduction of Determinism," *Sociology*, 16.2 (1982):270-281.

13 Scott Lash, "Pierre Bourdieu: Cultural Economy and Social Change," in Craig Calhoun ed., *Bourdieu: Critical Perspectives* (Oxford: Polity Press, 1993), pp. 193-211.

程。換言之，除非作品不在任何公共空間裡流通，作者總已是文學場域的參與者。因此，這不是後結構主義所謂的「作者之死」，而是多重意義上的「在場」。

我們長時間觀察文學史，最關鍵的著眼點是「變」，而不是「不變」。在一個相對穩定的結構裡，變化是如何產生的？Game-Changer所關注的變化不僅是個別作家或作品的橫空出世，而著力於文學場域生態的變遷。所謂文學改革亦是改「格」——改變格局、局勢之意。我們可以將文學史理解為一個「自然化」持續發生的過程：一度曾被認為「不自然」或「不正常」的價值觀和書寫模式如何逐漸演變為「自然」而「正常」的複雜過程。中國古語有云，「英雄造時勢，時勢造英雄」。但是，「英雄」和「時勢」之間到底是怎樣的一種辯證關係仍有待具體細膩地去梳理，去分析。

我們如何解釋文學史的曲折和起伏，必然和偶然？如何一方面超越「偉大作家」或「經典作品」的模式，另一方面又不過度依賴以社會學為取向的理論？

前者將文學史僅僅視為作家和作品的總和；它對文本的解讀常被(不盡公允地)認同為「新批評」，而忽略了場域的結構性因素。後者將文學僅僅視為場域內作家爭取資本以求顯達的結果，未始不是一種對文學過於簡單的理解。這兩個文學研究的模式雖各有其啓發性和價值，但是我認為任何一方都不足以完整地呈現文學的豐富性和文學史的複雜性。文學的書寫既是高度個人化，也是深刻體制化的行為；既是原創力，也是社會學。簡言之，文學既是文本也是場域。

更重要的是，這兩個論述模式並不彼此矛盾；它們之間實存在著建設性的張力。相對於文本取向，文學的社會學提醒我們，一篇作品的藝術內涵並非造成其影響的唯一——甚至是主要——的原因；它和當代其他作品及前代作品之間的區別至少同樣的關鍵。如果將文本獨立於文學場域之外去研究，容易造成見樹不見林的偏頗。反之，文本是文學場域裡的重要資本之一，也是重要實踐之一。藝術性或原創性不應該被視爲「戀物癖」（fetish）[14]。「靈感，天才，或任何心理學（意義上）的創造衝動」不應該被視爲過時、幼稚的迷思[15]。實際上，所謂「天才」，總已牽涉社會建構的過程：如果沒有社會的承認，它是不成立的。同時，「天才」也不無自我形象和「面具」（persona）塑造的層面。對遊戲和習尚的強調不必將文學化約爲一場「權力鬥爭」，視作家以角逐地位聲譽爲主要，甚或是唯一的目的。

二、戰後台灣的新詩場域

戰後台灣的文化氛圍，可以三者來概括：保守主義、國族主義、和反共抗俄政策。在國民黨政權「軟硬兼施」、雙管齊下的文化政策下，一方面反共文學受到大力提倡，爲願意配合的作家提供了豐富的資源；另一方面，對大眾傳媒和出版的控制和檢查制度，以及對違反者的嚴厲制裁，使得作家步步爲營，不敢踏入禁區一步。新詩的處境卻有別於其他現代文類，因爲雖然它也置身於同樣的文化氛圍和文學場域中，它還必須面對舊體詩的龐大勢力。當時，作爲國族認同的一個重要表徵，古典詩得到的文化

14 Pierre Bourdieu, "The Historical Genesis of a Pure Aesthetic," *The Field of Cultural Production*, p. 259.

15 Kirk A. Denton & Michel Hockx ed., *Literary Societies in Republican China*（Lanham, MD.: Lexington Books, 2008）, p. 10.

資源遠在新詩之上。就象徵資本而言，更不成比例。相對於古典詩的崇高地位，新詩常常受到知識分子的貶低和抨擊。五十年代末，言曦對新詩的批判，蘇雪林對象徵主義的責難，是備受矚目的爭議。當時新詩尚未能進入教育體制，不論是國民義務教育，還是大學的中文系。如我曾在他處討論的，在如此艱難的處境下，由紀弦(一九一三—)和覃子豪(一九一二—一九六三)所領導的現代詩運動，在五十年代一方面不與官方的文化政策抵觸，甚至還多所參與(例如紀弦屢屢以反共朗誦詩得獎)，一方面運用獲得的公家資源和資本來自費出版詩刊，從事大膽的文學實驗，成功地突破了戰後的嚴峻環境，開闢了一個相對自由的創作空間[16]。

這群戰後的先行者，我認為可視為一個集體的Game-Changer。透過文本和其他文學實踐，他們建立了新的習尚和新的文學價值。例如，他們有意將「現代詩」一方面和舊體詩，一方面和當時流行的新詩——押韻的新格律詩，輕柔感傷的抒情詩——區分開來。紀弦提出反抒情主義，倡導知性的詩；他反對押韻，主張「詩是詩歌是歌我們不說詩歌。」[17] 覃子豪雖然和紀弦對詩的看法不一致，兩人甚至有過激烈的筆戰，但是，面對「共同的敵人」，他有同樣的堅持：「最理想的詩，是知性和抒情的混合產

---

16 參考拙作〈在我們貧瘠的餐桌上：五十年代的《現代詩季刊》〉，收入周英雄、劉紀蕙合編，《書寫台灣：再現策略》(台北：麥田，二〇〇〇)，頁一九七—二三二。英文修訂版“On Our Destitute Dinner Table: Modern Poetry Quarterly in the 1950s,” in David Wang & Courlos Rojas ed., *Writing Taiwan: A New Literary History* (Durham: Duke University Press, 2007), pp. 113-139.

17 同上；並參考《二十世紀台灣詩選》導論的相關部分。收入奚密，〈台灣新疆域〉，奚密、馬悅然、向陽編《二十世紀臺灣詩選》(台北：麥田出版社，二〇〇一初版；二〇〇五修訂版)，頁四九—六〇。

物。」[18]

再者，戰後台灣的現代詩群將萌芽於五四時期的「詩神」意象發揚光大。詩幾乎成爲一種私人宗教，詩人對詩的虔誠信奉與終生投入實無異於虔誠的宗教情懷。最後，他們的自我定位是：孤傲、癡狂、窮困潦倒、被世俗誤解亦不屑與世俗爲伍的詩人。他們創造的文本既反映也強化了這套價值與習尚[19]。因爲五、六十年代(廣義的)現代詩群的努力，「現代詩」這個名稱才從此取代了「新詩」(或白話詩)。因爲他們的努力，現代主義(包括超現實主義)才在台灣紮下深厚的根基，開創了台灣詩史上的一個黃金年代。

一九四〇年出生的王靖獻，十五歲開始寫詩。一九五六年發表作品，用的筆名包括王萍、蕭條、焦囂等[20]。一九五七年開始用葉珊這個筆名，一九七二年初改名楊牧。他的萌芽時期正趕上五、六十年代如火如荼的現代詩運動。在花蓮中學求學時就在老師胡楚卿的熏陶下開始寫作新詩，和同學合辦《海鷗詩刊》，並借《台東日報》副刊版面每周一出刊，共出了一百二十八期[21]。一九五八年大學聯考失敗，

---

18 覃子豪，〈新詩向何處去?〉，《論現代詩》(台北：藍星詩社，一九六〇)，頁一一二。有關覃子豪的詩論及他和紀弦的論戰，參考：陳義芝，《台灣現代主義詩學流變》(台北：九歌出版社，二〇〇六)，頁五一—五六，六七—八〇。

19 同註16。

20 蔡明諺談到筆名王萍，參考他在《楊牧國際學術研討會》上的發表論文〈論葉珊的詩〉，二〇一〇年九月二五日第三場。楊牧提供筆者另外兩個筆名的資訊，特此致謝。

21 同上，頁一。

他從家鄉花蓮北上，在台北度過了一年。這一年不但讓他次年順利考入東海大學歷史系（大二時轉外文系），更改變了他的詩人生涯。在台北，他廣結詩友，包括「藍星」、「創世紀」、「現代詩社」的成員。例如「藍星」的黃用，「創世紀」的瘂弦（一九三二—）、商禽（一九三〇—二〇一〇）、楚戈（一九三一—二〇一一），「現代詩社」的方思（一九二五—），鄭愁予（一九三三—）等，都成為他的好友。一九五九年他加入《創世紀》編委會；一九六〇年出版第一本個人詩集《水之湄》，列入藍星詩叢；一九六三年第二本詩集《花季》面世，也是由「藍星詩社」出版，雖然詩人強調他「從未覺得我屬於藍星詩社。」[22]

年輕的葉珊受到前輩詩人們的潛移默化，當以覃子豪為最。日後追憶早年歲月，仰慕之情溢於言表。七十年代中，當他回顧年輕時參與的詩壇時，楊牧如此描寫詩人的風采：「冬天穿一件草綠色燈心絨的外套，……興致好時，也煮咖啡待客。」覃子豪散發著「使人著迷的浪漫氣息，舉手投足之間，自有無限的詩人氣質，不僅是可敬的，也是可愛的」。他在台北市中山北路一段一〇五巷四號的住家，是詩人們經常往來的場所：「禮拜天上午總坐在家裡，誰來看他都歡迎，不必訂約。」加上夏菁和余光中，他們共同「構成所謂沙龍精神的藍星詩社。」[23]

五、六十年代的現代詩沙龍，有可親可佩的前輩詩人和志同道合的同輩人，他們在自由開放的氛圍

---

22 楊牧，〈覃子豪紀念〉，《柏克萊精神》（台北：洪範，一九七七年初版；一九九〇年九版），頁一二六。

23 同上，頁一二二、一二八、一二九、一三一。

裡把酒(咖啡)論詩，臧否人物。這種環境讓年輕的葉珊更堅定他對詩的追求：「從十六歲開始我就已經決定，我表現本質的路是詩。」[24]一九五九年的散文〈雁字來時〉裡有這樣的宣示：「我說過詩才是我的生命。」[25]這份執著，深為同儕所激賞。在經典的《六十年代詩選》裡，主編張默(一九三〇—)和瘂弦(一九三二—)這樣介紹葉珊：「許是因為他生長在東台灣的花蓮吧，幼年時代，高山和大洋鑄成他一種漠視一切的胸懷；但自從發現詩的美麗之後，……他以萬千驚喜投向詩，並願意以身殉美。」[26]楊牧對覃子豪的特別推崇，也暗示他對紀弦所代表的風格的抽離。這兩位現代詩壇的領袖，一位狂飆，一位冷靜；一位特立獨行，一位儒雅內斂。兩者之間，楊牧毋寧更認同後者。他以覃子豪為典範，認為他具備「所謂『現代詩人』的風範和格調」，稱讚他是一位「冷靜文明的現代詩人。」[27]值得注意的是，這些回顧文字是一九七五年寫的。那時，楊牧已經是一位著名的比較文學學者，也是台灣詩壇的重鎮。他所強調的「冷靜的文學態度」和「健康的文學態度」，既是對前輩覃子豪的肯定，也反映了他個人作為詩人及學者的態度。這一點和以他為代表的學院派有密切的關係，後面再深入討論。

---

24 葉珊，《葉珊散文集》(台北：一九六六年初版；一九七七年洪範版)，頁二二三。
25 同上，頁一〇。
26 張默、瘂弦編，《六十年代詩選》(高雄：大業書店，一九六一)，頁一四四。
27 楊牧，《柏克萊精神》，頁一二二。

三、浪漫與現代

「我退伍後出國留學，兀自還是一個浪漫主義者。」[28]葉珊對西方——尤其是英國——浪漫主義的情有獨鍾，眾所皆知。一九六三、六四年服兵役期間，他寫了十五封《給濟慈的信》。信中傾訴自己對詩對生命的感知，言說者和傾聽者幾乎已到了完全認同，不可區分的地步。當然，濟慈不是葉珊唯一仰慕的浪漫主義詩人。除了濟慈，他在文字裡也提及雪萊、拜倫、華茨華斯、柯律治，和葉慈這位自我定位為「最後一個浪漫主義者的詩人。」[29]一九六五年夏天，葉珊「細細閱讀葉慈詩全集」[30]而中年後他翻譯葉慈，詩文皆不乏這位愛爾蘭詩人的影響痕跡[31]。

葉珊深入認同浪漫主義，可見諸於他對浪漫主義精神的梳理：「第一層意義無非是捕捉中世紀氣氛和情調」；第二層是「華茨華斯以質樸文明的擁抱代替古代世界的探索」；第三層是「山海浪跡上下求索的抒情精神」，以拜倫為典範，「為人類創造一種好奇冒險的典型」；第四層是「雪萊向權威挑戰，

28 葉珊，〈自序〉，《葉珊散文集》，頁八。
29 葉珊，《葉珊散文集》，頁一〇。
30 同上。
31 楊牧編譯，《葉慈詩選》（台北：洪範，一九九七）。相關討論，參考：曾珍珍，〈譯者楊牧〉，《楊牧國際學術研討會》上的發表論文，二〇一〇年九月二五日第三場。

反抗苛政和暴力的精神。」[32]從這裡可以看出，葉珊對浪漫主義的認識決不僅限於個人情感的抒發和對大自然的頌歌，而包含了上述所有的層面。我要強調的是，葉珊的浪漫往往透過多種「面具」來鋪陳，例如：浪人、水手、露宿者、搜索者、異鄉人、小沙彌、甚至臨刑前的犯人（〈偶然〉，一九五七）。透過面具，詩人投射一個曲折幽微的內心世界。用「浪漫式的奔放」（romantic outpouring）[33]來形容葉珊其實未必貼切。即使是早期的作品，他採取的主要還是含蓄委婉的手法，和充滿戲劇張力的場景與意象。

我們甚至可以說葉珊的浪漫主義具有一種獨特的異質性，這點表現在兩個面向上。第一是早期作品充滿了奇想的數字。例如〈水之湄〉（一九五八）裡的「四個下午」：「我已在這兒做了四個下午了……／四個下午的水聲比作四個下午的足音吧」；〈蝴蝶結〉（一九五八）：「你的眼神閃爍，以七蛇之姿分食我」；〈消息〉（一九五八）：「我們用雲作話題已是第九次了，……／一百零七次，用雲作話題，嗨！」；〈我的子夜歌〉（一九六〇）：「十四個月亮在七時後散去／啊這是C調的季節」；〈在旋轉旋轉之中〉（一九六〇）：「當第六支音樂響起」[34]。這些具體語境不詳的數字帶著一份偶然性，不可預期性，甚至神秘性。它可能是對濟慈的一種發揚光大。詩人曾回憶道：「我三年級的時候迷你（濟慈）的

32 葉珊，《葉珊散文集》，頁六—八。

33 Lisa Lai-ming Wong, *Rays of the Searching Sun: The Transcultural Poetics of Yang Mu* (Brussels: P.I.E. Peter Lang, 2009), p. 190.

34 楊牧，《楊牧詩集Ⅰ：1956-1974》（台北：洪範，一九七八年初版；一九八三年五版），頁三九—四〇、四六、九一—九二、一〇三、一〇七。

詩迷了很久，我讀你的全集，譯你的長詩，更在女同學群中演講你的詩，解釋爲甚麼美的事物是『永恒的愉悅』；爲甚麼你寫『無情的美女』，爲甚麼『四個吻』(kisses four)可以說明人的眞愛——『不只爲了押韻，……詩中的數字爲達成一種錯愕的效果』。」[35]

因此，我們也不驚訝葉珊錯愕的意象。〈傳統〉（一九五八）第一節用的是帶著些「鄭愁予風」的語言：「我走過沙地，這裡有百年前的獵槍和灰燼」，但是第二節忽然出現了異質的意象：「一條通向歷史和原子能的(路)。」奇異的意象如：「你的眼遍佈臂膀」（〈夾蝴蝶的書〉），「你的雙手是巨蟒」（〈腳步〉）[36]。暴力的意象如：「這最後的撤離／是全燃的我」（〈我的子夜歌〉），「讓我割裂臂膀灌溉你七月的芙蓉」（〈星河渡〉）[37]。的確，葉珊的語言融合了中外古典，他的書寫模式也以抒情爲大宗。但是，他的意象超越了傳統的婉約或純粹的抒情，而具有一種強烈的張力和自覺的抽離。像〈消息〉（一九五八）的開頭：「沒有，在港上，用兩腳規／計算我的蒼白。」[38]詩的題目連結詩的第一個詞，構成一個短句：「沒有消息。」接著的句子陳述這個簡單事實帶給敘述者的失落。兩腳規的意象具有雙關語的意思：在港口等待不到盼望的消息，「我」兀自徘徊不已。好比圓規的兩支腳，他的腳步不斷移動著，但又邁不出那個圓心，彷彿邁不出自己滿懷的失落。這個意象改寫了玄學派詩人鄧恩(John

35 葉珊，《葉珊散文集》，頁一〇七。
36 楊牧，《楊牧詩集I：1956-1974》，頁二四—二五、五〇、五九。
37 同上，頁一〇四，一二四。
38 同上，頁九一。

Donne，一五七二—一六三一)的經典巧喻——以圓規以移動的那支腳比喻出門在外的詩人自己，以固定的那支腳比喻忠貞不二的妻子。其手法是艾略特(T.S. Eliot，一八八八—一九六五)標榜的現代主義，而不是浪漫主義。

黃麗明(Lisa Lai-ming Wong)指出，在五十年代楊牧的詩裡我們可以看到：

> 粗暴和溫柔之間的張力，表示說話者對自身感情的波濤洶湧不知如何作出適宜的回應。典型的少年情懷，缺乏耐心，沒有把握，最終在浪漫愛情裡找到表述。
>
> There is a tension between toughness and tenderness in Yang's poems of the 1950s, showing that the speaker is rather uncertain of the appropriate response to his churning emotions. The impatience and uncertainties that are features of the adolescent mood eventually find their expression in romantic love.[39]

我同意第一句的觀點；第二句將作品歸結爲浪漫愛情卻似乎過於簡單。透過愛情，葉珊寫生命的短暫，

---

39 Lisa Lai-ming Wong, *Rays of the Searching Sun: The Transcultural Poetics of Yang Mu*, p. 40.

永恒的追求，寫自我的微小，詩美的無限。他的抒情唯美可視爲浪漫主義深邃的實踐，但是他處理的手法常常接近現代主義。

西方的現代主義對浪漫主義有所繼承也有所揚棄。它繼承了後者對工業化都市化的批判態度，而對後者的理想主義和自然主義抱持懷疑。這和十九世紀後半葉興起的存在主義、心理分析學、神話研究等有密切的關係。放諸五六十年代的台灣，尤以存在主義對當時的文藝界有普遍而巨大的影響。葉珊也不自外于此思潮；他在給濟慈的一封信裡說：「我大學三年級時曾經突然從你的詩篇轉移到卡繆的小說和哲學。」[40]在這樣的語境裡，葉珊對浪漫主義和現代主義的同時擁抱，並不奇怪。對於兩者，他始終有其出於主觀需要的選擇性接受。某些浪漫主義的核心理念——例如以自然代替上帝，在自然裡尋找「神諭」，對兒童的歌頌等——其實在葉珊的作品裡並看不到。而現代主義的反抒情，也不爲他所取。一個自稱「右外野的浪漫主義者」[41]，他也是一個游離在邊緣的現代主義者。他對現代主義局部的吸收除了體現在觀察角度和書寫手法之外，主要表現在他對現代詩必需革新，必須具備現代性的認知上。這點從他寫鄭愁予的經典文論裡即可看出。

鄭愁予的早期作品長期以來都被定位爲古典與浪漫：「古典的風格、抒情的調子以及浪子的情懷」，「古典抒情的風格」，甚至「老傳統的守護者。」[42]但是，一九七三年楊牧爲《鄭愁予詩選集》

40 葉珊，《葉珊散文集》，頁一一〇。
41 同上，頁一。
42 洪淑苓，〈論鄭愁予的山水詩——以其寫作歷程與美感關照爲主的分析〉，《語文、情性、義理——中國所寫的長序〈鄭愁予傳奇(代序)〉，開頭就說，鄭愁予是「絕對地現代的。」[43] 同樣的評價也可用來形容葉珊的作品。

四、重新評價徐志摩

從另一個角度來分析，葉珊的浪漫主義也呈現在他對徐志摩(一八九七—一九三一)的重視上。甚或可以說，徐志摩為他提供了一個中文寫作的浪漫主義範式。五、六十年代的台灣對五四文學傳統的繼承非常有限且具選擇性。因為所有滯留匪區的作家都在被禁之列；私下傳閱的人雖然不是沒有，但得冒著很大的政治風險。徐志摩是當時少數能公開出版的五四詩人之一；加上他生前好友胡適(一八九一—一九六二)、梁實秋(一九〇三—一九八七)等在台灣文化界的卓越地位，徐志摩成為當時最廣為流傳的作家之一。他的新格律詩固然對戰後台灣詩壇產生了極大的影響，他的散文和日記也成為當代經典。但是，在大眾想像裡，徐志摩作為一個浪漫主義詩人的形象，幾乎完全來自他驚世駭俗的愛情和英年早逝的悲劇。除了兩三首膾炙人口的情詩之外，詩人生平的傳奇性遠比其作品來得吸引讀者。

(續)

43 文學的多層面探討國際學術會議論文集》(台北：台灣大學中文系，一九九六)，頁一；李翠瑛，《細讀新詩的掌紋》(台北：萬卷樓，二〇〇六)，頁一八二；Julia C. Lin, *Essays on Contemporary Chinese Poetry* (Athens, Ohio & London: Ohio University Press, 1985), pp. 1-11.
鄭愁予，《鄭愁予詩選集》(台北：洪範，一九七四)，頁一一。

經過現代詩運動洗禮的葉珊，一方面不去模仿新月派的新格律詩，另一方面超越了通俗文化對「浪漫詩人徐志摩」的膚淺認識，肯定他詩文的高度。他回憶：「初中時代，國文課本裡有徐志摩的〈我所知道的康橋〉，算是白話的範本，……徐志摩的散文風格特殊，音韻圓滿，節奏動人，容易我們記誦。」[44]他對徐氏散文的總體評價是：「徐志摩的散文甚至好過他的詩。」[45]

年輕時的葉珊就對徐志摩的〈偶然〉特別鍾愛。一九五七年寫了同名詩：「何不為自己低唱一次〈偶然〉呢？」[46]他信中向友人追憶：「記得你第一次把〈偶然〉寄給我的事嗎？那是四年前(一九五五年)的事了。……那一陣子我常哼這個曲，沒想到幾年後的今天，當我偶然聽到這個曲子時，竟會愴然而下淚。」[47]〈偶然〉對葉珊的影響也表現在〈當晚霞滿天〉(一九六〇)裡：

當晚霞滿天，啊當晚霞滿天
過去和未來在此相會
只為交換一個眼色？

---

44 楊牧，〈我所不知道的康橋〉，《柏克萊精神》，頁一〇三。
45 葉珊，《葉珊散文集》，頁二二三。
46 同上，頁二一。
47 同上，頁九。

或爲傳遞剎那間的心跳？[48]

值得注意的是，不同於徐志摩的原詩，他既不押韻，也不採用整齊的詩行，只是保留了原詩的韻味，暗示愛情的燦爛片刻。日後楊牧編選《徐志摩詩選》，並作長篇〈導論〉。其中對〈再別康橋〉有精闢的分析。如王爾德(Oscar Wilde，一八五四—一九〇〇)說的，模仿是最誠摯的阿諛(Imitation is the most sincere form of flattery.)。其實二十五年前的葉珊已經挪用了此詩的句型和意象。〈我從長夜中醒來〉(一九六二)有這樣的句子：「我不帶走星輝，不帶走月色」[49]——糅合了〈再別康橋〉和朱自清的〈荷塘月色〉。

因此，楊牧對前輩詩人給予極高的評價，並不讓人意外：「(徐志摩)因愛而發現宗教般的虔誠專注。……愛提升靈魂，充實精神意志，擴張知識道德，愛爲自由下定義。」[50]他強調徐氏「正面的浪漫精神」和「維多利亞風度的人生介入」[51]，無異於恢復長期以來徐志摩被傳奇化——也是被簡單化——所遮蔽的文學成就[52]。

48 楊牧，《楊牧詩集I：1956-1974》，頁一〇二。
49 同上，頁一九九。
50 楊牧編，《徐志摩詩選》(台北：洪範書店，一九八七)，頁三六。
51 同上，頁一一。
52 參考：奚密，〈早期新詩的Game-Changer：重評徐志摩〉，《新詩評論》第十二期(北京，二〇一〇年十二月)：頁二七—六一。

徐志摩對葉珊的另一個意義是自傳體的抒情散文。固然不少詩人也是散文家，但是徐志摩的散文不僅是個人經驗的描述或思想的呈現而已，更是一種誠實深刻的自剖。就這點來說，葉珊散文的重要性與徐志摩相比，有過之而無不及。他的詩和散文之間的關係不僅更密切，甚至到了互補的地步。相對於葉珊詩的虛構性和戲劇性，他的散文更接近自述與告白。要瞭解他的詩，不能不讀他的散文，因爲後者有助於我們瞭解前者的語境和因緣。

葉珊的散文和詩齊名，甚至可以說前者的讀者多過後者。以早期的《葉珊散文集》爲例。一九六六年初版，一九七七年的洪範版到八六年已印了十九版。《柏克萊精神》同年由洪範書店出版，到一九九〇年也印了九版。楊牧的散文，包括他的散文集和詩集的序跋，共同構成一部自傳和詩論。詩人的成長歷程——感情思想的醞釀，創作心境的轉變，藝術理想的建構——在在披露在他的散文裡。

五、古典與現代

七十年代初，當台灣面對國際局勢劇變，國家認同受到全面挑戰之際，詩壇也發生了巨大的變化。一九七二年一月到七二年二月間，唐文標和關傑明先後發難，針對現代詩過分西化，喪失中國文化屬性這個問題，點燃了一場現代詩論戰[53]。論戰的火力多半來自批判的一方，而被批判的一方的回應則相當

53 有關現代詩論戰的討論，參考：高上秦主編，《龍族評論專號》（台北：龍族詩社，一九七三）；蔡明

稀疏薄弱。楊牧是被點名批判的詩人之一。當時，他已經在美國獲得博士學位，在大學任教，並沒有直接參與這場論戰。值得注意的是，早在論戰前的五、六年，他對現代詩西化的問題已有了自己的反思和回應。當論戰發生時，「葉珊」已經開始向「楊牧」過渡。這點從他的作品和文論裡都得到印證。

楊牧在美國研究所的學習重點是中西古典文學。一九六四年在愛荷華大學修比較文學碩士時，開始念古英文。六六年獲得藝術碩士後，他到柏克萊加州大學進修比較文學博士。在以後的四年裡，隨老師陳世驤(一九一二—一九七一)攻中國古典詩，同時研究古英文、古希臘文、和德文文學。一九六六年出版第三本詩集《燈船》，他在自序裡說：「我明白我學的是陳舊的文學，盎格魯撒克遜的粗糙，但假使能夠從這種浸淫裡捕捉一點拙樸的美，為自己的詩尋出一條新路，擺脫流行的意象和一般的腔調，又何嘗不是很有意義的呢？」[54] 而同一時期他開始寫博士論文，以《詩經》作為初民口述詩歌裡的套語為題[55]，又何嘗沒有類似的考量呢？二〇〇九年十一月下旬，第十屆台北國際詩歌節在信義誠品書店舉辦的一場以楊牧為主題的座談會「經典詩話」上，楊澤回顧老師當年對他最大的啓發就是，作為一個詩人，必須重

(續)

諺，《龍族詩刊研究——兼論七〇年代台灣現代詩論戰》(清華大學中文系碩士論文，二〇〇一)；陳政彥，《戰後台灣現代詩論戰史研究》(中央大學中文研究所博士論文，二〇〇六)；奚密，〈台灣現代詩論戰：再論《一場未完成的革命》〉，《國文天地》十三卷十期(一九九八年三月)：頁七二—八一。

54 楊牧，《楊牧詩集 I：1956-1974》，頁六一三。

55 C. H. Wang, *The Bell and the Drum: Shih Ching as Formulaic Poetry in an Oral Tradition* (Berkeley: University of California Press, 1974)；中譯本見：謝謙譯，《鍾與鼓：詩經的套語及其創作方式》(成都：四川人民出版社，一九九〇)。

視中國古典文學。

在美國求學的五、六年也是楊牧對現代詩進行全面檢討與深入實驗的時期。早在詩理念的整理和發表之前，我們從他的作品裡就可看到其具體實踐。如果葉珊早期作品的古典印記是它對詩詞語言和意象的融鑄，那麼六十年代中到七十年代中的十年裡，楊牧作品最突出的特色就是它對古典題材的處理與古典資源的運用。前者表現在詩人對中國傳統的反思與重現——或如楊澤所說的，「表演」和「改編」——上[56]，而後者則展示在詩人轉化古典，賦予其現代意義的原創性。一九七一年出版的第四本詩集《傳說》裡，跟古典有關的題目就有：〈續韓愈七言古詩《山石》〉、〈延陵季子掛劍〉、〈武宿夜組曲〉、〈將進酒〉等。其他如〈流螢〉、〈屛風〉、〈花箴〉、〈暗香十行〉等也取自古典意象。第五本詩集，一九七五年的《瓶中稿》亦有〈鷓鴣天〉、〈經學〉、〈秋祭杜甫〉、和戲劇詩〈林沖夜奔〉等。

我曾在他處討論過〈延陵季子掛劍〉，認爲楊牧對中國傳統題材的運用暗示著深刻的批判和反諷：

> 儘管〈延陵季子掛劍〉取材於歷史，但它不涉及歷史本身，也不像古典詩中的詠史詩那樣評說歷史。詩人參考季子作爲一個歷史人物的各種相關資料，從中選出在其生命中似乎沒有直接關聯的兩件事（棄劍和評詩），賦予其有機聯繫和象徵意義，不受原始材料的限制，並有意偏離傳統的解釋。例如，季子實際上要比孔子年長，但詩中給人的印象是他比孔子

56 楊澤在「楊牧詩作外譯座談會暨詩作朗誦會」的發言，二〇一〇年九月二四日下午四—六點。

年輕，年輕到可以目擊原始儒家精神的衰微。這樣，詩人才能以劍爲象徵，召喚劍與劍客，尚武和尚文的統一，以及詩歌、音樂、舞蹈的共同源頭。詩人無意重複「君子言而有信」一類的老生常談，反而將寶劍變成批判儒家傳統的利器。儒家傳統狹隘、僵化的道德和文學體制，只代表了儒家精神的退化而已。傳統被反諷地用來暴露己身的不足；召喚傳統的目的是爲了顛覆傳統。[57]

換言之，雖然題材是古典的，楊牧的詮釋角度和書寫方法卻是現代的。同一時期的〈屏風〉（一九六七）提供了另一種化古爲今的示範。這首詩是《傳說》詩集第二輯的標題，正如〈延陵季子掛劍〉是第一輯的標題，可見其在詩人心目中的分量。

屏風

1 先是有些牆的情緒
2 在絲絹和紙張的經緯後

---

57 Michelle Yeh, *Modern Chinese Poetry: Theory and Practice since 1917* (New Haven: Yale University Press, 1991), p. 138.

成熟著，像某種作物之期待深秋
掌故伸過屏風上的繪畫
藉一茶壺之傳遞
一微笑之感染
把山水和蝴蝶之屬推翻在
車輛的迅速和
旅店的投宿。黯然
罪惡，整裝，熟悉的調子
不知道日落以後露水重時心情又怎樣
我描著雙眉
你去了酒坊[58]

〈屏風〉透過戲劇的輪廓，跳躍的場景，勾勒出一段愛情故事。意象暗示性強，文字隱晦，情節朦朧。首先，劇中的兩個人物是「我」和「你」。雖然他們要到詩的最後兩行才現身，整首詩寫的其實是他們之間的故事。

58 楊牧，《傳說》（台北：志文出版社，一九七一），頁二九—三〇。

第一節的場景是室內：屏風被比作絲絹做成的一道牆，提供了「你」「我」與外界的一個屏障。但是作爲讀者的我們，卻得以窺見屏障後發生的事情。「作物」(第三行)暗示有些甚麼在「有機地」成長著，而「期待深秋」則暗示那「作物」就要成熟結果。從背景的屏風，我們的視線轉移到人物身上。掌故、茶壺、微笑這一連串意象暗示兩個人坐在屏風後面喝茶談天。第五—六行的兩個及物動詞——「傳遞」和「感染」——共同渲染兩人之間歡愉的交流與互動。隨著好感的加深和「成熟」，裝飾著山水、蝴蝶等圖像的屏風被(不當心?)推倒了。描述到這裡忽然急轉彎，長達六行(第四—九行)的句子，從推倒的屏風忽然轉向「車輛的迅速」和「旅店的投宿」。

第八至九行之間的跨行和不尋常的空白將故事推向高潮：從喝茶聊天，到好感的成熟，到匆匆乘車，到投宿旅店。第九行的句點是整首詩中唯一的句點，彷彿爲這段戲劇性的發展作了一個總結。屏風後發生的故事到此似乎完結了，然而敘述並沒有結束。激情後的心情是「黯然」的，但是他們沒有時間去細細體味這段「罪惡」的感情。兩人還是得整裝離去。露水既標示時間——天快黑了——也象徵兩人的一段「露水姻緣」。而對「我」來說，這也是「熟悉的調子」了。激情過後，女子——「我」——坐在鏡前補妝。男子——「你」——動作更快，已出門去了酒坊。

〈屏風〉的結尾充滿了歧義性。詩中描述的感情將如何收場?它會繼續下去呢，還是已經結束了?男子匆匆去了酒坊，是罪惡感，是逃避，還是冷漠?他的「大動作」和她的「小動作」(描眉)是強烈對比，還是同一心理的不同性別表達方式?第十一行的「心情又怎樣」給我們的又是怎樣一個沒有答案的問題?其曖昧性和毫無頭緒正如詩中人物的一段情。

〈屏風〉擅用現代主義的「客觀對應物」(objective correlative)來影射內心世界的變化。第一節整節甚至不用一個人稱代名詞──第一──三行沒有主詞，以「先是……」開頭)──從「物」的角度作不帶情緒的描述。但是每個意象，每個詞語，都蘊含了強烈的暗示性。第一──二行一口氣用了六個「糸」部首的字：緒、絲、絹、紙、經、緯，暗指兩人的內心好比一團理不清剪還亂的絲線，爲第二節的「罪惡」埋下伏筆。第一節的「掌故」是這個長達六行的句子的主詞。用「伸過」如此奇怪的動詞來形容掌故，更加強了它的弦外之音。表面上它指涉屏風上的題材；「山水和蝴蝶之屬」本是中國屏風上常見的意象，但是同時也影射兩人之間故事的發展。「掌」甚至可解釋爲一個雙關語，暗示兩人在倒茶時有意無意的手的觸碰。

〈屏風〉的愛情主題再普通不過。兩節詩的不對稱──第一節八行，第二節五行──已經暗示了這段戀情的前奏遠比後續來的長，而且精彩。但是，詩人對詩中人物終究抱著一份「同情的理解」；既沒有傳統的道德判斷，也沒有濫情的抒發。此詩的原型來自六朝的宮體詩和詠物詩。雖然作者是男性，但是從女性的角度來寫不倫之戀，允許她發出自己的聲音。〈屏風〉或許可視爲一位偷情女子的呢喃，流露她內心混亂矛盾的情緒。

六、現代詩史的梳理

楊牧對古典中國的重視和轉化使他對早年現代詩的某個面向提出質疑和否定。他認爲：

中國的現代詩強調「現代」，並未強調「中國」。……從一九五六年到一九七六年——我們自由創作的詩，……只能稱爲「現代詩」而不能和三千年來中國人所創造的詩傳統認同，很難稱爲「中國詩」——它眞的不是「縱的繼承」！一個文化裡的新文學如果必須等到匯入他種文化裡，才能完成它的意義，這個新文學恐怕是需要檢討的。我們的現代詩曾經如此。當茲另外一個時代即將開始的時候，我要建議我們徹徹底底把「橫的移植」忘記，把「縱的繼承」拾起；停止製作貌合神離的中國現代詩，積極創造一種現代的中國詩。[59]

楊牧對紀弦「橫的移植」的批判也代表了他對現代詩史的重新梳理。一九七二年楊牧編輯《現代文學》專號。序文〈寫在「回顧」專號的前面〉指出，現代詩人「接受了三種不同文學的拍擊」，包括：一、古典中國文學，二、五四以來的新文學，和三、外國文學[60]。他肯定五、六十年代的現代詩運動，認爲在它出現以前的新詩沒有任何顯著的成績，「或埋沒於格律的憂鬱氣氛，或沖淡於空型的戰鬥口號」。直到「現代詩社」和「藍星詩社」的出現才有所突破。一方面「本地詩人與外來詩人借結社而始通訊息」，另一方面「以英美詩爲精神和技巧依歸的青年詩人亦開始

59 楊牧，〈現代的中國詩〉（一九七六），《文學知識》（台北：洪範書店，一九七九），頁六—七。
60 《現代文學》四六期（一九七二年三月），頁五。

與以日譯法國詩爲美學基準的中年詩人平起平坐，相互刺激」。除了「現代詩」和「藍星」，他也提到「創世紀」和「笠詩社」，以及支援現代詩運動最力的《文星》和《文學雜誌》[61]。

值得注意的是，楊牧強調台灣現代詩是本土詩人和一九四九年以後大陸來台的外省詩人共同努力的成果。而他將笠詩社和戰後的三大詩社相提並論，也暗示著他對本土新詩傳統的彰顯。他所持的歷史角度反映了六十年代後葉以降對文學史的重新思考。陳千武（詩人桓夫，一九二二—）一九七〇年十月在《笠詩刊》發表了〈台灣現代詩的演變〉，提出「兩個球莖」的說法，認爲台灣現代詩有兩個源頭：日據時期以來的台灣本土，與五四時期的中國大陸[62]。這篇具有文學史分水嶺意義的文論，楊牧對其論點不會陌生。而兩篇文章共同標誌著七十年代初詩壇梳理文學史，重寫系譜的努力。在更廣的意義上，它們可謂一九七七年鄉土文學運動和本土意識彰顯的先驅。

作爲教授，楊牧從不開設現代詩的課程。不論在台灣還是美國，他有意只講授英國和中國古典文學。但是，除了上面提過的徐志摩和鄭愁予，他還寫過夏菁（一九二五—）、商禽（一九三〇—二〇一〇）、瘂弦（一九三二—）等詩人。其中有幾篇是擲地有聲的長篇論述，有幾篇是珍貴的史料，生動地描繪了五、六十年代的詩壇。

61 同上，頁六。
62 《笠》九九期（一九七〇年十月），頁三八—四二。

七、「學院派詩人」

柏克萊是早年台灣文化界知道的有限的世界名校之一。這所美國西部的古老大學，正式成立於一八六九年，多年來一直被公認為世界頂尖的高等學府。楊牧在柏克萊四年（一九六六—七〇），念的是學術要求極高極嚴的比較文學系。獲得博士學位，堪稱殊榮。日後他以柏克萊為背景的散文集《柏克萊精神》更使這個名牌在台灣成為一種巨大的象徵資本。

一九七〇年，楊牧以新銳學者的身分主編新潮叢書。這套叢書由林衡哲（一九三九— ）醫生發起，由志文出版社發行。楊牧執筆的〈新潮弁言〉表達了這樣的視野：這是「一套完全以國人動手著述的好書，而不是亦步亦趨的翻譯品。……不管是文學藝術，哲學歷史，自然科學的現代底探討與回顧……。」[63] 如同他對中國文化的認同，對過度西化的批判，編者強調：「對於上一代的某些人，所謂『新潮』曾經是『西潮』……；對於我們來說，『新潮』並不完全如此意味。這個時代的文化是彼此撞擊互相建設的文化。我們肯定新生的廣義的中國文明。」[64] 這套叢書到一九七五年十月二十九日正式結束，共出書二十四種，作者包括了幾代知名學者，如年長一代的梁實秋（一九〇三—一九八七）、徐道鄰

---

63 楊牧，〈新潮叢書始末〉，《柏克萊精神》，頁一五一。

64 同上。

（一九〇六—一九七三）、陳世驤（一九一二—一九七〇）、夏濟安（一九一六—一九六五）和林以亮（一九一九—一九九六），中生代的趙岡（一九二九—）、張永祥（一九二九—）、於梨華（一九三一—）、鄭愁予（一九三三—）、劉述先（一九三七—）、葉維廉（一九三七—），和更年輕的劉大任（一九三九—）、王文興（一九三九—）、杜維明（一九四〇—）、殷允芃（一九四一—）、陳芳明（一九四七—）等等。

新潮叢書結束時，楊牧已在台大外文系擔任客座教授了。一九七五年秋天到七六年夏天對詩人來說，是關鍵的一年。從《柏克萊精神》的自序裡我們可以讀到他第一次在台灣教書的感動：「我不是職業作家，因為我必須教書，而且那一年之內，我終於尋到了教書的樂趣，一改以往對教書的厭煩……。」[65]在台大，一群年輕詩人，包括楊澤（一九五四—）、廖咸浩（一九五四—）、羅智成（一九五五—）、王裕仁（苦苓，一九五五—）等學生成立的《台大現代詩社》，追隨左右。他不但是他們的文學教授，也是他們的詩人楷模。

楊澤的第一本詩集《薔薇學派的誕生》（一九七七）收入的作品大部分成於一九七五—七六年，其中使用了大量的中西典故和意象。〈後記〉裡年輕詩人表達了對晚年葉慈的向往和對「大傳統」的探求[66]。楊牧在為詩集寫的序裡將現代詩人定位為現代知識分子；他稱許楊澤對中西古典傳統的重視以及抱持的詩的信念：「詩是唯一的宗教，愛也有近乎宗教的力量。」[67]同樣的信念也見於羅智成。這位自稱

65 同上，頁六。
66 楊澤，《薔薇學派的誕生》（台北：洪範書店，一九七七），頁一四七。
67 同上，頁四。

「鬼雨書院」主人和「異教徒」的詩人，第一本詩集《畫冊》在一九七五年出版，三年後繼之以《光之書》。玄秘瑰奇的意象和語言，奠定了他在詩壇的地位。在修訂版序文〈詩，是生命的刻度〉裡，羅智成重申詩是：「抗拒所有被確定的書寫方式的思考方式，……是對所有那些被探索、被期待、被修改、被『找不到』的某種完美的可能的代名詞。」[68]兩位風格獨特的早慧詩人對台灣的新生代造成深遠的影響。他們和楊牧的師生關係，以及不同程度上受到的影響，也使他們被冠之以「楊派」的頭銜[69]。

即便在當時，「楊派」往往和「學院派」畫上等號。除了類似師徒的關係，楊澤和羅智成也都留學美國名校（普林斯頓、威斯康辛），分別拿到文學博士和歷史碩士學位。相對於五、六十年代的現代詩，「楊派」對中西古典的深入研究和純熟運用，對中國文史哲傳統的認同，對現代詩人作爲知識分子的期許，標誌著一個不同的詩人形象。用「學院派」來稱呼他們，的確未嘗不可。楊牧明白這個稱呼是含有貶義的，然而他不但不否認自己是學院派，反而擁抱它：「學院派有甚麼不好呢？一邊看書教書一邊從事文學創作有甚麼不好呢？學院派的人可能比較喜歡掉書袋，用典故；然而適量的掉掉書袋，技巧地用用典故，也不是文學的弊病，更可能是文學的拓寬。中國詩人從屈原以降，沒有一個不讀書，讀書更使他們的文學深厚起來，豐饒起來。」[70]其實早在葉珊時期，他就表露過類似的態度。在一九六三年的一

68 羅智成，《光之書》（台北：天下遠見出版股份有限公司，二〇〇〇，一九七八年初版），頁一—二。

69 李泓泊，《羅智成詩研究》（南華大學碩士論文二〇〇四年六月）。第二節〈中外詩人的影響〉，他認爲里爾克和紀德，徐志摩和方莘是最重要的影響。論文中並沒有提及楊牧。

70 楊牧，《柏克萊精神》，頁六。

篇散文裡，他推崇方思：「是讀過很多書的詩人，也許你會覺得他bookish，但他有時做得不露痕跡，這全因為他確實是一個理解藝術原理的藝術家。」[71]

楊牧坦然接受學院派詩人的標籤，有心地將《柏克萊精神》「獻給所有狂狷的讀書人吧，你們是我最欽羨的典型。」[72]學院派的實踐也見諸於作品。除了前面討論過的對中國傳統的創意轉化，他親自注釋〈漢城・一九七四・贈許世旭〉。二十一行的詩，他卻提供了十八條注釋，加上〈解題〉，長達六頁[73]。如此詳盡的注釋，讓人想到艾略特的經典《荒原》（The Waste Land）。

作為學院派詩人，楊牧的影響在七十年代中期達到高峰。除了詩、散文、學術論文的發表，以及雜誌、叢書、文學選集的編輯之外，他也在報紙副刊寫專欄。例如，他應高信疆之邀，在《中國時報・人間副刊》寫專欄《結廬隨筆》。《柏克萊精神》的部分文章刊載在《人間》以及《聯副》和《中華日報副刊》[74]。同樣重要的是，他也為《人間》薦選投稿的詩作，因此發掘了不少新秀，例如陳義芝（一九五三—）、向陽（一九五五—）、焦桐（一九五五—）等，長期改變了台灣詩壇的生態。一九七六年，楊牧和花蓮老同學葉步榮創辦洪範書店，雖然規模不大，但是精致而高質量，長期以來是台灣出版界一個重要的文學出版社。

---

71 葉珊，《葉珊散文集》，頁一三六。
72 同上，頁七。
73 楊牧，《柏克萊精神》，頁一一四—一一九。
74 楊牧，《柏克萊精神》，頁六。

楊牧作爲學院派詩人的另一個面向是，他積極參與了台灣七十年代比較文學這門新學科的建立。西方文學批評早在五十年代就已經引進台灣。一九五六年九月，夏濟安在他任教的台大外文系創辦了《文學雜誌》，引介西方現代小說，闡釋創作的藝術、概念、和分析方法。在他的提攜下，一代年輕的小說家，包括白先勇（一九三七—）、陳若曦（一九三八—）、王文興（一九三九—）、歐陽子（一九三九—）等，在文壇嶄露頭角。一九六〇年三月創刊的《現代文學》，由夏濟安的一批學生主持，賡續了藝術實驗與創新的努力。

以台大外文系爲基地的文學批評在七十年代進入一個新的黃金時代。爲數不少的台大外文系畢業生，留美獲得博士學位後回到母校任教，陸續成爲資深教授、系主任、院長，包括朱立民（一九二〇—一九九五）、侯健（一九二六—）、顏元叔（一九三三—）、朱炎（一九三六—）、林耀福等。此外如劉紹銘（一九三四—）、葉維廉（一九三七—）、李歐梵（一九四二—）等畢業於台大外文系的學者，雖然他們留在美國教書，在西方文學批評的理論和實踐上也扮演了重要的角色，尤其是劉氏對台灣當代小說的評介，和葉氏建構的中西比較詩學。

在外文系系主任任內，顏元叔成立了比較文學博士班，一九七二年六月創辦了《中外文學》及《淡江評論》兩份學術刊物。前者評論與創作兼顧，後者發表英文論文。在院長朱立民的大力推動下，中華民國比較文學學會於一九七三年七月二十一日正式成立，八月開始徵求會員，並定期舉辦大型的國際研討會。作爲當時引入台灣的一門新學科，比較文學提供了不同的角度和方法來分析中國文學。同樣重要的是，作爲頂尖文科，台大外文系的提倡，使比較文學在大學體制內取得合法性和很高的聲望。

楊牧雖然不是台大外文系的畢業生，但是五、六十年代他跟多位外文系的作家熟識。他在柏克萊的指導教授陳世驤是夏濟安的好友，曾到台大演講。楊牧回憶道：「……曾在《文學雜誌》上讀到幾篇他在台灣大學的演講稿，記得他似乎是唯一能在論中國古典詩的時候，左右逢源地引證轉述西方文學理論的學者。」[75]除了在台大外文系擔任客座教授，楊牧也和侯健、姚一葦(一九二三—一九九七)、葉維廉等學者在一九七五年創辦《文學評論》期刊。

「左右逢源地引證轉述西方文學理論的學者」也同樣適用於楊牧。作爲一位比較文學學者，他的理想是「古今中外渾然一體的意識境界。」[76]早期的論文，從〈詩經國風的草木〉，《離騷》和《仙後》的比較研究，到〈公無渡河〉、〈驚識杜秋娘〉等等，都體現了他對比較文學這門新學科的肯定與重視：「老式的文學訓練也頗能磨礪人的思想和分析能力，在人文教育的總目裡，是有價値的……。比較文學要在這種思想和分析的練習以外，增加一個類比推論的過程，以之開發文學作品的新內容，肯定藝術的獨立。」[77]

75 楊牧，〈柏克萊——陳世驤先生〉，《掠影急流》(台北：洪範，二〇〇五)，頁二九。
76 楊牧，《傳統的與現代的》〈自序〉(台北：一九七三年原版，一九七九年洪範書店版)，頁三。
77 同上，頁五。

八、結論

本文用Game-Changer的理論架構來分析葉珊／楊牧在文學史上的意義。從六十年代中到七十年代的十年左右裡，詩人從事的文學實踐，不論在質還是量上，都相當驚人。除了多種文類的創作(詩、散文、論文、專欄、序、跋……)，他還同時擔任雜誌期刊的編輯，詩選文選的編選，叢書的出版，文學的講授，學術活動……等項工作。作爲詩人、散文家、學者、文學評論家、翻譯家，楊牧在七十年代的影響達到一個前所未有的高峰。它具體而微地反映在「楊派」和「學院派」這類的標籤上。

但是，本文不僅是以上諸多文學實踐的綜述而已，更企圖分析楊牧如何透過這些實踐，建立新的文學習尚和文學價值，進而改變了詩壇的生態，爲日後深遠的影響打下基礎。我們可以將一位作家視爲一個複合體，彙集著錯綜複雜的資源與資本，主觀與客觀的元素與力量。五六十年代的葉珊，得到高中老師的啓蒙，初涉詩壇。高中畢業在台北的一年，讓他由一個周邊人(也是外地人)進入詩壇的核心(台北)的核心(三大詩社)，與前輩和同輩詩人的密切互動，歷經大學四年和兵役兩年，皆不曾中斷。赴美留學是詩人生涯的一個重要里程碑，從一位熱愛中西文學的詩人變成一位受過嚴格學術訓練的比較文學與中國古典詩的學者。名校名師也爲詩人添加了一份令人欽羨的象徵資本。

楊牧承襲了五、六十年代現代詩運動對詩的宗教式投入。詩作爲一種獨立的藝術，他賦之以最崇高，最純粹，最貼近生命的意義。不輟的實驗和創作，數十年如一日。與此同時，楊牧也塑造了一個與五六十年代有別的詩人形象與角色。他對中國古典文學修養的提倡，既是個人氣質和知識取向使然，也是對現代詩運動及現代詩論戰的反思與回應。他對現代詩人也是知識分子的強調，表現在積極對文化——包括藝術和學術——的介入與建設。他對西方文學傳統的重視，從古典到浪漫到現代，皆能隨手拈來，運用自如。他對古典語言、意象、素材的轉化和挪用，表現了別具特色的創意。誠然，很多詩人在以上個別專案裡有類似的表現，但是能同時在所有專案中都有如此成就的，非楊牧莫屬。總而言之，如果我們承認「學院派」是一個有意義的歸類方式，那麼楊牧為現代漢詩樹立了一個最豐富強大的典範。

七十年代以來，楊牧的影響有增無減。他成為最常被年輕詩人模仿的對象之一，也是他們公認的宗師。毫無疑問地，楊牧是台灣詩史上的Game-Changer。

楊牧「奇萊」意象的隱喻和實現

——以《奇萊前書》、《奇萊後書》爲例

賴芳伶（東華大學中文系）

楊牧《奇萊前書》[1]與《奇萊後書》[2]分別出版於二〇〇三年和二〇〇九年。前者結集完成於一九八〇年代中開始的：《山風海雨》、《方向歸零》、《昔我往矣》，聚焦反思少年時光。《奇萊前書》似乎代表了一個遙遠階段的結束，但同時開啓一新的寫作進程。《奇萊前書》首頁以日文標示，獻給母親。母親，是全世界最永恆無悔的戀人，或名奇萊。

六年後，楊牧完成顯然與《前書》有深邃呼應的《奇萊後書》，除了自稱喜悅慚恧皆有之外，他以爲「都不如感受憂患之深」。這種長期的憂憫，含括了對人性前途以及宇宙時代等等的質疑。能否如他宣稱的，那些短暫的現象，可在惘然中，慶幸它樸素地存留在詩裡？而超越那些憂憫的時刻經驗的，是

1 楊牧，《奇萊前書》（台北：洪範，二〇〇三）。
2 楊牧，《奇萊後書》（台北：洪範，二〇〇九）。

否還有許多的具象和抽象，隱藏在宇宙大文章的背面，等著楊牧和我們，去發現記載，用心解說？

本文擬就重出的「奇萊」意象，尋索它對楊牧的隱喻之義，以及如何成為他模仿實現的生命典型，並且終於規劃出一張指向內心深處的回歸地圖。

一、前言：山海原鄉

> 把創造力和相關的潛在皆訴諸神話傳說，毋寧是天地給你的賞賜，何況那並不只是一時的，是恆久，而且廣大，無限，支持著你探索，突破的勇氣。縱使在你遠遠離開那原始天地，長久之後，還存在你心神之中，即是惟一的自然界，甚至在闊別之後，依舊不改。自然於是存在你的思維和想像，並因為那思維和想像變化無窮，與你維持著強烈，略帶靦腆的秘密關係。
>
> ——《奇萊後書》，〈抽象疏離 上〉3

花蓮的山海自然與楊牧一直維持著強烈，靦腆的秘密關係，使他把潛在的創造力接合到相關的神話

3 楊牧，《奇萊後書》，頁二一六。

傳說，從而構築一抽象的總體象徵[4]。楊牧所有詩文中的自然生息，一方面綴連敘事的背景，同時轉化成象徵修辭，生發出無窮的詩的蘊藉。無論是讀書或觀察得來的生態知識，他所關切的都不僅止於具象或昇華後的大自然，而是考量到「如何將其融通於人文價值」。一如雪萊(Percy Bysshe Shelley, 1792-1822) "To a Skylark"詩中的雲雀，濟慈(John Keats, 1795-1821) "Ode to a Nightingale"中的夜鶯，牠們的啼聲成爲詩人抒發情感的依托，指出詩人思維運作，情感嚮往的方向[5]。屬於台灣百岳群的「奇萊」山系，就在楊牧的家鄉花蓮，嵯峨盤踞，其偉岸奇詭的形象，久已成爲他抒發情感的依托，提供他的作品排比典故的空間，更爲他指示詩藝與生命嚮往的方向。

二〇〇三年，楊牧將一九八〇年代中開始提筆，至一九九七年爲止的散文創作：《山風海雨》（一

---

4 陳芳明〈回望一個大象徵〉說，楊牧相信「神就存在於詩中」，因爲「詩是信仰，是預言，是命運，是主宰。與神一樣崇高的詩，每當發出聲音，就是純粹的神諭。」參見《印刻文學雜誌》第伍卷第伍期（台北，二〇〇九年一月），頁六五。我以爲這個神諭，主要從「奇萊」發出。陳氏此文還敘及，楊牧所追求的「詩的眞理」，含納時間與空間意識，隨著文字技藝的成熟，他很明白其「空間意識的終極意義，是歷史上的福爾摩沙，是此時此刻的台灣，是他魂夢縺綣的故鄉花蓮。……楊牧的花蓮經驗，一個生命的原始出發點，正是他的詩藝思之再三的依歸。」若說一九七四年的〈瓶中稿〉承載了無法釋放的鄉愁，那麼〈俯視：立霧溪一九八三〉與〈仰望：木瓜山一九九五〉完成相隔十二年，則拉出了詩中的空間大象徵。《奇萊前書》不過是要把他的詩學大象徵說得更爲明白。參見前揭陳芳明文，頁六七。這樣的見解很精確，只是《奇萊前書》之不足，尚且要繼之以《奇萊後書》，有前有後，自然、人文深切交匯，互爲彰顯，才算完整。

5 曾珍珍，〈多識草木蟲魚鳥獸——訪楊牧談解識自然〉，《新地文學》季刊第十期（台北：新地文學季刊社，二〇〇九年十二月），頁二八三。

九八七）、《方向歸零》（一九九一）、《昔我往矣》（一九九七），重新合為一帙，命名：《奇萊前書》（二〇〇三）。六年後，楊牧再以「奇萊」之名，完成了《奇萊後書》（二〇〇九）。觀此兩本詩文合體鉅著，前後寫作時間貫穿二十餘年，同樣意蘊幽深。前者屬一早期文學自傳之結構，旨在「探索山林鄉野和海洋……啓迪，追尋詩，美，和愛的蹤跡，自我性格無限的猶疑和執著，並於回想中作荒遼幻化的前瞻，思維集中，風格刻意，一一在多變屢遷的散文筆路下展開。三書自成系列，脈絡延伸，止於一秘密作別的時刻，合帙為《奇萊前書》」。[6]《奇萊後書》出版時序與內容結構可與《前書》銜接呼應，但楊牧強調「這不是一本回憶錄」[7]，似乎已「告別原初之山林與海洋，置身多樣的人情和知識環境之間，惟**詩的執著**始終不變」；如他所說的，此作依然「在風雨聲勢中追求愛與美之恆久，感受學術，倫理，與宗教等及

---

6 參見《奇萊前書》封面摺頁。
郝譽翔〈詩的完成——論楊牧《奇萊後書》〉認為，《山風海雨》、《方向歸零》、《昔我往矣》三書的內容可與楊牧《一首詩的完成》相呼應，《奇萊後書》像是一則「詩的完成」。《新地文學》季刊第十期，頁三二三。

7 楊牧此語參見郝譽翔，〈因為「破缺」，所以完美——專訪楊牧〉，《聯合文學》第二九一期（二〇〇九一月），頁十九。
胡賽爾早就指出，「回憶」並不是一個簡單事物的「再現」，是包含被主體意識到的零碎片段、以往微弱印象的模本。因此卡西勒說，回憶與其說是再重複，不如說是往事的新生。雖然文本中的「再現」是作者所建構的再現，但作者以第一人稱回憶的方式建構文本「過去的時空」，會使此「過去的時空」並不單純是被表述出來的時空，而是文本中第一人稱的「我」所意識到的「再現」。參見卡西勒(Ernet Cassirer)著，甘陽譯，《人論——人類文化哲學導引》（台北：桂冠，二〇〇五年五月），頁七六。楊牧說《奇萊後書》不是一本回憶錄，是以若以上述觀點閱讀《奇萊前書》、《奇萊後書》應該是合宜的。

身的信仰和懷疑，如何通過我們對**文字**的單一體驗，於修辭比類，章句次第，亦隱亦顯的**象徵**系統中發現**真實**。」[8]

誠然《奇萊前書》止於一秘密作別的時刻，而《奇萊後書》亦無意去指涉特定的人事，乃是以一種楊牧自己喜歡的方法，擷取若干他以爲有意義的人生經驗，尤其是深深影響到他生命形塑與詩藝表現的人物，典故。儘管文章中的時間和地點皆是跳躍的，可是楊牧自述「**核心的概念**」卻一致，也許是想藉此分析自己，「到底在人生過程中有哪些關鍵之點？以及自身的感觸，生命的印記」等等[9]。本論文希望能明悉其核心概念所指的「詩的執著」爲何？以及有哪些重要的人生關鍵之點？若以《奇萊前書》之前已有三書定名爲起源的思索，結合其一再援引「奇萊」意象直至《後書》來看，楊牧似乎有意創構一種以「奇萊」爲主的隱喻和象徵體系，以之修辭比類，章句次第，欲於亦隱亦顯的象徵系統中發現眞實[10]。沿著這樣的線索，我們嘗試如他所期許的，以詩的形式，進一步探究其能指(signifier)和所指(signified)的「奇萊」究竟爲何？其中是否隱藏著甚麼深邃的開展與意涵，提供詩人在有限的生命中，

---

8 參見《奇萊後書》封面摺頁。

9 郝譽翔，〈因爲「破缺」，所以完美——專訪楊牧〉，頁一九。

10 巴舍拉的「空間詩學」從客觀的理論思考，發展出一種詩意想像的現象學取徑，認爲人蜷伏在世間的某個空間，其「情態氛圍」形塑「夢想空間」，形成「幸福空間意象」，空間因而從心智的客體，轉變成與靈魂深刻迴響的力量。參見巴舍拉(Gaston Bachelaard)著，龔卓軍、王靜慧譯，《空間詩學》(台北：張老師文化，二〇〇三)，頁十三—二七。據此或可說「奇萊」對楊牧而言，已從地理上的空間客體，轉變成與他的靈魂有深刻迴響的力量，使他對「奇萊」產生獨特的審美意識與心理認同。

屢屢衍生不絕的創作之力與迴環反覆的深情追尋？

二、「奇萊」的史源地緣

根據《花蓮縣志》記載：「花蓮古稱『奇萊』。稱花蓮始見沈葆楨奏疏，前此無聞焉。故老云，花蓮溪東注，其水與海濤激盪，紆迴澎拜，壯之以其容，故曰洄瀾。後之人諧爲花蓮，至今沿襲之，知洄瀾者，百無一二焉。」[11]據此可見，花蓮的兩種古稱有「奇萊」和「洄瀾」。稱「洄瀾」者，約是始自清代漢人到花蓮開墾之時[12]。但稱「奇萊」，究竟始自何時？

較確信的說法應是，「奇萊」兩字，乃取自世居此地原民族之族名：Sakizaya的諧音。當時外族接觸Sakizaya人，由於語言不通，加上發音不清楚，因此就誤把Sakizaya當作地名來呼之[13]。阿美族人稱「Sakizaya」[14]人爲「Sakiraya」，於是用「Sakiraya」中「ki-ray」兩個音節，來稱撒奇萊雅人居住之平原爲「奇萊平原」（位於花東縱谷的最北邊，北起三棧溪口，南迄木瓜溪口，北方爲立霧溪三角洲平

11 駱香林主修，《花蓮縣志卷二　總記、疆域》（花蓮：花蓮文獻委員會，一九八三），頁一。
12 參見陳旭盈，《花蓮旅讀》（花蓮：愛書人雜誌，二〇〇五），頁五。
13 參見蘇羿如，《撒奇萊雅族(Sakizaya)的生成歷程——族群團體、歷史事件與族群性再思考》（國立東華大學多元族群研究所博士論文，二〇〇八），頁五。
14 撒奇萊雅族是二〇〇七年一月十七日由官方承認的第十三個台灣原住民族。見王貝林、羅添斌、花孟璟，〈原民第十三族撒奇萊雅族今正名〉，《自由時報》，二〇〇七年一月十七日。

原，南連花東縱谷平原，西鄰中央山脈，東向太平洋；南北長約十九公里，東西寬八公里，面積約九十多平方公里，成弧形），而位於附近中央山脈的高山也稱作爲「奇萊山」[15]。另外，包括西班牙、荷蘭、清朝、日本、中華民國的地圖與文獻均予沿用此名。

而如今所稱之「奇萊」，係指奇萊山連峰，包括奇萊主山、奇萊北峰、卡樓羅山、奇萊南峰、奇萊裡山等，鄰近的屏風山、南華山等亦可同列。奇萊山群位於花蓮縣秀林鄉與南投縣仁愛鄉交界，大多隸屬太魯閣國家公園。奇萊山群在太魯閣國家公園境內，與合歡群峰隔著中橫遙相對峙。其三千公尺的稜線上有美麗的箭竹草原，從此往北可看到北一、北二段。往南視野可達玉山群峰。奇萊群峰主要有奇萊主峰以及南北兩座副峰，主峰標高三五六〇公尺，三等三角點，從北方望去，基盤狀闊，山形穩重；北峰標高三六〇五公尺，一等三角點，高過主峰，是中央山脈排名第八的高峰，名列台灣十峻之一[16]。

早在一六三六年，西班牙統治的文獻紀錄上已有「撒奇萊雅族」。當時，西班牙統治台灣北部及東北部，在此區域劃分三省，其中即包含了撒奇萊雅族居住地。一六三八年，荷蘭東印度公司探險隊至台灣東海岸探尋金礦，得知撒奇萊雅居住地出產金礦，因此派兵進入與撒奇萊雅族多次衝突。清領期間，撒奇萊雅族取得奇萊平原領導地位。爲了保衛領域，與清軍發生大規模武裝衝突。一八七八年，噶瑪蘭族聯合撒奇萊雅族對抗清兵，即著名的「加禮宛事件」，撒奇萊雅的主要活動中心——達固湖灣部落

15 參閱陳俊男，《奇萊族（Sakizaya人）的研究》（國立政治大學民族學系碩士論文，一九九九）。

16 參閱網路資料：http://zh.wikipedia.org/zh/%E5%A5%87%E8%90%8A。

（今慈濟醫院至十六股一帶）被火燒焚燬。為避免被清軍報復滅族，撒奇萊雅族開始流離隱居他族，從此自歷史紀錄中消失。日本統治時期，將台灣原住民分類，撒奇萊雅族人對昔日衝突受創記憶刻骨銘心，選擇隱姓埋名，被歸為阿美族。依地理區分為奇萊阿美族[17]。

楊牧《奇萊前書》〈他們的世界〉所說的「阿眉族」分佈在台灣東部的山地和海邊，從立霧溪口延伸到卑南溪，依居住地區又有恆春阿眉、卑南阿眉、海岸阿眉、秀姑巒阿眉；他小時候逃難誤入的山村，應該是秀姑巒阿眉部落，多年以後離開花蓮還無法忘懷，而覺得「他們的世界就是我的世界。」（頁五七）[18]

另外，「花蓮」舊時亦有其它不同名稱：西班牙人於一六二二年在立霧溪、新城一帶採砂金，將花蓮地區稱為「哆囉滿」（Turoboan）；後來又有「崇爻」（以前住在平地的阿美族稱住在中央山脈的泰雅族人為崇爻，意思是猿猴爬樹很敏捷）、「祈來」（應是取自「奇萊」之音）、「花蓮港」等稱呼[19]。

從以上歷史、地理和族群大致溯源，《奇萊前書》與《奇萊後書》所運用的「奇萊」意象，確有其

---

17 參閱網路資料：http://blog.xuite.net/m038334126/8/10210910

18 相關研究，可參董恕明，〈平易的人情，深邃的世界——試探楊牧詩文中的原住民圖像〉，收錄於《第四屆花蓮文學研討會論文集》（花蓮：東華大學中文系，二〇〇八），頁一六五—一八三；及董氏，〈拿起來，翻開——原住民在楊牧的詩文中進進出出〉，《新地文學》季刊第十期，頁三三一—三四一。

19 以上名稱皆可見於康培德，《續修花蓮縣志——民國七十一年至民國九十年 歷史篇》（花蓮：花蓮文化局，二〇〇六），頁四五、五〇、五六、六七。

地誌書寫的深刻意蘊，隱含著社會，文化，與文學的力量，從中寄寓了作者的情感認同[20]。至於「前後書」的命名，或如楊牧受訪時所言：「有一次在一個演講會，有人問我，有『前書』，那麼有沒有『後書』呢？後來我想想這個idea不錯，有了所謂的〈提摩太前書〉，也就有〈提摩太後書〉。」[21]故結合兩者來看，「前後書」除指出版時間的先後外，最重要的應該是一以貫之的「奇萊信仰」，亦即以台灣花蓮為現實落點的自然萬象，並依此擴展延伸。

有關奇萊種種敘寫，很容易讓我們繫連到《一首詩的完成》裡的〈大自然〉，該文非常重視大自然

---

20 地誌書寫所著力刻繪的地方景觀，常能幫助人們認識、愛護、標榜建構一個地方的特殊風土景觀及其歷史，使其產生地域情感和認同，並增進族群的共同意識。或亦可說，地誌書寫裡的每一條輪廓都隱含著社會及其文學的力量。參見吳潛誠，〈閱讀花蓮：地誌書寫——楊牧與陳黎〉，刊載於《更生日報・四方文學週刊》（一九九七年十一月九日），收入王威智編，《在想像與現實間走索——陳黎作品評論集》（台北：書林，一九九九），頁一九五—二〇一。即使楊牧的「奇萊學」虛構想像的文學成份很多，但仍然指涉最原始的花蓮鄉愁，包含了地理歷史，族群人文。又，從「地方」與「認同」的交互作用來看，地方蘊含個人、社會與文化意義，提供一個意涵架構（significant framework），使「認同」在其中得以建構，維持與轉化。「地方認同」賦予個人所在的社會世界一種歸屬感與秩序，此一認同作用，得以確立其「自我」和「在世存有」的特質。參見L. Cuba, and D.M. Hummon, "A place to call home: identification with dwelling, community, andregion," *The Sociological Quarterly* 34(January.1993): 111-134.

21 花蓮山海，奇萊台灣，對楊牧而言，是有「地方」與「認同」的交互作用。蔡逸君記錄整理，〈路曼曼其修遠兮——楊照對談楊牧〉，《印刻文學生活誌》第五卷第五期（二〇〇九年一月），頁五三。

對一個詩人的啓迪和影響：

我們崇尚大自然的堅定和美，那接近永恆的能量。……我們膜拜大自然，豈不是因爲它那堅定的實質存在嗎？而當我們全面理解了大自然的力，孳孳勤勉以生命的全部去模仿它，藉我們的藝術之完成，企及那堅定的實質，說不定就可以同意東坡所說的，「我」竟然也是無盡的，長存於藝術的整體完成之中。所以大自然是我們的導師，雜然賦流形是它落實的示範，山的峻拔，海的浩瀚，江河的澎湃，溪澗的幽清；或是飛雲在遠天飄動，時而悠閑時而激盪，或是草木在我們身邊長大，告訴我們榮枯生死的循環也還有一層不滅的延續的道理[22]。

可知詩人所創作的「詩」，如果能夠孜矻模仿大自然的力與美，從中領悟榮枯生死的循環道理，那麼詩人的藝術生命也就可以像大自然一樣接近永恆。再看以下的敘述：

我們有時面對大自然會感到恐懼，或許正因爲我們太依賴著它的愛，像孩童耽溺著父母親的保護和扶持，並因爲自覺那愛存在，而憂心忡忡，深怕有一天將失去那愛，因爲我們犯

22 楊牧，〈大自然〉，《一首詩的完成》（台北：洪範，一九八九），頁一四—一五。

了它所不能原宥的過失而失去那愛[23]。

對我們扶持保護有如父母的大自然，的確有時是會令人恐懼的，尤其是在我們犯了不能原宥的過失，會深怕有一天失去那愛。這種心情在楊牧的〈俯視〉、〈仰望〉這兩首詩中，表現得很細膩深澈。這兩首潛在攸關花蓮風土人情的山水詩，重現在《奇萊後書》末篇的〈中途〉，彷彿穿透悠遠的時間空間，見證詩人起伏跌宕的生命軌跡，而衍生出各種榮枯循環、生死輪迴的自然奧義。從奇萊而大自然而生命的初始緣起，其間經緯著楊牧最深刻的，詩藝與生命的信仰。他曾在《介殼蟲》的〈後序〉中，說：

> 對華滋華斯而言，人之初生，即睡眠和遺忘的開始：嬰兒呱呱墮地表示他正從有知多識的前生睡去，僅保留殘存的記憶在童年階段閃爍發光，與神異世界的性靈交接，互動，但也勢必因今生歲月的推移和折損，因肉體成長，接受新知識，而逐漸將那些遺忘淨盡，甚至失去孩提曾經擁有過，親密的少許，我們慣習的「天眞」，終於蕩然無存。[24]

23 楊牧，《一首詩的完成》，頁一六。

24 楊牧，《介殼蟲》（台北：洪範，二〇〇六），頁一五一。此外，楊牧〈徐志摩的浪漫主義〉一文，亦提及華滋華斯詩中多歌詠兒童天眞與宗教榮光的作品，處處肯定吾人通過童年的單純，正適足以接近上帝的賜福，並以此詮釋大自然的植物世界和動物世界，乃至於簡樸和睦的鄉野人物。參《隱喻與實現》（台北：

這種觀念，似乎把大自然當作母體，而「我們(孩子)」因爲逐日的成長反而離那母體愈來愈遠。秉持如此的信念，《奇萊前書》「想到試探以通過童年追憶去接近永恆的途徑」，所書寫的童稚記憶與少年憧憬，無非強調「天眞」的心靈和視野，實爲一切藝術創發的源頭。所以緬懷「童年」樂土，家鄉故園一些無法忘卻的景致，人物，事件，當然是楊牧創作重要的生機，但卻不是唯一的生機。這當中還無時或已穿梭著成長的喜悅，甜美，災難和憂傷，讓他知感兼具地儆醒著自己的生命責任，詩人的使命[25]。

《介殼蟲》〈後序〉之後楊牧繼續擴充思索：「我在他們身上看到去日的自己」[26]，指的是久違遺忘的純眞，這或許較偏向時間；而《奇萊後書》的〈設定一個起點〉，應該時間空間兼而有之；縫合〈俯視〉立霧溪、〈仰望〉木瓜山的〈中途〉，則引現一鬢髮霜雪的詩人，如何在人生旅程的中途，返顧沉思，前瞻未來。「前後書」表面上好像都在回望過去，可是就在楊牧構築某種回歸的大象徵的同時，卻又不斷指向綿綿不已的未來，使未來和過去就在此際當下，渾融成一個相互辯證的圓，迂迴傾訴所有的終點無非就是起點。故楊牧說：「起點和終點同時存在於我自己的心，走到那裡跟到那裡。」

(續)洪範，二〇〇二)，頁八九。

25 郝譽翔〈詩的完成——論楊牧《奇萊後書》〉以爲：「《奇萊前書》旨在描述一個『文藝復興人』，或一個詩人如何誕生與成長，以及在政治高壓的肅殺年代裡，一顆詩的心靈又如何因爲『愛美與反抗』而萌芽，激盪，躍升，並且試圖以『詩』的方式，建立一個心靈上的秘密樂土，以展現浪漫主義『向權威挑戰，反抗苛政和暴力的精神』」。《新地文學》季刊第十期，頁三二三。此見解很精到，惟本論文更聚焦溯源於「奇萊」意象的探索。

26 楊牧，《介殼蟲》，頁一五四。

（《奇萊後書》，頁五）

走到那裡跟到那裡，可不是？《介殼蟲》〈後序〉最後一段提起荷馬（Homer，約西元前九至八世紀），若以繫年（二〇〇六）來看，詩人所思似乎正在爲未來的《奇萊後書》（二〇〇九）盤算著。設定一個起點，終點，過程，莫非暗暗指向生命與文學的綺色佳（Ithaca）？

入冬以來，斷斷續續整理著這一本詩集，有時也在恍惚間以爲是重複著過去已經做了的事，正確和不正確的執行，修正，但有些地方就由它去吧。從前如此，現在也應該就是如此。然而，冥冥中又感覺到心神有一種異乎平常的負擔，可能是甚麼思維的累積，揮之不去，再三出現如荷馬史詩裡鍥而不捨，勇敢的武士，被我這個最投入，一路尾隨已經到二十一世紀初葉的末代讀者所揶揄。[27]

荷馬史詩裡鍥而不捨，勇敢的武士，爲何再三出現讓他揮之不去，成爲思維的累積，或自我鏡像的揶揄？爲何楊牧說自己是最投入，一路尾隨已經到二十一世紀初葉的荷馬的「末代讀者」？是因爲那年代堙遠的，美與哀傷的榮光與價值觀，已逐漸壓埋冰封？而自忖身處當代的自己，正如葉慈（William

27 楊牧，《介殼蟲》，頁一五五。

Butler Yeats，一八六五—一九三九）般「以詩涉事」[28]，猶似史詩中的武士，冒險犯難，以劍屠龍，意圖拯救人間亡失的公理正義，以及如此之相似的出發戰鬥，飄流回歸？

這些與奇萊相關的聯想——自然山海，族群衝突，童眞性靈，神話信仰，英雄史詩……，或許將點滴匯聚成我們探索楊牧的「奇萊」意象，不可或缺的隱形註腳[29]。

三、顯身爲「家鄉守護神，母親」的奇萊

很多時刻，也許就在遙遠的太平洋彼岸，世界的一角，更或者就在群山環抱的花蓮，楊牧告訴我們說：

> 我下筆疾書，胸懷裏有一片悠遠的綠色山谷，深邃如神話重疊的細節，形貌彷彿隱約，倫理的象徵永遠不變，那崇高的教誨超越人間想像，不可逼視，巍巍乎直上雲霄。我收斂情

---

28 參見楊牧，《涉事》（台北：洪範，二〇〇一）。「以詩涉事」一語源自葉慈的「知識分子讀書以涉事」。

29 論者或概括爲楊牧的「花蓮情結」，陳芳明在〈永恆的鄉愁——楊牧的花蓮情結〉中提到，花蓮是楊牧理想與情愛的原型，〈俯視〉和〈仰望〉是他多年「流亡」異域後，重返故鄉的自責與懊悔的心聲，儘管流光似水，他對花蓮依然依戀崇敬。此文收於《第一屆花蓮文學研討會論文集》花蓮：（花蓮縣立文化中心，一九九八），頁一三八—一四八。惟「花蓮情結」的說法，似尚未深澈，另關於楊牧「流亡異域」的說法，也未必盡然，有待進一步思考。

緒，沉思，仰首：奇萊山高三千六百零五公尺，北望大霸尖山，南與秀姑巒和玉山相頡頏，永遠深情地俯視我。……而當文字留下，凡事就無所謂徒然。[30]

憶想中永遠深情俯視楊牧的山巒，自北依倚迤邐南下，而他總認得那北邊最高的峰群，和那些在忽明忽滅的陽光照耀之下，快速聚散的雲霧；就在卓爾峰群的背面，凜然嚴峻，直接以其超越的光明注視著他的奇萊山。在往後風雲迭宕的遭遇中，奇萊山不斷惕勵敦勉楊牧，要以深密精萃的**文字記載**，刻鏤他所體認的辛酸甜美，讓他永遠不感到人生虛幻徒然。楊牧屢次以這樣的字句詠嘆奇萊：「啊！偉大的守護神」（《前書》，頁十八，二三，三一），在他的認知中恰與秀姑巒山同爲台灣的擎天支柱。緊接《前書》序文之後的第一篇〈戰火在天外燃燒〉，如此明示「奇萊」與花蓮的親密關係：

戰火還沒有燒到花蓮。

那是一個寧靜的小城，在世人的注意和關心之外。……小城沉睡於層層疊高的青山之下，靠著太平洋邊最白最乾淨的沙灘。站在東西走向的大街上，你可以看見盡頭就是一片碧藍的海色，平靜溫柔如絲幕懸在幾乎同樣碧藍的天空下。回頭是最高的山巔，忽然拔起數千公尺，靠北邊的是桑巴拉堪山，向南蜿蜒接七腳川山，更遠更高的是柏托魯山，立霧主

---

30 楊牧，《奇萊前書》，〈序〉，頁五。

山，太魯閣大山，在最外圍而想像中還能看清楚的是杜鋅山，武陵山，能高山，奇萊山，奇萊主山北峰高三千六百零五公尺，北望大霸尖山，南與秀姑巒山和玉山相頡頏，遠遠俯視著花蓮在沉睡，一個沒有新聞的小城。[31]

文中所述的「奇萊」正是——地理上的「奇萊山」，他一再清楚點明其海拔，方位(以它爲中心據點，可北望大霸尖山，南與秀姑巒山和玉山相頡頏)和疆界(越過奇萊山就離開了花蓮的境內)；「奇萊山」是心靈和精神上的守護者，在高處俯視著或睡或醒的家鄉花蓮小城，看顧著幼小的「我」，使他們無畏於戰火的威脅。即便在日本殖民統治的年代裡，也一樣。楊牧回憶說——

……有一次我遇到一個帶長刀的軍人，那應當是冬天的上午罷，他穿著軍大衣在街上沉默地邁步，臉上幾乎是沒有表情的，只是唇上的「小髭帶著一種寂寞的傲氣，在那皇軍戰事正節節失利的年代，他沉默地邁步，一手扶著長刀，在偏僻的小城裡，當冬天的寒氣瀰漫著太平洋的涯岸，而俯視的峻嶺穩重地立在那裡」，桑巴拉堪山，立霧山，奇萊山，峰頂積著白雪，比挫折中的統治者和惶惑的台灣人更沉默，沉默地守護著，卻必然也輕輕訴說

31 楊牧，《奇萊前書》，頁一二——一三。

著些甚麼。我是聽得見山的言語的。[32]

或者當夏日的颱風來襲，

……猛烈地吹打著偉大的森林，說不定已經靠近奇萊山了，拔起許多樹木，快速沖進太平洋。海邊站著許多冒險的人，在強烈的太陽光下注視著長短粗細的漂流木——然則那到底是山的禮物還是海的禮物呢？颱風一定已經越過奇萊山了。越過了奇萊山，它就離開了花蓮的境界。奇萊主山北峰高三千六百零五公尺，插入亞熱帶的雲霄，北望大霸尖山，南與秀姑巒山和玉山相頡頏，遠遠俯視著甦醒的花蓮，……。[33]

不管是殖民者的凌厲威嚴，或來自海上颱風的暴雨嚎哮，奇萊都一貫「沉默地守護著」（《前書》頁十六）他們，儘管沉默，但他相信「卻必然也輕輕訴說著些甚麼」，因爲「我是聽得見山的言語的」（《前書》，頁十八）；儘管事實上海拔不是最高的奇萊，卻儼然是年稚楊牧心中最高的，一切「靜的峰頂」[34]，如此足與台灣的聖山——玉山相頡頏。

32 楊牧，《奇萊前書》，頁一五—一六。
33 楊牧，《奇萊前書》，頁二二—二三。
34 可參照楊牧〈時光命題〉有云：「在將盡未盡的地方中斷，靜／這裏是一切的峰頂」。陳芳明在〈孤獨深同篇中只用「山」一詞代稱的，幾乎也明顯指向「奇萊」，例如，「那大概是我第一次離開我蝸𧏙和金龜子的小天地，去到一個最遠的地方，但山的形狀不變，還是維持著它一貫的姿態，很親切地俯視著我。」（《前書》，頁十六）因爲有「山」親切熟悉的看護，才能使得幼童離開自己的小天地，放心去到一個陌生的遠方；「在那個年代，幼穉而好奇，空間所賦與我的似乎只是巍峨和浩瀚，山是堅強的守護神，海是幻想的起點。」（《前書》，頁十八）都印證了，「奇萊山」不僅只是客觀地理上的定義，它在詩人的生成過程中，始終是守護者的角色，以至臻於「神」般的地位。

《奇萊前書》中〈接近了秀姑巒〉的那個「山」，清晰地指著「奇萊」。多年後楊牧回憶，依然肯認「山的形象不變，除了雲霧濃淡已外，山永遠是不變的，俯視著我，並且自動凝然向南北兩個方向蜿蜒突兀。我是聽得見山的言語的，遠遠地，高高地，對我一個人述說著亙古的神話，和一些沒有人知道的秘密。」（《前書》，頁二七—二八）彼時「山的言語」對那幼童而言，隱約游移於「神話」和「秘密」之間，是以並非無所不說，比如，山「並沒有告訴我今天黃昏有人會從它那裡扛來一隻死獐，並且擺在巷口地上，這麼殘忍嚇人。」（《前書》，頁二八）差不多時節在近處的樹林裡，他也目睹了三個講閩南話的男人與一頭流淚的水牛，並且在次日午前再去時知道牛已被屠殺，陰暗的樹下佈滿血漬和一大灘牛屎，有蠅蟲蚊蚋在現場盤旋（《前書》，頁三九）。這些關乎生命死亡的恐怖，山神都沒有事先告知

（續）邃的浪漫象徵〉指出：「現實的指涉與心靈的鑑照，是楊牧文學思維的兩個面向，在他的創作歷程上，這雙軌的發展頗有辯證的意味，相剋相生，互爲表裡。」見：《深山夜讀》（台北：聯合文學，二〇〇一）。緣此以觀，則楊牧一切「靜的峰頂」虛實渾融，適足以指涉「奇萊」。

他，卻已讓他在火車，鐵橋，山野，河流，竹林，阿眉山村，陽光小站氤氳的顏色氣味中，聞到人間暴虐的氣息。在此楊牧或已預先設下另一個必然將去探索的人世主題的伏筆。而他還是下定決心要記住，耕牛在嚙草甩尾巴，白鷺鷥飛掠於阡陌水塘之上，那麼簡單純潔的顏色和風姿。（《前書》，頁三六—三七）

龐然偉巨的這群「山」，還更具體綿亙爲以花蓮疆界爲收束的中央山系，可是卻不包含同爲花蓮之地拔起的海岸山脈：

海岸山脈對我說來除了遙遠和陌生以外，甚麼感覺都沒有，不如右邊的大山那樣，似乎所有連綿和迤邐都是屬於我的。……從花蓮南下，想像西邊巍巍第一層峰巒是木瓜山，林田山，玉里山，都在兩千公尺以上，比海岸上任何突出的山尖都高出一倍。第二層是武陵山，大檜山，二子山，它們都接近三千公尺了。而和我們的奇萊山——啊！偉大的守護神，高三千六百零五公尺——同爲第三層次環疊高聳在花蓮境界邊緣的，是能高山，白石山，安東軍山，丹大山，馬博拉斯山，大水窟山，三叉山，卻以秀姑巒山爲最高，拔起海面三千八百三十三公尺，和玉山並肩而立，北望奇萊山，同爲台灣的擎天之柱。[35]

35 楊牧，《奇萊前書》，頁三一。

奇萊山的守護形象亙古不易，被楊牧暱稱「我們的奇萊山」，而隨著他成長的視域漸漸延伸（從小城擴大到縱谷區），奇萊也擴延爲花蓮境內的中央山系，「似乎」都是「屬於我的」。値得注意的是，楊牧提到的山，都是立在花蓮，除了玉山以外。一般而言，大多會把最高的玉山視爲台灣精神的象徵，但楊牧不然，顯然深情主觀地把他的奇萊山，花蓮地方的奇萊山和秀姑巒山，提升爲「台灣的擎天支柱」。這或許明示，楊牧不僅有意架構自己的山系象徵系統，以花蓮情感複疊台灣意識，進而連結其詩的生命職志，以之作爲總體的隱喻與實現。

一如葉慈母親的家鄉斯萊果（Sligo），一直是葉慈詩中長期不斷回溯思懷的童年故鄉形象，他的作品中「始終縈繞著沉重的愛爾蘭，那蓋耶爾神話傳說的世界，丹黯海灘和鄉野。」葉慈以愛爾蘭的斯萊果、灞列力塔，作爲溯洄追求的人生之象徵意念，楊牧亦以他的「奇萊」指涉，作爲溯洄追求的人生之象徵意念，而蔚爲一極具系統的豐富，繽紛的意象體系，與敘事的格局[36]。

正是有了這些群山的守護懷抱，楊牧一家人才得以在二次世戰美軍的空襲下倖免於難，進一步開啓他個人對自然山林無盡的追尋。因此，之後在山林中深入〈他們的世界〉——與阿眉族山村聚落的接觸，乃成爲他年少時代最激發幻想的所在（《前書》，頁五八），那詭奇野性的氣味聲響色澤，爲小小的楊牧開啓了愛的秘密根源，「我知道我仍會保持那份強烈的愛，不是與生俱來的，是秘密地尋覓追求來

36 楊牧，〈葉慈的愛爾蘭與愛爾蘭的葉慈〉，《隱喻與實現》（台北：洪範，二〇〇一），頁七〇—七一、七三。

的那份單純的愛，愛那介乎虛實的世界。」他說，儘管那是「他們的世界」，儘管帶著無窮的悵惘與幻想告別，但他往後卻時常懷念它呼嘯的鳥聲，喧噪的蟬鳴，以及發亮的樹葉梢上吹過淡淡的涼風。（《前書》，頁五七）更成為日後他砥礪自我的原初能量。

人事代謝春秋移替，山嵐海色依舊長青。《奇萊前書》中的〈愛美與反抗〉，主要描述國民黨遷臺初期，移入的外省老師和本省老師、學生之間，溫暖的互動和冷戾的衝突。文中提到，前殖民者植下的痕跡，一一遭到新政府的嚴厲禁止，最嚴重的是語言的禁制。有一天升完旗後校長忽然上臺宣布，本省人慣用的「臺語」，「我們的母語」終究被禁了：

> 我記得當時高中生的行列裏起了一陣騷動，一個穿軍服的新來的「教官」慢慢走到行列前，歪著他那帶軍帽的頭瞪了大家幾眼，騷動並沒有完全平息。校長繼續闡述國語的優美和臺語的卑俗。我看到所有花蓮中學畢業的，從臺北念大學回來任教的，我們心目中最欽佩的學長老師們，正互相以憤怒的眼光彼此示意，有幾位更挪動腳步，顯示他們的不耐。……海風輕柔地吹撫這高地的樹木和花草，老榕樹靜靜沒有表情，旁邊幾叢鐵樹更倔強地坐在那裡，卻有點像是生氣了，在領先抗議。古舊的屋舍整齊地排過去，在晨光裏自有一種傲氣，一種溫情；更遠是青山一脈，而青山後依稀凜然的，是永恒的嶺嶂，屬於桑巴拉堪山，柏托魯山，立霧主山，太魯閣大山，杜鉾山，能高山，奇萊山。奇萊主山北峰高三千六百零五公尺，北望大霸尖山，南與秀姑巒和玉山相頡頏，遠遠俯視我們站在廣場

上聽一個口音怪異的人侮辱我們的母語，他聲音尖銳，口沫橫飛，多口袋的衣服上插了兩支鋼筆。他上面那頭顱幾乎是全禿的，這時正前後搖晃，我注視他，看見他頭顱後才升起不久的國旗是多麼鮮潔，卻有一種災難的感覺。[37]

之所以長長引述上文，為的是重溫楊牧細緻描述他少年時代的校園，那樣具有代表性的刻骨銘心的記憶，彷彿一切的生靈都在抗議，在宣達他們的不滿，不安，與受傷。幾天以後，一位公民老師誤把一位高中生與同學間的臺語對話當成日語，摑了學生巴掌，儘管透過一旁學生再三解釋，得到的回應仍是，「臺語，日語，都一樣，全是些無恥亡國奴！」（《前書》，頁一八〇）最終等老師離開，學生們彼此安慰，不僅用臺語說：「不要緊」，旋及還用日語補上：「だいじょうぶ」，「猿も木から落ちる」。（《前書》，頁一八一）（前句為：沒關係；後句直譯為：猴子也會從樹上掉下來。意譯是：人有失手，馬有亂蹄）。這一段短短使用臺、日語的對話，是整部《奇萊前書》內文，極有針對性出現的一次，其寓涵及延伸之意，頗值得注意。那個颳著風飄著細雨的校園的黃昏，陰涼，寂寞，而步履迅速果決，沉默地往廊外走的學長哥哥，這些都沉澱在楊牧記憶無聲的角落，成為「偉大的浩瀚滄海之神，遙遠巍巍的高山之神」的人間投影，並且讓他真切地看見自己，（《前書》，頁一八三）自此以後更懂得學習冷冷觀察，不只眺望山海自然，也更加敏感注意看人間的關係。

---

37 楊牧，《奇萊前書》，頁一七五—一七六。

美麗的晨光中，帶著災難感覺的鮮潔的國旗，在海風的氣味裏招展。少年楊牧永遠記得「奇萊山，大霸尖山，秀姑巒山齊將眼神轉投我們身上，多情有力的，投在我身上，然而**悲哀和痛苦終將開始，永生不得安寧**。」（《前書》，頁一七六）他已經初步解識「藝術之力非僅來自大自然之美，非僅來自時間和空間交替的撞擊」，在他摸索探討叩問的過程中，時空帶來震撼的摧折，天地的重量傾打在他的靈魂深處，啓發他，教導他「知道堅毅，好奇，棄絕庸俗，追求自我無限量的秘密。」然而，這還不是所有的藝術之力，還有許多存在周圍不可指明述說的因素，那樣鼓譟環繞，不斷刺激干預他生長的速度，使其加快茁壯，或遽爾停頓，甚至占領他的身心。（《前書》，頁一八二）

《奇萊前書》述及日本人日語的部分不多，主要因爲楊牧記憶裡碰見的日本人很少，印象最深的只是刑事警察而已，除了之前提到的帶長刀的軍人外[38]，他曾與一位大姐姐一起去過吉野村的日本人家，那位披著和服的婦人「聲音又急又脆」一直很和氣很自然地對他微笑，而屋子裡靜悄悄的散發著味噌和醃黃蘿蔔的氣息。（《前書》，頁十六—十七）另一次出現日文記載，是在「昔我往矣」的〈循行大島〉，少年楊牧高中時環島旅行，與同伴高聲哼唱：「とんばのめがね——水色めがね」，（《前書》，頁三三二）。間接提及的，如〈戰火在天外燃燒〉中自述「日本話我也會，不但會聽而且大概也會講，但除了玩遊戲唱童謠以外，我們儘可能不用它。」文中一名穿制服的警察目擊小楊牧用一長串日

38 楊牧，《奇萊前書》，〈一些假的和眞的禁忌〉提到一把被「他們」攔腰鋸斷的「武士刀」，「母親用那斷刀劈柴，用了許多年。那長刀之斷，是我童年後半期最鮮明的意象。」（頁一二一）文意雖隱晦，卻不能或忘。

本話回罵鄰居男子時，嚴肅地說：這個「子供」很會講話啊——說著還忍不住笑起來。此時「夏天的黃昏的陽光斜斜照在巷子裏」，無限悠長的樣子。(《前書》，頁十四)似乎可從文中日本政權與國府政權隱微錯落的比較中，參照出楊牧複雜的情感。

又如《前書》〈水蚊〉中記敘一群童年玩伴，在夏日的河流潛水嬉鬧，高聲用「日本話」數著「一二三四五六七八九十……」(《前書》，頁七七)快樂極了；週遭白甘蔗的芳香，似遠又近，像母親的呵護，小姐姐的笑，熟悉的依恃。……無一不帶著一種教人不忍離去的甜味。(《前書》，頁八〇)或者跟隨小腳的祖母到糖廠小鐵路的盡頭，去探望一個植有檳榔樹果樹還養著狗和雞鴨的友人家，沿途用日本話唱著數「一二三四」走鐵軌的「我」，大約六歲，強烈戀慕著這戶人家的小孫女，不知道爲甚麼隨伊在屋裡穿進穿出的整個時間，都充滿了快樂和安全感。

這個美麗的記憶就沉沉垂進夢中的花園，像某一個永恆的夏天裡，一隻悄然滑過河面的水蚊[39]。(《前書》，頁八二—八六)雖然恍惚「淡忘了，其實甚麼都沒有忘。」(《前書》，頁八四)「或許沉澱一時，先將那些擱在旁邊，忙著追尋一些新的，去捕捉，掌握，收集，必須全盤接受，儲藏。」(《前書》，頁三一一)這些生命裡銘刻著的細碎紋路，彷彿靜靜等待多年後依然持續努力寫作的楊牧，以文字將其召喚，重返心靈視野，並具現於我們的眼前。「否則有一天淡忘了，若是淡忘了怎麼辦？」(《前書》，頁三一一)

---

39 這必然讓人聯想葉慈的〈水蚊〉一詩。

若是淡忘了怎麼辦？這些與異族語言文化相連的景致和情感經驗，一直沒有消失，甚且跨越時空，綿聯到《奇萊後書》。《後書》中的〈詩人穿燈草絨的衣服〉伊始不久，即藉初陽光芒帶出花蓮境內群山聳立，其中最耀眼神聖的就是「奇萊山」（《後書》，頁十五）。在剪影一九六○年代覃子豪等現代詩人於詩觀上對楊牧「詩的信仰」的觸發，如「音樂在一切之先」「詩是音樂」（《後書》，頁十七—二二）的同時，饒富深意的是，穿插了「中山北路一段一○五巷四號」即「六條通」此一地景的描述。文中敘述，原來「古意的上一代日式房屋，現在是糧食局的單身宿舍」，當年輕的楊牧看到「黃竟穿著皮鞋直接往緣側深處走去」，猛然想起在他的記憶裡，從未曾像這樣「不脫鞋就在緣側木板上走了起來，尤其像詩人如此幽靜雅致的所在」，不由感到一種奇怪的陌生，而忐忑不安。（《後書》，頁十七—十八）之後他時常一個人騎著「腳踏車在巷子裡穿梭」，看到的景致是：

人家的門戶關得緊緊，牆頭或者爬滿了紫藤曬了一季驕陽而懨懨沒有精神的花，或者用鐵絲網架高，尤其可怕的是，有幾户人家就在上面插植成排的碎玻璃。[40]

那些印象不會消失。有一次同行的表姐對楊牧說，那一帶「本來都是扶桑花之類的小樹，或者七里香修剪得像圍籬的樣子多好看，只要象徵是圍籬就夠了。有一天就換成磚頭砌起來的牆，還插上碎玻璃。」

40 楊牧，《奇萊後書》，頁十八。

她告訴他很「討厭那些玻璃和鐵絲網」，文中的「我」「自忖受了她的影響。」從這麼細瑣的敘述當中，其實潛隱著沒有明說但永遠無法祛除的心靈深處的東西。（《後書》，頁十九）可是，那些說著南腔北調以詩相聚的心靈，卻又讓楊牧覺得「多麼和氣」，促使他了解到詩提示自由，是語言文字的音樂，舞蹈，能帶來人性的溫暖，而通往一種更精緻深奧，崇高超越的層次，如關於愛與奉獻，關於死亡。（《後書》，頁二七）或者說，詩畢竟就指向了天人對應的正反和虛實。（《後書》，頁二五）

多年後歸國的楊牧[41]，有一次接到二十年來獨居於中山北路四段(日名原稱九條通)的阿姨的電話，對方「用日語輕聲叫我童年的小名」，「來回交換使用著台語和日語」，就在尋常話語中阿姨告訴他，「尤其因爲你是一個台灣人知識分子，應該是很忙碌的，思考，行動，在這樣的時代。」楊牧很快意識到確乎指涉了「政治的命題」，而阿姨稀有的冷峻語氣中又帶有溫藹的鼓勵，彷彿在族群意志的蒼白黯淡裡，提升出「一種戒愼的志氣」。這不禁讓我們回頭注意，之前文中輕描淡寫的一句話：「阿姨總是獨居的，自從姨丈出獄不久猝然亡故之後——」，即使字裡行間空白之處甚多，讀者還是揣摩得到這篇文章情景交錯的旨意。提過阿姨之後，文中這麼寫著：「寂寞是不可能的，現在。**我無窮的好奇和永遠探索的心力從這裡開始，我的慾望，以及隨時發現的同情**。」（《後書》，頁三〇—三一）

這些人物事件，言語記憶，涓滴注入楊牧的生命之河，讓他深深知道「似乎很陌生，又好像熟悉，與生俱來的，相互承諾的完整的應許；一種期待的眞心將在深情的想望裏解識，在沉默的時間過程裏感

41　根據上下文推測，應該是楊牧首次返台客座的一九七五年左右。

知，接受，珍惜。」（《後書》，頁三三）緣起花蓮的倫理親情，如同與神聖的奇萊互許，眞心恆久，並且擴充同情，及於宇宙萬象，人文世界。

《奇萊後書》在林林總總的人事移替間，依舊出現《奇萊前書》中伴隨溫暖老家一再現身的日常**「母親」**（《前書》，頁一〇，一三，二〇，二三），並溯及父系親族。《後書》中的大學生楊牧在尋訪桃園虎頭山祖墳的「青煙浮翠」中，記憶裡恆在的母親，就在老家後院輕輕搧著一只小火爐，那淡下去的青煙有一種香味，裊裊瀰漫成爲一種隱喻，在他「生命的修辭學裡點綴，提示，重複點撥他尋覓，探索的心。」（《後書》，頁三八—四〇）

相較於戰爭結束後在「我」毫無感覺中完全撤離的日本人，《前書》「愚騃之冬」穿過許多不同籍貫出身的人事對象，帶出隨著新來政權高壓的窒息之感，最首當其衝的就是語言衝突。不過間或也流淌著一股素淡的人情芳美。文中寫道那幾乎無孔不入的「ㄅ—ㄆ—ㄇ—ㄈ」的聲音，從巷弄人家收音機的教育節目「熱衷，凶悍，顢頇」地傳來，幾到「令人厭煩」的地步。（《前書》，頁九一）不禁讓人對照起楊牧記憶濡染中的日語，台語，阿眉族語。他曾經形容阿眉族人之間的對話和傳呼「在樹林背後，如鳥鳴，如風吹，如雨點，震動於各種枝葉樹幹和花朵的背後」，即使是在他不能認知的方向，常識的背後，他始終都是那麼好奇甚至勇於探索……（《前書》，頁四八）；勇於探索沉思的還有，夜以繼日的山的言語，海的吟哦[42]。

42 不止一回他說……我聽到海水的聲音，又回來了的海水那麼熟悉那麼甜蜜，當我躺在蚊帳裏聽它的聲音嘩雖然「愚騃之冬」一直繼續，而且擴延著。少年楊牧親睹這些校園事件，哀傷淒苦；（《前書》，頁一七九）然而也在〈胡老師〉的篇章裡，敘述自己從外省老師那兒涉讀當時屬於禁書的「沈從文」的《八駿圖》、《邊城》、《龍朱》、《虎雛》和《湘行散記》，並聞知湘西趕屍那一類民間傳說。有一天湖南籍的胡老師忽然說他的家鄉，「就像花蓮一樣」，高峻的大山和崇廣的森林，可惜沒有海。（《前書》，頁三六五）彷彿刹那間，普世永恆的鄉愁就把高中的楊牧和許多胡老師們，輕柔地連繫起來，拭去族群的裂痕。所以，接下來他爲他頌讀沈從文寫鴨窠圍的夜，柏子……；這些獨特的經驗，讓少年楊牧的心貼近不同世界的文本，游走於上下無垠的時空，從沅水，常德，到伏塔，鳳凰，折返花蓮，再出發，遠行追求。使他有機會認知到**文字**的經營「一切皆由心思起，編織，卻除，編織，……關於太平洋全世界最陡削的海岸下來一點這裏的港，同樣的附著，用情——這一切若非有心。然則**鄉愁**何嘗不是培育並時時洗滌我敏銳的心思之所必然，必要？……這樣的心思精巧，博大，……或許，何嘗不導向更壯闊更英勇的追求，例如**詩**，例如**藝術**，例如**科學**，**民主**？」（《前書》，頁三七一）恰是這純淨莊嚴的鄉愁，開啓了他多智多情的認知世界。

（續）

然起伏，不忍睡去。（《前書》，頁五八）……海浪在沙灘外寧靜地拍打著，多情的姿勢，永恆的慰藉。（《前書》，頁六二）……山的顏色海的聲音——這些在我心神中央，我這樣想像著，其實是觀察著諦聽著，並且似乎還能從現象出發，掌握一些更深的線索——那些沉在精神內部的因素，在我覺悟的時刻，忽然湧動，產生無限光彩。起初只是繽紛的顏色和抑揚的聲音，繼則彷彿可以蔚爲虹霓，構成完美的樂章。（《前書》，頁六八）

楊牧一向孺慕自然以之爲生命標桿，在疊聚歷史滄桑與個人命運之餘，復讓他審思一個有血有淚的人間圖景。且聆聽他的傾訴：

啊偉大的浩瀚滄海之神，遙遠巍巍的高山之神，……啊偉大的滄海之神，高山之神，我終究必須明白，完完整整地領悟你們給我的啓示，惟浩瀚不可度量，遙遠巍巍不可窮究，攀越那些是我的嚮往，我的標桿。奧秘不是人生的所有一切，雖然它鞏固了我早年爲膜拜大自然之美而建立起來的一心趕赴的殿堂，原來藝術之力還來自我已經領悟了人世間一些可觸撫，可排斥，可鄙夷，可碰撞的現實，一些橫逆，衝突。[43]

原來自然的奧秘除了美的顯義外，還爲了啓示楊牧以藝術之道去完整領悟，去奮起心神尋覓詮解，那散佚於鴑亂苦痛人間的眞與善[44]。緣自神話信仰的思維，楊牧以爲宇宙即生命之海，彼此並無僵固的界

43 楊牧，《奇萊前書》，頁一八二。

44 差不多同時間楊牧曾回顧：「那是甚麼樣的年歲，我站在那裏，居然學到將米崙山毫不靦腆地當作女人來形容，解識，禮讚。……在那以前，我抬頭看到巨眼朝東的大山長立於小城之西，巍巍陡峭，直入清雲中間，我向來判斷那些盡屬雄性之神明，桑巴拉堪山，柏托魯山，立霧主山，太魯閣大山，還有更高更遠的，不是我肉眼所能辨識，但又爲我心靈嚮往日夜的守護山系，杜鉾山，武陵山，能高山，奇萊山。」（《前書》，頁三五四）楊牧對整體自然的詠讚，其性別隱喻流動不羈，山海溪流樹林荒野，飛鷹走禽潛魚乃至蟲豸花草，有時溫柔窈窕，有時偉壯剛毅，更有許多時辰彷徨於窅然冥兮，無可界義的渾沌。此皆因

限，神秘的創化動能，把所有的生死流轉都統合在一起，詩人藉詩的力量，可尋索萬有最幽邃的內在繫聯。如同《暴風雨》中的頗羅斯倍羅。楊牧在〈莎士比亞《暴風雨》的外延與內涵〉一文中說：「頗羅斯倍羅……儼然天地獨尊，並呼風喚雨，操控海上與陸島的政治局面，悉因**讀書之功**，……經過海的歷練，顯然獲取了一種啓示——……**學術**不僅爲心靈內斂的修養而已，也具有驚人的**實用**效應。……衡量取捨，判斷是非，終於還是繞回**倫理**和**道德**。」「如果《暴風雨》提示給我們的終極，最高境界是和解，一個企圖，一個意念，實踐，爲了挽回人的創造力並且掌握共同生命的方向。」肯定時間必然容許記憶褪去，消逝，讓一個更和諧的「美麗新世界」誕生[45]。那麼楊牧也與頗羅斯倍羅一樣，肯定**寬恕和解**爲他追求完整的**人生主題**，而「奇萊」就像提示頗羅斯倍羅屏卻忿怒，棄絕報復的愛立耳，無在也無所無在，「因虛抱實，變化無窮」。

《奇萊前書》與《奇萊後書》都提到一些不只難忘且對楊牧有所影響的人物事件，前書〈來自雙溪〉提及，與楊牧「共有過清明朗靜的時光」的友人「顏」。除了分享詩創作的心得，他們曾有過許多話題，由於忌諱都是壓低聲音談的，諸如八二三炮戰料羅灣死去的一批記者，《文星》雜誌創刊號封面的胡適，被美軍槍殺，對方卻無罪返美的劉自然案，獨裁象徵的「警備總部」，還有當時發怒的校長曾厲聲對學生說：「報到警備總部有你們好看的！」讓文中的「我覺得又害怕，又生氣，又可笑」等等。

（續）大自然創造的動力既陰且陽，既柔又剛，輪番交迭變奏，並不絕對單一，反而更見其幽邃敻遼。

45 參見楊牧，〈莎士比亞《暴風雨》的外延與內涵〉，《隱喻與實現》，頁一九五—二〇一。

多年以後憶及這些的楊牧，在文中接下一句「這是甚麼世界」。（《前書》，頁三九九）最後一次碰面，是與妻兒趁返鄉去吉安鄉探望坐牢的顏。告別出來後，楊牧寫道，「我仍然聞得出四下飄浮的花香，草馨，海潮溫柔提醒我們去辨認，惦記，而抬頭向西仰望的時候，崛崎重疊的山勢巍峨嶄然，森林綿密，遂以無止盡的威力向四面八方蔓延，點綴著突兀的巉巖，依稀看見瀑泉飛濺，忽然而止，在崔嵬曲折的嵎阿」，「一隻鳥從海那邊翩翩然鼓翼到來，越過我們頭頂，朝群山嵐氣最深最濃處翱翔而去」，也許是顏的精魂也許不是。總之或者「已經選擇了靠近木瓜溪流域，正緣那乍暗忽明，溼霧綠苔的河谷向青靄更厚更高的地方飛去。」（《前書》，頁四〇四）

顏過世已久，楊牧修訂此文時二〇〇三年，這位朋友讓他迴思時間的顏色，氣味與哀傷，再度如眞地站在故鄉，寫下自己：

> 執著兒子的手佇立，面向群山最蒼茫的地方，想那鳥自海那邊來，而現在正通過白葉山南麓，而且，若是它以持續有恆的心力這樣飛，不久即將通過天長山和突宙山晨光充沛的斷崖，以及太魯閣大山夕照掩映，金光燦爛的一層層一列列峻峭的石巘，到達旂旗三辰的奇萊。46

46 楊牧，《奇萊前書》，頁四〇五。

是的，人子人夫人父的楊牧，帶領著從已所出的嶄新生命，去認識，回歸，去慕仿指向那個最原初孕生他的土地，母親，父親，永恆的故鄉。至此，廣義的嵯峨「奇萊」，既具有始終俯視看顧搖籃愛兒的母親形象，復可以堅毅沉默爲擎天之柱的守護神。爲他標示著一種永恆，不變的特徵，只要有甚麼災難困擾，迷離不安，「奇萊」便巍然藹然有如神諭地，以絕對的溫柔靜寂，對他訓誨，追尋，創造，並聆聽他的傾訴。（《前書》，頁三三二）從「山風海雨」、「方向歸零」到「昔我往矣」顯示的「奇萊」，不管具象或抽象，都是楊牧景從學習的典範；常常分身隱喻爲一種綿綿不已的動能，如母如姐如情人，誘引他深深戀慕投入，從中獲取愛美的力量，勇敢抵抗暴虐，創造解說宇宙人世，一步步去完成他畢生堅持的詩的志業。而這一切，最終還要傳承給他的愛子，以及世間的人子們。

因此我們從《前書》可得到一組關於「奇萊」意象的隱喻，以「奇萊」爲中心輻射出的，奇萊山——花蓮／家鄉——花蓮的中央山脈群山——自然山林——守護神——母親。《前書》首頁的一句日文獻詞：「此の書を母に捧ぐ」指明是獻給母親的書。這「尋常的」獻詞，對楊牧而言卻極爲特殊，主要的原因是，從他過去幾十本著作判斷，並未有過任何一本書題詞要獻給母親；其次爲，用日文獻詞，應源自於一種對「母親的語言」的懷念，而這裡所謂的「母親」，不單是血緣上的母子關係，亦是對「原初土地，文化，與情感的概念」。《前書》涉及了相當多台灣的歷史，文化，政治和族群的書寫，亦延伸至世界苦難的其它角落，（《前書》，頁二九六—二九七）[47]但總以台灣爲主要據點；那麼這個「母

47 《奇萊前書》〈那一個年代〉敘及南北韓的「板門店」談判，蘇聯坦克直入匈牙利首都「布達佩斯」，美

親」或許還可以視爲「台灣」的隱喻。日本殖民時代，日語曾是台灣人民廣泛使用的語言。語言聯繫文化，情感和認同諸問題，被殖民者使用殖民者的語言，其內覆的情感思想相當複雜，已不能全然只用被壓迫者的單向角度來詮解析釋，這在後殖民的理論中早有精彩的相關論述[48]。職是之故，原來三作到後來統合爲《奇萊前書》直續至《奇萊後書》，突出「奇萊」之名恰亦是一種「正名」的完成，乃楊牧對其生命之太初與詩藝創作啓蒙的母親——他的花蓮奇萊，山海台灣，與宇宙自然諸神，致上最謙卑敬謹的禮讚。

「奇萊」一詞，可以從語音歷史地理溯源，楊牧的「奇萊」從這裡出發，化身爲整體的山海洄瀾，成爲大自然的總體象徵。《前書》一再敘寫他們是那樣以全部的柔情蜜意對他詠歎，（《前書》，頁三〇九）對他說「你是我們的秘密」（《前書》，頁四二七）；讓楊牧深深肯認「**果然就是這裡**」（《前書》，頁四二九），讓他聲稱這裡是「**我平生惟一的城**」（《前書》，頁二九九），並且許下諾言，其「思維與想像，眞與美，以及愛的給出和確定，終將無可避免地以她爲我一生一世工作的最後之顯影，在她不可分解的浩瀚，深沉，神秘的檢驗下，我的是非將是絕對的透明：我或許將通過人間橫逆的鞭箠

（續）

國深陷其中間的「越戰」，甚至「中國」、「金門」……，似乎「全世界到處都是殺伐」。這種關切時事的寫作立場，一直持續不斷以至於《奇萊後書》，如〈加爾各答黑洞的文字檔〉中的借古說今，托旨遙深，頁一九四——二一四。

48 例如，邱貴芬在〈「發現台灣」——建構台灣後殖民論述〉提到：「台灣語是揉合了國語、福佬話、日語、英語、客家語及其他所有流行於台灣社會的語文。」收錄於張京媛編，《後殖民理論語文化認同》（台北：麥田，二〇〇七），頁一七七。

而智慧些許，並因此體會至大的快樂，在老去的時光，或者將發現，我原來一無所有。」《前書》，頁四三〇）奇萊疼護指引楊牧，或將有朝一日告別過去和現在衝突的身體，心靈，抵達生命與詩藝的峰頂，如《暴風雨》裡的頗羅斯倍羅，與世界，與自己大和解，歸於無嗔無喜的空白境界，無慾無力，學術知識解體，如他自述，回歸一無所有[49]。

這些過程或許難能解讀，如楊牧說的：

> 我必須守秘密，……有如但丁在弗洛冷斯，當他發覺自己已經完全被琵亞特麗切所牽制，神智都無從脫離琵亞特麗切的時候，他乃蓄意在公開場合作出愛慕別人而不是琵亞特麗切的表情，甚至落筆爲別人而不是琵亞特麗切寫出格律合度的有韻詩，用以掩飾他心裏埋藏的深情。[50]

有如但丁在弗洛冷斯，楊牧似乎花很多時間選擇一些不太相干的次要的課題，假裝十分著迷的樣子，去誤導別人的注意和判斷。直到有一天他完全預備好了的時候。……（《前書》，頁三〇〇）雖然楊牧那樣擅長且蓄意以詩掩飾心裡埋藏的深情，像年少時喜歡找一個大家夢想不到的地方，把自己藏起來，

---

49 參見楊牧，〈莎士比亞《暴風雨》的外延與內涵〉，《隱喻與實現》，頁二〇一。

50 楊牧，《奇萊前書》，頁三〇〇。

（《前書》，頁三〇七）讓誰也找不到他。那個點究竟在哪裡？他說，有誰敢斷定，當我們各自去夢幻人生繞一大圈後，難道就不相會在宿命指定的那一點？那暗淡，隱晦的一點，正好讓我們藏身，一個終點，或許也正是一個起點。（《前書》，頁三一九）

那個點應該就是我們註定相遇的地方。還好，楊牧畢竟還是告訴我們，他「終於找到一個捕捉它並且敘述它的方式」：「比喻和象徵」。（《前書》，頁四二八）那就是廣義的詩藝創造，顯現，完成。

四、「詩關涉」：奇萊的隱喻和實現

> 我對詩的表達方式很在意，很有信心。但這是可怪的，因爲其實我並不覺得我已經把握到其中的道理。通常我能隨意摘取一個意象或意象語，加以擴大，渲染，迅速定型，難免就喜歡，於是我爲它追尋外在的框架，以特定的主題範疇加以界定，並努力將那框架一一充實起來，使它左右前後的意義，聲色都能呼應，甚至上下裏外也能呼應而無扞格牴觸。詩是我和外界互通訊息的，最好的方法，也是我和自己互通訊息的，最好最有效的方法。[51]

以上引文雖然針對「詩」而言，其實也可以指涉到廣義的詩學，文學。所有藝術文本中的主要元素不可

[51] 楊牧，《奇萊前書》，頁二九九。

能憑空存在，總是依附於其他元素的相對關係；亦即意義通常不是單獨造成的，需配合其他元素間的位置關係來界定。一個符徵(signifier)多少會受其語境(context)的影響，而使得符旨(signified)受其語境的暗示，感染力強的符徵其性質會瀰漫至整個句子、整篇話語。從《前書》到《後書》楊牧選擇了「奇萊」意象，加以擴大，渲染，定型，追尋外在的框架，以特定的主題範疇加以界定，並努力將那框架一一充實起來，使它左右前後的意義，聲色都能呼應，甚至上下裡外也能呼應而無扞格牴觸。恰似「一自身具足之意象具有承載整個詩篇情境的力量」[52]。那樣，「奇萊」此一主要元素意象，自身具足，具有承載「前後書」整個文本情境的力量。而這個他長時遠行追尋的外在框架，特定主題，應可就「詩關涉」此一主軸觀念，加以認知詮解，從中確定楊牧與奇萊深深合而爲一。

所謂「詩關涉(poetic referentiality)」是指：

> 一篇文學作品在它確定的範圍之內，亦即在可認知的體格姿勢之內，因充份賦予各種有機組成因素以互相激盪的機會，而導致意義之產生，進而確定其全部的**美學層次**和**道德旨歸**，這種以形式統攝內容，以文體浮載主題的藝術性格，就詩之本質，或詩之所以爲詩的定義觀之，是正面，必然的，而在這過程中諸有機因素彼此間的動靜消長，即我們所謂詩

---

52 參見葉維廉，〈中國現代詩的語言問題〉，《秩序的生長》（台北：志文，一九八一），頁一七七。

關涉[53]。

如前所述，若將此處的「詩」指涉到廣義的詩學，文學，藝術，應該是可以相通的。準此而言，則一文本意義之誕生，有賴於其內外在各組成因素之間的有機激盪，而作者與讀者均能從其意義中掌握「美學層次」與「道德旨歸」。此一以「形式統攝內容」之藝術文本，就性質而言，楊牧以為「有技術關涉與文化關涉兩種。」[54]我們希望就這兩種關涉來窺探他的《奇萊前書》和《奇萊後書》，同時觀照到其「美學層次和道德旨歸」。

詩的技術關涉，特別指的是詩的聲音和色彩。不止一次楊牧提到詩的音樂性的重要，會影響詩的指義，展呈詩的主題，造成不同凡響的美學層次；有時詩篇中的聲音連結到色彩，兼有聲色的關涉，甚至能以豐美的姿態完成其道德旨歸[55]。他讓我們理解到「詩的技術關涉」，乃是通過文字以及其它文字因素的暗涵(connotation)獲取藝術效果，具有間接提示之美。此所以前後書皆有篇章論及詩學的問題，例如《前書》〈詩的端倪〉以為「在神話成熟的過程裏詩就產生了，……詩是神話的解說。」(頁一三

53 楊牧，〈詩關涉與翻譯問題〉，《隱喻與實現》(台北：洪範，二〇〇一)，頁二五。

54 同前註。

55 參見楊牧，〈音樂性〉，《一首詩的完成》(台北：洪範，一九八九)；〈詩關涉與翻譯問題〉，《隱喻與實現》，頁二六—二七，分別以《詩經》〈邶風．式微〉，李白〈訪戴天山道士不遇〉和莎士比亞《暴風雨》中愛麗兒(Ariel)的唱辭為例，析述詩的技術關涉之聲音與色彩的效能，如何可以綰合到「美學層次和道德旨歸」。這些析論對本文的啓發相當大。

〇—一三二），又如〈那一個年代〉（頁三五〇）、〈胡老師〉（頁三七四）、〈來自雙溪〉（頁三八一）都提到文字的運作功能與組構方式。〈你決心懷疑〉提及「追求詩的蹤跡」（頁一九八）「詩到底有甚麼用？」（頁一九九）「詩從一種激情那裏來，……是藝術的動力，是眞理」（頁二〇六）「詩是絕對主觀的，……是素材如何轉化爲文字的過程，是完全的日常如何昇華爲詩的一個過程。」（頁二一〇）「我習以文字領先思維」（頁二三二），〈程健雄和詩與我〉講得更明澈：詩「是一巨大的隱喻，……用它抵制哀傷，體會悲憫，想像無形的喜悅，追求幸福。詩使現實的橫逆遁於無形，使疑慮沉澱，使河水澄清。詩提昇生命」（頁二四一—二四二）。

《後書》則更深化詩學的議題，如〈複合式開啓〉云及累積的古典會對楊牧顯示神諭，讓他尋到一種雍容和諧，由內而外的音色，詩的意象系統通過譬諭，勾連呼應散漫的思維，平衡互補，從而劃定其主題，恰如其份地產生意義，不斷擴散語言的潛力，完全合乎修辭原理（頁一一六）。然而他又覺悟到「修辭到最高點可能將你帶領到孤寒的筆尖，對創作者和閱讀者同時產生互不信任的疑慮」（頁一五〇），要之，**「意象系統，……才是文字發展過程裏追逐的重心。」**（頁一五六）「在創作過程裡可以操縱意象，使它突變，增長，擴大……詩的感染力強，當然就富於啓示。……介乎是與不是之間最能流露，或隱藏，一種無可爲人道的性情。」作爲詩之構成要素的**文字**，楊牧以爲**「成立於太初**，……單行或相須者，有相使，相畏，相惡，相反，或相殺者」；故語句乃至**一切藝術之源恆是自然**。（頁一九二）此恰亦可拿來印證他的**「奇萊」源起**。以至《後書》〈後記〉乃有是言：「文字是惟一的條件，把那些已經逝去的和即將逝去的昔日之蹤跡，與今日之預言，一一攫捕，編織成章。……追尋記憶只是藉口。

追尋**完整的文字結構，完整的形音義**關係，如黼如黻才是我們的目的。」（頁四〇二）

雖然楊牧強調文字修辭永無止境的技術關涉，可是他還是保留了「其實也不盡然」這句話，爲的是給「文化關涉」應有的份量。他說：

> 詩的文化關涉所及者，乃是組構一首詩，使它不至於解體的實際條件，包括詩人對他自己時代的領悟以及他對於傳統累積文化的信任與理解。[56]

如果我們參照這樣的觀點來思索《奇萊前書》和《奇萊後書》，不難把看似獨立各有小主題的許多篇章，統合在一個完整的有機組構裡，因爲那表徵了詩人楊牧對自己時代的領悟，以及他對於傳統累積文化的信任與理解。同時楊牧承認台灣地緣文化的現實，體會台灣的命運，包括她的過去，現在，和未來，希望在創作中得到豐美的表現。是以《奇萊前書》和《奇萊後書》多層次的文化關涉，其實又是技術關涉的暗涵；在文學創造中，信仰文字的力量，以表象之柔弱，迎向人文世界之橫逆和美，或疏離或介入，自成一種時代的倫理風度。如同我們之前所述及的那些影響他人生抉擇的關鍵點。

56　楊牧，〈詩關涉與翻譯問題〉，《隱喻與實現》，頁三〇——三五。楊牧以陶淵明的詩爲例，說明其如何運用情景交融與典故傳說，完成深刻之「文化關涉」與美的「技術關涉」。他也舉證濟慈的〈夜鶯曲〉說：「詩的技術關涉乃是詩藝美的極致。」又舉葉慈的十四行詩〈麗妲與天鵝〉，認爲其中「雖有文化關涉之指稱，其實是技術關涉的暗涵。」

與技術關涉相連的文化關涉，除了《前書》的台灣歷史人文與世界弱小民族的關懷之外，亦延伸到《後書》。《後書》〈詩人穿燈草絨的衣服〉一文，很可以用來對應始終不曾緩和過的台灣**族群議題**；〈雨下在西班牙〉藉白朗寧、葉慈等人的詩藝指涉一八四〇前後的歐洲災難，勾連台灣的政治情勢，進而融匯出藝術慰藉、宗教慈悲、倫理智慧的人生哲學(頁一〇六)；〈加爾各答黑洞的文字檔〉講濟慈的典範，不僅在知識和學術也在他的行動，始終不能或忘關懷愛爾蘭，批判英格蘭政府，其介入與同情，代表了從史威夫特以來，「這樣一致傳承的良心表達正是**人性**的吶喊」，**詩與倫理**的聲音(《後書》，頁二〇八)；〈抽象疏離　下〉談**詩的敘事形式與抒情言志**，如戲劇獨白體的〈喇嘛轉世〉(一九八七)，讓楊牧得以藉詩宣說「即使這個世界混亂污濁，暴力血腥一至於此，終因爲那西藏密宗小喇嘛的轉世出生，他不吝爲人知的肉身和精神，已經爲我們銜接起一種普世的信念，就是我們多麼嚮往，期待的**愛**，**和平**。」終於肯定「**詩之功能就是為了起悲劇事件於虛無決絕，賦與莊嚴回生，洗滌之效，以自覺，謹慎的文字**。」(頁二三七)當然還有凸顯美麗燦爛，勝利主題的〈平達耳作頌〉(頁二三八)，蘊藏美學、道德珠玉的〈以撒斥堠〉(二〇〇一)；楊牧深知他持續在詩裡追求一種準確，平衡的表達方式，以維繫其頡頏上下的意念，而且爲了把握客觀，執著，抽象，普遍，有意「將個性疏離」，但他「耿耿於懷的還是如何將**感性的抒情效應**保留，使它因爲**知性**之適時照亮，**形式**就更**美**，傳達的訊息就更立即，迫切，更接近我們嚮往的**真**。」(頁二四〇—二四一)

其他像〈愛荷華〉、〈翻譯的事〉、〈蜘蛛蠹魚和我〉……等，無不以知性的光去照亮感性的眞和美，勤讀的日子裡不忘周邊沸騰的時事，楊牧還是提起了奧威爾(George Orwell，一九〇三—一九五

○)(頁二六四)，還是告訴坐在堆滿中西正典前的自己：「不要忘記，不要忘記你為甚麼坐在這裏，……拾起一本《**台灣青年**》，薄薄，素淨如詩刊，重複以兩種文字書寫，講臺獨之必要。……我應該把日文學好。」(頁三〇一)重複砥礪自己有一天製作葉慈超越華美的詩歌。

長期以來楊牧以詩以散文，或以詩文合體的結構，於文本內外，將文字之技術關涉與文化關涉融合無間，「前後書」綰合兩者成為一種**異質的，深情的**表達**風格**。《後書》的許多篇章穿過〈蜘蛛蠹魚和我〉，緊貼經典文本，求取古典奧義，介入世俗的良知公理，和平與愛，一直到〈破缺的金三角〉，深深解識生死流轉大化，與時推移，破缺才是完美，貫通歷史藝術人文的奧秘，而依舊無比深情。

五、智慧之源，風格典範

楊牧首度提及奇萊山之名，應是寫〈戰火在天外燃燒〉(一九八四)這一年。一個夠敏感且涉事的讀書人，當然不會忘記喬治·奧威爾寫《一九八四》的預言，楊牧顯然認識這其中的深意，雖然他並不一定同意奧威爾的災難預言，但他曾在「第五屆花蓮文學研討會」(二〇〇九年十月十七日)的專題演講談到，之所以對《一九八四》感興趣，是因為奧威爾居然從他那個時代的使用英文程度的日趨敗壞，悲觀地斷言未來世界的大災難。楊牧想說的或許是，身為一位作家對文字的審慎認真追求的態度。他曾經說過：「詩的繁榮或枯萎是每一個特定社會裡，文化氣候升沉的指數。」[57]但「一九八四」究竟跟楊牧有何關聯？除了上述的〈戰火在天外燃燒〉之外，這年也是楊牧發表〈有人問我公理和正義的問題〉一詩的同一年。一九八〇年代中，這段時期的楊牧，正在大量地投入與台灣切身相關的散文創作，例如：《山風海雨》，緊貼著台灣時事脈動的《交流道》和《飛過火山》，還有一系列給青年詩人的書信體散文《一首詩的完成》。二〇〇二年的《奇萊前書》〈序〉，他如此回首道：

> 我已經開始給青年詩人寫一系列的信，談文學抱負，大自然和記憶之於詩，談生存環境如何固守，如何突破，即將正面思考文本閱讀和詩創作的遠近高低如何息息相關。[58]

接下來楊牧準確不移地描述那一直隱藏在他胸懷中的「奇萊山」，果然敦勉他陸續用多情的回聲，高蹈的文字，去切入台灣的歷史與時事，並及世界弱小民族的苦難，鼓舞著我們的青年，過去、現在或正在成形的詩人，如何不被任何拂逆所擊毀，勇敢邁步走向未來。這股堅實龐大的隱喻力量(以《前書》的寫作年代爲基準：一九八四—九七)，似乎還繼續延伸到楊牧的《疑神》(一九九三)懷疑叛逆，堅持守住人性的立場；獨自策馬入林的騎士《涉事》(二〇〇一)精神，屠龍，「解救一高貴，有難的女性」[59]

---

57 楊牧，《隱喻與實現》，頁一一一。

58 楊牧，《奇萊前書》，頁五。

59 上述詩句乃引用楊牧一九九八年寫〈卻坐〉一詩，收錄於楊牧，《涉事》，頁一三。

等等。尤其也延伸到《奇萊後書》，楊牧堅信曾經守護著我們的，依然會繼續守護著我們，因爲「那峰群卓爾的背面，凜然嚴峻，直接以它超越的光明注視著我的，就是奇萊山。」（《前書》，頁六）這一切源頭似乎就是來自奇萊永遠不變的「**倫理象徵**」，及其所融攝的深邃崇高如**神話**般的教誨。

就所描述之人物、事件來看，《後書》的「寫實性」明顯大過《前書》，例如《後書》裡的：〈翅膀的去向〉談黃用，〈左營〉寫瘂弦，〈誰謂爾無羊〉論楚戈；兩書同樣以順時性軌跡，記錄主角與詩藝相隨成長的歲月過程，但**《前書》側重詩的啓發和追尋**，**《後書》則著重詩藝技巧的鍛鍊琢磨**，**和詩思的深刻辯證和實現**。上述兩個比較觀點，都牽涉楊牧的回憶，也許《前書》所記大多在年少之期，遙遠的記憶使得文本的虛構成份較濃，但也不一定會削弱作品本身隱涵的大企圖。《後書》看似傾向回到較傳統的散文紀實性的寫作，或許楊牧希望在散文融會詩的表達上，發揮**文字**最大的藝術效應，亦即自我檢驗其「**詩關涉**」之隱喻和實現[60]。

一個以「奇萊爲中心」的圖示(即本文設定的主題)：《前書》顯然指涉在「奇萊」洄瀾的時空下所誕生的楊牧，此一濃郁浸染山海特殊氣息的詩人「我」，正不斷以自然交錯人文，逐步帶出一幽微奧美的文字世界；這個幽微奧美的文字世界，既明確表述出台灣某個時代(從日治到二次世界大戰後五、六〇年代的民國時期)、某些地區(主要是花蓮)的歷史風物人情，又將其抽象化爲普遍性的永恆存在。而

---

60 這樣的觀點，本文之前提過，無非想強調楊牧說的：「**書寫**這件事其實也還可以說是我們努力衝刺，從那鬼神的束縛解脫的動作，在一定的大結構裏，**文字**是惟一的條件……。」（《後書》〈跋〉，頁四〇二）。

《後書》最重要的沿襲是，似隱實顯的奇萊意象，奇萊精神，始終未曾移替，並且及於其如何以文字落實屢踐於人間的美善與醜陋中。

《後書》除了書名之外，楊牧直接揭露的「奇萊」意象較不顯著，那曾經如此閃爍光輝的龐然身影究竟該如何解識？即使他並沒有實際親炙「奇萊」山，但奇萊確實存在，不只存在於《前書》所指陳的形貌歷歷，更饒富意味的是，以為「沒看到的卻如此詭異地比目睹的更真實」的楊牧（《前書》，頁三二四），覺得從「想像中還能看得清楚」他的奇萊。不妨說，「奇萊」意象到了《後書》，其隱喻性多實現在生命與詩的繁複課題。

首先是一個「回歸」辯證的啓動，就在《後書》開篇的〈設定一個起點〉中，他說：

> 無論如何，假如有一天我們迷失在海水當中，我想，三邊茫茫無涯岸，我即使再渺小無助，確定還有一個依靠的陸地，一個島，就是完全確定的方向。而我現實的起點，難道不就是我想像的終點嗎？[61]

一個島，就是完全確定的方向。多麼明確肯定。如果說「現實的起點」可視為出生之地，「想像的」可視為「文學的，詩的」。那麼楊牧的出生地，無疑就是——花蓮／台灣；而文學的終點／歸依地，他雖

61 楊牧，《奇萊後書》，頁四。

以反詰語氣的試探，卻彷彿在肯定那起點也就是終點——花蓮／台灣。換言之，「起點」之所以能夠是「終點」，無非是過去和現在的他，甚至未來的他，也將始終不斷憑藉著「**想像／文學／詩**」，一次又一次地回歸到他魂牽夢縈的**花蓮／台灣**[62]。

「現實的起點」具體有限，想像卻可以敻遼無窮。楊牧已然用創作回應他自己的命題：用「現實的起點」，打開無窮的想像，如果每一次創作都是一次的到達，完成，終點，那麼這終點則是面向起點的。如果我們熟悉楊牧的創作軌跡，不難發現〈設定一個起點〉隱藏著幾條他過去創作的線索：

1. 有一次又坐在海灘上，忽然陷進一種從未曾有的混亂狀態，感覺就是現在此刻，海嘯來了……。可能的原因之一是有人正從太平洋彼岸最遠的沙灘舉步向前，走進水裏，比深海的地層變動更全面的，是我赤腳踐踏過處有回聲震動，使得海底山脈為之激盪，摺疊，崩潰，引起掀天的水勢朝西撲去，我長久以前孤單獨坐的地點，日落的方向，我們的故鄉。[63]

2. 現在和過去重疊：海水溶融為一體，潮汐隨月陰晴起落，發光的石子散佈沙灘上，累積，向無限延長：風從四方吹到，起點和終點同時存在於我自己的心，走到那裏跟到那

62 之所以使用花蓮與台灣並置的呈現，是因為楊牧在第五屆花蓮文學研討會的演講裏，提到：「台灣，應是我們文學的最小公倍數」所受到的影響。

63 楊牧，《奇萊後書》，頁四—五。

裏，超越了航海人指北針的限定。[64]

3.……我從夢中驚醒。夢裏一點強光在墨綠的防波堤前失速下墜，以它自己的亮度那樣燃燒著，白熱化的一點，對我顯示無可形容的恐怖，劃出它墜落前後怎樣計量之剎那或永久；我在夢中意識到我是在夢中，而恐怖是假的，隨時可以解脫，如童年的惡魔，忽然來襲，忽然排除，假如捨得的話。這時我才明白，夢中幻影，它曾經長久撩撥我童稚的幻想，和嚮往，追求的心，現在正以沉淪的異象警示我，提醒我，卻不是爲了使我體會恐怖，而是爲了使我在多年闊別之後，感覺那不捨，即使夢魘也不外乎如此；中夜醒來，眞正有了一種遙遠，孤單的感覺，除了那白熱的火焰猶無聲下墜，爲我釐定海水億萬頃終將回流我們的築港，我的起點。[65]

上述引文的第一點，無疑就是〈瓶中稿〉一詩的散文化——「但知每一片波浪都從花蓮開始」的再次顯影。第二點「過去和現在重疊」的觀念，或許語出艾略特〈四首四重奏〉所云：「時間現在和時間過去／可能都見於時間未來。／而時間未來含在時間過去裏。」[66]嫻熟艾略特的楊牧把艾略特的時間感，轉

64 楊牧，《奇萊後書》，頁五。
65 楊牧，《奇萊後書》，頁五—六。
66 此處譯文出自楊牧散文集《亭午之鷹》（台北：洪範，一九九六），頁一四五。

化爲時間加上空間的雙重意識。而第三點的「惡魔，恐怖，童稚的幻想，嚮往，追求的心，以沉淪的異象警示我，提醒我」，以及「中夜醒來，眞正有了一種遙遠，孤單的感覺」，這樣的心情同樣可以往前溯迴他的〈仰望〉一詩。當然，〈設定一個起點〉絕不僅上述所舉的線索，這個「起點」，其實就是開啓「回歸」，輻射向過去的某一個點，卻也因著那個點，包括楊牧融化書寫與生命的文本，又誕生了新的可能的創作，而指向現在和未來。

因此，楊牧的「起點」與「終點」必然指涉他的家鄉：花蓮—台灣。根據我們在《前書》裡所得「奇萊」隱喻著「花蓮—台灣」，那麼「奇萊」也當可視爲是楊牧的「起點」與「終點」。嚴格說來，整部《奇萊後書》直接出現「奇萊」指涉的，有〈詩人穿燈草絨的衣服〉與最末篇的〈中途〉。如果要更深一層了解楊牧，必須再頻頻回望，檢視他過去所留下的作品，疊合現在的創作，考索他如何成就了一種新的藝術可能。或者，回到本文的中心主題，細思「奇萊」還可能與甚麼其他意象結合？且看〈中途〉：

> 在我們人生行旅的中途，似乎帶著某種悔恨，在奮不顧身通過那些聲與光層出不窮的擊殛之後，忽然好像覺悟這時還須止步觀望，到最磅礡浩瀚，最崇高，廣闊，深邃處尋找方向，探索**智慧的源頭**，**風格的典範**，於抽象理念中透露眞與美的全部，如味吉爾之於失路徬徨的詩人。
>
> 這或許就是搜索，是追求，而我們所有的追求，都指向一曾經的源頭，即使在連續襲來拂

逆的風沙之後顯得模糊，這追求或就是回歸。回歸自然，傾訴的對象。[67]

楊牧自述〈中途〉一文嘗引但丁《神曲》第一部「地獄篇」的開頭，「在人生行旅的中途，我發現自己正處身一幽黯的樹林，而前此逡巡而來的路已隱去不見。」（《後書》，頁三六七）這篇放在《奇萊後書》最後的文章，文中所切入的時間點一九八三年，應該是有特殊意義的。是年楊牧回到台灣，第二次在臺大客座，當時台灣正舉行一場選舉，到處充斥著各種政治政見的虛僞與狡詐，反諷地訴說著「公理與正義」的必要[68]。此一人生中途所見之景象，竟如但丁地獄篇敘述的「啊描寫那樹林之爲狀不可謂不難，其荒遼，突兀，與粗野殘暴，每一思及都使我由衷感覺恐怖。」楊牧把這幕景象綰合到台灣當時的政治社會現況，寫下競選期間那批政客「張開污穢的聲帶，倡言民主自由與憲政法統」，似是而非的謊言無孔不入，且「以全部，他們自以爲是的語法，訴說著荒謬，突兀，與粗野殘暴。」（《後書》，頁三六八）於是在這黑白嘈雜的人寰，如但丁般，他看到「一隻豹，一頭獅子，和一匹惡狼前後出現」。其莫可名狀的凶悍，雖一度讓他步伐惶惶，或曾偶然失去判斷，可是楊牧自忖，「這行程是我自己的選擇，這方向，是我思維與觀察之餘義無反顧的方向」，「面對那些連續閃擊出現，堅持，而終於幻化的肉食動物，我反而瞬間掌握到全部的詮釋策略。」（《後書》，頁三六八）

67 楊牧，《奇萊後書》，頁三七○。

68 蔡逸君記錄整理，〈路曼曼其修遠兮——楊照對談楊牧〉，頁五一—五二。

這個楊牧自己選擇的義無反顧的方向是甚麼？那絕對的方向在哪？（《前書》，七二）而使他得以瞬間掌握到的全部的詮釋策略復緣何而來？他曾在《隱喻與實現》的〈序〉中說：

> 文學思考的核心，或甚至在它的邊緣，以及外延縱橫分割的各個象限裏，爲我們最密切關注，追蹤的對象是隱喻（metaphor），一種生長原素，一種結構，無窮的想像。……[69]

以「奇萊」爲隱喻的前後書，甚至旁及楊牧所有的作品，應該就是我們思考研究的核心。隱喻背後隱藏以取喻的象徵，及其修辭體系，其空間幅度會與時俱增，其蘊涵無窮無盡。故以廣義「奇萊」隱喻時光推移與人世滄桑，是楊牧將他的生命情感，學識經驗與智慧體悟，貫注其中加以實現的志願。如翻開失路之第一章的但丁，楊牧也見證到自身家園社稷乃至於天上冥界的災難，彷彿突遭邪魔鬼魅之蠱惑，捲入淫亂，險惡，虛無。但幾乎同時，他想起了多年閱讀，考證，推論的富於象徵寓意的舊文學，神話傳說，信仰，就是這些導引他掌握全部的詮釋策略。（《後書》，頁三六九）中途失路徬徨的詩人但丁，其

---

69 楊牧，《隱喻與實現》，〈序〉，頁一—二。楊牧敘寫蘇格拉底臨死之前，以「夢的隱喻」表達自己，夢中一白衣美婦喊他的名字，告訴他「此去第三天你可望回到豐饒的弗提亞！」弗提亞(Phthia)是史詩英雄厭戰所以緬懷曰歸的故鄉，心神和靈魂的慰藉，獄中的蘇格拉底直接以之爲道德規範，乃是他所耿耿於懷的眞與善的典故，安置了他渴望表達的心靈之寄託，爲眞理而死就像英雄回家一樣，他眞正掌握到的是「詩的隱喻」。

「智慧的源頭，風格的典範」乃味吉爾（Virgil，西元前七〇—一九）。對楊牧而言，他的味吉爾就是多年閱讀，考證，推論的富於象徵寓意的新舊文學，詩經，唐詩，莎士比亞，荷馬，但丁，米爾頓，濟慈，雪萊，葉慈，艾略特，神話史詩，傳說信仰……，以及想像體悟的奇萊神諭。它們導引他，詩的志業乃是義無反顧的方向，其詮釋策略乃匯集了自然與人文的龐博系統，總體顯義為詩關涉。

楊牧恍如以弗洛倫斯為感情依歸的但丁，無論何時何地，那睽違不見的弗洛倫斯，中途放逐的貞潔的愛，與彷如夏夜未央的農莊的琵亞特麗切（《前書》，頁二五七），就會現身對他微笑，致意，如他長期搜索，追求，期待的那樣。當她凝視他的片刻，楊牧說，「宛若永恆之長久，延續綿亙的時間，足夠讓我戮力持續，在一不確定的時代不知名的畛域，讓我從容構築一座壯美的神廟，為了光榮頌讚天上的靈祇，為了光榮頌讚我心中的靈祇。」（《前書》，頁二六〇）

這樣一個以愛為基礎，以二八八〇組N次方「美的歡愉和道德教誨」結構而成的龐大的信仰系統，楊牧以為，是緊貼人間大地，深入其核心深處的。此一美與愛的神廟，壯麗宛約，抽象堅實，如一安逸豐饒的夏夜農莊，慈善的火燄在他體內燃燒，足以焚去一切曩昔的忤逆，使他能夠確切「指向一曾經的源頭，即使在連續襲來拂逆的風沙之後顯得模糊，這追求或就是回歸。回歸自然，傾訴的對象。」（《後書》，頁三七〇）

就在那次選舉過後，楊牧回去花蓮，之後寫〈俯視〉（一九八三），看立霧溪；再過十二年，寫〈仰望〉（一九九五），看木瓜溪。《後書》的〈中途〉雖然是後來回想的感覺，但以當時的情境而言，顯然因為一九八四年即將到來，不由得讓楊牧思及喬治．奧威爾《一九八四》的小說寓言。其中一個主要觀點是：世界上有種東西叫暴政，它會使人性一點一點被毀滅掉；此外，奧威爾說，他能感受到的原因是，「因爲文字愈來愈壞」。這兩者對楊牧的影響都非常巨大深遠。

《後書》裡頭一個接一個事件，這些經驗與楊牧的生命對撞，它們對他在創作研究與判斷時起了怎樣的作用，是楊牧回顧整理自己的文學生命時想要探索定位的。其中包括了詩學的文字營構，與因「涉事」所產生的「甚麼是**民主，自由，勇敢**？」等等叩問。可以說，整篇〈中途〉就是想要把這些連接起來。所以楊牧當時在台大所授的抒情傳統與現代傳統的課程裡，就包含了米爾頓，艾略特，葉慈，而他的《有人》、《交流道》、《飛過火山》、《山風海雨》、《一首詩的完成》都是在一九八〇年代中下葉，緊扣時代脈搏陸續完成的[70]。楊牧引領學生讀米爾頓，爲的是希望「看前人如何從宗教困擾與政治壓力下奮起找到詩，責問，抗議，辯論，同時在憤怒和沉痛不堪的時候規劃創作，肯定古典的抒情傳統。」（《後書》，頁三八〇）

70　在對時局的熱切關注下不免困惑憂慮的楊牧，極敬佩米爾頓(John Milton)，曾謂米爾頓一生當中花許多時間和精力參與政治社會及宗教文化問題的辯論，以文字和實際工作爲之，甚至雙眼盲了還不停止，直到最後那十年付出全部生命，才完成不朽的「失樂園」，「復樂園」，以及「參孫鬥力」。爲了使形式和內容相配合，米爾頓在「里西達士」裡以詩悼亡，並批判現實；在「論壇芻議」裡以散文正面介入政治社會問題的檢討；他最後的「參孫鬥力」看似一種神話世界的逃遁，悲劇的昇華，其實米爾頓通過對於基督英雄雛型的認識，指出個人和外界的衝突，以及解決之道，生死勇氣與力的象徵，割裂的時代如何接受永恆的倫理價值——這一切已經超越了現實世界的關注，企及抽象的美，爲詩的眞實下定義。參見〈社會參與〉，《一首詩的完成》，頁一一〇—一一一。

當然不僅止於米爾頓，楊牧在《隱喻與實現》中所提到的葉慈，莎士比亞等人的生命志業，都與他自己的信念一以貫之。不妨回過來再次檢視〈中途〉說的「回歸」自然，在迭逢諸多橫逆之餘，楊牧還是想到自己一直持續探索的，一種「智慧的源頭，風格的典範」，並確定要回到「一曾經的源頭」，也就是他生命緣起的故鄉花蓮。這個山風海雨的花蓮，同樣也是他永恆的文學原鄉。面對大自然，彼此交心細語，楊牧寫下〈俯視——立霧溪一九八三〉。詩中提到的立霧溪，對他而言一直都有某種神秘感存在[71]。

〈俯視〉初作於一九八三，到《後書》重引入文，一如〈仰望〉（一九九五），皆有深意在。〈俯視〉至少有幾種意義：一是寫向大自然學習，「提醒我如何跋涉長路／穿過拂逆和排斥」，學習她的智慧與風格，希望由她來引領「我」這位如但丁也失路徬徨的詩人，所以「悉以你的觀點爲準」。一是越過人與自然分際，完全投進她的「源頭」和「地心」或擁她入懷，詩人深情俯視下的立霧溪，看到他體

71 參見前揭《印刻文學雜誌》第五卷第五期，頁五八，楊牧說當他俯視「她」的剎那，「好像眞的被disarm」，讓他跟一九八三年時那個自己的情緒連在一起，似乎抓到了某樣的感情，給他很大的安慰。這首詩會使人聯想到《前書》中那個夏夜未央的農莊（《前書》，頁二六〇），文中描述：「在失去方位的星辰構圖之下發光，四處迸裂著的是生的訊息，回應天上輝煌的運作，彷彿是呼喚著的，吶喊著的，有一種向前解脱的慾望，照明我畏懼的心，以她超越的透視，叩問我畏懼的心，以她完整溫藹的好奇，不能制止的笑靨，撫慰我畏懼的心，讓我放棄我一向奔離逃避的念頭，……毫無保留地展現我的驚慌，喜悅，羞澀，和一種不知貪圖著什麼的表情。」這時的「她」，短髮，裸露雪白的頸，眉目和臉頰光潔如茉莉花。一如詩人深情俯視下的立霧溪。

會過人間的酷冷與灼熱之後，自遠方歸來，狂喜悲憫，回歸向「她」，投向記憶裡最珍惜的羅網[72]。這份接近神詮的啓示，是楊牧「攸關生死的秘密，美與眞的全部」，故他必須嚴守，「以一種崇拜著並且戀愛著的姿勢」，回視永遠的立霧溪，在嚴峻的夕照裡對他展現笑容。那千尺下惟一的光，久違的信號，足以讓楊牧找到眞正完整的自己，確定矢志不移的意向，方位。

這裡的自然——立霧溪，當然也是一首詩完成的重要元素，其背後隱約還有一個溪水的「源頭」的延伸，無非是更往深山裡去追索，而這樣的生命體才得以眞正完整。果然在〈俯視〉十二年後，楊牧寫下〈仰望——木瓜山一九九五〉[73]。

山巒雖然經歷了許多自然風雨，與人世謠傳的戰爭，事件，可是依舊不老不變，反倒是詩人與家鄉的群山對望，卻自覺老矣。楊牧希望讀者看到「木瓜山」三個字時，「能覺得自然跟人比起來永恆得多」。就我們之前一路下來的論述，或許可以這麼認爲，木瓜山是奇萊山的分身，與其它的溪流海洋田

---

72 立霧溪如一踞臥的女體／情人／神，衣裳飛散，「充滿水份的蒹葭風采」，「出水之貝」，抬頭俯視著「我」，「輕呼我的名字」，看見「我」正以傾斜之軀，如「蒼鷹」和「亢龍」，「探索你的源頭」，「逼向沒有人來過的地心」，仰望，傾斜，靠近，俯視，這些姿態和動作上的形容，有如化身天鵝的宙斯與人間美女麗達的「造愛」身姿，從神話自然的交匯中引領生命上昇的可能。

73 之所以挑選木瓜山作爲詩中仰望的對象，楊牧說是因爲它很通俗，可以讓他擺脫一些美學上的經驗，回到簡單素樸。參見前揭《印刻文學雜誌》第五卷第五期，頁五八。如《前書》所說的「我看到那些耕牛在嚙草甩尾巴，又看到白鷺鷥飛掠於阡陌水塘之上，那麼簡單純潔的顏色和風姿，是我下定決心要記住的。」（《前書》，頁三六）。

野花香，同屬楊牧最鍾情的奇萊意象群。這些意象群透過詩人的文字結構，一直與神諭信仰，世間人文，交叉詮釋，互為彰顯，終於成為一個大象徵。

一九九五年，〈仰望〉為〈中途〉裡出現的第二個時間點，文中楊牧故意讓時間來回跳動。此時的他回到了花蓮，擔任東華大學的創校工作與文學院院長一職。這個時間和空間點，是整部《奇萊後書》的最末篇，正呼應開篇〈設定一個起點〉，起點是在花蓮，而終點也落歸在花蓮——歸定於奇萊山：

> 窗前長望那永遠的大山，確定角度沒有錯，這時它那彷彿無邊的青靄正隨海上浮升的日頭化解，看得見遲遲騰起的林鳥在強光裏盤旋，似乎沒有遠行的意志，安於那薄寒的風。眼前是依稀最宜民謠歌曲吟唱的木瓜山，高二千四百二十七公尺，想像它水源如此豐富，洶湧北流，與遠遠來自立霧山，太魯閣大山，及能高南峰的急湍在龍澗以下合流，匯為木瓜溪，快速過銅門直落縱谷，陡頓大開，奔向東走，適逢花蓮溪北來，一朝交會，乃調整方向又東，澌濺長注太平洋。但假若我們凝目仰望木瓜山且繼續想像層疊瀰漫的峰巒在它背後更遠處滋長，分裂，並專心一意追索民謠歌曲以外的故事神話，那些秘密王國的興起和衰亡，我們就發現，原來從海岸一線西側兩萬公尺的是木瓜山，白堊紀時代發生大島脊樑東側傾斜，這時正開始大幅度下降的片岩結構：從木瓜山繼續向西側三萬公尺，越過太魯閣大山，柏托魯山，磐石山，嚴峻拔升於合歡山，能高山，安東軍山環繞的中心，北與南

湖大山，中央尖山，南與秀姑巒山，玉山相睥睨，堅持不下的就是奇萊山。[74]

一如華滋華斯詩的理念體系（《後書》，頁三七七—三七八），楊牧也認爲自然經過親近仰望，會發出一種只可意會的聲音，教他感受其沉鬱，悲憫的意志；就像《前書》中一再覆頌的「我是聽得見山的言語的」，「我聽見海水的聲音」，或磅礴凜然，或溫柔甜蜜。對楊牧而言，自然的山川木石風雷灘湍，會讓他同時覺悟到其精神啓示的層面，隨之移易提升。從深邃的磐石與流水匯集的那一個秘密的世界之點，他以詩的意念建構了一則不輕易爲人知曉的寓言，暗暗規劃「一張指向內心探索的地圖，回歸的路線」。當他返回到立霧谿谷的那一端，即使有些人生的細節已不復記憶，可是從那裡再回望過去，楊牧可以看到少年的自己，小鷹，凌空的蛇，疼惜他的母親，和永遠年稚的小姐姐；同時「感受一些謙卑，驕傲，和悔恨」。（《後書》，頁三七九）而居高不下奇萊山，其氣象乃成爲詩人生命模仿的典型，與他互許在風雲跌宕的時代中，堅持勇氣，愛，美與眞。

經歷過這一番學習體會，契闊死生，詩人重新回到自己現實的崗位上，凝縮在一九八〇年代中，完成許多介入現實的詩和散文，其中不乏他長久關注的「弱小民族系列」——阿富汗，西藏，塞爾維亞，車臣，流浪的白俄，和追尋記憶歸屬的新英格蘭郇山子弟，西班牙的羅爾卡……（《後書》，頁三八六）。這些系列雖然和楊牧心目中長期經營的主題規模看似不一樣，可是仍爲他所深深珍惜。他期待自

74 楊牧，《奇萊後書》，頁三九六—七。

己能將文字放在最適當的位置，以森嚴的紀律使它產生結構以包容意義，聲韻跌宕，和鳴交響，攀上那從未去過的高處，讓任何特定與非策劃性的作品系列，「有機互補，擴大，深入」，不斷獲取變化，繼起更新的表裡。有如一首詩的完成。更一如他自述的，在歲月遞轉裡回顧自己的創作，或詮釋的累積，頗能肯定「覺悟個人所嚮往，追求的，何嘗就不是一個隱喻，在我私密的朝向單一象徵的譬諭程式裡，正日夜無休止地顛撲淬礪，期待它終於實現。」[75]

六、結語：「我心縈繞的島嶼」[76]

我是一個充滿秘密的人，沒有人能夠和我分享那些秘密，因為我不剖析自己，除非你容許我採用詩的形式——然則你便以詩的形式來理會我，解釋我，喜歡我，愛我。

——《奇萊前書》〈那一個年代〉[77]

承載了山嵐海色的這個島，蘊藏著楊牧許多公開的秘密，成為他完全確定的方向；立霧溪與木瓜山，太魯閣，美崙溪，花蓮中學，明義國小，七腳川，吉安，煙波浩渺的太平洋，東海岸，以及群峰掩

75 楊牧，《隱喻與實現》，〈序〉，頁六。
76 楊牧，《奇萊後書》，〈抽象疏離　下〉，頁二三一，此句出自葉慈〈白鳥〉詩。
77 楊牧，《奇萊前書》，頁二九四。

靄的奇萊，導引他的思維和想像，啓迪他去探索學問知識，眞理與愛情，美和抵抗，完成詩的隱喻和實現。一個島，就是完全確定的方向。這座顯隱於楊牧心魂深處的繾綣之島，是名台灣花蓮，奇萊。《奇萊前書》首頁以日文標示，獻給母親。母親，全世界最永恆無悔的戀人。楊牧的「奇萊」信仰，使自然的「奇萊」可以幻化爲如祖如父的守護神，慈藹的母親，甜蜜溫柔的戀人；可以隱喻爲一切出發的起點和終點，讓他在這趟豐美的旅程裡，以文字去想像創造，發現記載，解說天地萬象，宇宙人生，實現詩人的職志，最終與奇萊合而爲一。

當然我們還注意到《奇萊前書》與《奇萊後書》所賴以推闡的基本文體，即是詩與散文結合的一種文體，參差錯落，布局嚴整，彼此支援，深情睿智，有如莎士比亞《暴風雨》之金相玉質，壯麗婉約，文字聲色的藝術外延深深融化在此起彼落互通聲息的人物事件之中，帶動它運作，以發現荒忽，美麗，啓闔之際虛眞交錯的人間，並指向一新生的世界，終於確定詩的存在[78]，抵達詩的境界。

懇讀楊牧「奇萊前後書」，「若是意象的指涉掌握不到，我們怎能體會那感慨？怎能理解那單一，以及其他，事件的底層，中央，和外緣？」[79]這就是，我們決心以詩的形式來理會楊牧，解釋他，喜歡他，愛他，的理由。即使他說「到現在，還有幾件不願意和大家分享的秘密」[80]。

78　參考楊牧，〈莎士比亞《暴風雨》的外延與內涵〉，《隱喻與實現》，頁一七四，藉此體察觀照楊牧的《奇萊前．後書》，當曰適宜。
79　此處借用楊牧，〈劍之於詩〉中的片段文字《隱喻與實現》，頁一三九。
80　二〇〇九年十月十七日「第五屆花蓮文學研討會」楊牧專題演講。

*本論文於構思期間屢與謝旺霖同學切磋閱讀心得，復由他尋檢資料、提供意見，最後由我總其成，他的助力良多，謹此誌記。

抒情傳統的審思與再造

——論楊牧《奇萊後書》

郝譽翔（國立中正大學台灣文學研究所）

《奇萊後書》是楊牧於二〇〇九年出版之散文巨著，篇幅相當厚重，敘事時間承續《奇萊前書》（即一九八七年《山風海雨》、一九九一年《方向歸零》、一九九七年《昔我往矣》三書），然而主題卻是延續《一首詩的完成》，故這不僅是一部自傳散文，更是楊牧畢生對於詩的理念思考之整體展現，而其中尤其值得注意的，便是「抒情傳統」此一文學史的重要課題，究竟如何與中文現代詩、乃至於西方詩學相互對話、接軌？並又如何與楊牧個人詩之創作歷程相互呼應？故本文以《奇萊後書》為主要研究對象，探討楊牧如何植根於抒情傳統，並由之審思、甚而再造，以及他如何融會中、西詩學，從主觀的感官交融到追求抽象的形而上思維，最後審視詩人與社會之間的關係，而嘗試以觀念和具有創造性的、超越的想像力，以穿透現實之表象，而最終達成楊牧的所謂的「詩的真實」，乃至於「詩的完成」。

一、審思抒情傳統

《奇萊後書》是楊牧近年來重要的散文力作，就時間而言，可以上接《奇萊前書》，亦即《山風海雨》、《方向歸零》、《昔我往矣》三書之合集，敘述五〇年代末詩人赴東海大學就讀，直至八〇年代從美西返回台灣故土，其間數十年中，所歷經之詩創作的轉折與探索。乍看之下，《奇萊後書》似乎可歸於自傳散文的行列，但究其根本內容，則又並非如此[1]，因爲它所敘所議，無一不是環繞在詩的核心課題之上，反倒更接近是一本詩學之作。楊牧從自身的閱讀、研究、交遊經歷，乃至於書寫創作，歷歷道來，皆是從各個層面去迴旋反覆地叩問：何謂詩？詩是從何處生發？效用爲何？而詩與現實人生的關係又是爲何？故《奇萊後書》在傳統與現代、中與西、現實與虛構之間往來穿梭，旁徵博引，而透過此一多重的探索，楊牧也再度肯定詩存在的必要性與價値，體悟到「時代的危機確實存在，可是藝術和人文的思索，創作，和表現勢不可廢」，並且意味深長地指出：「看到的全是假象，看不到的才是眞相。」[2]

此處所言的「假象」，無非就是在現實人生之中發生的種種事件；而「眞相」，則是指以詩歌的方

---

1 《奇萊後書》出版時，楊牧接受訪問便表明，這並非是一本自傳之作。見郝譽翔，〈因爲「破缺」，所以完美——訪問楊牧〉，《聯合文學》第二九一期（二〇〇九年一月），頁一九。

2 楊牧，《奇萊後書》（台北：洪範，二〇〇九），頁一〇六。

式，穿透事物的表面而將其抽象化，以找尋到背後所潛藏的、不變的法則。如此一來，雜蕪的現實，必得要經過詩人特殊才能的提煉和轉化，而詩的寫作，也就必須牽涉到專業的、人為創造的「技藝」，方才能夠成就亞理斯多德所倡言的、「詩比歷史更眞實」的境地，也才能夠自成為一個獨立客觀又完滿的藝術世界[3]。然則，此一轉化的過程，或曰「技藝」，彷彿是詩人私密的煉金之術，究竟又是如何完成？如何實現？這個答案，向來是一片留給評論家去各自解讀、拆解的空白之地，但正如楊牧在《一首詩的完成》最後一篇〈詩與眞實〉中所言，歌德在六十五歲時，為了要對自己的詩作成篇經過有所說明，以補充詩本身所未能透露的訊息，就因為這份簡單的因緣，他卻竟然動手寫出了一本自傳《詩與眞實》(*Dictung und Wahrheit*)[4]。而楊牧更進一步解釋「詩」與「眞實」之間的關係：

> 我們正面逼視這世界，以一心獨得的鑰匙去開啓愛與死的奧秘，描寫，解說，闡揚，批判。我們化具象為抽象，因為具象有它的限制，而抽象普遍——我們追求的是詩的普遍眞

3 蔡英俊，〈「詩」與「藝」——中西詩學議題析論〉，收於柯慶明、蕭馳編，《中國抒情傳統的再發現（上）》（台北：國立台灣大學出版中心，二〇〇九），頁一六二蔡英俊比較中西詩學指出，「以亞里斯多德《詩學》為主軸而展開的論述傳統，是建立在『技藝』與『再現』這兩個基本觀念，或者強調創作活動是作家知識與才能的顯現，或者強調創作活動是在經營一個自為眞實的藝術世界，因此想像力與相關的藝術技巧是創作的關鍵，其中並無涉於作家個人主體情性或身世遭遇的自我顯證。」

4 楊牧，《一首詩的完成》（台北：洪範，一九八九），頁二〇五。

理。[5]

從「具象」的現實世界到「抽象」的眞理，從看得見的「假象」到看不見的「眞相」，楊牧最後定義：「詩人一生的閱歷正是『詩與眞實』的交織」。

故在此也不妨把《奇萊後書》，視爲是一部屬於楊牧個人的「詩與眞實」：它不只是自傳，記錄詩人一生的閱歷，更是一本關於詩的解密之作，揭露楊牧詩作與現實人生之間的橋樑，究竟是如何一步步地搭建完成？而《奇萊後書》的重要性，也正是在於楊牧首度自己親身說明，在數十年創作的歲月中，他是如何出入抽象與具象、個人情志與時代現實，以發現詩之機杼。在書中，楊牧將這一歷程分成爲三大段落：東海大學前期、後期及金門當兵，乃至海外留學到學院教書。而這三段時期雖然緊扣楊牧生平，但其實更著重在他個人詩觀的轉折變化，以及不斷推陳出新之上，而楊牧又分別以〈複合式開啓〉、〈抽象疏離　上〉、〈抽象疏離　下〉和〈中途〉四篇文章，來作爲這三段時期的註腳。

綜觀這四者，其中尤以〈抽象疏離　上〉與〈抽象疏離　下〉可以說是詩人轉變至爲重要的關鍵，日後詩創作的美學與基本方向，大抵奠定於此。在〈抽象疏離　下〉一文中，他談到此一轉折的發生，乃是在閱讀西方史詩等等的刺激之下，令他不禁「重新思考『詩言志』的問題，開始懷疑整個抒情傳統的寬與廣，深度，密度，乃至於效用等問題。」甚至要提出一個疑問：「我們通過創作追求的是詩？還

5　同註4，頁二一一—二一二。

是詩人？」[6]而這一疑問，我以為，也正是《奇萊後書》中不容忽視的主題，亦即楊牧如何在中國的抒情傳統與西方詩學之間，找到一磨合鎔鑄之點，以作為自己畢生詩創作的指引。換言之，《奇萊後書》中值得注意和玩味的，便在於楊牧數度藉由創作和讀詩的經驗，以迂迴辯論、思索、探求的，其實也正是中國文學界近年來所熱烈討論的「抒情傳統」課題，他要藉此詰問：「詩人」和「詩」之間的對應位置該是如何？是主觀呢？或是客觀？是投入呢？或是疏離？乃至於詩與現實之間的關係，又應當是如何？而所謂的「詩言志」，又究竟該言誰之志？是詩人一己之情志？或如同〈詩大序〉中所強調的，禮樂歌舞一體的美刺教化意義？或《楚辭》中「賦詩明志」、「抒情陳詩」之個體的自覺，以從「身體感興」的角度來體現出一個動情盪氣的、詩意的世界[7]？抑或是，我們還有別種「言志」的可能途徑？凡此種種，皆是楊牧在面對中文現代詩創作之時，所不斷辨問反思之點，而歸究其根源，便在於中國抒情傳統的有效性。

所謂「抒情傳統」乃是由陳世驤先生所定義，以此來相對於西方的史詩傳統。關於此一概念，學者或持相反意見，認為這根本是一個不存在的傳統，或其定義有其局限性[8]，然而，它仍為多數學者如高

6 同註2，頁二三二—二三三。

7 見鄭毓瑜，〈從病體到個體——「體氣」與早期抒情說〉，《中國抒情傳統的再發現（上）》，頁八八。

8 持反對意見者如龔鵬程，〈不存在的傳統：論陳世驤的抒情傳統〉，《政大中文學報》第十期（二〇〇八年十二月），頁三九—五二。或如顏崑陽，〈從反思中國文學「抒情傳統」之建構以論「詩美典」的多面向變遷與叢聚狀結構〉，柯慶明、蕭馳編，《中國抒情傳統的再發現（下）》（台北：國立台灣大學出版中心，二〇〇九），頁七二七—七七二，則指出此一論述譜系的局限和負面影響，乃是過度強調「抒情傳

友工、蔡英俊、柯慶明、鄭毓瑜等所接受，並且據此發揚闡明，而王德威、黃錦樹更將此一概念，推展至小說研究的領域之中，以爲在二十世紀左翼掛帥之「史詩」時代中，少數作家如沈從文等對於「抒情傳統」的召喚，則「顯現了『抒情』」做爲一種文類，一種『情感結構』，一種『史觀』的嚮往，充滿了辯證的潛力。」[9] 然則抒情傳統與現代詩的聯繫爲何？楊牧曾經追隨陳世驤研讀《詩經》、《楚辭》、《文心雕龍》，乃至唐詩，也曾經多次爲文，記述師生之間密切的情誼[10]，而陳世驤的重要著作，如〈原興：兼論中國文學特質〉一文，則由楊牧翻譯成中文出版，由此皆可以見到兩人之間深厚的文學淵源。故楊牧要如何從古典如何過渡到現代，從學院論述轉化爲實際創作？在《奇萊後書》柏克萊歲月一段，楊牧雖然略過這一段師生因緣不提，然而在有意無意之間，他卻仍是以此書呼應、甚至討論陳世驤所言之「抒情傳統」，並且以此來作爲詩學所欲辨明的核心。

根據陳世驤的揭示，「抒情傳統」的兩大要素乃是：「以字的音樂作組織和內心自白作意旨」，故中國詩人「注意的是詩的音質，情感的流露，以及私下或公眾場合的自我傾吐」[11]。而陳世驤又從

（續）統」的中心性和主流性，而造成單一線性文學史觀和孤樹狀美典結構。

9 見王德威，〈「有情」的歷史——抒情傳統與中國文學現代性〉，《中國文哲研究集刊》第三三期（二〇〇八年九月），頁七九；另見黃錦樹，〈抒情傳統與現代性：傳統之發明，或創造性的轉化〉，《中外文學》第三卷第二期（二〇〇五年七月），頁一五七—一八五。

10 如楊牧，〈柏克萊——懷念陳世驤先生〉，《傳統與現代的》（台北：志文出版社，一九七四），頁二一八—二三二。張惠菁，《楊牧》（台北：聯合文學，二〇〇二），頁一一三—一一九。

11 見陳世驤，〈中國的抒情傳統〉，《陳世驤文存》（台北：志文出版社，一九七二），頁三一—三七。

和「反覆迴增法」「興」等字源考據，特別強調詩歌的音樂性，並以《詩經》爲例，說明詩人如何以「複沓技巧」來流露個人的情感，以達所謂「抒情詩」的眞義[12]。由此定義可知，抒情與詩人主體之感官興發，乃是不可分離，正如在論及抒情傳統之時，所必定引用的〈詩大序〉所言：

詩者，志之所之也。在心爲志，發言爲詩。情動於中而形於言，言之不足，故嗟歎之，嗟歎之不足，故永歌之，永歌之不足，不知手之舞之，足之蹈之也。

正是詩，乃在抒發心之所志，而鄭毓瑜則進一步根據〈詩大序〉研究指出，抒情傳統在中國詩歌之中，正是屬於創作層面的「感興」，強調創作者與自然萬物、事件彼此之間的適然相遭、同情交感，而這也代表了在魏晉「緣情感物」說正式興起之前，中國詩人早已存在一套「觸物連類」的認知體系，使得「抒情傳統」得以兼具智識性和情感性的發展脈絡[13]。鄭毓瑜從「身體感興」的角度，探討抒情詩的美學，乃在其中展露了「聽聲逐物的慾望，其實就是身體對於環境感知的開發與承受；彷彿將自然萬物放置到人身上來思量。」[14]故若是以之和西方敘事史詩或戲劇相互比較，則中國詩歌以抒情模式爲創作表現的主

12 陳世驤，〈原興：兼論中國文學特質〉，《中國抒情傳統的再發現（上）》，頁三二。

13 鄭毓瑜，〈詮釋的界域——從詩大序再探「抒情傳統」的建構〉，《中國文哲研究集刊》第二三期（二〇〇三年九月），頁三〇。

14 同註7，頁七二。

軸，偏重的便是，對於情感或心境——而不是行動或事件——的揭露與呈現。

在《奇萊後書》中，楊牧首先言及的，也是詩歌的音樂性。在〈詩人穿燈草絨的衣服〉一文中，楊牧記述台灣象徵主義派的代表詩人覃子豪，但此處卻不僅是在記人而已，更重要的乃是在記述詩人們偶然間的邂逅、相聚，所相互激盪出來的詩的理念。楊牧在書中引述覃子豪之語，說道：「音樂乃是至高無上」，並且進一步引用魏爾崙〈詩藝〉指出：「音樂在一切事務之先」，故「詩是音樂」這四個字，幾乎等同於是「象徵派的創作綱領」[15]。而詩，究竟如何可以是音樂？此一說法，似乎稍嫌朦朧，於是楊牧又再引用馬蒂斯繪畫之中跳舞的女人，從形象推演到聲音的布局，而指出現代詩的秘密其實就在於如何安排音樂性的美，以及如何才將文字加以驅遣、組織，而形成「詩的聲籟格局」，好從中領悟、體會：「音樂在一切之先」[16]。而此一說法，就《奇萊後書》中所言，固然是受西方如象徵主義影響所及，但恰也正呼應陳世驤論抒情傳統時所強調的：「以字的音樂作組織」，而以音樂的發現，來做爲詩歌成立的根本要素。

故從〈青煙浮翠〉、〈一山重構〉到〈雨在西班牙〉，表面上看似在描寫大度山的自然風景，但自然美景，不僅是開啓了年輕詩人之眼、鼻、耳等七竅，更由此豐富了主體的感性，而透過「身體感興」打造出一個融合文字、聲音、韻律與圖象之美的世界，透過「情景交融」以達致比興，而完成抒情傳統

15 同註2，頁二二。
16 同註2，頁二五。

中「意在言外」的含蓄美學[17]。楊牧指出：詩創造的秘訣便在於「詩人於精微小地方放縱想像」，「視覺敏銳而能過渡，發現嗅覺的效果，這是詩的『感官交融』（synaesthesia），乃是通過藝術想像力最蓬勃有力的運作始導出的新思維，亦即一全新命題的起點。」[18]故想像力乃由「感興」所激發而成，並進而打造楊牧在〈複合式開啓〉一文中，所銳意要尋找的，「一種與眾不同的機杼，更雍容，和諧，由內而外，一種音色，屬於我的意象系統」[19]。

二、抽象疏離：詩言志

以「音」與「色」，構築出精雕細琢、澄澈和諧的文字美學，來對照現實之中的混濁、喧囂和擾攘，乃是《奇萊後書》在第一部分中所呈現的「詩與眞實」之間、平行對應的關係。具象的現實，必得要主觀情意的介入，才能激盪出藝術的超越之美，也必得詩人「技藝」之提煉，才能化爲精美的「譬喻結構」，以洞穿隱藏在人世背後之「眞相」。故楊牧舉葉慈之〈青金石雕〉爲例，指出這首詩已經超越了一般的「詠物詩」，其奧妙之處，便在於它不滯留於物體的表象：

---

17 蔡英俊，《比興物色與情景交融》（台北：大安出版社，一九八六），頁一三八。
18 同註2，頁一〇七。
19 同註2，頁一一六。

這石雕品中尋到一種人生哲學的線索，化爲藝術慰藉，在戰火即將燃燒的歐洲社會忽然喧囂升騰的反知識反藝術口號衝擊之下，完成他精美的譬喻結構，詩的對照。[20]

詩人「落筆反而並無視手心之物，卻於時代的限制，干預，和藝術的超越諸課題參差闡揚」，可以說是「直接而全面地提示了詩藝本質的奧秘」[21]。

故詩人不只在「緣物抒情」，或是「音」與「色」的文字組合之美，而更要追尋創新，正如他對葉慈的觀察：「我在葉慈詩中認知詩人創新的意志，惟陳言之務去，揚去慣性囁嚅和浮誇的程式書寫」[22]，而創新、務去陳言，揚去慣性書寫，成爲詩人日後創作念茲在茲的課題。寫於一九六三年〈綠湖的風暴〉——楊牧「給濟慈的信」系列之第一篇，便是他轉變中重要的一步，透過濟慈，他省悟到知識和現實的觀察，乃至提升到抽象「偉大的想像空間」，方才是詩創作最重要的後盾[23]。而相形之下，他不禁要告別青春的昨日了，認爲「離開了東海，才知道在東海的四年只是我孩提時代的延續。那些美麗的夢幻，那些憧憬都同樣疏落，同樣紊亂。」[24]從此以後，楊牧認爲這才是他眞正有意識、自覺地作

---

20 同註2，頁一〇六。
21 同註2，頁一〇九。
22 同註2，頁一一〇。
23 同註2，頁二〇六。
24 見楊牧，〈又是風起的時候了〉，《葉珊散文集》（台北：洪範，一九七七），頁六一。

詩的開始，而他要「立志放棄一些熟悉的見聞，一些無重力的感嘆類的詞藻或句式」，而「有能力演繹，詮釋，將那些發展爲接近知性的論述」[25]。伴隨著這種自覺和轉變，楊牧立意要將感性疏離，換言之，則不再只是透過抒情主體之感官生發、感慨，來做爲詩發展的機杼，而是轉向知性與形而上的探索，以求更接近詩人心目中理想的詩創作。

故《奇萊後書》第二部分的壓軸爲〈抽象疏離　上〉與〈抽象疏離　下〉二文，從篇名便可以得知，「抽象」與「疏離」已成爲導引楊牧轉變的指針，而在此時，他開始由主觀感性，漸次轉成爲客觀知性，故才曰之以「疏離」。對他而言，這無異是一種超越與提升，沈浸在「抽象」的、形而上思維的建構之中，從此，楊牧展開了一系列以思考爲主的命題詩作，而進入了他所謂「一個人的意志竟已凌駕趣味好惡」，以及「一種值得鞭策的計畫創作顯然可以勝過喜怒哀樂衍生的小品」[26]。楊牧刻意淡化個人情志，將趣味好惡、喜怒哀樂暫擱一旁；而詩，也不再只是「緣情」而發，乃是經過知性的思考，和有計畫的謀篇佈局，爲長遠的挑戰而設立的、以勝過強調立即當下的直抒胸臆，或以「立即感」(immediacy)和「脈絡化」(contexualization)爲思辨型態的抒情之作[27]。楊牧並且巧妙地重新詮釋抒情傳統中的「詩言志」——此「志」乃從「心之所志」，變成表達詩人的「意志」。

25 同註2，頁二二一。
26 同註2，頁二二二。
27 蔡英俊以「立即感」和「脈絡化」之思辨型態，區分中國傳統思想美學之特色，不同於建構一種普遍的，或一般化的闡釋，同註3，頁一六九。

本來，在抒情美學之中，主體的審美經驗乃是不可或缺的要素，一如高友工所定義的：抒情美典乃是以自我現實的經驗爲創作品的本體或內容，並進而探索創作者內心活動如何將外在現實「內向化」(internalization)的過程[28]。然而，楊牧在此卻刻意要反其道而行，他將主觀經驗捨棄，純粹進行一形而上知識系統之架構。於是在一系列寫於一九六二年前後的、收在《花季》中的〈給憂鬱〉、〈給智慧〉，以及寫於一九六四年前後、收在《燈船》中的〈給命運〉、〈給寂寞〉、〈給時間〉、〈給雅典娜〉和〈給死亡〉等詩作之中，表明了他求新求變的、計畫性寫作的企圖心，而目的則是希望藉此「以隱喻浮現抽象，試探形而上的意識，觀念，生命裡勢必對我顯示的知性之美」[29]。

從《花季》到《燈船》時期，楊牧詩風原本多偏重在表現「樂章」之美上，也從講究音律的中國六朝詩歌駢體中，汲取了不少養分[30]，但是在從〈給命運〉到〈給死亡〉這一系列詩作中，他卻展開了一種截然不同的嘗試，代表楊牧從東海大學到金門服役，乃至一九六四年赴美國愛荷華讀書之際，也恰是詩風、甚至詩觀隨之轉變的開始。透過這一系列詩作，他「將慣習俗見的詩先行擺脫，戒除一般刺激反應的模式，摒棄感官直接守候的五音，五色，有避要反其道而行，進入一個思維的和高度想像的創作模

---

28 見高友工，〈中國抒情美學〉，《中國抒情傳統的再發現(下)》，柯慶明、蕭馳編，頁三二。頁五九六—五九九中對於「抒情美學」之討論。

29 同註2，頁二二六。

30 見楊牧，〈燈船自序〉，《楊牧詩集I》(台北：洪範，一九七八)，頁六一〇中說道，在這段時間中，「大多試圖表現所謂「樂章」的美妙和深奧，而在這個試驗裡，我發覺到重新定義中國詩的可能性——我很自然地從唐詩宋詞轉開，費了將近一年的光陰專心圈點莫讀漢朝、三國和南北朝的作品。」

式，講究知識，理性，紀律，甚至在這條線上暫且將自由詩的權宜放到一邊。」[31]不僅放棄過去作詩的慣性，而在這些以形而上爲主題的詩作中，楊牧也大多採用從和古典、或是經典對話的手法，開章佈局，譬如〈給憂鬱〉前面引用歐陽修的〈秋聲賦〉，〈給智慧〉引用濟慈之詩句：Sorrow is Wisdom，〈給死亡〉引用柏格曼《第七封印》……，均可見詩人不從一己之美感經驗，而是欲向一更龐大的知識系統去探索、對話的企圖。

在這些詩中，他自言，其中最滿意的是〈給時間〉一詩，這首詩以「甚麼叫遺忘」開篇，以「甚麼叫記憶」收尾，而中間則串連數個畫面：果子落地爛熟、鐘乳石、噴水池畔的雕像，就彷彿電影蒙太奇的畫面剪接拼貼，予讀者自由解讀聯想的空間，然而，其中卻不見詩人自己的情感與身影，只見其客觀的、抽象思維的開展與鋪排。而這也可以說是楊牧對於過往抒情年代的告別，從此，他要透過想像力的高度發揮，以維繫頡頏上下的意念，而把握住一客觀、抽象、又普遍的結構。楊牧甚至由此賦予「詩言志」一層新意——此「志」，乃是指詩人「意志」之趨向，有計畫的挑戰，既非〈詩大序〉中「言之者無罪，聞之者足戒」的諷諫教化、倫理關懷；也非「情動於中而形於言」、由詩人主觀情意所薰染之「志」。

而在〈抽象疏離　下〉一文中，楊牧則又試圖賦予「詩言志」第二層新意，亦即在受到西方文學中敘事詩和戲劇等影響下，他開始寫作在中國抒情傳統中少見的敘事詩作，而立意使用詩的策略，去發展

31　同註2，頁二二七。

一特定的故事情節。楊牧自認，此一寫法仍然未脫「詩言志」的古訓，但不同的是，他是透過他人的背景、經驗，「直接切入他即臨當下，發抒他的感慨」，故仍然是在「言志」，只是言的是「他人之志」。楊牧以此做爲「詩言志」的第二層新意，而具體詩創作的實踐，則是始於《傳說》中寫於一九六九年柏克萊時期的〈延陵季子掛劍〉。

何以「言他人之志」？楊牧解釋：

> 因爲所言實爲我姑且設定乃是延陵季子之志，就與平常我們創作抒情詩的路數有異，其發生的動力乃是以客體縝密的觀察與一般邏輯爲經，已掌握到主觀神態與生色的綱要爲緯，於是在二者互動的情況下，推展一個或簡或繁的故事情節，亦即是它富有動作的戲劇事件。[32]

也因此，雖說是不脫「詩言志」之古訓，但是客體的「觀察」和「一般邏輯」，卻仍舊是前述「抽象」、「疏離」手法之延續，只是其中的差異在於，楊牧在「抽象」、「疏離」的觀察之餘，又再度融入了抒情傳統之緣情感興：

---

32 同註2，頁二三二。

扮演他在人情命運的關口想當然所以必然的角色，襲其聲音與形容，融會他的背景，經驗，直接切入他即臨當下，發抒他的感慨，亦詩以言志之意。[33]

而這也可以說是楊牧這一系列敘事詩的特色，它既富有戲劇衝突、動作情節，但卻又能兼具中國抒情詩中從主體心境出發，所感知到的強烈時間感，而足以「與個人底自我存在的搖蕩心態相互呼應」[34]，故相較之下，與西方注重行動或事件開展的敘事史詩，寫法與美學自是大不相同。

如以〈延陵季子掛劍〉為例，詩人以季子失友、掛劍於樹剎那間的孤寂心境，渲染全篇，以此掌握「當下」、「瞬間性」之感興，然又將此一「封劍」的瞬間放大，反覆對應於過往的「最初」、「早年」，而成為全篇發端和收束之點，以季子綿長的情志，穿梭在時間永恆之流中。而楊牧便以類似融合客觀與主觀之雙重手法，展開一系列的敘事詩作，皆是他頗具份量的重要作品，譬如寫於一九七四年、收於《瓶中稿》集中的〈林沖夜奔〉，乃是以「聲音的戲劇」為副標題，全詩由「風聲」、「山神聲」、「林沖聲」等數個片段組成，其實皆是以不同角度，所展現出來內心獨白，嘈嘈切切眾聲喧嘩，以揭示事件發生的當下瞬間，而組成了一首別出心裁的、舒緩疾厲相互交錯的樂曲。又譬如寫於一九八五年之〈妙玉坐禪〉，亦如賴芳伶所言，全詩的情節雖然大抵襲自《紅樓夢》，但是字詞之間運用大量

33 同前註。

34 見陳世驤，〈論時：屈賦發微〉，《中國抒情傳統的再發現(下)》，頁三八五—四三五中對於屈原詩作中「時間之流」的分析。而此敏銳的時間意識，亦見楊牧的敘事詩作中。

雙聲疊韻，引發豐富的感官意象，包括視覺、嗅覺、聽覺、觸覺等等，並「以布置在字裡行間的平仄高低、快慢緩急的音節律度，更深刻示意了妙玉的孤傲深隱與曖昧激情，如何迴旋相生，復相剋。」[35]故在這些敘事詩作之中，竟都有濃郁的抒情性格迴盪其間，暗示了楊牧欲在「詩言志」的抒情傳統中，翻出現代新意，而抒情詩與史詩，其實也並非涇渭分明的兩種文體，更有互相援引借用、彼此渲染藝術效果的可能性。

三、象徵：詩與眞實

楊牧寫作這一系列的敘事詩，持續的時間甚久，從一九六九年〈延陵季子掛劍〉、〈林沖夜奔〉、〈鄭玄寤夢〉、〈馬羅飲酒〉，至八〇年代之後的〈妙玉坐禪〉、〈喇嘛轉世〉、〈平達耳作誦〉、〈以撒斥堠〉，乃至近期的〈失落的指環〉等等，都是獲得好評的重要佳作。其中，尤以〈喇嘛轉世〉最令楊牧喜歡，也可看出詩人下筆的主題，逐漸從早期的古典，轉而指向當代的社會現實、甚至政治事件取材，亦即是迂迴地逼向所謂「詩言志」的核心——從代言古人之志，到與當下的社會生活對話，甚而因此碰觸到所謂正義、公理等等，諸多不可迴避的現代課題。

35 賴芳伶，〈孤傲深隱與曖昧激情——試論《紅樓夢》和楊牧的〈妙玉坐禪〉〉，《東華漢學》第三期（二〇〇五年五月），頁二三——二五。

故在《奇萊後書》的第三部分，楊牧論詩，記述學院的生涯，但卻也總是隨之透露，學院並非一座與世隔絕的象牙塔，而詩人除了透過文字抒發一己情志之餘，如何與現實相互連結，進行社會參與？又如何面對這些看得見的「假象」，以保持「詩」和「眞實」之間若即若離的交涉關係？則是詩人多年以來，無時或忘的一件心事[36]。尤其當他置身在一九六〇年代柏克萊校園，受反戰風潮、學運乃至於台獨運動的影響，而青年學子們前仆後繼走上街頭，投入實際的社會運動，更促使詩人不得不思考，抒情言志之效用究竟爲何？柏克萊四年，使他更確定的不只是如何介入社會，而是要「介入社會而不爲社會所用」[37]。如以〈以撒斥堠〉一詩爲例，記述的是猶太朋友以撒的故事，楊牧本來考慮以散文方式寫出，但最後仍決定固守於詩，因爲：

> 除了詩這樣的形式，其中自然擴充的包容，方生未死的限制，寓確定於游離狀態之中，有機稀釋，復歸於凝固，只有詩能有效，準確地表達以撒的散慢，隨興，與完全非我能掌握的不確定性。[38]

---

36 見楊牧，〈社會參與〉，《一首詩的完成》（台北：洪範，一九八九），頁一〇三——一一五中關於詩與社會參與的討論。而《奇萊後書》出版前夕，楊牧接受楊照專訪，亦談到所謂「社會參與」如何與詩創作相互調和，見蔡逸君記錄整理，〈路曼慢其脩遠兮——楊照對談楊牧〉，《印刻文學生活志》第五卷第五期，頁五十——六三。

37 張惠菁，《楊牧》（台北：聯合文學，二〇〇二），頁一二三。

38 同註2，頁二四一。

由此，便可窺知詩人所界定的，「詩」與「眞實」之間的準則：與其落入政治革命或意識型態之言詮，還不如堅持詩歌藝術的曖昧與多義性，「寓確定於游離」，以保留給讀者更多想像的餘地，反倒才更能揭露出所謂看不見的「眞相」。故楊牧說明自己在這些詩中的作法是：「將個性疏離，爲了把握客觀、執著、抽象、普遍」[39]，如此一來，言「他人之志」的敘事詩，也反而變成了一種美學上必要的手法——使自己客觀地置身事外，如此一來，才不致耽溺於一己內化的情緒之中，得以拉廣、並且拉高思維的向度；同時以「他人之志」介入現實，以此同情渲染豐富感性，寓確定於游離曖昧的詩意中，也才使得抒情傳統有了現代性的意義。

正如蔡英俊所指出的：

傳統的時空環境已經飄然遠去，當我們重新披拾傳統的文學作品時，我們總會感到我們該如何肯定、理解那種空靈、自足的心態；顯然我們已經變得複雜、變得世故了：面對近代科技文明所撐起的多重世界與多元價值，身爲近代中國子民的一分子，我們還得面臨傳統價值剝蝕後信心重建的難題——這是一個生存與否(to be or not to be)的問題，而不是個人情感品質如何的問題。

39 同註2，頁二四一。

故在楊牧的敘事詩作中，既刻意採取客觀疏離的敘事手法，又翻新中國古典抒情之「詩言志」或「感興」，以保留想像空間和情感迴旋餘地，而足以對映出外在現實世界的複雜和多元。楊牧的此一轉向，無疑是成功的，尤其以描寫車臣獨立的〈失落的指環〉、蘇聯入侵阿富汗的〈班吉夏山谷〉，或是質疑西班牙獨裁政府的〈西班牙・一九六三〉等，亦即楊牧所自稱的「弱小民族系列」，最能展現詩人介入現實、卻「又不為現實所用的企圖心：

> 那也就是屬於我長久經營的，我的弱小民族系列，除了阿富汗，還有西藏，塞爾維亞，車臣，以及流浪的白俄，和追尋記憶歸屬的新英格蘭郇山子弟。40

以異國事件為題材，並不在營造神秘風情，而是從客觀角度審視、詰問人類的道德與價值觀，甚至反過來，審視詰問自己所身處的台灣社會。對於這一系列詩作，學者向來給予高度評價，如黃麗明指出的，當楊牧書寫關於外國異族的事件時，除了表達他對國際事務的思考及對弱勢族群的關注外，更重要的是：「他藉此了解掌握事件的要義，並選擇一合宜的切入點去分析台灣本土的問題」，也因此，「楊牧的詩，既『有人』也『涉事』。他以虛設托寓的手法反映世界時代景觀的同時，兼及本土歷史政治的情

40　同註4，頁三八六。

勢，其實以側寫了他對現實問題的批判和洞見。」[41]

從「有人」到「涉事」，既介入又不黏著於現實，而更具體地說，便是詩歌不僅是反映現實，更要能超越現實，才不致於淪爲社會的附庸，或是概念的傳聲筒。故在《奇萊後書》的第三部分，他記述愛荷華、柏克萊、麻州大學，以及執教最久的西雅圖華盛頓大學，出入於經書典籍以及時代的鉅變之間，豐富的學院歷練，卻也將詩人帶領到另外一境地之中，而得以作出適度的抽離。一九八三年，他從美西返回台大外文系擔任客座教授，目睹台灣的政治經濟環境發生一連串劇烈變革，「陰寒充斥過多喧嘩和噤聲不得的鑼鼓之後，那些我目睹耳聞的有關公理和正義的質疑，以及血腥撕裂之後，一個選舉和所有隨之掀開復闔上的憤怒猶未落定」[42]，促使他亦發堅定，以「抽象疏離」的態度去迂迴地逼向現實，以揭示表象下面看不見的眞相，及其潛藏之結構、象徵、文法和邏輯。故在〈破缺的金三角〉中，楊牧進一步點出了觀念的重要性——「觀念之領先將啓發思想，這是藝術的奧秘」[43]。

於此，他又再度討論中西文學之歧異，辨別中國傳統的「神思」與西方所界定的「想像力」之不同。劉勰《文心雕龍》所云的「神思」，乃是中國抒情美學的重要論點，高友工曾以「抒情心靈」(lyrical mind)解釋之：

---

41 黃麗明，〈何遠之有？楊牧詩中的本土與世界〉，《中外文學》第三一卷第八期（二〇〇二年一月），頁一五七、一五九。

42 同註2，頁三七九。

43 同註2，頁三四二。

精神活動獨立於生理形軀：精神活動超越身體感知的生理局限，而想像則取代了感知，精神在時空中自由來去以及功能的自由轉變凸顯出作者對創造力奇蹟的無限欽羡之情。[44]

然而，楊牧則借用柯律治的說法，將「想像力」區分爲「基本想像力」和「次要想像力」，而後者，「專指詩發生過程的活動，以不變的宰治優勢將所有客體溶解，散播，消滅，繼之以再生，虛而不屈，動而愈出，務使這過程完美而統一。」至於「神思」，他以爲則近於柯律治所言的「幻想」之意，指那些從時空秩序釋放出來的記憶，而素材全屬現成，通過聯想法則即可獲取[45]。換言之，西方想像力更著重在「創造」二字，從無中生有，並非安排重組記憶中原有的素材，而這種創造性的思維，可能才更要接近楊牧所說的、「觀念」二字的含意。故楊牧在《奇萊後書》中雖然描寫了不少人事變遷的滄桑，政治的殘酷現實，以及在革命風起雲湧的大時代中，小人物無法置身事外，而勢必要捲入歷史的漩渦，而成其一部分，如他在東海的師長、如林以亮，如以撒、如華大的同事伍懷立……，革命與戰爭、白色恐怖、不公不義、抗議或出賣、殘忍或同情，皆是生活之中所必然遭逢的眞實課題，但是楊牧卻都僅點到爲止，因爲他所關心的，毋寧是超越性的觀念，而驅使他提筆寫下了〈有人問我公理與正義的問題〉一詩，這時的他選擇：

44 同註28，頁六〇九。
45 同註2，頁三四六—三四七。

帶學生讀米爾頓，看前人如何從宗教困擾與政治壓力下奮起找到詩。責問，抗議，辯論，同時在憤怒和沈痛不堪的時候規劃創作，肯定古典的抒情傳統。[46]

在此，楊牧彷彿又重新回到了抒情傳統，但其意義已然非純粹的感興，而是鎔鑄了西方的客觀思維與想像力，以之上接古典，又下開現代詩學的新貌。

在《奇萊後書》的末了，楊牧回到故鄉花蓮，在台灣島嶼東部太平洋海岸的邊緣——一九八三年的返鄉，有了〈俯視——立霧溪一九八三〉詩作，而十多年後返鄉，則有了〈仰望——木瓜山一九九五〉一詩。人事變幻滄桑，但大自然山水卻恆常，對楊牧的創作與人生自有重要的象徵意義。曾珍珍從「生態意象」觀點，認爲楊牧這一系列詩作「沿台九線往壽豐方向，經木瓜溪大橋往右瞻眺，層巒疊嶂側立溪谷兩旁的壯麗景觀，引發他寫出了『象徵』。這又是一次原初書寫的演出，再度肯定了象徵思維是詩歌創作活動的本質，同時也證明了楊牧對原初的執迷與他企圖探索象徵藝術的原委有關」，故「『巒嶂重複鱗介之姿』，正是詩人苦心孤詣經營完成之象徵大結構的映象」[47]。

若是以《奇萊後書》和《奇萊前書》相互參照，《前書》結尾於大海，在太平洋的波濤召喚中，領

46 同註 4，頁三八〇。

47 曾珍珍，〈生態楊牧——析論生態意象在楊牧詩歌中的運用〉，《中外文學》第三一卷第八期，頁一八四。

悟到「滄海之神，高山之神」所給予的神秘啓示[48]；而《後書》則是以綿延的山脈作結，故不論「山風」，或是「海雨」，皆是以此隱喻詩人畢生詩的追求與探索，而如此之大自然，亦已非中國傳統的抒情山水詩。抒情山水，乃是以大自然促使詩人「感興」，故呈現出來的是「感情本體世界觀」，透過主觀而內在的人情，去觀看並且表現世界，而成其爲「有情山水」[49]；但在《奇萊後書》〈中途〉所云之大自然，卻是恰恰好相反，詩人乃是統攝感性與知性的雙重意義，而從自然之中，體悟到山勢拔地而起，與多變之現實相互對應參照，乃成爲一永恆嚴峻之大結構、象徵，與秘密。而楊牧所追求之「詩與眞實」，無非如此，將詩提升爲個人生命、宇宙之一大象徵，故從抒情傳統到西方象徵主義、浪漫主義，從主觀到客觀，從感官交融，到追求形而上思維，繼而審視詩人與社會之關係，而嘗試以觀念和具有創造性的超越的想像力，以穿透現實的表象，最終達成所謂「詩的眞實」、「詩的眞理」，乃至於「詩的完成」。

---

48 郝譽翔，〈浪漫主義的交響詩——論楊牧《山風海雨》、《方向歸零》、《昔我往矣》〉，《大虛構時代》（台北：聯合文學，二〇〇八），頁三二—三三。

49 抒情傳統與自然山水之間的關係，參見於鄭毓瑜對身體與自然對應之「體氣」討論，同註7。呂正惠，〈物色論與緣情說——中國抒情美學在六朝的開展〉，收入中國古典文學研究會主編，《文心雕龍綜論》（台北：台灣學生書局，一九八八），頁二八五—三一二。

譯者楊牧

曾珍珍（東華大學英美語文學系）

作爲知識分子，我們不能或忘的工作之一，不僅在於釐清局勢，更應研判積極介入的各種可能性，然後挺身實踐，或者稱許先賢如是壯舉、今人之蹈烈，或這或那，知識分子，斥堠者也。

Part of what we do as intellectuals is not only to define the situation, but also to discern the possibilities for active intervention, whether we then perform them ourselves or acknowledge them in others who have either gone before or are already at work, the intellectual as lookout.

——愛德華・薩依（Edward Said）[1]

1 摘自Edward Said, "The Public Role of Writers and Intellectuals," in Sandra Berman and Michael Wood ed., *Nation, Language, and the Ethics of Translation*（Princeton, N.J.: Princeton University Press, 2005）.

每一個翻譯家也就是他本族裡的一位先知。

——約翰・沃爾夫岡・馮・歌德（Johann Wolfgang von Goethe）[2]

詩人是一種另類譯者，把尋常的話語，以情感點化之，譯成「神的語言」，他凝聚心神所致力的，與其說是爲自己的理念尋找表達的文字，不如說是爲自己的文字窮搜理念，以及極致的律動。

The poet is a peculiar type of translator, who translates ordinary speech, modified by emotion, into "language of the god," and his inner labor consists less of seeking words for his ideas than of seeking ideas for his words and paramount rhythms.

——保羅・梵樂希（Paul Valéry）[3]

另闢蹊徑：對於心靈共相的宗教式追尋被知性的好奇取而代之，轉而致力於發掘同樣放諸四海皆準的差異。他方殊俗不再是例外，而是常態。這一觀念的轉移既矛盾又具啓發性。野

2 摘自J.W. von Goethe, *Schriften zu Kunst and Literatur*, band 12, p. 353. 參考錢鍾書，〈林紓的翻譯〉，《七綴集》（台北：書林，一九九〇），註67。

3 摘自 "Variations on the *Eclogues*" (Denise Folliot 英譯)，收錄於Rainer Schulte and John Biguenet ed., *Theories of Translation: An Anthology of Essays fron Dryden to Derrida*, 118.

蠻人意味著文明人的懷舊翻版，是他的另我，失去的另一半。這一轉移隨之反映在翻譯的趣向上：翻譯不再致力於闡明人群與人群之間的終極相似，反而成為揭顯個別差異的工具。

A new course was taken: the religious quest for spiritual universality was superseded by an intellectual curiosity intent upon unearthening equally universal differences. Foreignness was no longer the exception, but the rule. This shift in perception is both paradoxical and revealing. The savage represented civilized man's nostalgia, his alter ego, his lost half. And translation reflected this shift: no longer was it an effort to illustrate the ultimate sameness of men; it became a vehicle to expose their individualities.

——渥大維・帕斯（Otavio Paz）[4]

一、前言

以山水詩獨步六朝詩壇的謝靈運對「殊俗之音，多所通解」，因參與至今猶仍傳佈於世的《大般涅槃經》譯治，可謂中國古代大詩人中唯一兼具翻譯家身分者；然而，文學史對他的譯事經綸，未見著

4 摘自 "Translation: Literature and Letters "（Irene del Corral 英譯），收錄於Rainer Schulte and John Biguenet ed., *Theories of Translation: An Anthology of Essays from Dryden to Derrida*, 153.

墨，任令湮滅，今人錢鍾書深諳翻譯的文化意義與藝術價值，為康樂公扼腕、抱憾[5]。清末西學東漸以來，尤其五四白話文運動開啓現代漢語文學創作先河之後，由於大量引進西方文學經典供作文體創新、思想變革之借鏡，身兼譯者身分的作家不勝枚舉[6]。創作與翻譯之間的交互影響，儼然是漢語現代文學研究的重要一環。有學者甚至指出，漢語現代文學史正是一部翻譯文學史[7]。從文化翻譯的角度思考創作與翻譯的交互融通，可據以觀察跨文化詩學在漢語現代文學創作中如何涵化、生成，作為對內推動文學變革，對外追求與世界文學接軌的準據與門徑。從作家論的角度切入，除了觀察上述跨文化宏圖如何具現於作家個人創作題材的選擇、美學判準的形成之外，透過作家的譯事活動，深入體會他如何譯介域外作品，包括譯作選目背後所寓含的政治、倫理和美學考量，以及因此所牽動的譯文修辭策略，及其與漢語書寫傳統，甚至地方俚語之間交相磨合、嫁接的努力成果等等，對於確切瞭解該作家的文化認同與藝術成就，洵有助益。放眼台灣詩壇，創作具經典地位，譯事輔以治學洞見，文風近乎傳世格局者[8]，

5 見錢著鍾書，〈林紓的翻譯〉，輯入《七綴集》，頁一〇九。

6 參考李奭學，〈詩人翻譯家〉，輯入《經史子集——翻譯、文學與文化劄記》（台北：聯合文學，二〇〇五），頁六六—六七。

7 見王寧，《文化翻譯與經典闡釋》（北京：中華，二〇〇五），頁八。王氏認為五四之後翻譯文學的勃興逐漸形成一種「翻譯體的」、「混雜的」中國現代文學話語體系，既可以與中國古典文學進行對話，同時又可以與西方的現代性進行對話，從而消解了獨尊西方的單一現代性神話，為世界文學提供了一種具有中國特色的「有選擇的」另一種現代性樣貌。他因此推論：「從比較文學的角度來看，一部中國現代文學史在某種程度上就是一部翻譯文學史。」

8 「傳世」一詞襲取自梁啓超以下的經典論述：「『傳世之文』或務淵懿古茂，或務沈博絕麗，或務瑰奇奧

楊牧乃箇中翹楚。創作、翻譯、治學三足鼎立，標示著楊牧文學版圖中西合璧、跨文化的屬性。做爲台灣當代文學的指標性作家之一，想像的胚芽發端於鄉土自然，又從中西文學源遠流長的傳統汲取養分，楊牧的整體書寫成就，不僅傲視華人世界，透過外譯，也蔚成當今世界文壇引人矚目的景觀之一。省識楊牧上述三合一著述活動、多重文化取向彼此穿透，難以界分的特色[9]，本文擬聚焦在詩人具體的外語

（續）

9 詭，無之不可；『覺世之文』，則辭達而已矣，當以條理細備、詞筆銳達爲上，不必求工也。」轉引自李寄，《魯迅傳統漢語翻譯文體論》（上海：譯文，二〇〇八），頁二〇二。

略窺一隅，可參考楊牧的文學生涯自述諸文，尤其是二〇〇九年甫出版的半自傳書寫《奇萊後書》中〈抽象疏離〉上下兩章。文中，楊牧回溯浪漫主義詩人濟慈的頌詩形式，和雪萊所揭櫫的知性之美與抽象思維、象徵語言之間的關連，如何在六〇年代初期啓迪了他以〈給時間〉爲代表的頌詩系列創作。接著，他又詳細說明了六〇年代後期，也就是他獲得加州柏克萊大學比較文學博士學位而詩歌創作藝術重新出發、趨向成熟的開端，自己如何運用習自於西方的戲劇獨白體，以擷取自中國古代典籍的掌故入詩，寫成〈續韓愈七言古詩〈山石〉〉〈延陵季子掛劍〉等詩，往後四十載歲月，更以此體式，持續取材自明清傳奇小說、英文國際時事報導、希臘古詩、猶太故舊事跡等，「以客觀縝密的觀察與一般邏輯爲經，以掌握到主觀神態與聲色的綱要爲緯」，寓體物抒情於敘事張力中，寫出〈林沖夜奔〉、〈妙玉坐禪〉、〈喇嘛轉世〉、〈平達耳作頌〉、〈以撒斥堠〉等跨時空、跨文化佳作，指涉容或隱晦，看似抽象疏離，其實知人論世，介入、游移在本土關懷與全球觀照之間，權衡以詩歌語言蘊寓政治、倫理、美學論述的多種可能性。此外，楊牧在愛荷華大學就讀文學創作碩士期間，曾經將西班牙詩人洛爾伽Federico García Lorca英譯詩集*Gypsy Ballads*譯成漢語，該詩集突出的「感官交融」（synaesthesia）修辭技巧，大量出現在他六〇年代中晚期的詩作中，譬如五官官覺的交融在以下的詩句中，把周遭秋景流動、凝定的意象串連成涵渾一體的感官經驗：「啊西來的風穿過昏黯的人叢／屋樑上的夜暈／一隻飛向內陸的候鳥／那是你兩眼驚見的毒藤／揚起的花香，星期四的琴聲／棕黃色帶著檸檬花的／髮辮／我已經疲憊／在壁畫和音符間／佇立，滑交。」（〈三藩市〉，收入《瓶中稿》）。這亦可視爲創作與翻譯交互影響的例證之一。另可參考Lisa Lai-ming

漢譯活動，參酌晚近文化研究翻譯學轉向的理論視野[10]，試圖從譯作選目的歷史脈絡、譯文的修辭策略，和譯詩音樂性的再現與轉化三個面相，由宏觀到微觀，檢視譯者楊牧多重的文化認同如何影響他的譯文修辭，兼及他念茲在茲的詩藝追求如何指引他的翻譯倫理取向，形塑他的音律翻譯技巧。由於涉及《英詩漢譯集》的翻譯諸問題，已有本人的訪談錄可供參考，本文將以《葉慈詩選》和《暴風雨》爲主要觀察場域。以譯者楊牧爲範例，一來旨在試探將翻譯研究運用於台灣文學研究的可能取徑，二來冀能管窺楊牧譯詩訣竅，供後繼者觀摩，俾有助於提升未來英詩漢譯的藝術水準。

二、譯作選目的歷史脈絡

迄至目前爲止，楊牧的漢語文學譯著，以書籍方式付梓出版的，依序計有：《西班牙浪人吟》（一九六六，Federico García Lorca 原著*Romancero gitano*）、《葉慈詩選》（一九九七，自選W. B. Yeats抒情詩七十六首）、《新生》（一九九七，Dante Alighieri原著La *Vita Nuova*前半部）、《暴風雨》（一九九九，

（續）

10 Wong（黃麗明）論及楊牧跨文化詩學專著，*Rays of the Searching Sun: The Transcultural Poetics of Yang Mu.* 參考Susan Bassnett & André Lefevere, *Constructing Cultures: Essays on Literary Translation*（Philodephia, Mulcilingual Matters, 1998); Lawrence Venuti, "From Translation, Community, Utopia," and Emily Apter, " A New Comparative Literature," collected in David Damrosch, Natalie Melas, and Mbongiseni Buthelezi ed., *The Princeton Source book in Comparative Literature: From the European Enlightenment to the Global Present.*

William Shakespeare 原著*The Tempest*），和《英詩漢譯集》（二○○七，自選英詩一二一首）[11]。二○○六年秋天，楊牧以包玉剛講座教授身分受邀返回曾經參與創辦的香港科技大學演講，之後，將講稿之一，〈翻譯的事〉，與自一九六八年以來涉及英詩翻譯的五篇文章合輯，題爲《譯事》，交由科技大學「包玉剛講座系列」出版。此外，二○○九年初應《人籟論辯》月刊之邀，以《英詩漢譯集》的翻譯藝術爲主題，接受本人訪談，訪談錄〈雝雝和鳴：楊牧談詩歌翻譯藝術〉刊登於該年二月號[12]；同年十二月十八日，應花蓮東華大學創作與英語文學研究所之邀，親擬以〈翻譯一個茫思駝〉爲題演講。上述《譯事》專書、刊載在《人籟論辯》的訪談錄，和〈翻譯一個茫思駝〉講稿是目前研究楊牧翻譯論述的主要文獻資料。可以這麼說，自一九九二年在台北舉行的翻譯會議發表〈詩關涉與翻譯問題〉之後，尤其近五年來，隨著《英詩漢譯集》的出版，詩歌翻譯藝術的相關問題成爲楊牧學術思考的關注重點之一。他不但以詩筆從事詩歌翻譯，也自覺性地從翻譯的親身實踐和觀察前人譯例，針對翻譯本質和技術問題，進行理論性的反思。舉凡詩的不可譯性、翻譯的文化移植與建構功能、譯詩語體的斟酌、如何妥切轉譯原詩的技術關涉與文化關涉、譯者結合文苑鴻儒(philologist)與聲音表演家雙重角色之體認，以及譯作作爲一種再創作，譯者應被容許具有主體斡旋空間，甚至可以修飾原作瑕疵等翻譯倫理問題，都提供了精闢的見解。在〈翻譯一個茫思駝〉的演講中，楊牧甚至透過他翻譯莎士比亞傳奇詩劇《暴風

---

11 楊牧譯，《西班牙浪人吟》（台北：洪範，一九九九）；《葉慈詩選》（台北：洪範，一九九七）；《新生》（台北：洪範，一九九七）；《暴風雨》（台北：洪範，一九九九）；《英詩漢譯集》（台北：洪範，二○○七）。

12 全文亦見於楊牧個人網站：http://yangmu.com/news_dec2708.html。

雨》的獨到心得，從以漢語再現卡力班原始、土生的語言，到捕捉空氣精靈愛立耳的天籟歌詩，所必須面對的挑戰，以及因而臻至的絕妙譯異／藝化境，具體闡明班雅明(Walter Benjamin)所倡言，譯者的天職乃在於與原作者齊心協力，在文化差異間穿梭、綴補天機的罅隙，以求企及純粹的語言，係何所指。譯詩實踐與翻譯詩學亦步亦趨互相闡發，詩人／譯者楊牧以其文白交響、雍容多音、風格獨具的語體，渾然天成的文字律動和韻致，導引漢語現代詩與波瀾壯闊的中西抒情傳統沸沸合流，其所體現的文學風景，讓人興歎！

回顧楊牧近半世紀的文學翻譯實踐，誠如我在訪談中指出的，有一項特色凸顯出來，那就是翻譯作品的選目完全出自譯者自主的選擇，其中涉及了政治、倫理與美學的考量，是一個有創作自覺的詩人，在自我形塑(self-fashioning)的過程中，憑著史識，透過翻譯擷取外國文學精華，以他山之石可以攻錯的托寓手法，介入本國當代時空，除了在美學的層次上，替漢語現代詩的語言開拓出多元交響聲調、水到渠成的律動之外，更試圖在政治和倫理的層次，為現代中國，特別是島國台灣，召喚出新的社會次序與能容乃大的文化格局。詩人楊牧作為譯者，逞其跨文化視野，儼然以成為華人世界的斥堠、先知深自期許，此外，視之為法國象徵主義詩人梵樂希所謂，將日常語言點化成神的語言的文字魔法師，也不為過。楊牧在訪談中曾對自己譯作選目的歷史脈絡及其背後的翻譯旨趣，做了以下扼要的說明：

> 在愛荷華時，翻譯洛爾伽(Federico Garcia Lorca)的詩，後來結集為《西班牙浪人吟》，除了喜歡他的詩之外，也算是一種政治抗議吧。洛爾伽被西班牙大統領佛朗哥處死。我自覺

地以爲翻譯他的詩是對獨裁政權，包括在台灣的蔣介石獨裁專制，抗議。當時，我是從英譯本翻成漢語，不過，在定稿前，逐詩與會讀西班牙原作的同學討論過。會翻譯但丁的《新生》，是當時有志要把義大利文學起來，準備用心以原文閱讀《神曲》，而且作爲《神曲》的前身，但丁在這本小書中敘述了他如何邂逅Beatrice以及Beatrice所代表的象徵意義，賦予女性如此崇高的地位，這是漢文學傳統中所沒有的。此外，這部作品對於流行於義大利文藝復興時期的各樣詩體舉例加以說明，別具意義。不過，這本小書，我只譯出前半部。

至於九十年代譯出《葉慈詩選》，除了對他的詩藝表示崇仰之外，的確尚有政治訴求。葉慈不只寫詩、編劇，還參與了愛爾蘭獨立建國運動，後來還擔任愛爾蘭共和國的國會議員。葉慈詩歌創作背後的政治背景，我在這本書的緒言裡詳加說明，我是秉持著史識投入《葉慈詩選》的翻譯工作。而接著選擇譯出莎士比亞的最後劇作《暴風雨》，所要凸顯的是劇中和解的主題，同時劇中所隱藏的對基督教殖民偏見的批判，我在譯書序裡藉著以後殖民閱讀觀點替卡力班平反，也有所闡發。但更重要的是，我想透過翻譯實踐，探索以白話文轉譯無韻體詩劇的可能性，試圖讓魔法師公爵與卡力班各異其趣的戲劇對白在漢語白話文中大放光彩。

《葉慈詩選》背後的政治訴求的確影響了這本譯詩集的呈現方式[13]。一九九七年出版前夕，楊牧爲之撰寫導言，也就是後來收錄於《譯事》中的〈葉慈的愛爾蘭與愛爾蘭的葉慈〉，文中聚焦於葉慈一生的創作志業與愛情追求和愛爾蘭獨立運動糾結難分的始末。先於此，楊牧曾在一九九四年撰寫〈英詩漢譯及葉慈〉，文中論及漢譯英詩不妨採用經過古典文言語彙與句構適度修飾的白話語體爲之，特別強調譯者需「詳熟審視」，思辨譯詩在整部西洋詩歌史上的演化特徵，「始能以再現的漢文結構準確把握其藝術精神」。他於是精挑出英詩中兩首具有代表性的格律詩爲例，一爲喬叟的〈迴旋曲〉（“Roundel”，出自《飛禽博議》*The Parliament of Fowls*近尾處），一爲莎士比亞以「英雄雙行體」(heroic couplet)替晨起採擷花草的羅倫斯修士所設計的八行獨白(見於《羅密歐與朱麗葉》第二幕第三場)；然後，用心以對等韻格試行譯出，作爲示範。此外，針對前一首詩，強調必須以「春天」譯原文的“somer”，因爲詩中的時序是聖凡崙亭節(St. Valentine’s Day)，合該是春天，而喬叟的somer其實包括「一年當中溫煦明亮的

---

13 根據楊牧自述，他深入閱讀葉慈詩作，始於柏克萊時期。其時，即曾動念譯介葉慈其人及其詩。一九七一年春愛爾蘭聖．巴特里克節(Saint Patrick’s Day，三月十七日)後三日，詩成〈航向愛爾蘭〉，以摘自葉慈悼念一九一六年復活節起義失敗，捐軀成仁的愛爾蘭獨立革命烈士名詩，“Easter, 1919”，不朽名句：“A terrible beauty is born.”起興。隔年，又作詩〈愛爾蘭〉，再次表達對北愛爾蘭獨立運動的支持。這時，楊牧已落腳西雅圖任教於華盛頓大學比較文學系和東亞學系，是寫作《瓶中稿》常以鄉愁入詩的一段時期。華大英文系上有位專攻葉慈的資深教授Hazard Adams，也在比較文學系教授文學批評課程，楊牧與其交往甚洽。八〇年代中期，吳潛誠就讀比較文學博士班，以杜甫和葉慈組詩的比較研究爲博士論文題目，由Hazard Adams和楊牧共同指導，三人無形中構成一個跨文化葉慈研究社群，爲楊牧日後編譯《葉慈詩選》厚植根基。

上半載」；若不明究理，按字義硬譯爲夏天，就大錯特錯。至於莎劇中羅倫斯修士的獨白，考慮到劇場演出的效果，特將“I must upfill this oisier cage of ours/ With baleful weeds and precious-juice'd flowers.”這兩行仿元雜劇賓白的句構譯出：「我不如加緊採摘些好花毒草／要裝滿我們這柳條籮筐才好。」最後，在這篇論文的末節中，楊牧以譯介葉慈的三首詩引領讀者一窺這位愛爾蘭詩人如何在詩作中以「丹黯」歌體（Danaan rhymes）繼承古愛爾蘭鄉野傳說與神話意識，藉以表達對喀爾特文明的追憶，且又上追希臘古典、驅遣想像魂遊域外古城拜占廷，契連於東方正教神聖不朽的精神嚮往。這三首詩分別是：〈贈一與我對火傾談的人〉（“To Some I Have Talked with by the Fire”）、〈催眠曲〉（“Lullaby”）和〈航向拜占廷〉（“Sailing to Bysantium”），後來都收入《葉慈詩選》中；〈航向拜占廷〉更收入《英詩漢譯集》，爲葉慈重要代表作。按理這篇文章應可納入《葉慈詩選》中，用以說明譯者的譯詩準則和葉慈詩作的主題特色。但是，楊牧選擇另撰〈葉慈的愛爾蘭與愛爾蘭的葉慈〉作爲導言，且將這篇文章排除於《葉慈詩選》之外。整本《葉慈詩選》的呈現因此多了一點政治訴求，少了點學院味[14]。而原詩與譯詩並列排

14 前此，一九八二年遠景出版社印行由陳映眞主編的《諾貝爾文學獎全集》，其中，包括了一九二三年獲獎的葉慈作品集，題爲《葉慈詩選》，由周英雄與高大鵬編譯。這本選集依所屬叢書體例，譯出了瑞典學院諾貝爾委員會主席霍爾斯陶穆的頒獎辭和葉慈本人的致答辭，以及敘述葉慈得獎經過的短文；爲了幫助讀者瞭解葉慈的作品特色，高大鵬譯出克默德（Frank Kermode）的評論文章〈葉慈及其作品〉。一九九四年，中國學者兼翻譯家傅浩編譯的《葉芝抒情詩全集》在大陸出版。許多跡象顯示，楊牧進行《葉慈詩選》譯事的過程，未曾參考前兩本漢譯葉慈詩選。楊牧編譯《葉慈詩選》出版之後，彭鏡禧曾撰文評論，發表於《中國時報》開卷版。這篇評論後來經過改寫，收入彭著《摸象——文學翻譯評論集》。彭鏡禧除

版，一方面具有引導讀者閱讀原詩的作用，另一方面更賦予譯詩與原詩對等的地位，宣示著譯者對自己譯作的充足信心。若仔細比對，讀者將會發現，在貼近原詩意蘊亦步亦趨轉譯的同時，有許多讀來出神入化的妙譯，都是楊牧發揮知性與感性窮盡想像，逆溯原詩創作蹶生的現場，然後別出心裁以漢語再創作，有以致之[15]。與現有其他版本相較[16]，楊牧做為詩人／譯者，在語言韻致與詩行律動的講究上，尤見突出。下節將擇例說明。

在《葉慈詩選》之後，楊牧選譯莎劇《暴風雨》，自述「所要突顯的是劇中和解的主題」。這是回應島國台灣後殖民政治訴求的延伸，著眼於創傷的療癒，希望藉由傳奇文學(romance)匡時濟世、更新秩序的想像，開啓族群和解、消泯歷史宿仇的可能。將楊牧的譯版與梁實秋、朱生豪，和方平的三個不

(續)了指出少數幾處字彙、句構的誤讀之外，對這本譯詩選未能謹守嚴格的學術體例，提供原作版本資訊、翻譯準則說明、葉慈詩歌導論，以及比較詳盡的註解，提出負面批評。依《葉慈詩選》呈現的方式研判，楊牧並無意證明自己是葉慈研究專家。他乃是以詩人身分從事這本詩選的編譯，藉著它的適時出版(在台灣全民普選的第一任總統李登輝就職之初，雖然他曾公開表示自己支持這一歷史性的選舉，並且返國投票，但是投給了落選的台獨領導人彭明敏)，期許在台灣本土意識覺醒之際，提供葉慈一生所投注的愛爾蘭文藝復興志業作爲台灣文化界的借鏡。當然，也許更重要的，透過對葉慈的景仰，表明自己詩歌創作美學的取向，以及與世界文學巨擘分庭抗禮的雄心。至於這本譯詩選集中詩歌選目所反映的，也差可借用楊牧本人爲《英詩漢譯集》所寫的跋作爲說明：「只是一部剖切的選集，周巡楚望，難免主觀，代表了譯者的品味，經驗，和不可避免的評騭。」(頁三九五)

15 參考梵樂希論譯詩藝術的現身說法，見"Variations on the *Eclogues*," p. 118.

16 除了註10提到的兩個譯版之外，尚有二〇〇〇年由書林出版社印行的傅浩譯，《葦叢中的風：葉慈詩選》和二〇〇五年由愛詩社出版的袁可嘉譯，《葉慈詩選》I & II。

同譯版相較，應可發現楊牧在譯文語體選擇上匠心獨運[17]。他敏於權衡劇中場景特質，在語辭與句構上愜切融匯詩騷與山海經語體，藉此將整個劇本歸化入大漢民族的漢語語境裡，同時又靈活引進台語與「台灣國語」，甚至容易造成與原作時代錯亂的現代品物與職稱辭彙，將島國台灣的對應處境，若即若離地植入落難的魔法師，頗羅斯倍羅公爵，掌權的荒島。相對於其他三個版本並不著眼於凸顯譯本流通的文化社群與地理空間特質，楊牧的譯版鮮明地展示了譯者所處的特定歷史時空——處在被殖民與後殖民轉捩點，族群對立加劇、政局可能一夕變天的台灣。下節將擇例說明。

三、譯文的修辭策略

(一)《葉慈詩選》

首先，讓我們仔細觀察楊牧怎麼譯出"The Lake Isle of Innisfree"這首音韻和律動令人印象深刻的田園詩：

17 李奭學譽之為台灣莎劇中譯的典範：「譯注俱全，於聲音的戲劇努力尤深」，見〈新譯莎士比亞〉，輯入《經史子集——翻譯、文學與文化劄記》，頁八〇。

我現在就動身前去，去到因尼斯夫莉，
去那裡蓋一間小屋子，混凝土夾木條；
九畦豆莢園，一套蜂房飼養貯聚些蜜，
蜜蜂熙攘的隙地那裡我獨居逍遙。

於是我擁有和平，那裡和平墜落緩緩，
墜自早晨的煙幕向蟋蟀嘈切的地方；
那裡子夜是一片燦爛，正午紫光一團，
暮靄充斥了朱頂雀無數翻飛的翅膀。
我現在就動身前去，因爲白天黑夜
我都聽見湖水輕輕舐沏岸泣的聲音；
或通衢駐足，或在灰色石板路上站，
我都聽見它響在胸臆深處，在我的心。

I will arise and go now, and go to Innisfree,
And a small cabin build there, of clay and wattles made:
Nine bean-rows will I have there, a hive for the honey-bee,

And live alone in the bee-cloud glade.

And I shall have some peace there, for peace comes dropping slow,
Dropping from the veils of the morning to where the cricket sings;
There midnight's all a glimmer, and noon a purple glow,
And evening full of the linnet's wings.

I will arise and go now, for always night and day
I hear lake water lapping with low sounds by the shore;
While I stand on the roadway, or on the pavements grey,
I hear it in the deep heart's core.

這首詩原詩共三段，每段四行，押韻工整，韻格爲：abab cdcd efef；每段的前三行大抵每行十三音節，而最後一行則爲八音節。楊牧的譯詩原則上也採隔行押韻，但最後一段顯然破格，只有第二和第四行押韻；這一段的破格也發生在斷句上，換句話說，在這首譯詩結束之前，楊牧用雙重的破格，刻意打亂原詩機械性的規律，表明他不以完全依樣複製原詩的韻格或詩句長短為譯詩準則[18]。然而，他充分利用自己敏銳的聽覺，秉持有機結構為上乘詩作的圭臬，為譯詩設計了它特有的音樂性。以第一段為例，除了工整押尾韻之外，第一、二行使用四個含「ㄨ」韻的字：夫、屋、土、木；全段五十九個字含「ㄧ」韻的即有十三個字，而且其中有八個字集中出現在第三、四行。至於原詩第三、四行押頭韻b、h、l，譯詩也刻意地在第三行以「ㄐ」子音，第四行以「ㄒ」子音模仿之。「ㄐㄧ」與「ㄒㄧ」音群在這兩行密集出現，於是達到一種效果：第四行的「蜜蜂熙攘的隙地那裡」就不僅是視覺意象，同時也製造出了蜜蜂嗡鳴的音效。同樣地，第三段第二行的譯法：「湖水輕輕舐沏岸沚的聲音」，其中，「舐沏岸沚」用了兩個部首為「水」的字，不只具象地再現湖水拍岸的形貌，「沏」與「輕輕」押頭韻，也彷彿讓人聽到了拍岸的水聲。另外值得注意的是，詩首的「ㄨ」韻又再次出現在詩尾兩行，其密度也是一共出現四次：駐、足、路、處。而譯詩以斷句「在我的心」作結，除了忠於原詩辭義之外，還象徵性地凸顯Innisfree已融入詩人的心境裡了，成為他內在的自由樂土。這些都是巧合呢？還是譯者的匠心獨運？而"linnets"以「朱頂雀」譯出，而非泛泛的「紅雀」，深具說服力，再現了隱逸詩人觀察生態，體物入微的眼力。不過，整首譯詩最耐人尋味的恐怕是把詩眼"peace"譯為「和平」了。乍讀之下，會覺得這是挺不自然的硬譯，亦即草草照字面譯；其他的譯版採「寧靜」或「安寧」，反而比較貼切和自然。不

---

18 關於譯詩應否押韻，林語堂持相同看法：「凡譯詩，可用韻，而普遍說來，還是不用韻妥當。只要文字好，仍有抑揚頓挫，仍可保存風味。因為要押韻，常常加一層周折，而致失真。」見〈論譯詩〉，輯入海岸選編，《中西詩歌翻譯百年論集》（上海：上海外務教育，二〇〇七），頁七一。

過，遣詞用字一向精準的楊牧爲甚麼捨「寧靜」或「安寧」而取「和平」呢？「寧靜」或「安寧」的譯法訴諸於人共同的嚮往，無地域之分。楊牧以「和平」譯出，所著眼的或許正是爲了反映處於政治動亂頻仍的愛爾蘭，詩人心中特有的渴盼吧。這樣的譯法除了敏銳地意識到原詩所來自地域的政治現實之外，也巧妙地呼應了譯詩流通的社會，島國台灣，紛擾不安的政治局勢。出於在地適切性(local relevence)的考量，楊牧爲這首田園詩注入了歷史的複雜性。他的譯詩在語言的韻致和律動上，較諸原詩，工巧有過之而無不及，整首詩隨機應變的譯法證明詩人譯詩絕非意譯而已；作爲譯者，楊牧是原作詩人的知音，同時也是地位對等的挪借者、改造者。

上節提到楊牧作爲譯者，他的詩歌創作經驗使得他比一般學院譯者更懂得敏銳地憑藉知性與感官去逆溯原詩深層的含義或再現原詩所要捕捉的聲色光影。通常一般譯者譯得不夠精到的地方，往往因爲原詩用語晦澀多義或含糊、籠統，譯者技窮，略以字面翻譯草率交差；遇到原詩有辭不達意的瑕疵，或者「犯重」，楊牧並不避諱用精準的修辭改良之[19]。舉兩個值得推薦的例子說明之，一爲〈航向拜占庭〉第三段，一爲〈闊園野天鵝〉第三段。〈航向拜占庭〉第三段：

啊上帝神火堆裡屹立的聖徒們
儼然昭顯於牆壁金飾的鑲嵌形象，

---

19 楊牧自述，見曾珍珍，〈雝雝和鳴：楊牧談詩歌翻譯藝術〉，《人籟論辯》五七期（二〇〇九年二月）。

請自神火攸降，迴轉於鐶鏇之中，
爲我靈魂歌詠吟唱的大師。
請將我心殫竭損耗；病於慾念
復束縛於一匹瀕死的獸
他已經不復認識自己；請將我整肅
檢點，交付與永恆的技藝。

O sages standing in God's holy fire
As in the gold mosaic of a wall,
Come from the holy fire, perne in a gyre,
And be the singing-masters of my soul.
Consume my heart away; sick with desire
And fastened to a dying animal
It knows not what it is; and gather me
Into the artifice of eternity.

這段詩行採祈禱語式，追隨西方史詩詩人在詩的開端向詩之女神謬思或聖靈祈禱的傳統，只是這裡祈禱的對象是修行奏功而死後靈魂進入永生的聖徒，是一生追求不朽詩藝的葉慈仰之彌高的精神典範。葉慈祈禱他們前來附體，砥礪他修煉心神，克服慾念與肉體的綑綁，致力於「永恆的技藝」。第三行“Come from the holy fire, perne in a gyre”中的“Come”，楊牧選用仿自《詩經・周頌》的語彙「攸降」譯出，一則再現了原詩聖靈附體或「道成肉身」（incarnation）的宗教指涉，二則反映了原詩傳承於古典史詩“epic evocation”的體式；而“gyre”這一關鍵字眼（在葉慈玄秘的象徵系統中代表靈肉在個人生命進程糾結辯證以及歷史隨之循環演化的模式），楊牧用自鑄新詞「鐶鏇」譯出，未加注，應是著眼於再現原詩玄秘、不落言詮的視覺象徵。與周英雄的譯法（「請步出聖火吧，迴旋環轉，」）和傅浩的譯法（「請走出聖火來，在螺旋中轉動，」）相參，更顯得楊牧的譯詩語體別出心裁、古意盎然，十分貼近原詩的意蘊、韻致。至於最後四行楊牧的譯法，更可從其中窺見詩人譯者如何以自身殫精竭智的創作歷程去逆溯葉慈的詩心。第四行“Consume my heart away”，周英雄的譯法「且將我心焚淨」，相較之下，除了精準把握原詩辭義之外，也呼應了前此聖火意象的延伸。楊牧捨此而譯出「請將我心殫竭損耗」，覺得這樣還不夠傳達修行過程施加於肉體的神聖暴力（sacred violence），復以「整肅／檢點」翻譯“gather”加強之。這樣的譯法引領讀者一窺想像裡詩人在綿亙一生的創作過程中媲美於修道，靈肉互搏的火煉現場。

把原詩文字表面看似靜態的聲色描寫，透過翻譯，喚回或還原動態的景觀現場，〈闊園野天鵝〉第三段是極佳的例子：

> 我長久注視那些華采禽物，

而此刻憂心黯然。
一切都變了自從最初
當時，就在這霞光湖岸
聽鐘鳴之翼徹響過頭頂，
投足腳步比現在來得輕。

I have looked upon those brilliant creatures,
And now my heart is sore.
All's changed since I, hearing at twilight,
The first time on this shore,
The bell-beat of their wings above my head,
Trod with a lighter tread.

這首詩抒寫的是景觀依舊，人事已非的歎惋，尤增感慨的是自己已年華老去。第三段第三至第五行捕捉詩人回憶裡，十九年前，初次在闊園霞光籠罩的湖岸，聽見野天鵝成群從頭頂掠飛而過鐘鳴也似的聲響。昔日鵝翼掠飛而過的動態景觀是第五行所要再現的關鍵，以對比於逐漸老邁的詩人今夕蹣跚的步履。原詩用"above"這個介系詞很容易讓粗心的譯者把它譯成空間的定位符碼，動態的景觀於是往往被譯爲靜態的素描，如高大鵬還算細膩的譯法：「牠們鼓翅如鈴響在我頭頂」；或只聞聲音而無形影，如袁可嘉爲求推廣閱讀而過度簡化的譯法：「我聽見頭上翅膀拍打聲」。只有楊牧文白相參的形似、聲似譯法：「聽鐘鳴之翼徹響過頭頂」，以看似不通順的「徹響過」取代常用的語彙「響徹」，加上一個「過」字，如畫龍點睛，讓原詩回憶裡動態的聲色場景活脫再現。楊牧的譯法同時也印證了文學翻譯，與創作一樣，應該服膺俄國形式主義的信念，遣詞用字要追求「去熟悉化」。因此，開發一種有原創性的譯詩語體，不同於譯入語的習用語法，除了可避免譯文因讀來通順而過度透明化，無法發揮翻譯的文化翻異功能之外，更有一層文學美學的原理性考量[20]。評價楊牧讀來有時略顯艱澀、古奧的譯詩語體，應作如是觀。和他的詩作一樣，楊牧在敏於思辨以史識介入時局的同時，他的譯作所追求的也同樣是梁啓超所謂傳世之文，而非覺世之文，的格局。

然而，譯詩時志在以聲音的表演藝術家自居的楊牧[21]，展現在《葉慈詩選》中的譯詩語體其實具有多重風貌。他可以譯出像「王與后將遨將翔以浪蕩」(“A king and a queen are wandering there,” 出自〈樹枯枝萎〉)這樣古雅的句子，也可以仿台式漢語活靈活現模擬詩中人諧謔的口吻，如「馬拉雞，高蹺阿傑哥，我，學甚麼像甚麼，／從衣領到項圈，高蹺到涉禽，父親到兒子。」(“Malachi Stilt-Jack am I, whatever I learned has run wild,/ From collar to collar, from stilt to stilt, from father to child.” 出自〈高

20 參考Leevi Leito,“In the Beginning was Translation,” in Marjorie Perloff and Craig Dworkin ed., *The Sound of Poetry/The Poetry of Sound* (Chicago and London: The University of Chicago Press, 2009), p. 50.

21 見本人所撰楊牧訪談錄。

談〉）。而以下這段摘自葉慈經典名詩〈復活節．一九一六〉（"Easter, 1916"）的譯文，更證明他也擅長以最瀏亮，如空氣和水一樣澄澈的，白話文，褪卸所有古典漢語語境的象徵比附[22]，爲愛爾蘭獨立革命運動的死難者，譯出爲悼念他們而寫的輓歌——啊！如石般屹立不移的死志，在生生不息的大化中，正是魂魄不死的見證；所以，譯詩的語言有時十足透明其實也無妨。像這段譯詩，如入化境，讀來，既像是楊牧的原作，卻又是葉慈不朽詩章的再生(afterlife)：

眾心認準了整齊的意向單一
通過夏天，直到冬天彷彿
都寄情於一塊石頭
如何激擾那活活的流水。
大路那邊趕到一匹馬，
騎者，飛鳥從一朵雲往另外
一滾動的雲那方向延伸
一分鐘一分鐘改變著；

22 詩中「江流石不轉」的意象應會讓熟讀杜甫詩的楊牧和漢語讀者聯想到〈八陣圖〉這首悼念諸葛亮壯志未酬身先死，深具史詩悲劇情調的五言絕句。楊牧在柏克萊的指導教授陳世驤曾撰文對〈八陣圖〉深入評析，見《陳世驤文存》（台北：志文，一九七二）。

流水裡一片雲彩
在改變著一分鐘一分鐘改變；
馬蹄滑踐過涯岸，
然後一匹將那流勢擊碎；
長腳赤松雞一一下水，
牝雞對公雞呼叫；
一分鐘一分鐘就這樣活著：
石頭正在這一切的中央

(二)《暴風雨》

在台灣詩壇上，另一與楊牧齊名的翻譯名家余光中主張：「艾略特曾強調詩應『無我』，這話我不一定贊成，可是擬持以轉贈他的師兄龐德，因為理想的譯詩之中，最好是不見譯者之『我』的。在演技上，理想的譯者應該是『千面人』，不是『性格演員』。」[23]其實，楊牧展露在《葉慈詩選》中的聲音表演藝術，證明眞正稱職的譯者可以時而是「千面人」，時而又是「性格演員」。經由翻譯《葉慈詩選》練就嫻熟又多元聲音的表演技巧，過不久，擇定翻譯莎劇《暴風雨》，這下子，具「千面人」兼

23 見余著〈翻譯和創作〉，輯入海岸選編，《中西詩歌翻譯百年論集》，頁四三一。

「性格演員」潛質的譯者楊牧替自己找到了大顯身手的舞台。《暴風雨》書末的〈後序〉開頭，他引了一行波普(Alexander Pope)的譯詩："Yet by the stubble you may guess the grain."(惟願你能從禾梗想像麥穗，《奧德賽》十四章二四九行)，謙遜地表達自己對譯無完藝的體會並爲如何閱讀譯詩指點一條明路。然而，在本文裡，他以篤定的自信說明自己翻譯這齣莎劇背後的雄心大志，除了時代的切應性，以及哲學和倫理的考量之外，屬藝術的部分，的確涉及了譯詩音樂性的追求和多元聲腔、語姿的模擬：

> 我想翻譯一本莎劇的念頭由來已久，主要動機是爲了嘗試以漢文的節奏與音韻，其跌宕，旋律，和聲等來轉化莎士比亞偉大的無韻體，希望能多少將他詩的無窮的藝術肌理展現出來，並及於其中蘊藏的精神，情感等相關的主題論述，讓我們正確理解詩與時代，以及哲學和倫理的關係，其隱顯，亦即其奧秘與普遍眞理的存在。其次，《暴風雨》的散文部分提供我一個可以無忌憚地大量使用戲謔的，甚至更喧囂，張揚的表達方式之機會，以縱容文字，模擬誇誕的語言，乃是我深深珍惜的。

以下謹從三方面約略剖析楊牧版《暴風雨》新譯的修辭特色：一、多元漢語語體的隨機運用，二、以時代錯置的品物和職稱辭彙，加上地方方言的點綴，巧妙植入台灣當代時空，三、以最美的譯詩語言歌頌卡力班被醜化的身體，從而釋出後殖民的視野。隱藏在這些修辭特色的背後，是楊牧爲已經或即將進入後殖民時代的島國台灣召喚族群和解，以及能容乃大文化格局的用心。

1. 多元漢語語體的隨機運用

與其他譯版相比，楊牧的譯版最突出的特色在於古典漢語詞彙和語法的隨機大膽運用。在全劇最動人的時刻，也就是第三幕第一景，孚迪南和密蘭達墜入情網，互訴衷情，魔法師米蘭公爵，頗羅斯倍羅，密蘭達的父親，在旁見狀心喜，脫口而出："Fair encounter/of two most rare affections!" 楊牧譯爲：「雝和完美的接觸，兩顆絕無僅有的心碰上了！」「雝和」是《詩經》的用語，曾經出現在楊牧的詩〈盈盈草木疏．柏〉(一九八〇)中：「雝和的雨露在天地間成型」，用來形容兩情繾綣最美的境界。這個取自漢語文學最早的詩集「詩三百，思無邪」的語辭，此處再次出現，形容孚迪南和密蘭達這對情侶有如重回伊甸樂園般的愛情，再恰當不過。仿詩經農事詩的詞彙和語法也大量出現在第四幕第一景祝頌他倆婚禮，由稼穡女神穡類思負責吟唱的輪唱曲中：

大地繁殖，刈穫豐且隆，
高廩與百室積粟永不空；
葡萄園繁結纍生函斯活，
林木枝葉低垂，善果多。
春日遲遲趕到，願及時，
續接濟濟載穫以歸盈止！
匱乏與欠缺永世毋逢臨，

仿楚辭九歌體則出現在第三幕第三景，用在涉及頗羅斯倍羅施行巫術的舞台指令，以及劇中角色對魔法幻象的反應：

（莊嚴，譎幻音樂聲起，頗羅斯倍羅出現舞台上方，隱形。諸奇形異狀角色陸續上，奉饗宴，繼之以曼舞，其形容柔美以招搖，若不勝戀慕之情，勸王及左右就飲食，隨作勢離去，紛紛下。）

阿：何氤氳舒徐之合氣！朋友，聽——
岡：令人爲之神移之仙樂！
阿：請以聖善天使啓示，阿天，那是甚麼？
舍：活傀儡戲。我現在只得相信世界上
有獨角獸存在，而且天方阿拉伯
有一棵樹乃是火鳳凰的王座，一隻
鳳凰此刻正君臨彼邦。

值得注意的是，透過楚辭九歌體的模擬（故意避用「兮」字，免於落入俗套），楊牧在這一小段譯文中，巧妙展現了世上有關神話想像的三種不同文化語境：中國南方的、西方基督教的、阿拉伯世界的。

不久，愛立耳上，變形爲希臘神話中的Harpy。楊牧仿《山海經》語體譯之爲「愛立耳上，形似女首坦乳怪鷹，以兩翼擊桌面。」梁實秋譯爲：「愛麗兒做人首怪鷹狀上；在桌上鼓翼」；朱生豪譯爲：「愛麗兒化怪鳥(上，以翼擊桌」(另加註說明怪鳥出處)；方平譯爲：「愛麗爾變人面怪鷹上，鼓動雙翼，撲擊席面」。相較之下，楊牧刻意植入《山海經》神話語境的用心，立時判然。

楊牧譯版在修辭上刻意連結於古代漢語文學各種阿娜多姿的語體風格，上引只是局部可謂十分妥切的例子。這樣的修辭用心不應以炫學視之。其所產生的效果是對古代漢語多元文化的涵容，是極其成功的跨時代跨海峽，完成文化上「縱的繼承」之典範。

2.台灣當代辭彙與多語現象的再現

除了漢語古典辭彙和語體之外，楊牧譯版的重要特色更在於台灣當代辭彙與多語現象的再現。先說多語現象。將小丑Triculo譯爲純Q鑼是神來之筆，不只諧趣盎然，Q字除了讓人聯想魯迅的阿Q之外，更標示著英語在台灣社會流通的現象。此外將Monsieur Monster仿日語譯爲「怪物先生樣」，或將“monstruous lies”譯爲「怪譚大謊」，意在反映日本曾經殖民台灣造成的台語局部和風化現象。至於台語或台灣國語出現在譯版裡，則有下面幾個例子(粗體部分)：

其一、**史**：純Q鑼，不要再生事了。你要是再打斷這怪物一句話，我
　　發誓把我的慈悲心趕出大門，用手把你揍成一條**鹹鰱魚**。
(第三幕第二景)

Ste: Trinculo, run into no further danger: interrupt the
monster one word further, and, by this hand, I'll turn my
mercy out o'doors, and make a stock-fish of thee.

其二、**史**：都愛毛毛，美美，咪咪，妙妙，
但沒有人想跟**招弟**交朋友。
（第二幕第二景）

Ste: Lov'd Mall, Meg, and Marian, and Margery,
But none of us car'd for Kate.

其三、**純**：太誇張了，絕頂無知的怪物——我現在隨時可以**單挑一個警察鬥鬥看**。你這條酒色無度的魚，你，天下難道可能有人喝酒喝得像我今天喝得那麼多還算**無膽**，懦夫？你只不過半魚半怪物而已，怎麼撒得出這種**怪譚**大謊？
（第三幕第二景）

Trin:Thou liest, most ignorant monster: I am in case to justle a constable. Why, thou debosh'd fish, thou, was there ever man a coward that hath drunk so much sack as I to-day? Wilt thou tell a monstrous lie, being but half a fish and half a monster?

值得注意的是，這裡把"constable"譯爲「警察」而非「巡官」，有時代錯置之嫌。比這更離譜的是「衛生棉」這個當代才有的語彙竟然在戲一開始就出現在岡札羅這老樞密官的口中：

岡：我保證他不會淹死，雖然這條船比不上果殼結實，而且漏得像一個來不及包衛生棉的女人。

（第一幕第一景）

Gon: I'll warrant him for drowning, though the ship were no stronger than a nutshell, and as leaky as an unstanched wench.

唯一能讓「衛生棉」合理化的解釋是，譯者楊牧有意在幕啟之後馬上引起讀者／觀眾產生時空錯覺：這個故事或許可以發生在當代，在台灣或台灣外圍的一座荒島上。台灣當代辭彙與多語現象的二兩再現，在楊牧的譯版中是一種象徵性的修辭設計，若即若離地促成了這種錯覺效果[24]。

---

24 在Annie Brisset所著（Rosalind Gill和Roger Gannon英譯）"The search for a Native Language: Translation and Cultural Identity"中，作者引用Henri Gobard的理論，指出每一個文化場域或語言社群，都掌握了四種語言類別或次級語碼可供驅遣：一、地方方言，二、都會官話，三、傳統雅言，四、宗教神聖的秘語。當傳統雅言是外來語時，以馬丁路德倡導宗教改革時期的德國為例，使用地方方言翻譯聖經，旨在取代外來雅言，消泯其所造成的用語與日常生活疏離的現象。翻譯的職責在於以本土語言取代外來語，本土語言往往就是在地方言，是「與生俱來的語言行使權，不可抹煞的歸屬標誌」（"the linguistic birthright, the indelible mark of belonging"），於是，翻譯成為一種重新找回或重新定焦認同，一種回歸本土，的作為。它並不創造一種新的語言，而是把方言提升為國語或文化語言。此文輯入Lawrence Venuti ed., *The Translation Studies Reader*（New York: Routledge, 2004）. 上述說法見於頁三三九—三四〇。

楊牧的譯版有異於同年出版，由李魁賢翻譯的，台語版《暴風雨》。台語、台灣國語、和風台語、英語、古典漢語出現在楊版《暴風雨》中，除了標示出這本新譯主要以台灣這一處多族群，多語化的地理區域為流通場域，翻譯旨趣的確包括了後殖民訴求，但翻譯語體多語化的表現，更是忠於台灣多元文化特色的一種高度藝術考量。

3. 歌頌卡力班的身體

楊牧在《暴風雨》的導言裡極力以後殖民觀點替卡力班平反，認爲有些批評家執意把他讀成半人半魚的怪物是白種人帝國主義觀點作祟。在他的解讀裡，卡力班是個前殖民時期荒島上的原住民，典型的自然之子，「如此熱中於尋覓失去的自然資源，他的清泉，沃原，山楂和花生豆子，他的藍樫鳥，小猴子，鮮貝——而且樂於將這種種與人分享，在平等互信的條件之下」。(《暴風雨》，頁三二)尤其他對自然聲籟的敏感，「神經和骨骼血肉順其旋律運作，行止」，在楊牧看來，簡直是天生的詩人。所以，在這齣戲中，莎士比亞編派給他的對白全是無韻體詩行。梁實秋和朱生豪的譯版卻僅以散文草率譯出，了無詩意。楊牧的譯版替他平反，用心以天籟也似的詩行替卡力班譯出以下這段他對島上聲籟的描寫：

卡：不用害怕，這島上到處都是聲音，
樂曲，和甜美的歌，愉悅而不傷人。
有時候我聽見一千種樂器琤瑽
在耳朵旁邊作響，有時是
各種詠歎卻於我剛從長夢醒來當
下又將我催睡入眠，然後，夢中
恍惚覺得雲層打開了，對我顯示豐美
瑰麗隨時將墜落我的身體，使我——

每當醒覺——都哭著想回到夢裡。

（第三幕第二景）

Cal:Be not afeard; the isle is full of noises,
Sound and sweet airs, that give delight, and hurt not.
Sometimes a thousand twangling instruments
Will hum about mine ears; and sometimes voices,
That, if I then had wak'd after long sleep,
Will make me sleep again: and then, in dreaming,
The clouds methought would open, and show riches
Ready to drop upon me; that, when I wak'd,
I cried to dream again.

第六至第九行，在現有的四個譯版中，楊牧是唯一一個把卡力班作夢的「身體」譯出的：「夢中／恍惚覺得雲層打開了，對我顯示豐美／瑰麗隨時將墜落我的**身體**，使我——／每當醒覺——都哭著想回到夢裡。」（粗體爲筆者所加）。豐滿、瑰麗，如楊牧所感受到的，以天籟的旋律，滲透到夢境中（其實正是前殖民期的渾沌自然）卡力班的「神經和骨骼血肉」裡去了。其他的譯版僅譯出類似「落在我的身上」

這類含含糊糊的感受，豐滿、瑰麗並沒有穿透卡力班的肌膚，進入他的內裡。「身體」和「身上」只有一字之差，前者打開了卡力班的身體，釋放他回歸未被文明開化、殖民之前的自然，後者讓他的身體繼續被各樣的勞役殖民，與自己的感官疏離。

四、譯詩音樂性的再現與轉化

接受訪談時，楊牧特別強調，在他所有的譯詩實踐裡，有關音樂性的再現，自己覺得最成功的例子是《暴風雨》中空氣精靈愛立耳(多麼將音樂的魔力具象化的譯名!)，聞悉自己將要獲得自由時所吟唱的歌；因此，甚至選擇這首詩歌印在《英詩漢譯集》書前的蝴蝶頁上作爲展示：

> 蜜蜂吸蜜的地方，我吸蜜：
> 野櫻花，我躺在它鈴鐺裡。
> 那邊我屈身睡著聽貓頭鷹啼，
> 蝙蝠背上我附著它飛，一起
> 快樂啊，追尋夏天的蹤跡。
> 快樂啊，快樂啊，在那裡往下，
> 低於鮮花垂垂從樹枝上懸掛。

（第五幕第一景）

Where the bee sucks, there suck I:
In a cowslip's bell I lie;
There I couch when owls do cry.
On the bat's back I do fly
After summer merrily.
Merrily, merrily shall I live now.
Under the blossom that hangs on the bough.

細究之下，讓這首譯詩讀來悅耳的，除了工整的韻格之外，關鍵在於利用參差有致的斷句結構調控律動。這是楊牧作詩的訣竅，也靈活運用到譯詩上。檢視楊牧譯著《葉慈詩選》和《英詩漢譯集》，遵循原詩的韻格絕非他譯詩的準則。以雪萊的〈西風頌〉爲例，這首詩共五章，每章十二行，由四段構成，依aba bcb cdc ded ee 的格律押韻；譯詩絕難複製同樣的韻格，楊牧的譯版另闢蹊徑，自創韻格，全詩大抵每段的第一和第三行押韻。又以荻藍・湯瑪士的名詩〈蕨岡山〉（"Fern Hill"）爲例，這首詩非以押韻取勝，但全詩共六段，每段九行，九行的音節數由多漸少再漸多，在頁面上排列成飛鳥振翼飛翔的側影，朗誦起來抑揚頓挫，節奏成迴旋、複沓，如波拍岸。楊牧的譯詩再現了詩行排列如鳥側飛的視覺效果，口語化的語體讀來同樣有迴旋、複沓的流動性節奏。但在第五段第一、二行的譯法裡，他充分運用了漢語構詞的特色，讓三個音似詞聯翩出現的趣味(以下用粗體標出)，轉化並加強原詩押頭韻的設計，這或許是譯詩過程中意外的驚喜發現：

而狐狸和雉雞都對我**青睞**有加，離那**興采**的
房屋不遠在**新裁**的雲朵下快樂隨心抽長，[25]

And honoured among foxes and pheasants by the gay house
Under the new made clouds and happy as the heart was long,

五、結語

詩無定律，譯詩亦然。

25 楊牧，《英詩漢譯集》，頁三七五。

引用書目

中文

王寧，《文化翻譯與經典闡釋》（北京：中華，二〇〇五）。
方平譯，《暴風雨》（台北：木馬文化，二〇〇一）。
朱生豪譯，《暴風雨》，（台北：世界，一九九六）。
余光中，〈翻譯和創作〉，輯入海岸選編《中西詩歌翻譯百年論集》（上海：上海外語教育，二〇〇七）。
李寄，《魯迅傳統漢語翻譯文體論》（上海：譯文，二〇〇八）。
李奭學，《經史子集──翻譯、文學與文化劄記》（台北：聯合文學，二〇〇五）。
李魁賢譯，《暴風雨》（台北：桂冠，一九九九）。
林語堂，〈論譯詩〉，輯入海岸選編《中西詩歌翻譯百年論集》（上海：上海外語教育，二〇〇七）。
周英雄、高大鵬編譯，《葉慈詩選》，輯入陳映眞主編《諾貝爾文學獎全集》（台北：遠景，一九八二）。
袁可嘉譯，《葉慈詩選》Ｉ＆II（台北：愛詩社，二〇〇五）。

陳世驤，《陳世驤文存》（台北：志文，一九七二）。
梁實秋譯，《暴風雨》（台北：台灣商務，一九六六）。
彭鏡禧，《摸象—文學翻譯評論集》（台北：書林，一九九七）。
曾珍珍，〈雖雖和鳴：楊牧談詩歌翻譯藝術〉《人籟論辯》二〇〇九年二月號。
http://yangmu.com/news_dec2708.html
傅浩編譯，《葉芝抒情詩全集》（北京：中國工人，一九九四）。
傅浩譯，《葦叢中的風：葉慈詩選》（台北：書林，二〇〇七）。
楊牧，《奇萊前書》（台北：洪範，二〇〇三）。
——，《奇萊後書》（台北：洪範，二〇〇九）。
——，《楊牧詩集》I（台北：洪範，一九七八）。
——，《楊牧詩集》II（台北：洪範，一九九五）。
——，《譯事》（香港：天地，二〇〇七）。
——譯，《西班牙浪人吟》（台北：洪範，一九九七）。
——譯，《新生》（台北：洪範，一九九七）。
——譯，《葉慈詩選》（台北：洪範，一九九七）。
——譯，《暴風雨》（台北：洪範，一九九九）。
——譯，《英詩漢譯集》（台北：洪範，二〇〇七）。

錢鍾書，《七綴集》（台北：書林，一九九〇）。

外文

Apter, Emily. "A New Comparative Literature." *The Princeton Source Book in Comparative Literature: From the European Enlightenment to the Global Present.* eds. David Damrosch, Natalie Melas, and Mbongiseni Buthelezi（Princeton and Oxford: Princeton UP, 2009）.

Bassnett, Susan & André Lefevere. *Constructing Cultures: Essays on Literary Translation*（Philodelphia: Multilingual Matters, 1998）.

Brisset , Annie. "The Search for a Native Language: Translation and Cultural Identity" *The Translation Studies Reader*, 2nd edition. ed. Lawrence Venuti（London: Routledge, 2004）.

Leito, Leevi. "In the Beginning was Translation." *The Sound of Poetry/The Poetry of Sound.* eds. Marjorie Perloff and Craig Dworkin（Chicago and London: The U of Chicago P, 2009）.

Paz, Octavio. "Translation: Literature and Letters" (trans. Irene del Corral). *Theories of Translation: An Anthology of Essays from Dryden to Derrida.* eds, Rainer Schulte and John Biguenet（Chicago and London: U of Chicago P, 1992）.

Said, Edward. "The Public Role of Writers and Intellectuals." *Nation, Language, and the Ethics of Translation.* eds. Sandra Berman and Michael Wood（Princeton and Oxford: Princeton UP, 2005）.

Valéry, Paul. "Variations on the *Eclogues*" (trans. Denise Folliot). *Theories of Translation: An Anthology of Essays from Dryden to Derrida*. eds. Rainer Schulte and John Biguenet（Chicago and London: U of Chicago P, 1992）.

Venuti, Lawrence. "From Translation, Community, Utopia." *The Princeton Source book in Comparative Literature: From the European Enlightenment to the Global Present.* eds. David Damrosch, Natalie Melas, and Mbongiseni Buthelezi（Princeton and Oxford: Princeton UP, 2009）.

Wong , Lisa Lai-ming（黃麗明）. *Rays of the Searching Sun: The Transcultural Poetics of Yang Mu*（New York: Peter Lang, 2009）.

論葉珊的詩

蔡明諺（成功大學台灣文學系）

本文在討論楊牧早年的詩作，其以「葉珊」為筆名，是在一九五七年到一九七一年之間。葉珊是個具有清晰自我意識的現代詩人，他在詩藝上不斷求新、求變，其詩作有兩個主要特點：一是音樂性，另一個是想像，而這兩個分別為形式上和內容上的特點，其實又是不可分割。葉珊在敘事詩中嘗試「聲音的戲劇」，這些實踐主要來自於其閱讀的想像，但是這些想像，同時都必須放回音樂性底下，才能獲得理解。葉珊非常喜用「感嘆詞」和「數字」入詩，這和他對於詩作音樂性的追求，同樣緊密聯繫。葉珊對於沈思默想的強調，使其抒情詩具有某些知性的色彩，這是其詩作的主要現代性特徵之一。葉珊用「古代」的時間感，去替換當時普遍流行的空間懷鄉感。這種流浪意識，就已經不是空間的、反共的懷鄉病，而是時間的、「現代的」懷鄉病。這是其詩作更為重要的現代性特徵。

我長年模仿的氣象不曾

稍改，正將美目清揚回望我

——楊牧，〈仰望〉（一九九五）

王靖獻，一九四〇年生，台灣花蓮人。一九五五年升入花蓮中學高中部就讀，參與陳錦標《海鷗》詩刊的編輯工作，並開始發表詩作。論者通常認爲這是「葉珊」文學活動的起點。由於人們現在很難看到《海鷗》詩刊，對於青少年楊牧的創作風貌，無法知其全貌，僅能從《方向歸零》和《昔我往矣》的斷簡殘篇中，略窺斑孄。但近年的一些研究材料，已經爲人們逐漸拼湊出《海鷗》某些殘留的痕跡。首先，吳鳴〈花蓮中學的作家們〉文中說：

> 一九五五年初，以胡楚卿爲核心的一群學生，包括陳錦標、王靖獻（楊牧）、陳東陽、黃金明等人，編印了一期卅二開的《海鷗詩刊》，進而在《東台日報》總編輯普紅棠贊助下，以海鷗詩社爲名，固定於周一出刊，自一九五五年十二月五日起，共發行百餘期，掀起花蓮的新詩風潮。可惜這群遨翔的海鷗，在陳錦標等人陸續負笈異地以後，乃告岑寂。[1]

---

1 吳鳴，〈花蓮中學的作家們〉，「吳鳴劄記本」，網址：http://blog.udn.com/pangmf/439253，查詢日期：二〇一〇年九月十日。

其次，陳建忠和沈芳序合編的雜誌年表，在一九五五年條目下則謂：

> 《海鷗詩刊》創刊，陳錦標主編至一九五六年九月由王靖獻（楊牧）、陳東陽、康武吉負責編務，借《東台日報》副刊（花蓮市）發行，至一九五八年九月出版第一二八期後停刊。[2]

綜合這兩條材料可以得知：《海鷗詩刊》約略起於一九五五年十二月，而終於一九五八年九月，共出一百二十八期。這個起迄時間，恰好合於〈楊牧年表〉的記載[3]。

但是這樣的記載，卻與《公論報．藍星週刊》有所出入。覃子豪在一九五六年七月時說：

> 遠離台北之花蓮，有詩作者不少，故近日出版一詩刊，名曰「海鷗」，為陳錦標主編，創刊號中有陳錦標、楚卿、邱平、白萩、蔡淇津、秋心等人的作品。[4]

---

2 陳建忠和沈芳序合編，〈雜誌年表〉，「台灣記行：百年台灣文學雜誌特展」，網址：http://memory.ncl.edu.tw/tm_new/subject/literature/50date06.htm，查詢日期：二〇一〇年九月十日。

3 〈楊牧年表〉在一九五五年條目下列海鷗詩刊，又謂其一九五八年九月赴台北。參見《中國當代十大詩人選集》（台北：源成文化圖書供應社，一九七七）。

4 編者，〈詩訊〉，《公論報．藍星週刊》第一〇七期（一九五六年七月六日）。

如果《海鷗》的副刊版，是在一九五五年十二月發行(而詩刊版是在一九五五年初)，那麼覃子豪應該不會在相隔半年之後，還說「近日」有一《海鷗》創刊。由於缺乏原始材料比對，人們現在對這些說法的差異，尚無從區分對錯。但是有個現象值得注意，那就是一九五六年中當覃子豪在介紹《海鷗》詩刊時，並未提及「葉珊」。

王靖獻在《海鷗》初期的筆名並非「葉珊」，而是「王萍」，這是他所使用的第一個筆名。葉舟在一九七一年對此已有觸及，葉日松較近的回憶文章則再確認此事[5]。人們通常認為王靖獻在十五歲(一九五五年)時，「始向『現代詩』，『藍星詩頁』(公論報)，『創世紀』、『野風』等刊物投稿。啟用筆名『葉珊』。」[6]這是受到《楊牧年表》所載者的誤解。《楊牧詩集I》的序文中曾說：「我記憶裡最早的詩，應該是〈歸來〉和〈秋的離去〉及另外幾首一九五六年的短作，都是少年時代在花蓮寫的。」[7]依此，則王靖獻是在一九五六年開始詩的創作，而非一九五五年。人們如果查找王靖獻最初發表在當時主要新詩刊物上的作品，那麼得到的結果是：

---

5 葉舟(葉植宗)，〈航行到海鷗棲息的地方——寄給葉珊〉，《幼獅文藝》三四卷五期(一九七一年十一月)。

6 〈楊牧年表〉。

7 楊牧，〈序〉，《楊牧詩集I》(台北：洪範，一九七八)。

王萍	〈幻及其他（幻，花，過程）〉	《現代詩第十五期》	一九五六年十月二十日
葉珊	〈春雨外一章（春雨，遠了、那是往事）〉	《藍星週刊第一四六期》	一九五七年四月二六日
葉珊	〈海上及其他（海上、遠了，汀、感受之什、悲戚的季節、遲來的春天、舟上）〉	《今日新詩第五期》	一九五七年五月
葉珊	〈畫像〉	《創世紀第九期》	一九五七年六月
葉珊	〈除夕夜〉	《現代詩第十八期》	一九五七年六月

這個附表背後，值得留意的是，紀弦在《現代詩》第十四期（一九五六年四月）已經申明：「投稿諸君請暫停止投寄新作，等十六期出版之後再寄！因為留用稿件積壓過多，再出三期都用不完。」[8] 因此王萍投稿的時間，也有可能是在一九五六年初春。但不管如何，王靖獻改用筆名「葉珊」的時間，大約是在一九五七年之後，而不會是在一九五五年。王靖獻第二次出現在《現代詩》刊上時（一九五七年六月），就已經穩定地使用筆名「葉珊」。由此以迄一九七二年，在《純文學》上發表摘自《年輪》的〈流轉〉、〈燔祭〉時，王靖獻才改用筆名為「楊牧」。一九七二年三月出版的《現代文學》「現代詩回顧專號」，則是由葉珊主編，楊牧撰文，這是交替時期最值得注意的現象。而本文對於葉珊詩作的討

8 紀弦，〈緊急啓事〉，《現代詩》十四期，一九五六年四月。葉日松，〈回首夢已遠〉，秦嶽編，《飛翔的天空——海鷗四十年詩選》（台北：文學街出版社，一九九七）。

論，主要範圍就在一九五七年到一九七一年之間[9]，也就是在紀弦的六大信條發表後一年，現代詩論戰正式展開之前一年。

葉珊早期的詩創作，具有比較明顯的同儕色彩。他在複製某種抒情風格、聲調，而這種色彩並非其所獨有，卻是當時普遍的一種姿態。人們在《藍星週刊》上，隨處可以聽到這類的細語呢喃。但又是在和其同儕詩人的對照中，尤其是比較同時期花蓮的青少年詩人，例如陳錦標和東陽，人們可以看出葉珊的特殊性。這至少表現在三個方面。第一，葉珊的詩歌語言顯得濃重、沈鬱，但同時期的陳錦標卻樸質舒緩，而東陽則明朗通暢。其次，葉珊的主題(和其語言相同)也約莫如此沈重，大多顯得「不快樂」。人們在葉珊身上能夠看到的是〈悲戚的季節〉、〈憂鬱的意念〉、〈港的苦悶〉，卻不會有像陳錦標〈我歌唱在沸騰的曠野〉那樣外放的作品。最後，葉珊似乎總在嘗試某種音樂性的經營，而這一點幾乎構成了其當時整個詩創作的核心。他的語言晦澀，他的古典氛圍，他的異國情調，幾乎都服膺於這樣一種對於音樂性的追求。直到《奇萊後書》中，當楊牧回憶過往與覃子豪的交遊時，仍然凸顯地強調那個掛在詩人牆上的法文句子：「De la musique avant toute chose.」[10]。葉珊詩作所有的晦澀與虛無，古典與異國，想像與現實，最終都必須歸依於此：那就是對於「音樂乃是至高無上」的追求。

例如這些最常被視爲異國情調的詩作：

---

9 按照這個標準，則《瓶中稿》詩集裡，一九七一年以前的作品仍被我視爲「葉珊」時期，而一九七二年以後的詩作則被歸諸「楊牧」階段。

10 楊牧，〈詩人穿燈草絨的衣服〉，《奇萊後書》（台北：洪範，二〇〇九），頁一七。

右手執長劍，左腋挾阿拉伯億萬人的可蘭經，／閃出冷輝，給世紀一條幽徑……／閃出冷輝，讓水手束緊腰刀，爬上更高的桅檣，／看見馬達加斯加犀牛的睡眠。（〈穆罕默德〉，一九五八）[11]

在馬蹄聲里／在一揖之中。／把假髮取去，可愛的愛麗斯／讓我看棕色的你／理斯本的你（〈給愛麗斯〉，一九五八）[12]

或者具有古典氛圍的作品：

潮來的時候／那人在古畫中／騎著毛驢，踏著桐葉／樹葉搖著，蘆花白著／水流沖激著，漁船泊著／／當潮來的時候／對著南方的雨夜／愁彈浪起浪落（〈淡水海岸〉，一九六一）[13]

靜默留給笛韻／淚花交付淒涼／那是誰呢？那是塞外的盜馬賊／我們曾愁苦地對酌過／誰教叫我們都是絕望的異鄉客？／去年我們走過趙家的宗祠／雲霧啊，雲霧／你爲甚麼不去楊柳岸上落宿？（〈異鄉〉，一九六二）[14]

---

11 葉珊，〈穆罕默德〉，《水之湄》（台北：藍星詩社，一九六〇），頁二三—二四。
12 葉珊，〈給愛麗斯〉，《水之湄》，頁三二。里，原文如此。
13 葉珊，〈淡水海岸〉，《花季》（台北：藍星詩社，一九六三），頁五二。
14 葉珊，〈異鄉〉，《花季》，頁八三—八四。

這些遙遠的西方，與古老的東方意象，重點都不在於其意義，更不在於其可能的現實指涉，而在於詩人所營造出來的聲調的感覺。因此，論者也無須僵化地區辨這是抒情或者敘事，虛構或者眞實。葉珊後來曾經評述說：「瘂弦詩中的音樂成份是濃於繪畫成份的」[15]，這句話同時可以用來描述葉珊自己。應該說，葉珊從瘂弦身上習來的詩藝，更多也是在這裡——是這些高低交錯的聲音，而非意義。葉維廉曾說：「葉珊要鍾鍊的正是『聲音』（尤指聲調、語態）的把捉。」[16]這是非常準確的一段評語。

> 宛若在塋地／在夾滿你影子的街衖／尋你最近的，用刀／夜的江河脈絡歸還那遙遠的星河／你歸還寂寞／……／它們是你少女時代的混沌／在那異鄉人棕色的短髭下／你的眼是西半球／翩翩的西半球（〈夾蝴蝶的書〉，一九五八）[17]

> 在早年，弓馬刀劍本是／比辯論修辭更重要的課程／自從夫子在陳在蔡／子路暴死，子夏入魏／我們都悽惶地奔走於公侯的院宅／所以我封了劍，束了髮，誦詩三百／儼然一能言善道的儒者了……（〈延陵季子掛劍〉，一九六九）[18]

> 我們這樣困頓地／等待午夜。午夜是沒有形態的／除了三條街之外／當時，總是一排鐘聲

15 葉珊，〈「深淵」後記〉（一九六七），見於瘂弦，《深淵》（台北：眾人出版社，一九六八）。
16 葉維廉，〈跋〉，葉珊《傳說》（台北：志文出版社，一九七〇），頁一三一。
17 葉珊，〈夾蝴蝶的書〉，《水之湄》，頁四八—四九。
18 葉珊，〈延陵季子掛劍〉，《傳說》（台北：志文出版社，一九七〇），頁六—七。

／童年似的傳來(〈十二星象練習曲〉，一九七〇)[19]

這些是我認為葉珊的詩歌聲調，最為成熟的一些段落。葉珊的詩作發展，就是在反覆探尋一個可供「辨識」的，屬於他自己的聲音，而這個「形式」上的意義，要大過於其詩作的意象或者主題。我認為葉珊詩作的音樂性，顯得比較清晰的至少有：〈歸來〉、〈那阿拉伯人蹲在爐火邊〉、〈夾蝴蝶的書〉、〈在旋轉旋轉之中〉、〈死灰〉、〈延陵季子掛劍〉、〈十二星象練習曲〉以及〈霰歌〉等作品。葉珊是在《年輪》的末尾，才尋求到切合自身的穩定的聲音，那就是一九七四年的〈瓶中稿〉。後來楊牧詩作的許多美好特點，大多是從這篇詩稿中展開。在北西北，面朝大海，葉珊終於找到一種屬於自己的從容的腔調，以及真實的「歸來」的主題(而非如十六歲時的想像)。那些從花蓮湧上此岸的每一片波浪，所帶來的聲調、氣味和節奏，都預示著成熟楊牧的降臨。

葉珊是個不斷改變，追求「異聲」的詩人。《水之湄》的後記說：「我永遠在探索，在實驗，從不固執一種風格。」[20]《傳說》前記曾謂：「我幾乎沒有任何一刻能夠執著一種風格一種觀點一種技巧，總是在瞬息變化中不斷地駁斥，否決，摧毀——摧毀自己的過去。這在從《水之湄》到《花季》的時期發生過，在《花季》到《燈船》的時期有發生過，但都沒有這五年的經驗顯得那麼冷酷而徹底」。[21]

---

19 葉珊，〈十二星象練習曲〉，《傳說》，頁八三。

20 葉珊，〈後記〉(一九六〇)，《水之湄》。

21 葉珊，〈前記〉，《傳說》。

《六十年代詩選》的編者說：「這位戴著寬邊眼鏡現年二十歲就讀於東海大學的青年，並無所謂偶像的觀念，朝膺暮毀，亦爲常事。」[22]從葉珊轉換成楊牧的《年輪》則曾刻下：「變不是一件容易的事，然而不變即是死亡。」[23]何寄澎較早在評論楊牧的散文時，稱其爲「永遠的搜索者」[24]，這個標題很能夠總括從葉珊到楊牧整個對於文學(以及詩藝)的追求。

這種在詩藝上的不斷求新、求變，也同時能夠說明葉珊詩作發展的幾個特點。首先，葉珊是個具有清晰自我意識的詩人，他的詩作中「我」的色彩非常強烈。《楊牧詩集Ｉ》的序文，曾提及少年時寫詩的經歷：「一個人在那樣的年紀偷偷地以詩為歸宿，難免因為感覺到自己之微異於朋輩，產生不可告人的自滿和自傷之情。」[25]過去的論者較多的強調了葉珊的「自傷」，但其實也應該注意其「自滿」。這種自滿源於對詩藝追求之肯定，也體現了詩人對於自我意識的肯定。不過這種高度的自我意識，在《花季》之中已經逐漸變成某種妨礙，或者可以說是某種詩藝的局限。葉珊解決這個矛盾的方法，就是戴上面具，假扮他人發聲。這就成爲《傳說》之後，葉珊主要發展的「戲劇獨白體」。雖然就整體而言，在這些敘事詩當中，葉珊本身的個人色彩、聲情，還是要大過於他所模擬的對象的聲音。

因爲求變，葉珊詩作發展的第二個特點是，他的風格並不穩定，他的創作有許多模仿的痕跡，雖然

---

22 張默、洛夫、瘂弦編輯，《六十年代詩選》(台北：大業出版社，一九六一)。
23 楊牧，〈後記〉(一九七六)，《年輪》(台北：洪範，一九八二)。
24 何寄澎，〈永遠的搜索者——論楊牧散文的求變與求新〉，《台大中文學報》四期，一九九一年六月。
25 楊牧，〈序〉，《楊牧詩集Ｉ》(台北：洪範，一九七八)。

正是透過這些摸索與練習，葉珊逐漸尋找自我風格的定位。奚密的文章已經分辨過這些關連性[26]，而我也認爲鄭愁予對早期葉珊的影響最爲顯著。除了奚密的舉例之外，人們還可以在「唉！劫掠者，／你何不拾些露回家？悄悄的，當三更時分，／跨上馬，的的達達的離開這兒……」（〈劫掠者〉）[27]；「落階，遠眺／城啊寂寞的城」（〈次日〉）[28]；「再抬頭，只看到青石的小長街／好深啊——等著響應誰的馬蹄」（〈落在肩上的小花〉）[29]等段落中，聽到「愁予風」的回聲。一九五五年鄭愁予所印行的《夢土上》，對於葉珊這一個世代成長起來的台灣新詩人，確實有著廣泛的影響。白萩〈小城〉：「別戚戚於我的馬蹄敲破妳的□□／我是一個過客，像靜脈的濁血」[30]；黃用〈等候〉：「恰如多雲的日子，／七月的藍色／流過那白石通道的砌隙」[31]；瘂弦〈下午〉：「在簾子的後面奴想你奴想你在青石鋪路的城裡」。或者〈深淵〉：「而你是風、是鳥、是天色、是沒有出口的河。」[32]這些詩句也都是鄭愁予的餘緒。

如果說葉珊受到鄭愁予的觸動最爲明顯，那麼瘂弦對於楊牧的啓發，就更是意味深遠。人們如果從

---

26 奚密，〈讀詩筆記：楊牧〉，《聯合文學》一九二期，二〇〇〇年十月。
27 葉珊，〈劫掠者〉，《水之湄》，頁一〇。
28 葉珊，〈次日〉，《燈船》（台北：文星書店，一九六六），頁四七。
29 葉珊，〈落在肩上的小花〉，《燈船》，頁七一。
30 白萩，〈小城〉，《公論報．藍星週刊》六十二期，一九五五八月十八日。□，表示原文不清。
31 黃用，〈等候〉，《公論報．藍星週刊》一六一期，一九五七年八月九日。
32 瘂弦，〈下午〉、〈深淵〉，《瘂弦詩集》（台北：洪範，一九八一），頁二〇三、二四四。

詩句結構上，要區辨葉珊和楊牧的差異，那麼我認為有兩個形式上的技巧變化非常值得留意：一個是「跨行」的使用，另外一個則是「二字組」[33]的運用。首先，葉珊的詩句都是完整的單行收束，較少有文意跨行的情形。這是和後來的楊牧非常不同的地方，應該可以說，這種「跨行」的形式設計，也是從葉珊轉入楊牧的關鍵之一。人們從《瓶中稿》詩集之後，可以看到愈來愈多「跨行」詩句的運用，這種形式與詩作的聲調設計有直接關係，但或許也受到西方傳統詩作（尤其是浪漫主義詩歌）的影響。王力在分析新詩的韻律時曾說：「跨行法乃是歐化詩最顯著的特徵之一」[34]，這裡指的是中文新詩對西方格律詩作的學習。

如果說，「跨行法」的運用，體現了楊牧在西洋古典詩作中的鍛鍊（尤其是在柏克萊之後），那麼「二字組」的運用技巧，則可看出楊牧在中國古典詩律中的浸淫。在葉珊詩藝成長的年代，這種「二字組」形式的運用，是瘂弦比較慣用的寫作技巧。例如〈深淵〉中的名句：「工作、散步、向壞人致敬，微笑和不朽。」或者〈如歌的行板〉：「歐戰，雨，加農砲，天氣與紅十字會之必要／散步之必要／溜狗之必要」[35]。請比較約略同時，葉珊的詩句：

33 這裡所指涉的概念，在語言學上，或可稱為「雙音節詞」，或可稱為「雙語素組」，本文用語來自徐通鏘的研究，參見《基礎語言學教程》（北京：北京大學出版社，二〇〇一年），頁三四。

34 王力，《漢語詩律學》，《王力文集》第十五卷（濟南：山東教育出版社，一九八九），頁一七九。王力所使用的「歐化詩」概念，是相對於「自由詩」而言。根據王力的用法：「近似西洋詩的自由詩的叫作白話詩，模仿西洋詩的格律叫作歐化詩。」同書，頁一四五。

35 瘂弦，〈深淵〉、〈如歌的行版〉，《瘂弦詩集》，頁二〇〇、二四〇。

或者午後，你突然死去／日記上一千頁喜悅——／散步，考試，接吻……／月落之後，你
被草草葬下（〈星河渡〉，一九六一）[36]

沒有終站？黑暗延伸到此／倘若你記得當第六支音樂響起／旋轉，跳躍，墊步，掠髮／你
燦然一笑／把一切交予世紀的陰冷，陰冷的世紀（〈在旋轉旋轉之中〉，一九六〇）[37]

葉珊對於排比句型的使用（尤其是四字組的形式），當然也非常熟習，而且可以駕馭自如。但人們需要注意的，還是這種「二字組」的連續使用，這種技巧看起來和瘂弦頗爲相像，但在葉珊手上還不成熟，至少並不常見。但是到了七〇年代末尾，這種「二字組」的運用技巧，在楊牧詩筆下卻顯得愈來愈重要。例如〈海岸七疊〉的第二小節：「無論從哪一個方向觀察／凜凜巍峨／，喜悅，堅強」[38]；〈有人〉的結尾：「一顆心在高溫裡熔化／透明，流動，虛無」[39]；〈七重天外〉的結尾：「我們曾經並肩，跋涉千山萬水／搜索人間的公理，正義，同情」[40]。這種「二字組」的疊用，後來也被楊牧習慣地放置在散文之中。例如：

36 葉珊，〈星河渡〉，《花季》，頁二九—三〇。
37 葉珊，〈在旋轉旋轉之中〉，《花季》，頁一一。
38 楊牧，〈海岸七疊〉，《海岸七疊》，（台北：洪範：一九八〇），頁六。
39 楊牧，〈有人問我公理和正義的問題〉，《有人》（台北：洪範，一九八六），頁一一。
40 楊牧，〈給名名的十四行詩・8七重天外〉，《海岸七疊》，頁八一。

她倏然旋飛，攪亂那定型有機的程式，一陣輕呼而止，又接回方才撲破的關節，繼續扭動，起滅，游走。（〈崢嶸〉，一九八九）[41]
我傾身向前，久久，久久俯視那水與石，動盪，飄搖，掩飾，透明。……如此眞確的狂喜和悲憫，如此完整的肌膚和骨骼，眼神，鼻息，喉音，如此美麗。（〈中途〉）[42]
就是那個夏天，我是如此毫無保留地放縱了我本來就比平輩常人敏捷的多的觸鬚，那種無時不勃興的探索之本能，役使飢渴的性靈去上下左右地求索，穿越任何可能的阻塞，進入，搜集，歸類。我深怕有一天會忘卻我自搖籃裡就開始累積的記憶，因爲我斷定我需要那些，若是我希望能在往後未可預料的日子裡保有和別人不一樣的思考，想像，舉止。（〈秘密〉，一九九七）[43]

在最後一段文字裡，人們可以體驗到楊牧成熟的節奏感覺，尤其是最後一個長句子，巧妙地透過「二字組」的連用收束結尾，而造成一種音韻的平衡。這種形式正是從葉珊以來，長期累積、磨練出來的技藝。這個技巧最初可能來自瘂弦，但後來應該也和楊牧在中國古典詩歌裡見聞習染相關，因爲這種「二

41 楊牧，〈崢嶸〉，《亭午之鷹》（台北：洪範，一九九六），頁六。
42 楊牧，〈中途〉，《奇萊後書》（台北：洪範，二〇〇九），頁三七四—三七五。
43 楊牧，〈秘密〉，《昔我往矣》（台北：洪範，一九九七），頁一七六。

字組」所形成的音步，正是中國古典詩歌的基本節奏[44]。這是另一個標示成熟楊牧的關鍵。

葉珊詩作的第三個特點是，他非常喜用「感嘆詞」和「數字」入詩，這和他對於詩作音樂性的想像，同樣緊密相關。感嘆詞的使用，在當時年輕的現代詩人中具有普遍性，尤其是在《藍星週刊》裡。但這種單字感嘆詞(例如：哎、啊、哦)造成的效果是：句子常會顯得零碎，長短句落差較大，詩作的情緒顯得凝重、低沈，而語言則會顯得鬆散。後來的楊牧較少使用這類感嘆詞，偶爾則是保留在敘事詩設計的人物對話中，例如〈喇嘛轉世〉(一九八七)那樣的用法：「格拉拿達？啊——安答路西亞」[45]。

至於數字的使用，更是葉珊非常著迷的一種「套語」。〈水之湄〉就是這類作品一個很好的範例：「我已在這兒坐了四個下午了／沒有人打這兒走過——別談足音了」，「南去二十公尺，一棵愛笑的蒲公英」，「四個下午的水聲比做四個下午的足音吧」[46]。或者例如〈漁獵期〉：「第三行第十七至十九字明明是比目魚，／你偏愛掙紅了臉說是梅花鹿」[47]。或者例如〈消息〉：「我們用雲做話題已是第九次了，這傻子卻永遠美麗——／……／一百零七次，用雲做話題，嗨！／她依然愛笑，依然美麗」[48]。這種「數字入詩」的手法，和當時的詩壇風氣直接相關。例如鄭愁予曾說：「十九個教堂塔上的五十四

44 徐通鏘，《基礎語言學教程》(北京：北京大學出版社二〇〇一年二月)，頁六四。
45 楊牧，〈喇嘛轉世〉，《完整的寓言》(台北：洪範，一九九一)，頁一四八。
46 葉珊，〈水之湄〉，《水之湄》，頁三八—三九。
47 詩作見於楊牧，〈來自雙溪〉，《昔我往矣》，頁一四二。
48 葉珊，〈消息〉，《水之湄》，頁九〇—九一。

隻鐘響澈這小鎮」[49]；弦則有詩句：「九個獅子頭啣著銅環，／十二條眼鏡蛇纏繞著腰際，／還有雕鐫著的／彈七弦琴的二十八個盲裸女；」[50]這些都是相同技巧的繁複運用。余光中在《藍星週刊》上曾撰文介紹當時「數字入詩」的風氣：

近日台灣的新詩，也有這種以數字入詩的風氣，可喜的是有些數字實在用得不俗；例如吳望堯的「閃電的白臂猛擊著八十八個琴鍵」；黃用的「而我終又將它們綴織成，第一千零二夜的故事」；鄭愁予的「我從海上來，帶回航海的二十二顆星」等都是。[51]

此文發表的一九五七年，正是葉珊開始創作新詩的最初階段，這種「技巧」也成為他詩藝養成的一部分。葉珊對於數字的使用，較常保留在兩種題材元素之中，一個是用以表示時間，例如年代或月份，另外則是用以表示方位，例如「夜短了，他說：我們的船駛過／東經三十四度」（〈冬至〉）[52]，或者「又是一支箭飛來／四十五度偏南」（〈十二星象練習曲〉）[53]。這種數量詞的連續運用(及其排比形式)，有

49 鄭愁予，〈除夕〉，《夢土上》(台北：現代詩社，一九五五)，頁六八。
50 瘂弦，〈鼎〉，《瘂弦詩集》，頁二六五。
51 余光中，〈論數字與詩〉，《公論報·藍星週刊》一六二期，一九五七年八月十六日。
52 葉珊，〈冬至〉，《水之湄》，頁十一。
53 葉珊，〈十二星象練習曲〉，《傳說》(志文出版社，一九七〇)，頁八九—九〇。

時也會形成某種穩定的音樂性，例如後來楊牧的詩作〈開闢一個蘋果園〉，或者〈四季的十行詩・冬〉等作品，就能看到這種數字運用的節奏展現。而這種以數字入詩的技法，最爲成熟、穩定、從容的段落，我以爲就是〈帶你回花蓮〉：

> 這是我的家鄉／地形以純白的雪線爲最高／一月平均氣溫攝氏十六度／七月平均二十八度，年雨量／三千公厘，冬季吹東北風／夏季吹西南風。物產不算／豐富，但可以自給自足[54]

這是從葉珊發展而來，最爲動人的楊牧面貌之一。這種數字入詩的作法，最初可能和「知性之強調」有關，紀弦的第四信條要求：「冷靜、客觀、深入、運用高度的理智，從事精微的表現。」[55]余光中的文章則說：「無論如何，它使人覺得可靠，它不含糊，不逃避，有來歷，有根據。」但是這種看似「科學的」技巧，最終卻可能拉開生活實踐與藝術創作的距離，而造成某種陌生化的效果。余光中在他的文章中繼續說：「數字是一種噱頭，然而是一種高級的微妙噱頭，其效果有如某些地名在我們心中喚起的意象。」[56]於是這樣以數字入詩的手法，就變得具有某種異國情調，甚至顯得抽象而純粹了。在楊牧的詩

54 楊牧，〈帶你回花蓮〉，《北斗行》，（台北：洪範，一九七八），頁一五九。
55 紀弦，〈現代派信條釋義〉，《現代詩》十三期（一九五六年二月），頁四。
56 余光中，〈論數字與詩〉。

作裡，這樣的抽離將反過來巧妙地平衡其鄉土主題，從而讓〈帶你回花蓮〉達到更高的，而且是從容自若的藝術性。

葉珊詩作發展的最後一個特點是，他從開始就有意識地寫作較長的詩，或者可以說是超過五十行以上的中篇作品，而這可能還是與音樂性的追求緊密相關。葉珊曾說：「西洋音樂和英國詩的技巧對我的啟示很大。我在《花季》裡舉凡七八十行上下的詩，大都試圖表現所謂『樂章』的美妙和深奧。」[57]從這裡看起來，仍然是音樂性支配了這種長篇形式的詩歌創作。但是長篇形式的詩歌，幾乎不可避免地會具有某些敘事性，葉珊在《花季》時期的演練也同樣如此。從這個角度來說，我也不認為應該把《燈船》看做截然的分水嶺，前此視為抒情，後此歸諸敘事。雖然抒情與敘事的前後差異非常明顯，但並不絕對。

最主要的原因在於，葉珊對於敘事詩的創作非常早，一九五七年的詩作〈傳統〉中，就已經能看到故事性的端倪，同年底的〈冬至〉和〈流螢〉，則已經在練習使用對話體的詩句。例如〈冬至〉：「我怕了，我說：家鄉的河凍了，／你的船呢？大哥，開不到渡口。」[58]或者〈流螢〉：「她說：『生命是長串的空虛：／而空虛來自失意。』」[59]其後在〈噴泉〉、〈秋天的樹〉、〈佳人期〉、〈菜花黃的野地〉等詩作中，葉珊都曾運用這種對話體的形式，設計具有故事性的詩句。這也是早期葉珊常用的一種

57 葉珊，〈自序〉，《燈船》。
58 葉珊，〈冬至〉，《水之湄》，頁一一。
59 葉珊，〈流螢〉，《公論報・藍星週刊》一七二期（一九五七年十一月一日）。

手法，可以用來和第二人稱詞「你」對話，也可與自己對話。後者最成熟的用法，就是楊牧的名作〈花蓮〉：

> 現在是子夜，夜深如許／你在熟睡，他在欄外低語／他說：你來「我有話／有話對你說。」我不忍心／離開睡眠中的你，轉側／傾聽他有情的聲音——／同我在戰後一起ㄅㄆㄇㄈ的／台灣國語——黯黯地撫慰地／對一個忽然流淚的花蓮人說／「你莫要傷感，」／他說：「淚必須爲他人不要爲自己流」。[60]

這樣從容精湛的詩藝，還是從葉珊時期就已經反覆練習。只是到了《傳說》之後，這種敘事性的篇章，將愈來愈顯著。葉維廉在一九七〇年的文章中，曾把早期葉珊的這類習作，稱爲「敘事的意味」[61]，這個概念特別能夠說明葉珊抒情詩的特殊氛圍，及其後來發展敘事詩甚至是長篇「詩劇」的可能。而後來那些「詩劇」形式的創作，也都還是緊密關連於葉珊最初對於「聲音」的想像與追求。

目前可見葉珊最早使用「戲劇」形式的敘事詩，是初稿寫於一九五六年的〈漂流〉，在這首三十六行的詩作裡，葉珊想像一個船長，在海上航行的經歷：

---

60 楊牧，〈花蓮〉，《海岸七疊》，頁二五—二六。
61 葉維廉，〈跋〉，葉珊，《傳說》，頁一二五。

船長的煙斗有一次霧的漂白。左滿舵……／……／霜清冽地塗在鏗鏗作響的甲板上，／寂寞的旗幟在頭上拍拍揚著，搖動扭曲的影。／……／船長輕彈著配刀，腳步聲沈沈的。／……／第二十四天迷途的航程，失望疊得眞夠高了。[62]

這首詩作的聲調和語句，與《傳說》裡的葉珊，以及《瓶中稿》之後的楊牧，顯然並不相同。這樣的敘事詩顯得非常鬆散，但是卻是合於當時代的主要風格，也更多地顯露出早期葉珊浪漫的自傷情懷。葉珊很早就開始練習寫這類敘事詩(用葉維廉的話來說，則是帶有「敘事意味」的抒情詩)，有時戴上面具，有時則是冷眼旁及。例如〈寒天的日記〉側寫：「那兵士回來的時候，天已經黑了／他輕輕叩門，叩下一些樹枝」[63]；〈入山〉自嘆：「我是黥面的勇士，啊勇士／若是為了入山，腰繫紅巾／我再也不是守護秋收的族人了」[64]；〈異鄉〉則化身爲：「敲一聲木魚，走十里路／我辭山小沙彌伶仃孤苦」[65]。在後兩個例子中，已經能看到「戲劇獨白體」的完整形式，只是葉珊此時的唱腔，還是顯得太過用力。葉珊是在《傳說》之後，藉由一系列中國古典的人物形象，例如季子、韓愈、林沖，才逐漸找到屬於他自

62 葉珊，〈漂流〉，《公論報．藍星週刊》一九二期(一九五八年三月二八日)。本詩結尾署：「四十五年初稿，四十六年十一月改寫。」

63 葉珊，〈寒天的日記〉，《創世紀》十九期(一九六四年一月)，頁四五。

64 葉珊，〈入山〉，《創世紀》二十期(一九六四年六月)，頁三二。

65 葉珊，〈異鄉〉，《花季》，頁八〇。

己的戲劇聲音。

葉珊這種長久的，對於敘事性詩歌創作的偏愛，應該還有胡楚卿的影響。胡楚卿在一九五〇年代初期，就已經寫過詩劇〈按摩女〉，以及敘事詩〈酉水之戀〉，〈洞庭湖濱〉，〈我的思念呀在家鄉〉等作品[66]。楚卿的詩作不多，詩句通常較長，而且用字也比較自由、明朗，並不像葉珊的抒情詩那樣的字斟句酌，撲朔迷離。但早期葉珊的敘事詩，例如前引的〈漂流〉，就和楚卿的這種「樸實的語言」非常相似，雖然葉珊並沒有循著這條道路繼續前進，他轉向古典、婉約，追求某種屬於更遙遠的年代的「質樸」。但楚卿的敘事形式(尤其是詩劇的形式)，以及他的懷鄉敘事作品，應該還是牢牢深印在葉珊心底。人們只需要閱讀〈胡老師〉一文，就能深刻體會到這種情感的浸淫。

葉珊去美後，胡楚卿曾經懷念地設想：「如果有一天葉珊也寫起小說來，那就不知道成甚麼樣子了？我想不會吧，因為葉珊仍然很『性情』。而寫小說的人要給他的人物以性情，自己就不能太『性情』了」[67]。這眞是對於葉珊的原初個性，最鞭辟入裡的一段評語。人們閱讀後來楊牧的敘事詩，尤其是詩劇《吳鳳》，感受最多的，大概就是詩人這種過多的「性情」吧，以至於模糊了不同人物之間的差異。然而葉珊如果寫起小說來，究竟會變成甚麼樣子呢？我自己個人認爲，應該就是《奇萊前書》那個樣子。人們普遍認爲楊牧這種「虛構的」散文，模糊了詩與散文二者之間文類的界線，但我總以爲楊牧

---

66 楚卿，《生之謳歌》(台北：文藝生活出版公司，一九五三年五月)。

67 楚卿，〈我記得的葉珊〉，《幼獅文藝》三二卷八期(一九七〇年八月)。

挑戰的是散文與小說的國境，是眞實與想像的疆界。當胡老師爲葉珊確立了：「想像很好」時[68]，這個既是形式上的技巧，又是內容上的主題之「想像」，就成爲了其文學追尋的核心，而且是形式與內容的合一。

葉珊在《燈船》時期，還刻意寫了許多頌詩，或是對於抽象主題的沈思默想。這類詩作表現的特點是，他的靈感來源於書本閱讀，而不一定是個人的實際生活經驗。通常的論者在分析葉珊時，大都是以浪漫主義或者抒情美學的角度切入，但我認爲還是要注意早期葉珊對於「沈思默想」的強調，我認爲這種「知性」的色彩(而非浪漫)，在葉珊的詩作中同樣明顯，特別是在頌詩之中。例如最早兩本詩集的後記都曾提到：

在現代，閒情逸致已經不是寫詩的條件了，詩必須是沈思和默想後開出的花。我不承認靈感這個字眼，詩也不再是「告白」了。(《水之湄．後記》)[69]

我始終覺得自己是相當傳統的，但我願走自己選擇的道路，何況寫詩只是生命的一部分，重要的是自己的沈思和默想。(《燈船．後記》)[70]

---

68 楊牧，〈胡老師〉，《昔我往矣》，頁一〇八—一〇九。
69 葉珊，〈後記〉，《水之湄》，頁九四。
70 葉珊，〈後記〉，《花季》，頁一三四。

從這兩段材料，可以看到葉珊身上的現代性悖論，他一方面自覺地身處於「現代」，但是另一方面又覺得自己「相當傳統」，至於其間的共通性只在於：詩必須是沈思默想的結果。如果對照葉珊早期發表在《藍星週刊》上的詩作，人們從這兩者的落差中，可以再一次感受到一九六〇年前後，台灣現代詩風轉移的時代氛圍。而這些「現代詩」觀念，無疑必須溯及紀弦的六大信條。

葉珊是在這樣具有現代意味的沈思默想中，逐步展開他對於詩歌藝術的追求。從現代出發，葉珊放縱自己的想像力向古代逃逸，這無疑也是葉珊作爲一個現代詩人，在當時詩壇顯得比較突兀的現代性特徵。葉珊曾說：「我的心靈不能適應這塵世，我所夢想的，我所遨遊的是中世紀的風景。我隨著一首長詩進入古典的天地，我的旅途甚遠，所以我很疲憊。」[71] 葉珊的想像，大過於他的體驗，即便這是「眞實」的感受，但也只能是「虛構的」眞實。和其他台灣現代主義詩人相比，後來楊牧的特殊性在於，他對於這種「虛構」具有深刻的自覺，而不會把這種「虛構的」眞實和現實相混淆。而這當然還是胡楚卿的影響：

> 古代。外國。我以這些換取他的風沙和烽火，那種離鄉背井的寂寞感覺，經驗，來到我們剛從大戰復原不久的小城村野。我僅能設身處地爲他和別的與他一樣「避秦」千里於天涯海角的老師們揣摩心情，爲此感覺不可言宣的惻然，悲憫。古代的山居的日子，那無非水

71　葉珊，〈寒雨〉（一九六三），《葉珊散文集》（台北：洪範，一九七七），頁一〇三。

墨臨摹的筆意，例如宣紙上仿寫倪贊的山水畫中一間無人的草亭，罷了。[72]

想像力造成了葉珊詩作迷麗的風采，但有時也限制了葉珊的發展。雖然人的經驗有時而盡，想像力卻能夠無邊無窮，只是過渡溢美的想像，卻會讓創作顯得虛假。文學的創作當然有「必須」虛構的部分，但這並不意味著創作必須同時捨棄眞實。葉珊「向古代的生活逃逸」，這或許是他最重要的現代性特徵。如果年輕的葉珊，是用某種「古代」的時間感，去取代、模仿胡老師那種「空間性」的懷鄉感。那麼人們在葉珊身上看到的這種流浪意識，就已經不是「反共的」懷鄉病，而是「現代的」懷鄉病。余光中赴美之後所形成的新古典主義，具有相同的現代性特徵。他的懷鄉病同樣不只是「空間的」，而是「時間的」，是「現代的」懷鄉病[73]。只是余光中的鄉愁，更多的回到了煙消霧散的中國盛世，而葉珊的想像，卻往往維繫於陰鬱的歐洲中世紀。

這可以用《方向歸零》的標題來表達：「她說我的追尋一種逃避」。葉珊的創作就是在這樣的逃避中發展，胡老師所代表的外省族群「避秦」旅台，那麼在台灣出生、長大的葉珊，又必須「逃避」甚麼呢？對於這一點的認識，將有助於人們理解葉珊創作的起點。我並不認爲這個答案，必然和政治性產生關連，至少對於年輕的葉珊來說，這些關連即便存在，但仍然顯得模糊。楊牧是在一九七九年之後，才

72 楊牧，〈胡老師〉，《昔我往矣》，頁一〇九。

73 對於余光中的討論，參見蔡明諺，〈一九五〇年代台灣現代詩的淵源與發展〉（國立清華大學中國文學系博士論文，二〇〇八年六月），頁二四四—二四九。

逐漸把這些關連想清楚，並且寫入後來的《海岸七疊》與《山風海雨》之中。支配年輕葉珊心靈的，主要還是青春期的性壓抑[74]，以及聯考的升學壓力。尤其後者讓他必須逃逸到想像的世界裡。《方向歸零》有個標題特別好：「愛美與反抗」。年輕葉珊抒解壓力的反抗方式就是愛美，而愛美又成就了他的反抗。

除了這種「想像的」，向古代與外國逃逸的鄉愁之外，葉珊詩作常見的另一個主題是愛情，這是青春期的一種反應，與「愛美」有關，並在許多方面決定了葉珊詩作的特質，包括通常被認為的「浪漫」或「抒情」詩風。只是葉珊寫得太用力了，雖然他自己「也不確定用力就一定不好，何況要達到簡樸也一樣需用力」[75]。後來的楊牧必須要在〈花蓮〉和〈帶你回花蓮〉之後，才能找到那種看似並不用力，卻又顯得更加深刻的「樸實的語言」，來塑造具有個人特色的情詩風格。我認為這種風格最完美而成熟的典範之作，當是《海岸七疊》。

葉珊對於詩藝的追求非常篤定，他非常嚴肅而且自覺地在實踐詩創作，並且努力尋找自己的聲音。這點在整個葉珊時期都是如此，而從楊牧的探索、追尋、變化，也可以看出同樣的軌跡。我個人認為葉珊最後抵達的終點是〈瓶中稿〉，這個肯綮的關鍵在於，葉珊如何從「想像的鄉愁」，掌握到「自己的鄉愁」，如何從時間性的鄉愁，更為真切地體會到胡老師身上那種空間性的鄉愁。當葉珊完成這個轉化

---

74 楊牧，〈愚騃之冬〉，《山風海雨》（台北：洪範，一九八七），頁一一二—一二一。

75 楊牧，〈胡老師〉，《昔我往矣》，頁一〇九。

之後，他就具備了成熟楊牧所需要的必須條件。當葉珊卸下面具，換上自己的聲音、意念和情感，他才回到自己本來的面貌，並且從此可以自由地出入在他人的內心，摘卸他人的面具，唱出自己的聲調。當《奇萊後書》最終確認：「看到的全是假象，看不到的才是真象」[76]時，在想像與現實的邊緣，在虛實與明暗的交錯之間，楊牧為人們展現了更為開闊的文學遠景。而那所有的技藝、聲音，氾濫與節制，敘事與抒情，都可以在葉珊的沈思默想，苦心自礪中看出端倪。

76 楊牧，〈破缺的金三角〉，《奇萊後書》，頁三六三。

鳥瞰的詩學

——楊牧作品中的空間美學

上田哲二（慈濟大學東方語文學系）

楊牧作品中屢見的情景之一為從天空往下看的「鳥瞰圖」似的構圖。從河口溯流而上，俯瞰港口，越過幾重山脈，好像從高翔的鳥眼觀看的遠攝的風景，到底有何意義呢？楊牧將在花蓮「一種天人交涉的經驗」中長大的記憶，擴散、融入到陽光閃耀的奇萊山和天空間。在楊牧作品裡，作者以自己為宇宙一分子，人類生活的小宇宙和綿綿不絕的無限空間——大宇宙相連著。讀楊牧散文讓我們察覺個人與景色溶成一體的一種存在結構。為了描繪出如此廣大的多層宇宙，「鳥瞰圖」似的觀看法乃成為不可或缺的創作法。楊牧相信人類可透過大自然察見其中的神性，領受存在於人世與自然界中的真和美。這樣的信念誕生了他鳥瞰的詩學。

一、導言

自古以來，到高處俯瞰是爲了得到神的視點。山頂峰、山岡上等高處是所有途徑的最後的到達點，而其形象可算爲宗教還願或尋找自我旅程結束後的地點。本文論述在楊牧散文，尤其是《奇萊前書》中屢次看見的高處俯瞰的視點，其內容包括宏觀與微觀的空間詩學。在文學文本上，作者將自然風景改成爲文字的行列，同時大自然被人工的文字抽象化，或變成著者的內心風景，或登場人物的心理描寫，以表現作品總體的思想結構。因此，從高處描寫的風景或都市，可以表達出各式各樣的認識論性質的思考變化。譬如俯瞰廣袤大地的體驗者，很可能得到開放、抒發的心態，俯瞰的觀察者會感到好似能支配所看到的全部的存在。與了解在二次元地圖上的信息不同，俯瞰的視點是全景的三次元視野，那裡存在著對象和觀察者之間的不即不離特別的關係(詳如後述)。本論亦從如此的觀點來追求在楊牧散文中的文化空間構造的意義與其想像力的來源，同時探索著者的理智認識如何構成一個藝術空間。

> 站著許多冒險的人，在強烈的太陽光下注視著長短粗細的飄流木——然則那到底是山的禮物還是海的禮物呢？颱風一定已經越過奇萊山了。越過奇萊山，它就是離開了花蓮的縣界。奇萊主山北峰高三千六百零五公尺，插入亞熱帶的雲霄，北望大霸尖山，南與秀姑巒和玉山相頡頏，遠遠俯視甦醒的花蓮，人們在污泥和碎瓦當中，在斷樹和傾倒的籬笆當中

勤快地工作，把飛落的鐵板釘回屋頂上，將窗户和前後門打開，讓太陽穿過乾淨的空氣曬進來。我坐回廚房的長凳上，似乎又聞到一股穉氣的清香，從院子裡飄進來，又慢慢飄出去，這樣持續地對流著，擴散著，浮在活潑的晨光裡。1

受到颱風侵襲的花蓮，在楊牧筆下，顯得格外生動、精彩。其手法非凝聚於一焦點的透視法，而是移動式的長鏡頭攝影，好似看傳統畫卷似的構圖。底下這段文字描寫大量雨水順山坡激流而下，眼光從高空漸漸降下，詳細描繪各個地點：

我站在窗前看，想像颱風早已經掠過小城，向山裡竄去，狂打著嚴峻的高峰和古老的森林，雨水在深山裡瀉注，衝進陡削的山溪，嘩嘩然直落幾條大河，捲倒無數的樹木，和溺死的野獸一起順河流下，淌進太平洋，即刻又被掀天的狂濤捲回岸上，幾次往返起落，樹上的支枒和葉子早已經折斷流失，人們冒著生命的危險，在浪頭搶拾飄來的原木，接受大山迂迴送來的贈禮。所以我想，颱風現在還猛烈地吹打著偉大的森林，不定已經靠近奇萊山了，拔起許多樹木，快速沖進太平洋。海邊站著許多冒險的人，在強烈的太陽光下注視

1 楊牧，《奇萊前書》（台北：洪範，二〇〇三），頁二二。

著長短粗細的飄流木——2

楊牧散文《奇萊前書》，文本上主要是幾個高度不一樣的視野：離地數米高的位置上慢慢地移動的視野，從海邊高地看水平線的視野，俯視山脈全景的視野等。還有注視者主人公「我」的「大山」，以及背後聳立的奇萊山所構成的視野。從海濱高處獲得的視野，就是由「我」以全部的五感俯對太平洋而得的，前面開展著無限的海天之景，波浪的聲音、萬變的陽光、海風的氣味，都刺激著讀者的五官，讓我們領受到全方位的海濱景況。其後我將討論楊牧對草木昆蟲的細密描寫，通過文字此一人爲媒介，呈現出抽象化而多義的形象。

二、我是聽得見山的言語的

柔和地注視主人公的存在是大山。「我」是聽得見山的言語的。「我」和大山之間有凝視和被凝視的關係，是一種依存者的關係。有時作者的凝視行爲不僅是注視，而是凝望花蓮港，河流，海洋，包含它們所經歷的時間和空間，有時如猛禽一般盤旋出一道弧，從高空俯瞰。到達高處從來被視爲，離開社會，偏離俗世潮流與慾望，但同時大山在這裡是神聖的存在，也是大自然天意的代理人。

---

2 楊牧，《奇萊前書》，頁二二。

> 白天是帶著香氣的時光。山的形象不變，除了雲霧濃淡以外，山永遠是不變的，俯視著我，並且自動凝然向南北兩個方向蜿蜒突兀。我是聽得見山的言語的，遠遠地，高高地，對我一個人述說著亙古的神話，和一些沒有人知道的秘密。那些秘密我認眞地藏在心底。[3]

《奇萊前書》裡的「我」聽得見高山所發出的言語。自古以來高山是神聖的地方。高山的頂峰是神所降臨的地點，在許多文化圈裡被視爲重要的地方。《聖經・出埃及記》中有摩西登上西乃山的著名的記述，神光臨的時候，民眾被禁止到西乃山上，「西乃全山冒煙，因爲耶和華在火中降於山上。山的煙氣上騰，如燒窯一般，遍山大大的震動。角聲漸漸地高而又高」[4]。而且高地的地方自古以來經常產生超常現象或神秘的傳說。或如歌德在浮士德寫著，高地是魔女、女巫們、精靈會聚會的地方(如赫茲山地最高峰Brocken)。並且人們對於高處的地方本來有了畏懼的心理。高峰、森林、湖水本來就有超自然的力量，因此，深入神聖的高處就是禁忌之事。

楊牧散文的「我」跟被視爲至高無上的高山能溝通交流，暗示「我」會站在高山頂峰跟自然融洽。因此，到達高處表示已經走到神祂的腳下。但如上述的德國赫茲山地最高峰Brocken，高處本來有不讓人靠近的威脅、醜惡的形象，包括反基督教性的迷信和禁忌之物。因而，登上高處算是特別的行爲。

---

3 楊牧，《奇萊前書》，頁二七—二八。
4 《聖經・出埃及記》(和合本)，十九章：十六—十九節。

太古，試圖到達高處的行爲被視爲對於神的冒瀆。代表性的例子爲舊約聖經的〈創世記〉十一章中的巴別塔的故事。驕傲自大的人類「作磚，把磚燒透了」，然後「他們就拿磚當石頭，又拿石漆當灰泥，建造一座城和一座塔，塔頂通天」。

神看這座塔，認爲原因在於語言同樣的關係，決定讓他們說不同的語言。

那時，天下人的口音言語，都是一樣。他們往東邊遷移的時候，在示拿地遇見一片平原，就住在那裡。他們彼此商量說，來吧，我們要作磚，把磚燒透了。他們就拿磚當石頭，又拿石漆當灰泥。他們說，來吧，我們要建造一座城和一座塔，塔頂通天，爲要傳揚我們的名，免得我們分散在全地上。耶和華降臨要看看世人所建造的城和塔。耶和華說，看哪，他們成爲一樣的人民，都是一樣的言語，如今既作起這事來，以後他們所要作的事，就沒有不成就的了。我們下去，在那裡變亂他們的口音，使他們的言語，彼此不通。於是耶和華使他們從那裡分散在全地上。5

試圖興建巴別塔的人們，結果被分散到各地，上去高處等於得到神的視點，等於對神的挑戰。希臘神話中的伊凱洛斯(Íkaros)與其父代達羅斯使用蠟造的翼逃離克里特島時，因飛得太高，雙翼遭太陽融

5 《聖經・創世記》（和合本），十九章：一—九節。

化跌落水中喪生。

高處屢次被視為神聖不可侵犯的地方，不過，對於自高處望下的情景，單純地受感動的文學家在歐洲十四世紀出現了。弗朗西斯克・佩脫拉克(Francesco Petrarca，一三〇四—一三七四)，是代表文藝復興時期的意大利詩人、作家、早期的人文主義者。他與但丁(Dante Alighieri，一二六五年—一三二一)、喬萬尼・薄伽丘(Giovanni Boccaccio，一三一三年—一三七五)一起，被稱為意大利文學的三巨星。作為文藝復興時期的「普遍人」，活躍多彩的佩脫拉克首次試圖了「沒有目的」的近代登山活動，而留下其名[6]。佩脫拉克在三十四歲的時候(一三三六年四月二六日)與弟弟、兩個同行者攀登了位於法國亞維儂附近的Mont Ventoux(標高一九一二米)峰頂，他一看到眼前的景色不免驚嘆了一聲。並且他對於如此驚嘆的自己感到遺憾，因為身為神職人員如此為塵世的景色感動算是不合適的行為。但此次登山，不是為了宗教目的或旅行路程中的過程，而是為了去高處以外沒有目的的登山，因此在人類的登山史上被視為劃時代的大事。登上高處的行為自古代的巴別塔以來，被視為是反宗教的不道德，是傲慢、不謙遜的行為。但隨著近代伊始，人們漸漸的開始欣賞山本來具有的崇高的特色。

6　e.g. See Jacob Burckhardt, *The Civilisation of the Renaissance in Italy* (Nabu Press, 2010).

三、城市俯瞰的意義

> 起先是陣陣急雨被強風颼來，擊打鐵板屋頂和木板牆。坐在榻榻米上，我甚麼都看不見，只聽到風雨的聲音一陣比一陣大。那時我可以想像，來了來了，從遙遠的海面正有一團黑黑的氣體向花蓮這個方向滾來，以一定的速度，挾萬頃雨水，撕裂廣大的天幕，正向這個方向滾來，空中的雲煙激越若沸水，在宇宙間禕禮離合，海水翻騰搖擺，憤怒地向陸地投射。[7]

俯瞰，尤其是如用天空飛鳥的視線，在高空移動時，一瞬之間表示出眼下的地表轉變。通過鳥瞰的視點，觀察者瞬間能理解地表的狀況。總之在用天空飛鳥的視線，或所謂鳥瞰的視點所影響到人的五官，其心理上的結果是與一般生活上所感受到的意識有差異。並且如此的俯瞰意識在文學文本上出現時，讀者也會欣賞只有俯瞰視點才能表達的心理空間，亦如前述，從高處俯瞰的行爲被視爲自己代替神的位子。後來尤其是進入近代以後，來自高處的視點跟都市的象徵性的形象連結，在聖經等古典中看見的從高處俯瞰的觀察者漸漸地被近代文學家代替了。從高處俯瞰眼下的風景等於跟注視3D的特別地

---

7 楊牧，《奇萊前書》，頁二〇。

圖一樣，可以說是一個視覺認識的變革，或視覺認識的目錄化。一邊跟地面保持了設定的距離，同時高度飛翔產生了三元性的迅速性。

都市俯視在泰西的傳統上原來可追溯到聖經，而在中國漢魏六朝如眾所周知已有不少有關古代城市（長安、洛陽等）的文本。又譬如在《聖經・新約全書・約翰的啓示錄》二十一章十節中有描繪古代的耶路撒冷城的記敘。

（十節）我被聖靈感動，天使就帶我到一座高大的山將那由神那裡從天而降的聖城耶路撒冷指示我。（十一節）城中有　神的榮耀、城的光輝如同極貴的寶石，好像碧玉，明如水晶。（十二節）有高大的牆、有十二個門，門上有十二位天使。門上又寫著以色列十二個支派的名字。（十九節）城牆的根基是用各樣寶石修飾的。第一根基是碧玉、第二是藍寶石、第三是綠瑪瑙。第四是綠寶石。（二十節）第五是紅瑪瑙。第六是紅寶石。第七是黃璧璽、第八是水蒼玉、第九是紅璧璽、第十是翡翠。第十一是紫瑪瑙。第十二是紫晶。[8]

如上述，在聖經中古代耶路撒冷城是以寶石閃耀的印象描寫的。到了十九世紀，法國文學用以俯瞰的風景，而表述出了人和城市的關聯，就是眾所周知的「俯瞰文學」之成就的例子。到了十九世紀，跟

8　《聖經》（和合本）。

著交通系統的革新，道路建築格式的改變，都市和人的關係，對於空間的概念把握方式亦有了很大的變化。一七八三年十一月二一日，法國蒙哥爾費埃兄弟(Joseph Michel & Jacques Etienne Montgolfier)研發的熱氣球(hot-air balloon)於巴黎順利升空。在公元一八二六年夏天，法國發明家尼埃普斯(Nicephore Niepce，一七六五—一八三三)在實驗室完成第一張可以攝影成像的圖片。坐在熱氣球上拍照的記錄給當時的繪畫、文學等創作藝術帶來了不少影響。科學技術帶來的視覺革命影響到了巴爾札克(Honore de Balzac，一七九九—一八五〇)和左拉(Émile Zola，一八四〇—一九〇二)的小說，也波及到印象派的繪畫，因此高空俯瞰帶來的美麗景致，屋頂和塔的全景，頻繁地在藝術作品出現了[9]。

法國文學家所描敘的十九世紀君主復辟時期的巴黎(從一八一四年路易十八即位，到一八四八年的二月革命)，充滿了各種各樣人類原始慾望的氣息，而細緻描寫金錢欲，倦怠，資產階級者的生活。權力集中、財富流通、繁榮昌盛的巴黎也是充滿人的殘酷性、支配慾、物慾的都市[10]。華特．班雅明(Walter Benjamin，一八九二—一九四〇)如此形容巴爾札克。巴爾札克，為了把自己世界的神話構成做為確實的東西，描畫了該世界的地誌的輪廓，巴黎正是所培育他的神話的土壤[11]。

---

9 Christopher Prendergast, *Paris and the Nineteenth Century: Writing the City* (Oxford: Wiley-Blackwell, 1995), p. 49.

10 例如，巴爾札克的《驢皮記》(*La Peau de chagrin*)，雨果(Victor Hugo)的《鐘樓怪人》(*Notre Dame de Paris*)。

11 "Balzac has secured the mythic constitution of the world through precise topographic contours. Paris is the breeding ground of his mythology—Paris with its two or three great bankers (Nucingen, du Tillet), Paris with its

假如在這裡將巴爾札克做爲楊牧，巴黎調換花蓮，或許也可能吧。因爲花蓮正是所培育楊牧神話的土壤。十九世紀的前半時期在倫敦或巴黎的所謂全景館受人歡迎的事實，在視覺藝術的歷史上，屢次被提出[12]。被設置在巴黎的環行交叉路上的雅典或耶路撒冷城的全景立體模型讓作家們認識都市俯瞰方式的影響力。因此通過近代都市潛有的萬變的美態，光線和顏色的閃耀與天空相互輝映，表現出都市總體的形象，在文學藝術中占用了重要的位置。

那麼二十世紀後半的楊牧如何寫著小城？

> 幼稚而好奇，空間所賦與我的似乎只是巍峨和浩瀚，山是堅強的守護神，海是幻想的起點，從那綿綿不斷捲來的白浪和泡沫開始，稍遠處已經可以想像當然存在著一種洶湧的深邃，底下是隱寒黑暗的，有礁石，海草，和游魚，更遠的就不太能夠想像了，無非又是礁石，海草，和游魚，更大更凶猛的魚。有時我會直覺以爲花蓮外海深處應該匍匐著一些沈

（續）great physician Horace Bianchon, with its entrepreneur Cesar Birotteau, with its four or five great courtesans, with its usurer Gobseck, with its sundry advocates and soldiers, But above all——and we see this again and again—it is from the same streets and corners, the same little rooms and recesses, that the figures of this world step into the light. What else can this mean but that topography is the ground plan of this mythic space of tradition, as it is of every such space and that it can become indeed its key," Walter Benjamin, Rolf Tiedemann *The Arcades Project*（Cambridge, Mass.: Harvard University Press, 1999）, p. 83.

12 例如Stephan Oettermann, *The Panorama: History of a Mass Medium*（New York: Zone Books,1997）.

船，因爲海盜廝殺或者風暴的原因，沉在最冰冷的水底，腐朽生銹的戰船，歪斜的桅杆，
鐵索被海水鎔成一團，一箱又一箱的珠寶和鈍刀斷劍散落在珊瑚下，旁邊是三兩具死去久
遠的水手的髑髏；[13]

在作品的序曲中，楊牧手中那支充滿想像力的筆不是直接寫花蓮，而先介紹眼前在海底腐朽生銹的戰船，死去久遠的水手的髑髏，以暗示花蓮的歷史深部的氣息。

或是寫著：

火車緩慢地吐著煤煙在縱谷裡爬行，狹窄的公路削過斷崖，空曠裡偶然駛過一對車輛，小
心在隧道和隧道間進出盤旋。是的，花蓮就在那公路和鐵路交會點上沉睡，在一片美麗的
河流沖積扇裡，枕著太平洋的催眠曲，浪花湧上沙灘，退下，又湧上，重複著千萬年的旋
律，不管有沒人聽到它。[14]

正如看著全景立體模型般，先介紹沿著溪谷前進的火車，然後站在更高的位置導入「在那公路和鐵

13 楊牧，《奇萊前書》，頁一八。
14 楊牧，《奇萊前書》，頁一三。

路交會點上沉睡，在一片美麗的河流沖積扇裡，枕著太平洋的催眠曲」的花蓮。可是不久，沉睡中的都市忽然被戰爭吵醒起來。

> 海潮依然平靜地拍打著山嶺俯瞰下的小城，結著一條又一條永恆的白紗帶，在麗日下，風雨中，不停地湧來，升起又落下。然而不久以後，我們終於聽到美國飛機掠過花蓮的消息了：它在港口附近投了幾顆炸彈，並且以機關鎗襲擊這裡僅有的幾間大工廠。空襲來了，終於，戰火終於波及這沒沒無聞的小城了。[15]

在此，美軍艦載機襲來，在港口丟下幾個炸彈，描畫著悠閒自在酣睡的城市，突然驚醒的狀況，以暗示歷史的轉換期迫近的現實。海洋被以爲是生物的故鄉，被轟炸的城市形象讓讀者想起個人的歷史記憶，這些材料的整個的配合渾然一體，卻給讀者留下了新時代也許會來臨的印象。就這樣，楊牧的花蓮，平時被海洋、河流、山脈包圍著的一個如有機體般的存在，也如就在羊水中酣睡的城市。

城市的俯瞰描敘，從神話時代的古代都市記述，發展到近代技術革新所帶來的科學性的描寫，全景性全方位視點在近代文學文本上，更加詳細地描繪了人們與群眾。在文學文本上，俯瞰的觀察者跟被俯瞰的對象之間，有一些距離感的存在，但同時觀察者和對象之間有時產生密接的關係。由於當時的都市

15 楊牧，《奇萊前書》，頁二九。

生活有時被寫成一些抽象化的印象（如法國印象派繪畫所產生的曖昧的諷刺性、暗示力、顏色等），讓更多藝術家對城市的風景起了興趣。藝術家漸漸發現用以城市俯瞰的視覺景觀，城市心理上可以支配或管理，也可以創作出有更多可能性的作品。因此**自高處的**凝視，產生來自於不僅僅是宗教性的憧憬，而是人類的天生所得的慾望，也是心理上、行政上、軍事上的必要。

至於楊牧散文中，除了作者的視角以外還有被擬人化而對主人公有時低聲私語的大山，並且背後亦有至高的奇萊山。再者，已如前敘，主人公「我」聽得見山的言語。「我」和大山之間有凝視和被凝視的一種共犯者的同等關係。總之，在楊牧散文中，傳統性的靈山信仰並未消滅，但主人公身爲人的實存價值，卻不輸給靈山的地位。

四、詩人和高處——全景視野的詩學

詩人之憧憬高處的最著名例子，也許是德國的代表詩人歌德。爲了繼續攻讀法律學，一七七〇年四月歌德離開法蘭克福，搬到史特拉斯堡。到了史特拉斯堡時，他登上大教堂屋頂平台，看到在眼下蔓延的萊茵河的流動，眺望滿地的綠野，天際白雲，感到無限的歡喜和榮幸[16]。他的喜悅並不是宗教建築所

16 Johann Wolfgang von Goethe（1749-1832）, *Aus meinem Leben: Dichtung und Wahrheit*（"From my Life: Poetry and Truth"）（1811-1833）,（Pt. II, Bk. 9: Strasburg University, the experience of Gothic architecture）; "And now, from the platform, I saw before me the beautiful country in which I should for a long time live and reside: the

引起的，而是一份起於今後要居留之地的期待所引起的。歌德站立在沒有扶手的哥特式教會的塔頂上，看到全景性的景象，被眼前自然的美感動了，並非因爲他站在崇高的宗教建築的塔頂上。他的欣喜在於他可以把握與支配進入自己視野的一切世界。一七七七年，登上教會的塔之七年後，歌德攀登了以魔女傳說有名的赫茲山地最高峰Brocken山。歌德的登山目的正是俯瞰眼下一片廣闊的世界[17]。

歌德登上Brocken山之六年後，人的視點有了更多進步。一七八三年十一月二一日法國的蒙哥爾費埃兄弟在巴黎推出了熱氣球，作出首次熱氣球自由有人飛行，一大飛行高潮的時代接著來臨[18]。最初空中攝影是由乘坐熱氣球拍攝巴黎的Gaspard-Fe' lix Tournachon(a.k.a Nader)在一八五八年挑戰成功[19]。此後由氣球拍攝的俯瞰照片對於畫家們帶來了不少影響，如馬奈、莫奈、雷諾瓦的法國畫家陸

（續）handsome city; the wide-spreading meadows around it, thickly set and interwoven with magnificent trees; that striking richness of vegetation which follows in the windings of the Rhine, marks its banks, islands, and aits. Nor is the level ground, stretching down from the south, and watered by the Iller, less adorned with varied green. Even westward, towards the mountains, there are many low grounds, which afford quite as charming a view of wood and meadow-growth, just as the northern and more hilly part is intersected by innumerable little brooks, which promote a rapid vegetation everywhere."（English translation from The Project Gutenberg E Book of Autobiography, by Johann Wolfgang von Goethe, translated from GOTTINGEN EDITION).

17 美留町義雄，〈俯瞰への欲望：「高さ」と視覚の文化論へ向けて〉，《大東文化大学紀要・人文科学》四二卷一期（二〇〇四年三月），頁一一二七。

18 http://www.centennialofflight.gov/essay/Lighter_than_air/Early_Balloon_Flight_in_Europe/LTA1.htm, by the U.S. Centennial of Flight Commission.

19 http://www.papainternational.org/history.html, by The Professional Aerial Photographers' Association.

續開始描畫從高處俯瞰的作品。氣球、飛機、飛艇等的科學技術所帶來的交通系統讓人類能夠達到可以三百六十度全方位的俯瞰。尤其是因爲在飛機上拍攝的方式就是跟鳥同樣的視點，一瞬之間窗外的景色飛過眼前，好似超過五官的界限。這些科學革新對於觀察者跟被觀察者之間，帶來了不少變化，而把人類，從前建造巴別塔而被處罰的人類，從那些宗教權威中解放了出來。

在二十世紀後半的楊牧的散文，一方面尊重大自然的至高無上性，另外方面強調「我」跟大山的彼此密接的關係，表示這文本裡看見傳統性的自然崇拜與崇尚人性的近代精神。

進入十九世紀以後，既如前述由於科學技術上的革新，人的視覺也有更大的擴張。全景展示(panorama)就是在十八世紀末被發明的視覺展示方法，原來發明的是愛爾蘭的畫家Robert Barker(一七三九—一八〇六)，他擁有全方位性描寫風景的專利，後來法國的Pierre Prevost(一七六四—一八二三)買下了其專利，全景展示館在歐洲各地巡迴展示，讓民眾享受了城市的全景模型[20]。

全景俯瞰的模型，讓民眾對於都市的形象開拓，更抽象化和概念化。如Stephan Oettermann指出，在歐洲絕對主義時代發達的巴洛克式戲劇以所謂「畫框舞台」設計進行，視覺的消失點只有一個，就是爲了給位於觀覽席中央的國王的位子。然而全景展示方式，被設計爲給一般的觀眾們提供公平性的全方位的景色，因此全景性的視覺展示是可作爲大眾宣傳媒介、可廣泛的提供給一般市民的發明[21]。

20 Bernard Comment, *The Panorama* (London: Reaktion Books, 2003), p. 44.
21 "Introduction," in Stephan Oettermann, *The Panorama: History of a Mass Medium.*

從花蓮往南行的火車一開動，不消幾分鐘就進入縱谷地帶，左邊遠處是海岸山脈，右邊還是偉大的中央山脈。海岸山脈對我說來除了遙遠和陌生以外，甚麼感覺都沒有，不如右邊的大山那樣，似乎所有連綿和迤邐都是屬於我的。坐在火車上，我們最努力觀看的必然是右邊的大山，而我們就在那山腳下迂迴推進。從花蓮南下，想像西邊巍巍第一層峰巒是木瓜山，林田山，玉里山，都在兩千公尺以上，比海岸山脈任何突出的山尖都高出一倍。第二層是武陵山，大檜山，二子山，它們都接近三千公尺了。而和我們的奇萊山——啊！偉大的守護神，高三千六百零五公尺——同爲第三層次環疊高聳在花蓮境界邊緣的，是能高山，白石山，安東軍山，丹大山，馬博拉斯山，大水窟山，三叉山，卻以秀姑巒山爲最高，拔起海面三千八百三十三公尺，和玉山並肩而立，北望奇萊山，同爲台灣的擎天支柱。[22]

楊牧的視點，如在天空飛翔的鷲鳥般，高速移動在能高山，白石山，安東軍山，丹大山，馬博拉斯山，大水窟山，以一瞬之間把握下界。對「我」來講，「似乎所有連綿和迤邐都是屬於我的」，而奇萊山是「偉大的守護神」。楊牧的視點可謂是從以前的靜止的全景性的俯瞰更發展到鳥瞰的視點。到了十四世紀至十七世紀的文藝復興期，爲了做出穩定的風景構圖，畫家開始以透視圖法爲重的樣式取景。從

---

22 楊牧，《奇萊前書》，頁三一。

高處俯瞰一望無際的山脈或海洋的三六〇度的全方位視線會影響到觀察者的心理活動，尤其是在移動性的鳥瞰的場合，跟穩定的從前的透視圖法的觀察不一樣。

一七六九年德國的哲學家、文學家赫德（Johann Gottfried von Herder，一七四四—一八〇三）乘船出海從波羅的海沿岸的里加（Riga）前往法國的南特（Nantes）。之後寫了旅行記，並表示自己從被固定、束縛的中心脫離，感到未曾經驗過的開放感。他以「機會決定人的一生」的心情表現當時的感受[23]。乘船旅行之間體驗的全方位性的眺望讓他得到新的活力，新的希望，他開始抒寫在歷史、政治、文化、教育方面的許多評論。

> 那是一個寧靜的小城，在世人的注意和關心之外。那是一個幾乎不製造任何新聞的最偏僻的小城，在那個年代。小城沉睡於層層疊高的青山之下，靠著太平洋邊最白最乾淨的沙灘。站在東西走向的大街上，你可以看見盡頭就是一片碧藍的海色，平靜溫柔如絲幕懸在

23 Hans Adler, Wulf Köpke, *A Companion to the Works of Johann Gottfried Herder*（Rochester, N.Y.: Camden House, 2009）, p. 23 ; On 5 June 1769, Herder left Riga by ship to unknown destinations. His poem, "Als ich von Liefland aus zu Schiffe ging,（As I Disembarked from Latvia, SWS 29:319-21）, suggests that he had been driven by "Ahnungs- donner"（a thunderous foreboding）. Originally intending to visit Scandinavia, the seafarer headed for France. While still aboard ship, he began to write his reflections down in a daily journal. One of the first entries includes a general philosophical statement: "Ein großer Theil unsrer Lebensbegeben heiten hängt würklich vom Wurf von Zufällen ab"（AkB, 60; A great part of the circumstances of life really depend on the throw of chance）.

幾乎同樣碧藍的天空下。回頭是最高的山嶺，忽然拔起數千公尺，靠北邊的是桑巴拉堪山，向南蜿蜒接七腳川山，更遠更高的是柏托魯山，立霧主山，太魯閣大山，在最外圍而想像中還能看清楚的是杜鉾山，武陵山，能高山，奇萊山，奇萊主山北峰高三千六百零五公尺，北望大霸尖山，南與秀姑巒和玉山相頡頏，遠遠俯視著花蓮在沉睡，一個沒有新聞的小城。[24]

花蓮就是楊牧的「秘密」，太平洋就是作爲詩人的搖籃，就從那裡踏出了那未知的第一步。太平洋是純粹無污染的羊水，前面只湛藍的天空和一片蔚藍的海洋擴展著。從前，太古的人，爲了接近創造主，試圖興建塔頂通天的一座塔。後來，哥特式的教會建築表示上帝的崇高性，對祂的憧憬和畏怖。然後科學技術改變(或凌駕)了人類對於大自然的關係。十九世紀中期照相技術發明後，能正確地複製自高處俯瞰的景色。

如Jonathan Crary指出，暗箱照相機(camera obscura)是用於透視畫法樣式的繪畫製作，不久它發展到達凱爾銀板照相機，讓我們的視覺帶來了不少影響。縮短的曝光時間讓攝影者記錄連續照片，也能記錄時間的變化。從前的二元性的繪畫被替換爲更現實性的的記錄。此後，人的視覺機能作爲獨立的觀察

24 楊牧，《奇萊前書》，頁一二。

者的身分[25]。總之，科學技術的發達給觀察者的主體和透視圖法的世界觀帶來了新革命。

俯瞰觀察的發達史的觀點來看，上述的楊牧的散文可謂有意義的例子。如「小城沉睡於層層疊高的青山之下，靠著太平洋邊最白最乾淨的沙灘」以下的文章明確地繼承全景俯瞰性的靜態風景，然後繼續本段後半，我們看到的則是從飛翔中的鳥兒來看的山脈描寫。並且，奇萊主峰的高度為三六〇五米的資訊就是由於近代測量技術而得到的。

五、從上帝被轉移到民眾的視點

歌德登上的哥特樣式的教會，本來象徵著上帝的崇高性，同時人類所感到的對於上帝的憧憬，哥特式高塔因此象徵著上帝和人類兩者的立場。在歐洲都市發展史上，教會建築被視為都市的中心，後來，代表民意的市政廳大樓繼承教會的機能，然後如埃菲爾鐵塔代表的擁有科學權威的鐵塔，象徵財富的摩天大樓陸續取替換了原有的建築。

巴什拉(Gaston Bachelard，一八八四—一九六二)指出，從塔上或山上俯視大地，使人的心理上精神上起一種變化，比如說俯視會產生的，不僅是開放感，也是支配感，會想要支配所眺望的一切[26]。因此

---

25 See Jonathan Crary, *Techniques of the Observer: On Vision and Modernity in the 19th Century* (Cambridge, Mass.: The MIT Press, 1992), chapter2, "The Camera Obscura and Its Subject".

26 See the Part III-12 "The Psychology of Gravity" in Gaston Bachelard, *Earth and Reveries of Will: An Essay on the*

俯瞰給予觀察者一種心理上的特權，一種所看到的一切是在觀察者自己的管理下，在支配下的感覺。換句話說，所俯瞰的風景，可以被認同為觀察者自己投射的身體的一部分。俯瞰，此種行為亦構成軍事戰略性的活動，因為自高處所投射的視線可以及早發現侵略者的動靜，以利防禦。因此對站上高處登高望遠的憧憬，不僅是由於宗教性的理由，也由於人類與生俱來的，實際上的形而下的慾望形成的。所以從一方面來講，俯瞰行為基於為了支配眼下的事物或人的動機，以及心理上、軍事上的必要性。根據如此的解釋，楊牧俯瞰花蓮的群山、溪流，已把天地美景內在化，物我合一，最後投射在字裡行間。

當然一個作家的心理分析，應該不僅僅是如此單純的。對幼年時代的「我」來說，花蓮「小城沉睡於層層疊高的青山之下，靠著太平洋邊最白最乾淨的沙灘」。也有在遠方關心著「我」的大山和奇萊山，花蓮係由多元輻輳的視野來形容著。因此，我們在楊牧散文裡，看到用不少視線來觀察的景色。第一是位於平地與高山對話的主人公，「我」的視線。第二是自高山頂端(大山和奇萊山)俯瞰「我」和其他民眾的視線。也有在高空飛翔的鳥瞰的視點。這些視線軌跡如多重奏般地被重新配置之中，而故事仍在持續進行中。

言詞基於詞句的連綴而成，字句關聯形成句意，最後終能表達文意，所表達的概念和記號之間的關係是arbitrary任意的，有關這點，二十世紀初弗迪南・德・索緒爾(Ferdinand de Saussure，一八五七—一

（續）

Imagination of Matter（Dallas Institute of Humanities and Culture, 2002）. tr. by Joanne H.（FRW）Stroud, Kenneth Haltman.

九一三），已證明[27]。記號的任意性把我們人類的表現方法多樣化，也讓語言更豐富了。爲了要產生n次元空間，我們以隱喻、明喻、換喻、以及所有有關詩作的技術或想法來創造新的語言空間。至於時間，我們藉隱喻等的技術來物質化、空間化，讓它更穩定的，靜態的存在[28]。

以下的楊牧所產生的空間是利用語詞的類此功能的例子。作者使用河流和時間概念，使之重疊，更以落水被洪流沖走到海的路程，表達三次元的極美空間。

> 大水狂瀉自山岑高處，以無比的快速趕到，洶湧向我的單舟撲來。即使它不當下將我打入水底，也足以用它的重力攫我往河口翻滾滑落，浮起來，沈下去，迎向鹹腥的海水，在第一波山洪和海浪不期相遇的重擊下，昏暈過去。於是，我像一片斷根的水草在太平洋不即不離的隈澳裡飄盪，在彩色小魚群中顫抖，在珊瑚礁間搖擺，而終於慢慢地，像水草一樣，在大海不可拒絕的激情舐吻之下，嘩啦嘩啦，嘩啦嘩啦，我被洗得乾乾淨淨，透明的精神，無重量的靈魂。[29]

---

27 Ferdinand de Saussure, *Writings in general linguistics*（Oxford: Oxford University Press, 2006）, p. 238.

28 Therese Steffen, *Crossing color:transcultural space and place in Rita Dove's poetry, fiction, and drama*（Oxford: Oxford University Press , 2001）, p. 37.

29 楊牧，《奇萊前書》，頁二一五。

河流表現出時間的流動與水流一起流逝，其流動是動態持續進行、線形性的流動，同時，海水蒸發成為雨水、河水，因此可謂時間也潛在地具循環性的形態。總之這悠久的時光流動的風景從河川的描寫中暗示出來。所謂時間不是經驗性的，也非客觀的觀念，時光流動是在個人的心理中感覺到的主觀概念，這裡河流會沖掉全部，也表達時間和人的心情。而且，花蓮這小城和自高處凝視的群山，一直在彼處不動地存在著。靜和動的對比在這作品中也產生了生命的律動。

六、結語：鳥的視點

自古以來，據說鳥的視點有超越性的神秘的力量。譬如在天空飛翔的鷹鳥被視為鳥類中的王，也是掌管大地和太陽的統治者的圖騰[30]。

一隻鳥從海那邊翩翩鼓翼到來，越過我們頭頂，朝群山嵐氣最深最濃處翺翔而去，我想它已經選擇了靠近木瓜溪流域，正緣那乍暗乍明，溼霧綠苔的河谷向青靄更厚更高的地方飛去。我執著兒子的手佇立，面向群山最蒼茫的地方，想那鳥自海那邊來，而現在當正通過

30 Cassandra Eason, *Fabulous Creatures, Mythical Monsters, and Animal Power Symbols: A Handbook*（Westport, Conn.: Greenwood Publishing Group, 2007）, p. 67.

白葉山南麓，而且，若是它持續有恆的心力這樣，不久即將通過天長山和突宙山晨光充沛的斷崖，以及太魯閣大山外照掩映，金光燦爛的一層層一列列峻峭的石巘，到達旂旗三辰的奇萊。[31]

鳥的視點大概有近景和中景和遠景都有，不過在鳥移動的動作過程中，前面的景色往後面過去，中景朝自己逼近，並且同時遠景的東西也即將到來。鳥瞰將大量的信息融入到視覺裡面，凝結的風景被深烙在視網膜上。這種俯瞰，景色的凝結感覺在一瞬之間，被移入心理構造中。因而楊牧的俯瞰在一瞬之間，掌握眼前存在的具體物象，同時用猛禽般的眼光來觀察地表的一個一個花瓣展開的瞬間，分析一草一木之理，緊握每個人的氣息的特質，用廣角和望遠並存的鷹鳥般的眼睛，來看世界的視點。

在楊牧作品裡，作者以自己為宇宙一分子，人類生活的小宇宙和綿綿不絕的無限空間——大宇宙相連著。讀楊牧散文讓我們察覺個人與景色融成一體的一種存在結構。通過楊牧的散文，我們因而可相信人類透過大自然察見其中的神性，領受存在於人世與自然界中的真和美。這樣的信念或許誕生了楊牧的鳥瞰的詩學。

31 楊牧，《奇萊前書》，頁四〇四。

一首詩如何完成

——楊牧文學的三一律

張依蘋（馬來西亞拉曼大學）

Rose, toi, ô chose par excellence complète

qui se contient infiniment

et qui infiniment se répand, ô tête…… R.M.R

一、引言

眞正意義上，筆者在台大中文研究所一九九八／九年「台灣散文史專題」課堂上第一次面對葉珊，報告題目是〈從葉珊到楊牧——綠湖風暴何曾平息〉，參照榮格與弗洛伊德的心理分析，初探詩人楊牧的文學創作從濟慈（John Keats）開始的，那道介入英國文學浪漫流以至象徵流之河。公元二〇〇〇年，楊牧在台大出席「現代文學研討會」，擔任開場演說者。那天陽光明媚，我第一次見到學者楊牧。

二〇〇〇年至二〇〇一年是我「閱讀楊牧的一年」，寫成《隱喻的流變——楊牧散文研究(一九六一—二〇〇一)》[1] 那等於是作為楊牧的讀者，對其二十世紀的寫作痕跡進行一種致力的梳理，探索作為作者的葉珊與楊牧以及作為學者的王靖獻所完成的工作何為。迄今相隔九年，縱然楊牧的工作繼千禧年之後猶有開展，可資重新檢視其文體的可能，然而，九年的時光也多少教會當年蹦蹦跳跳的女孩一種謙虛態度之必要，膽大可一而不可(需)再。於此，這篇論文不重複解讀《隱喻的流變》裡面的線索，唯當作在前述的基礎上進一步抽象，楊牧文學的具象或現象不是論述的要求，只是言詮的必經之路而已。

基於爲此次論文定位的需要，筆者把論文題旨〈一首詩如何完成——楊牧文學的三一律〉譯作"On Completion of the Poetry-The Trinity of Yang Mu's Literature"，重點不在於「完成」，而在「如何」，這似乎可以同意美國漢學家宇文所安(Stephen Owen)確認楊牧作品為「雙文化」(bi-cultural)成果的立場上的判斷，即尤里西斯的旅程不在於回家，因為我們總是一再地抵達又一再地出發，面向著未來。

第四屆國家文化藝術基金會文藝獎的影像光碟裡，楊牧向記者宣佈那會是他最後一次接受訪問錄影，頗有「以此爲準」的意味。(即便是在《一首詩的完成》這麼一本最有可能是「詩的告白」的著作，楊牧也是以「抒情」的語氣寫就十八封「給青年詩人的信」，其詩學觀點當然可以意會，並不直書。)然而，應該可以借鑒該文獻裡同樣接受訪問的學者(也是楊牧詩作的英文譯者)奚密，以及詩人瘂弦的看法。奚密認爲，楊牧作品的特質是「眞」和「美」。瘂弦則指出，楊牧作品的特點是「眞」、

---

1 題目有中英兩款，英文題目是"A Living Metaphor—On Yang Mu's Writing (1961-2001)"。

「深」以及「新」。易言之，楊牧的作品注重邏輯（眞），建構藝術（美），考古（深），以及創造（新）。

出於對學科建制生態平衡的考量，也基於詩人自古至今「人生實難」，筆者選擇以Art Creation（藝術創造）之「文學創作」（Creative Writing）爲此篇有關楊牧文學論文的思考主軸，詩建築的平臺。

二、

創作者秘而不宣的秘密：每一位作家一輩子只寫一本書，或者，每一名詩人一生只寫一首詩。當然，所謂「一首詩」又是由很多很多首詩構成的一首「詩整體」，一首詩和另一首詩之間的節奏意味著，作爲詩體之詩人生活的經驗以至先驗的線索，貫串其中追索，可以叩問詩體之母題，以至本質，即由體到魂及至靈性，或曰精神的層次。

論文意圖先引詩劇的三一律繼而變釋，以爲闡釋軸線，將楊牧文學時空裡作者、學者、譯者的力的流轉與交接予以有機的銜接和演繹，藉以反映葉珊、王靖獻、楊牧，以至C.H. Wang/Yang Mu的力之結構如何投射出楊牧文學無形而立體的詩意涵。所謂三一律（Three Unities），可追溯亞理斯多德《詩學》，或爲時間整一律、或爲情節整一律、或爲地點整一律[2]，即「整齣戲中的事件必須發生在同一天，或與演出的時間相等」、「情節要有一定的安排，要有內在的聯繫，而且要完整」、「整齣戲中的

2 亞理斯多德著，羅念生譯，《詩學》（上海：上海世紀出版集團，二〇〇六），頁一四。

事件必須發生在同一個地點上」。（其中，事實上，亞氏從未提及「地點整一律」。）而借鑒詩人於《暴風雨》〈導言〉指出的，「莎士比亞平生戲劇對三一律並無許多膺服的色彩……不為傳統科律侷促之證明」[3]，我們可以推論，依言說者言之有物而必然有的放矢慣性，詩人所實踐的可因此類比。再舉一例佐證。在〈《禁忌的遊戲》後記：詩的自由與限制〉一文，楊牧也特別注意到奧登「毅然扯斷了詩的格律限制」[4]，這些觀察都符合「上下求索、求新求變精神」[5]。

筆者以為，按詩人建構一己完整詩時空的特質而言，詩人調度的「時間」、「情節」、「地點」可代之以「葉珊」、「楊牧」、「王靖獻」，而所謂三一律可過渡假借到與任何「創造」皆關係密切的「Law of Trinity」結構，「律」則蘊含了詩人在問津過程裡必然經歷的諸多或然律、必然律、企及平均律，而構成詞語構圖[6]背後的規律與本質。"Law of Trinity"必然包涵三個一組或稱一體的東西，即兩種力[7]或元素[8]創造[9]或顯現[10]了第三種力或元素，而持續地發生一種現象與另一種現象之間的反應或互

3 威廉．莎士比亞原著，楊牧編譯，《暴風雨》（台北：洪範，一九九九），頁二四。
4 《楊牧詩集II》（一九七四—一九八五）（台北：洪範，一九九九），頁五一二。
5 拙作《隱喻的流變》裡稱前者為搜尋者／searcher，後者為再搜索者／researcher，前者典型有屈原，後者典型有龐德。「求新求變」一詞出自何寄澎老師以前的楊牧論文，筆者以為與龐德的make it new意思相通。
6 或曰現象。
7 energy.
8 element.
9 creation.

動，讓再一種的現象以迄再另一種的現象的發生持續……。借物理的宇宙概念進一步思考，按宇宙有兩組力量的思路理解，即一組顯的力量，由引力和磁力的互動產生大宇宙，另一組隱的力量，由微力與強力構成小宇宙。置放在文學創作的視域，應可作「體」[11]與「魂」[12]構成「靈」[13]，或以學科劃分當可作「文」、「史」、「哲」[14]。然而這裡筆者做的只是概念的提出，以爲類比，並無意以量化的方式進行對詩的論述。筆者認爲，以三一律而論，王靖獻與葉珊的互動產生了楊牧[15]，而C.H. Wang[16]與楊牧的互動又產生了Yang Mu，繼續推論，我們當然知道還會有「楊牧」、**楊牧**、「**楊牧**」[17]於是我們知道，作爲同一者的創作者、研究者、翻譯者[18]可以符合宇宙創造原理的三一律，沿著長期旋轉進行的三種身分互動，藉著持續的雙文化碰撞、相激發，讓此一建構逾半世紀(一九五六年至今，五十四年)的詩系

---

10 manifestation.

11 Body, or text.

12 Soul, or context or history.

13 Spirit, or thoughts or mind.

14 置放在對「詩」的思考上，或亦可辨識爲「詩作爲文體」，「詩作爲詩史」以及「詩作爲史詩」。

15 《傳統的與現代的》〈後記〉裡，楊牧特別交待哪些篇章分別是用葉珊、王靖獻、楊牧之名發表的，表示個中包涵的元素是有不同的。《傳統的與現代的》(台北：洪範，一九八二)，頁二三五。

16 王靖獻在學術界使用的英文名。

17 亦可依此類推列舉王靖獻、葉珊、C.H. Wang, Yang Mu……。

18 其中包涵從屈原以降已出現在中國文學裡的「吾將上下而求索」的searcher精神，以及現代學者專業領域的reseacher 研究態度，於拙作《隱喻的流變》已於第三章專節討論，故此不複述。翻譯者在這裡應作interpreter。

統可以生生不墜。

這裡，理解「一首詩如何完成」的重點不會只在於三一律的辨證，而更在於實現「詩之眞實」的紀律，以及典律之如何因而蛻變，而生成。必須注意的是，在這裡我們可能要暫時拋開對詩人肉身身分的執著，從「詩的眞實」來面對這首穿梭漫長歲月時空，經歷無數愛恨、哀樂，以及死生的——一首長長長長的詩。

我們必須注意，對詩人來說，其最眞實的生活與肉身生活應該是倒轉過來看的。今之視昔，對於外文系出身的葉珊來說，他的出處是英國文學。當他在進行文學創作一段時日之後，對中文文學作品進行系統的爬梳，那事實上是一個有著西方文學底子的人面對他的相對性「外文」中國文學的經驗。當然我們可以理解，那是詩人逐漸從對文的發展過渡到對史的理念掌握的階段，相當程度上，顯然還是符合著社會學的集體要求。而當外文系畢業的詩人到「外國」攻讀「文學創作」碩士課程，接著接受「比較文學」的研究訓練，正式開始其英文寫作的生產且持續超過三十年，「這首詩」的中文作者與英文作者已經占據相等的重要位置，換句話說，其挪用中國文學和西方文學資源的機率可以是均等的。

有關楊牧探索中文現代詩的嘗試以及其藉著截至上世紀的散文書寫所實驗的對「現代詩」的定義，前此筆者在《隱喻的流變》一文有所交待，歷經九年，立場不變。然而，此次筆者並非將楊牧文學置放「中文現代詩」的框架，而是從詩作爲「藝術的本質」的角度來進行詮釋。因此，不以文類劃分，凡詩人行經的路徑種種皆可入「詩」[19]，而尤嘗試解讀詩人銜接於二〇〇一至二〇一〇年的詩蹤跡。《隱喻的流變》一書留下的伏線，詩人於二〇〇一年在吉隆坡接受訪問時的發言，「文學對我來說還是充滿神秘的世界，我還在摸索那無窮的世界，也在尋找漢字的真正性格，開創漢文學的無窮潛力」，「我希望從現在開始為這些被遺忘的文字尋找她真正的性格，讓華文漢字都活潑起來，有無窮的潛力，開始新台灣文學，希望不會太遲」，「將來我會很自覺地進行台灣文學的創作」[20]。其時正是世紀之交，隱喻出現階段性的收束，散文開花未久；而詩的意義是一直流動的，詩的詞語也不在乎字句，而在於精義。九年後的今天，我們可以從哪一個視角閱讀詩人上述自我期許？

筆者認爲，詩人面對的終究是文字，關鍵在於「漢字」、「漢文學」、「爲這些被遺忘的文字尋找她眞正的性格」、「無窮的潛力」。事實上，詩人學術訓練最重要的一環，即比較文學的訓練，某種意義上其實也是漢學的訓練，因爲，兩位對他深有影響的老師陳世驤和卜弼德皆漢學家。漢學的系統意味著以具有高度參照的自覺來面對漢語文，並且講究方法。基於參照系的特質，漢學出身的學者面對的就不是「國學」，而別具批判或修繕的專業自由。因此，我們應該期待，有漢學思維的詩人對遣詞用字會帶有他出自學術訓練的詮釋角度和創新，以此嘗試開創有別於前的文字文學系統。而「無窮的潛力」也就是與在特定思維之中運籌的文字、詞語、象徵、節奏、韻律等的力之開展循環有關的那一切。

19 廣義而言，包括poetry, prose, poem，當然也包括風雅頌賦等，也就是指一個整體概念。

20 《亞洲週刊》吉隆坡特派員祝家華專訪，〈尋找漢字的性格和文學的無窮世界——專訪台灣著名作家楊牧〉（未發表）。轉引自張依蘋著，《隱喻的流變》（巴生：漫延書房，二〇〇九），頁一七六。

至於「開始新台灣文學」，「很自覺地進行台灣文學的創作」，這裡，「台灣」的意義是甚麼呢[21]？楊牧首先是個詩人、文人，因此可以從詩、文學的角度尋找，指的當然可以是面向「台灣」，就文字而論，很可能潛意識裡以繁體字讀者爲假設讀者，畢竟，如今世上通用繁體字的區域唯台灣和香港，跡近「被遺忘的文字」，在閱讀習慣傾向簡體字的區域，多少會有「我不看故你不在」的尷尬；而楊牧作品迄今只有繁體版本。因此，我們或可不必把楊牧文學限制在政治意義上的「台灣文學」範疇，而可視之爲「有台灣的華文文學」，甚或是「有台灣的世界文學」。

三、

論及文學創作，其實是那麼個人的一件事，似乎還是必須從以經解經的途徑找到一個開始的線頭。古時從研讀聖經傳開的「以經解經」方法亦即詮釋學的起源，挪用到「以詩論詩」大致同理。因此，筆者從詩人最晚近的出版品《奇萊後書》尋找詩人近九年的思路線索，大約不至於離題。

《奇萊前書》按成長線路回芻記憶，爲「經驗」的回憶錄，《奇萊後書》著墨靈思問學的記憶音符，爲「先驗」的回憶錄，從詩人編著二書的詩意顯現審視之，「奇萊前後書」應視爲楊牧文學的「小

21　就詮釋的嘗試，我們甚至可以想像一個全新命名的可能，「台」可指劇台、寫字台，「灣」指的是轉折，也就是創新、給出新的意涵。「台灣文學」也就意味著有新意的、有創造力的文學。

說體」。〈奇萊後書跋〉一文收筆之前的喟嘆意味深遠，「喜悅慚恧皆有，但都不如感受憂患之深」[22]，筆者認爲，「憂患」似乎會是那貫串詩人逾五十載詩生涯的軸線，在介乎耳順和從心所欲的狀態之間來到某種收束的階段。

楊牧使用白話文創作。我們覺得即便到了白話文運動屆九十一年的今天，對於這文字系統是否已經出現「大詩人」，可能仍不必急於評價。究竟一種「新文字」需要多久才蘊育出劃時代的大詩人，有說是一百年，有說是三百年。有一點可以成立的是，顯然這會是一個共識：某位作爲碩果收成的詩人，他的成就必然有無數同代或歷代詩人相互激蕩才會形成，換句話說，某種意義上他會是作爲「集大成者」。

有兩位同樣誕生於一九三二年的詩人對楊牧的詩歌歷程有著內部深層的意義，一是鄭愁予，一是瘂弦，都生於中國大陸，歷經戰亂而遷居台灣。鄭愁予早年的詩散發一股濃濃的古典詩悲秋而又狂放不羈的風格，尤以〈錯誤〉爲典型，瘂弦的詩歌生涯則在涉及〈深淵〉之際戛然黯啞至今。弔詭的是，鄭愁予在一九六五年後曾經一度停筆至狀似封筆的程度。而《瘂弦詩集》裡最晚的兩首詩[23]也是寫於一九六五年[24]。兩位詩人對比他們年幼八歲的葉珊都期許有加，值得注意的是，當楊牧出版劇本《吳鳳》[25]，

---

22 〈奇萊後書跋〉，《奇萊後書》（台北：洪範，二〇〇九），頁四〇三。
23 〈一般之歌〉和〈復活節〉。瘂弦，《瘂弦詩集》（台北：洪範，一九八一）。
24 一九六五年，生於一九三二年的鄭愁予和瘂弦皆三十三歲。
25 《吳鳳》的故事從中國來看是獻祭行爲，在西方文明來看是「犧牲」，可視作現代詩台灣源流的某種儀

鄭愁予激動不已[26]，詩人之間明顯存在兩人心知肚明的詩語言默契。

楊牧曾經寫過一篇〈現代的中國詩〉，指強調的是「現代」，不是「中國」。也在另一場講座「永遠的現代詩」提出，現代詩之現代指的是詩的「現代感」，並認爲唐玄宗至晚唐詩之間一百年的詩已可視之爲現代詩。這裡可以延伸出來，所謂「現代感」顯然和詩人的宇宙觀及精神面貌有關。

柏拉圖認爲詩人憑靈感而創作，即由神憑附在詩人身上而引起的，神使詩人處於迷狂狀態中，使他成爲自己的代言人。柏拉圖並且認爲不朽的靈感是不朽的靈魂從前生帶來的回憶。而亞理斯多德卻認爲詩要靠天才，不靠靈感或瘋狂，認爲文藝作品的創造是理性的活動，所要求於詩人的是清醒的理智[27]。二〇〇一年之前的楊牧似乎比較靠近「詩比歷史更眞實」的亞理斯多德。而從《奇萊後書》看來，晚近的楊牧似乎有意趨近柏拉圖[28]，幾乎是在告白所經歷的「自動寫作」，以及隨著比較文學與漢學的訓練而內化的「自動翻譯」[29]。與此同時，我們也應該注意，楊牧長久服膺的中世紀西方文學原就具有與

（續）式，可歸類「善」的實現。（當然，這種跨越從「轉世說」的角度來看則又是鳳凰涅槃。）

26 鄭愁予，〈欣聞楊牧推出「吳鳳」詩劇有贈〉，收入氏著，《燕人行》（台北：洪範，一九七〇），頁三五—三七。

27 詳《詩學》，頁九—一〇。

28 按柏拉圖通過戲劇寫作表明的是，哲學首先不是一套「觀念」，一種通過概念、推理來構成的「思想體系」、「形而上學體系」，而是不斷的思考這些觀念或體系，無止境地追求智慧的行爲本身。戈登(J.Gordon)等著，張文濤選編，劉麒麟、黃莎等譯，《戲劇詩人柏拉圖》（上海：華東師範大學，二〇〇七），頁六。

29 「自動翻譯」是筆者第一次提出的術語，是在「自動寫作」的基礎上領悟到跨語言思考創作者的寫作狀態

神學並行的特質。

其實，楊牧的神遊之韻在初次以「楊牧」發表的散文集《年輪》已經昭然若揭，然而詩人隨即處處克制、甚至是遮掩，爲當時仍在建構過程的大象徵系統護航，直至千禧年告一段落。從葉珊到楊牧，代表著詩人從情感過渡到歷史意識，其實也預示了詩人從此走的就不是傳統「中國現代詩」的路了[30]。楊牧肯定熟悉龐德以及龐德的"make it new"思想核心，雖然他提起龐德的次數遠遠不及濟慈和葉慈[31]。我們幾乎可以大膽說一句，「楊牧」的身分意味著詩人從此走上一條出生台灣的同輩詩人之中「沒有走的路」(the road not taken)——語言之路。(據知，楊牧在柏克萊大學期間陸續修習了包括拉丁文、希臘文、古英文、法文、德文、西班牙文等數種中文以外的語言，也曾在〈蜘蛛蠹魚和我〉一文透露修習日文。這是很典型的行走在「語言之路」上的創作者「收集語言」現象，當然，更可能是爲了行經特定語言系統的思路。)《奇萊後書》裡〈複合式開啓〉一文實標示其個人思想史(曾經)從「外文與漢語文」的再出發。

筆者爲何連續跳接諸如「憂患」、「靈感／神學」、「語言之路」的課題？因爲，筆者認爲，這三

(續)

應該如此定義。於楊牧的個案，在(不只是)《奇萊後書》中這種情況很多，例如他與朋友苻豪生在一起的時候，朋友隨口唸出英語詩句，詩人旋即以漢語「默誦」。見〈雨在西班牙〉，《奇萊後書》，頁九七。

30 詩人接著做的固然是采風的工作，寫作的成果卻應歸類西方文學傳統裡的「牧歌」，而由於語言不同，等於是詩的「變種」。

31 也許這是所謂的「反影響的焦慮」，同理，楊牧提及里爾克的次數和他提及龐德的次數一樣少，此乃詩人之間共同的秘密。

條線索可以交織出楊牧文學最為綿長的一種圖象樂譜。

憂患可通「愁」、「憂鬱」、甚至是「憂傷」；卻並非憂鬱症(depression)，而應作melancholy[32]。詩人與詩的相遇很可能先是有召喚，繼而才能有追求的。楊牧遭遇詩最有代表性的痕跡應該是那篇寫於二十三歲的〈綠湖的風暴〉，當時的葉珊稱之為「憂鬱的風暴」。正是這藉著濟慈，藉著「美的事物是永恆的愉悅」(a thing of beauty is a joy forever/John Keats)襲擊的精神風暴，籠罩詩人至今。我們知道，三十歲之前葉珊已經深度思考過屈原的文學命題(見〈衣飾與追求〉、〈說鳥〉)，研究詩經的王靖獻肯定面對作為「詩經編者」的孔子[33]，一再提及「逝者如斯夫，不舍晝夜」即一證明。從孔子之強調「詩言志」(思無邪)，著重「眞」、提倡「德政」，到屈原的浪漫象徵，強調「美政」，到蘇東坡的「人生

---

32 二〇〇九年五月三日，五四運動九十週年前夕，有幸在林語堂故居附近一晚餐桌上耳聞以德語寫詩的漢學家顧彬就其長期思考的"melancholy"與鄭愁予商榷。鄭愁予認為「發愁」與「憂鬱」(melancholy)不同。「憂鬱」與世俗的「風花雪月」無關，但正是與大自然裡的風、花、雪、月這些有關，與時間的流逝有關。歲月流逝不可留，面對宇宙、時間，讓人產生憂鬱。在〈驚識杜秋娘〉一文，楊牧也曾表達一種對「以時間換取甚麼」的思考，認為自己知道要甚麼，以「杜秋娘」自況；他也曾公開表示沒有把賺錢當人生目標，而是把文學當成首要追求的。

除了顧彬、鄭愁予的談話之外，筆者也在二〇〇九年九月十日——十一日於台大舉行的「交界與游移——近現代東亞的文化傳譯與知識生產」國際學術研討會上聽到葉維廉做主題演講提及「憂鬱產生詩的追求」。顯然，「憂鬱」還是我們的時代的詩人面對的命題。

33 「是否你心中另有神龕，供奉著一個孔丘？孔丘，多麼被誤解、濫用、蹂躪的老人」這是楊牧的《柏克萊精神》裡所收顏元叔撰〈代序——致楊牧〉透露的，顯然是楊牧也認同的某種面對孔子的看法。楊牧，《柏克萊精神》(台北：洪範，一九八四年)。

識字憂患始」，或是循著濟慈上溯西方文明之源，借鑒蘇格拉底對智慧與憂傷的看法，在在足以架構起詩人與此命題的關係。

「有一天，我開始寫〈給憂鬱〉……以『異域』兩個字直接開啓了暗晦的意象。異域先是陰冷呈現在方寸之中，轉而又回到古代，沉悶無歡，是我們死後的異域，何等遙遠，幽冥……『你無懼於黑暗……』」

「發覺原來寫過憂鬱可以緊接又寫智慧的時候，我體會到一個人的意志竟已凌駕趣味好惡……」[34]

孔子走上「流亡」之路（周遊列國）、屈原（據說）絕望躍湖[35]，這一切帶給詩人甚麼啓示？筆者認爲，小我的層面，楊牧念茲在茲的是孔子面對時間不可留的「愁」與「憂鬱」，以及面對鬼神的「求靈／求愛」（探索神秘世界）心志，大我的層面，則是如何扭轉因求知而附帶的始於識字的「憂患」、或是「憂鬱」、「憂傷」。因爲感知到我們距離完全的眞、善、美，距離「神聖」是那麼遙遠難以企及，這

34 楊牧，〈抽象疏離　上〉，《奇萊後書》，頁二二〇、二二二。

35 德國漢學家顧彬對此有別開生面的詮釋。他在“Und stürbe ich auch neun Tode!' Qu Yuan oder die Sprache der Liebe”一文指出，屈原之躍湖並非出於政治原因，而是一種「巫術」的完成，由此在到彼岸的抉擇。他認爲《楚辭》是面向鬼神的頌歌，不是政治文本，求愛的對象是神，不是政治的統治者。

種分裂的痛楚、無望的愛令人絕望如死了一般，或是失去活的意義感。這在方塊字是屈原的《楚辭》，在拉丁語系文學是米爾頓的《失樂園》。

葉珊在〈說鳥〉一文清楚指出，重點在於「託意」（詩比歷史更眞實的眞實），不在「歷史」（「眞實」的歷史）[36]，這麼看來，伴隨肉身身分而來的民族、政治身分都可以只是階段性的歷史身分，是暫時的追求對象，有時竟甚或可以是掩護的「假面」。在創造的宇宙裡，作爲詩的本質的語言才是長存的。而創造的語言即思想、即人類的文明、即「力」。

從語言文字的角度要求，楊牧從孔子刪選的「詩三百」繼承的應該是「宇宙秩序」（禮—理）的追求，從屈原承繼的顯然是「路漫漫其修遠兮，吾將上下而求索」，兩者是可以貫通的，因爲「眞」而可以銜接「徵象」，可以建構藝術美，兩者都指向健全有活力的心智。因爲追求秩序，因此寫作必定是策略性的紀律實行[37]，並且連續不中斷；但這紀律又是文明建構的參與，是典律的延續，因此需要先修煉／修行／修道[38]。這在技術層面上可如何運作？

走上「語言之路」的楊牧首先是一個研究者，先精讀中西古典文本，並且，儘量是讀原文。

36 「看到的全是假象，看不到的才是眞象。」〈破缺的金三角〉，《奇萊後書》，頁三六三。

37 「向遠處投射不定的眼光，那相對的方向，恐怕就是伸向永遠，無從想像的終點，或者起點。」《奇萊後書》，頁三。（按：想像的屬於「看不見」的，所以詩人自己要記得，並且「當眞」。）

38 筆者以爲，就語言之路，修道即修路，修語言之路，以通思路。

「我恍然大悟，關於捨棄與獲取，和其中幾許不安；關於遠行，遠行遄赴異域之必要……也情願因爲辛苦鑽研，追求之後，竟發現層出不窮的原是虛假、欺誑[39]，變造的公理，而失望——畢竟那過程是我的過程，而那自恃突顯的勇氣是眞的。」[40]

在爬梳前人典律作品之時，詩人也就是在做考古以及去蕪存菁的工作，有所斥、所感、所悟、所得，幾乎都錄成筆記在案及至成書[41]。這層功夫有幾層好處，一，「修繕語言之路」，也是爲接下來的創作鋪路。二，這是知識上的「考古」，也是楊牧作品予人有深度之感的重要基礎，其實也就是文學的歷史素養。三，不知舊，焉知新？Researcher的工作讓創作者儘可能地掌握整體，從而超越而創新，也就是「因傳統而現代」。

一種文字的新用法意味著全新的開始。白話文運動之前，書寫的漢文和說話的漢語不一致，知識分子著述的文言文不是民間的活語言。白話文運動之後，與「白話文文學」接軌的是通過翻譯而來的從西方文學長出來的「現代性」，不可否認，這現象讓新的生命力進入漢字，從另一個角度來看，嚴格來說，並非從中國古典文學以降，由文化傳統內部承傳演化出來的有機體。這樣，我們可以指出，有一種

39 從「創作」必須是「原創」的定律而言，所謂「虛假、欺誑，變造的公理」即抄襲別人的創意拼湊文字，只能是讓人失望的「假文學」或「死文學」，眞正意義上這根本不是文學。

40 楊牧，〈設定一個起點〉，《奇萊後書》，頁八。

41 早年尤以《文學知識》、《文學的源流》、《傳統的與現代的》、《疑神》這幾本爲此類典型。

斷層需要予以補足，不然，則文明系統的局部失去寶貴的銜接可能從此即成定局，這不只是漢語文學系統內部的斷層，也是作為整體的世界文學的某種斷層。這可能是一個原因，致使楊牧在二十世紀七〇年代至二十一世紀初的語言一直傾向於古典、好用冷僻的[42]，甚至已經「死」去的字[43]，等於是"make old new"[44]。

我們大概可以理解，參照英國中世紀文學，楊牧意識到前此漢文學的「中世紀文學」許多作品並非活文學，或者，詩人有可能也是在以二十世紀的中國文學類比「中世紀」文學，畢竟，作品的意義是由特定時代裡的人定義的。詩人雖瞭然「文藝復興」種種，卻清楚白話文修路運動需要經過「啓蒙」、「改革」、並且累積，需要先make it old才能開始make it new[45]。

那是一段漫長的，肉身貌似枯坐，魂魄回到亙古遊歷甚至歷險的壯舉，無止境的奔波、困頓、勞累，同時不停地吞噬、消化。這是一個把自身迎向日漸異化(make it different)、甚至是高度異化的過程，也是詩人曾經反復在散文隨筆裡一再提及疲憊的原因，須知，個中潛伏許多回返無路的危機，雖則

---

42 同時，他也創用新詞，例如，「指南針」其實是指向北方，詩人毅然捨「指南針」而取「指北針」。

43 當然詩人的意圖很明顯，即通過使用、注入活力，試圖把這些字「救活」。

44 "Make old new"的說法由W. Kubin(顧彬)在"Chinese Characters and Roman Letters: The Art of Modern Poetry"一文裡的用法獲得靈感。Kubin認為以"make it old"策略翻譯詩經的Günther Debon取得的讀者反應明顯不如Ezra Pound的"make it new"奏效。從文學史的路徑來看，創作逾五十年的楊牧個案卻因著綿長的創作時空，賦予"make it old"翻譯策略有效的意義。

45 甚或，我們可以因著這種做法本身具備的創意，把make it old當成make it new的一種。

若處理得好，可以通過，就會變成靈思的重要經驗。詩人是儆醒的，因此一再提醒自己。

> 異域先是陰冷呈現在方寸之中，轉而又回到古代，沉悶無歡，是我們死後的異域，何等遙遠，幽冥……[46]

赴古代、異域，甚至是鬼域……那是涉過深淵從死域索要生靈的艱辛旅程，需要專心於目的。

> 紀律，約束我可能導向歧途的幻覺。[47]

> 有一天當孤獨挾其極大的沉默來襲，才會凜然發現人可能就是完全、絕對無助的，除了向你一己之心求援，役使你個人的神志以創造意象來陪伴你，……產生詩的意義，抵抗那無邊的空虛。[48]

那是詩人精神層面「獸」的階段，把自己拋棄在荒野掙扎求生的階段。

46 楊牧，〈抽象疏離　上〉，《奇萊後書》。
47 楊牧，〈中途〉，《奇萊後書》。
48 楊牧，〈設定一個起點〉，《奇萊後書》。

孤獨是一匹衰老的獸
潛伏在我亂石磊磊的心裡
⋯⋯
他的眼神蕭索，經常凝視
遙遙的行雲，嚮往
天上的舒卷和飄流
低頭沉思，讓風雨隨意鞭打
他委棄的暴猛
他風化的愛
孤獨是一匹衰老的獸
潛伏在我亂石磊磊的心裡
⋯⋯
這時，我知道，他正懊悔著
不該冒然離開他熟悉的世界
⋯⋯[49]

49 楊牧，〈孤獨〉（一九七六）。

離開熟悉的世界，爲了理解整體世界的奧秘，離開既有的思維框架，從立體的宇宙，不同的角度，不同的文化、語言來探索世界。

……自然經過我們仰望之餘，便發出一種只可意會的聲音，足以教我們感受其沉鬱、悲憫的心志……更具精神啓示的層面……洗滌凡俗世界的芸芸眾生，包括此刻同行於其中的你我，和山下那頹圮的僧院裡四散不知去向的住持，修士，以及遠方……[50]

以爲犧牲的血肉將與聖徒合一／以思想，體魄，以及謙遜／勵志，無私的奉獻／汝當悔改。[51]

修煉／修行／修道，就文體是修路，就魂魄是悔改，最終指向靈裡與神的合好。人活著不只是用身體，活著的更是靈魂。靈與魂必須在一起才不會神不守舍。而當人在地上活著的時候，總是思念一個更美好的遠方，那個遠方其實是一種靈神合體的狀態。神聖是人魂裡那個洞開的孔缺失的部分，人在地上的日子渴望找回失落的部分，渴望回到靈神圓融合諧的狀態。

50 楊牧，〈中途〉，《奇萊後書》。
51 楊牧，〈一山重構〉，《奇萊後書》。

孔子知悉德行(倫理)是重建秩序，回到宇宙軌道的路，「朝聞道，夕死可矣」一說證明他的把握。屈原辨析的則是美的道路，是獻祭也是愛，愛慕在彼岸的美的眞身。他們有沒有抵達？他們並沒有回來報告一聲。從世俗的角度，從中國思想史或文學史的角度，他們似乎鬱鬱不得志——詩言志之「志」。爲何？很可能因爲他們的時代沒有接受者／讀者從詩的角度詮釋他們，從詩的本質理解他們、閱讀他們。顯然，孔子和屈原都是企圖帶領他們的宗族回到「樂園」的先知者，而和任何時代的先行者一樣，被自己的原鄉人所不信[52]。

屈原行路之中做詩以「自救」，對抗遺忘，也是進行「治療書寫」。

道卓远而日忘兮

……

52 從語言之路來看，承繼孔子的中國詩路，中國文學史裡的Qu Yuan精神走到現代成了阿Q，還在問路，不停的quest，晚近一例有村上春樹的"1Q84"。至於巫，Shaman，可做「不恥下問」，quest精神的延續，「思無邪」和「上邪」(於屈原是「天問」)並無相悖。Shaman，成爲人神之間的橋樑，解決"shame"的問題。按聖經創世紀，始祖吃了知識之果，得以分辨善惡(智慧)，有了羞恥之感，並且躲避神。人神的分離，分離而來的憂鬱自此開始。人渴望、愛慕神的本能與生俱來，愛的原型是神。愛帶來慾望，慾望並不可恥，羞恥感與愛無關，與關係的破裂才有關。然而中國人文系統長久把「因關係破裂而來的罪感」當作「因渴望修補關係一再湧現的愛慾」的罪名，那些獻身復原眞、復原美、復原善的詩人、知識分子因而承受深刻的雙重憂鬱——爲宗族與神之間的隔絕而憂鬱，爲自己與宗族靈性上的無法溝通而憂鬱；其實也就是，因愛而憂鬱。

道思作頌聊以自救兮

……

（屈原〈抽思〉）

楊牧稱讚《楚辭》遭遇到無辜的句子，「忳鬱邑余侘傺兮，吾獨窮困乎此時也。（屈原〈離騷〉）」，感嘆「既不懂那感慨眞確，只知道是失望和挫折吧」[53]。看得出來，是相當理性地在遇見那者之時保持安全的審美距離，並非直接接受。當然，這可能因爲他很清楚自己的目的，「我不能從我專致的神異經驗分心」[54]，顯然秉持著高度專注力，也因爲他在柏克萊接受的理性思維的學術洗禮[55]。從這個角度繼續觀望，楊牧吸取憂鬱與智慧的部分，卻修改憂鬱與絕望的部分。若從「巫」的儀式角度檢驗，則楊牧不敢稍忘自己的工作，即“make it old in order to make it new!”，他必須先經過一些步驟才可以涉到神聖[56]的彼岸。這是附體的「魂」的「悔改」[57]舉證。

53 參楊牧，《奇萊後書》，頁一二四—一二五。

54 楊牧，〈一山重構〉，《奇萊後書》，頁七三。

55 楊牧認爲「柏克萊精神」是一種講究實際的精神。與其閉門痛哭，上吊跳海，不如奮鬥，……爲熙熙攘攘的群眾提供智慧的判斷……。《柏克萊精神》（台北：洪範，一九七七），頁八七。

56 楊牧應該一直都有把儒學放在心上的，在〈雨在西班牙〉一文中以「孔門弟子也強調虛心和謙讓，以惕厲人格修養」提醒自己。見《奇萊後書》，頁一〇一。其詩作〈延陵季子掛劍〉亦刻意與孔門接軌，談到一種狀況，「一個人在怎麼樣的時候，爲了一個不足爲人道的甚麼原因，選擇（按：出走）去到一個地方。」

楊牧鬱鬱而得志的秘訣很可能就在於他有不同的思路，不同的身分，不同的境界，也就互相給予了「靈魂的出口」。所謂分辨善惡的知識，可以因文化立場、身分位置或視野的角度而形成諸多可能[58]。此外，詩人可以選擇在特定時候以不同的角色發言，給出那些被讀者期待的，而本質的部分保留給自己的心[59]，也未嘗不可並行不悖。如此，大致可規避因累積太多挫折而墜落深淵的試探。

我們可以看到詩人既介入社會而又保持內部旅程線索的詩例。

有人問我公理和正義的問題
在一封縝密工整的信上，從
外縣市一小鎮寄出，署了
眞實姓名和身分證號碼

（續）〈抽象疏離下〉，參頁二三四、二四〇。〈延陵季子掛劍〉一詩或與因其師陳世驤猝逝而來的情懷有關。

57 有關悔改，詩人嘗以實（肉身）寫虛（精神）刻劃之，見《奇萊後書》，頁七一—七二。

58 例如，即便詩人心靈最隱秘處注重的是長遠的詩與思的語言文字存在的生命，在面對當代時，卻可投射相對短暫的「史」的徵象，這並不矛盾，也同時讓詩人不必自外於歷史現場。而且，「史」的符碼與這個大宇宙的秩序是可相融的，從中也可以檢驗人性的「公理」。

59 詩人似乎習慣先出版詩作，再以散文釋放詩歌裡的某些密度。而其散文常常帶有學者的口吻，讓讀者比較可以理解，這事實上可視爲詩人與當代對話的處理方式，於心理多少有化解鬱悶的作用。

年齡（窗外在下雨，點滴芭蕉葉
和圍牆上的碎玻璃），籍貫，職業
（院子裡堆積許多枯樹枝
一隻黑鳥在撲翅）。他顯然歷經
苦思不得答案……
……
單薄的胸膛裡栽培著小小
孤獨的心……
……
窗外的雨聲越來越急
……
甚至完全不象徵甚麼
除了一顆猶豫的屬於他自己的心
有人問我公理和正義的問題
這些不需要象徵……
……
段落分明，歸納爲令人茫然的一系列

質疑。

……
在枯枝上閃著光。這些不會是
虛假的……

……
信紙上沾了兩片水漬，想是他的淚
如牆腳巨大的雨霉，我向外望
天地也哭過，爲一個重要的
超越季節和方向的問題，哭過
復以虛假的陽光掩飾窘態

……
我許久未曾聽過那麼明朗詳盡的
陳述了，他在無情地解剖著自己：
籍貫教我走到任何地方都帶著一份
與生俱來的鄉愁，他說，像我的胎記
然而胎記襲自母親我必須
承認它和那個無關

……

作證，能推論，會歸納。我從來

沒收到過這一封充滿體驗和幻想

於冷肅尖銳的語氣中流露出狂熱和絕望

徹底把狂熱和絕望完全平衡的信

禮貌地，問我公理和正義的問題

……

寫在一封不容增刪的信裡

我看到淚水印子擴大如乾涸的湖泊

濡沫死去的魚族在暗晦的角落

……

他沙啞的聲調，他曾經

嚎啕入荒原[60]

狂呼暴風雨

計算著自己的步伐，不是先知

---

60 巧合的是，其恩師陳世驤去世和艾略特《荒原》原稿出版發生在同一年。

他不是先知，是失去嚮導的使徒……

（楊牧〈有人問我公理和正義的問題〉）

這是眾所週知叩問社會公義的一首詩。但是，隔開時空抽象而讀，我們可以讀出，這也是詩人寫給自己的一封信，是某種先驗與記憶交織的內心獨白，關於現實與徵象、秩序、言說或心靈[61]。我們可以察覺，因爲長久川行古今中外的路上，詩人和作爲人的現實生活的關係總是若即若離。上面那首詩已經算是他比較趨近「現實」的一次，卻也不盡然「現實」。

……在覺悟不覺悟之間，猶深陷一種憂鬱，落寞的情緒，正是不認識自己，更不認識週遭一切的時刻……混淆無止的感官，不相干的直覺，無力地加以承受，和拒絕。這樣就算是醒來了，……首先我確定已經脫離了完全不能自制的狀態，而正開始進入一種可以感知，可以聯想，甚至可以回憶的，生命的階段。我的體能是確定已經恢復，屬於我自己了。[62]

憂鬱，人甦醒的標誌，那是「獸」回歸於人的狀態。而可能剎那又已經撲向心靈的飛翔，神思的

---

61 「必要時可迫使文字爲我脫節，移位，教它轉變爲我自己意念表達之用；不以辭害意，何妨以意害辭？」〈中途〉，《奇萊後書》，頁三八九。楊牧遣詞用字的策略在這個脈絡裡一覽無遺。

62 楊牧，〈鼬之天涯〉，《奇萊後書》，頁三〇九。

搜尋……

那裡，太陽提早從海面升起，迅速將萬頃浩瀚照亮，無窮盡的箭矢朝不一致的方向疾飛……一整幅廣大的天幕裝滿了神聖的光彩就在你分神的剎那忽然外溢，傾瀉到谷裡……其實午牌方過，我們的太陽竟靦腆放慢了腳步，在遽爾拔高的大山上方逡巡，彷彿也有些猶疑，前後踟躕，直到未時中段，才果決地超越一些……且將列山龐大的影一一拋擲在這邊地表，我的樹木於是紛紛把眼睛閉起來，埋沒他們燦爛清揚的顏色，沉入一天最傷痛的時刻，令人不忍，收斂的神態。「是花蓮嗎？」[63]

是花蓮的童年和少青年的感官經驗召喚詩人對山風海雨的嚮往和追求，讓他從視覺經驗進入符號經驗的追求，翻譯濟慈的憂鬱風暴，繼而遭遇方塊字裡屈原的憂鬱亡靈、渴想靈之為物，遭遇拉丁語系裡莎士比亞的精靈，研究呼風喚雨的方法[64]；對詩人來說，巫術之靈和莎士比亞的劇本是相通的[65]，兩者從東西方雙文化合作，二人同工，仁者亦巫者，衣飾也，秩序也。三個口正是詩人三種身分的發言，三

---

63 楊牧，〈詩人穿燈草絨的衣服〉，《奇萊後書》，頁一三—一四。
64 〈暴風雨．後序〉裡，詩人提及「埋首研究呼風喚雨的法術」的想像。《暴風雨》，頁二七〇。
65 楊牧治「華文英國文學」成果《英詩漢譯集》全集以華采衣兮若英，楚辭——〈雲中君〉起興，似有宣佈「打通英漢雙系統」妙喻。楊牧編譯，《英詩漢譯集》（台北：洪範，二〇〇七）。

一律之存在。巫者呼風喚雨以召鬼神，詩人呼叫精靈，兩者皆通靈者[66]。

事實上，通「靈」是詩人與大自然聯繫、合好的方式，與英國文學大宗浪漫流、象徵流詩人的泛神信仰不謀而合。「舉目盡是調調與刁刁，最原始簡單的形象，神似。有人視而不見。」（楊牧〈誰謂爾無羊〉）這與聖經羅馬書第一章所記，「自從造天地以來，神的永能與神性是明明可知的……藉著所造之物就可以曉得……」相通，也是眞與美與善與宇宙規律一致的實底。有了這一層把握，詩人其他貌似直指宗教的喇嘛轉世、基督信仰[67]的話題都不太像是從實招來[68]，而更可能是乘虛而入的筆法。但我們還是可以取其選擇的框架而認爲，在對「鬼／靈／神」的尋求上，詩人對人追求神的通靈說、靈魂輪迴的轉世說、以及神尋找人的拯救說皆有所思索。

這光彷彿是失而復得的福音。也許不是……[69]

---

66 楊牧曾提到一些與巫術的因緣際會，譬如在書店裡《九歌之巫法研究》這本書忽然出現面前，在某個地點遇見「一架專講巫術祭法的書……」，見〈蜘蛛蠹魚和我〉，《奇萊後書》，頁二九九—三〇〇。而「喚雨」確有其事，猶太朋友對他示範過，從印第安人那邊學來的「喚雪」方法（雪即是（凝結的）雨），見〈愛荷華〉，《奇萊後書》，頁二六一—二六二。

67 〈神父〉一文提及一位神父一直提醒他（他也就一直記得）「你要多想念耶穌」。筆者認爲這很可能包括「要多想念信仰、傾聽、隱喻和犧牲」。《奇萊後書》，頁一五二。

68 因爲就藝術創造的要求來檢驗，這樣做不算有新意。

69 楊牧，〈奇萊後書跋〉，《奇萊後書》，頁四〇〇。

這樣的醒悟既是神人之愛的合好、靈的復甦，也是文明的重返。

> 然後，就在我們漸漸步入另外一個習慣於和時間對立，有時恨不能將它遺忘以堅持神秘的創造力，那樣一個充滿危機的階段[70]
>
> 以那些書指涉到的歲月為起點，從童稚的想像開始，就出入於文字的形音與義，不斷嘗試為過去的遭遇和現在的思維下定義，似乎已經在時間的隙縫中編織了張張或疏或密的羅網，無端將自己困守住了。但反過來看，書寫這件事其實也還可以說是我們努力衝刺，從鬼神的束縛解脫的動作……[71]

因為停止創造就是力之消解，是消亡，因此，這樣的迴旋過程必須不停地一再開始，一再結束，開始就是朝向結束，結束就是朝向新的開始的再次開啓。

這樣，相當清楚地顯示出，從群體角度來看，當年的愛荷華寫作計劃折射出來的是文明的華夏支流，是一種觀照的開啓，並不輕易只是一種現世意義的「文學革命」，若是革命，則改革的是

---

70 楊牧，〈設立一個起點〉《奇萊後書》，頁五。
71 楊牧，〈奇萊後書跋〉，《奇萊後書》，頁四〇一。

civilization的命。原來，風雅頌在於語言文字，不在地理劃分，其與拉丁語系的民謠、頌詩、禱歌並不相悖。而如今長存的有信、有望、有愛，其中最大的是愛(聖經)，可淨化昇華(catharsis)，可改革命運。風騷(文學)到了張愛玲[72]的中文創作體系那裡，揭示爲「生命是一襲華美的袍，爬滿了蚤子」，似乎還未找到通路，而停在「沒有光的所在」[73]。

楊牧走上「沒有走的路」，選擇「離開熟悉的地方」，去歷經漫遊超越現實時空的異[74](跨語言，跨文化，跨境界)文學時空，等於是另做一件新衣，專心致志地編織整齊、結實、美好，以愛和紀律。我們隱約可以感應到，大約這樣的一種「靈魂的出口」，通向「有光的所在」，永存的「言之寺」，文明的環宇，其中關系三一律，關系專注傾聽的奧秘，音波，光譜，神韻，關系參與創造的喜悅。

我隱約聽見偉大的號角在調音試聲……[75]

---

72 在〈翻譯的事〉一文，楊牧提到與張愛玲在翻譯的事上的淵源，等於在同一個譜系出發。楊牧，《譯事》(香港：天地圖書，二〇〇七)。

73 值得思慮。因爲張愛玲作爲一位成名作家，其實是從英文寫作出發，後來才「回」到中文寫作的系統經營她的寫作生涯。此事或只能視之爲文學家在文學史的階段性任務，一種揀選。張愛玲晚年未發表的書信日記回憶錄以英文寫就，有可能是她冀望擺脫「生命的袍」上爬滿的「蚤」的努力。

74 make it different,除了表示不同，此不同／異也可以是靈異與神異。

75 楊牧〈《海岸七疊》詩餘〉一文。《楊牧詩集II》，頁五二二。

那時我便爲你寫一首
春天的詩，當一切都已經
重新開始——
那麼年輕，害羞
在水中看見自己終於成熟的
影子，我要讓你自由地流淚
設計新裝……

Da werde ich für dich ein Gedicht schreiben,
ein Frühlingsgedicht, wenn alles längst
von neuem beginnt -
So ein junger, schamhafter Schatten,
der seine Reife schließlich im Wasser
schaut. Ich mag dich bewegen, frei Tränen zu vergießen,
ein neues Gewand zu entwerfen…… Y.M/ Übers.: W.K

而詩人在中途，還在編織，還在路上，在“make it new”的路上。

讀楊牧《鐘與鼓》及其《詩經》研究

許又方（東華大學華文文學系）

當我們致力於限定吾人批評範疇的形式研究時，看似窄化了文學批評的定義；但事實上，我們正在擴展比較文學這門學科的領域。

——王靖獻（楊牧）

It seems that we are narrowing the definition of literary criticism, but in fact we widening the field of a discipline, comparative literature, by devoting ourselves to the study of form which defines our critical capacity.

By C. H. Wang

《鐘與鼓：《詩經》的套語與詩歌口述傳統》（*The Bell and the Drum: Shih Ching As Formulaic Poetry In An Oral Tradition*，以下簡稱《鐘與鼓》或*The Bell and the Drum*）出版於一九七四年（University of California Press），翌年國內即有宋穎豪及陳慧樺兩位先生撰文迻介[1]，陳文尤其充分掌握了楊牧此著的要點，以致看似後人已難再贊一辭。不過，由於宋、陳二文的評述僅止於《鐘與鼓》，未及楊牧其它的《詩經》論著，遂令吾人得有狗尾續貂之可能。本文希望站在前輩學人研閱有成的基礎上，精讀楊牧的《詩經》研究論述，勾勒其要義、闡發其創見，並申論其學術貢獻。

一、《詩經》的套語與口述傳統

《詩經》有一個特色，借裴溥言的話說，就是「多相同句」[2]，例如：《小雅・出車》四章：「昔我往矣，黍稷方華；今我來思，雨雪載塗。王事多難，不遑啓居；豈不懷歸，畏此簡書。」其中「昔我往矣」句，同時見於《小雅・采薇》及〈小明〉；五章：「喓喓草蟲，趯趯阜螽。未見君子，憂心忡忡；既見君子，我心則降。赫赫南仲，薄伐西戎。」則前六句幾與《召南・草蟲》完全相同。至於六章「春日遲遲，卉木萋萋，倉庚喈喈，采蘩祁祁。執訊獲醜，薄言還歸。赫赫南仲，玁狁于夷。」一、四句同見於《豳風・七月》；第五句《小雅・采芑》亦見；「薄言還歸」則與《召南・采蘩》三章末句相

1 兩篇專文分別是：宋穎豪，〈試評「鐘鼓集」〉，《幼獅文藝》四一卷四期（一九七五年四月），頁六八—七八；陳慧樺，〈套語詩理論與「鐘鼓集」〉，《中外文學》四卷三期（一九七五年八月），頁二〇八—二二一。

2 參見裴溥言，《詩經相同句及其影響》（台北：三民書局，一九七四，一九八八），頁一。

同；至於「赫赫南仲」句，〈出車〉第三、五、六章共重出三次。這種相同句子分見不同詩章(篇)的情形，過去或慣稱爲「陳言」、「成語」(stock phrases)，楊牧則命之爲「套語」(formulas)[3]。

往昔學者或因受限於傳統「詩教觀」，研究《詩經》時往往著力於「微言大義」的闡發，而不太關注形式問題，因此除了少數眼光銳利者(如王引之、王國維、Authur Waley及陳世驤等)曾以「套語」思考某些問題外，多數人對上述詩句重複的套式現象幾乎不贊一辭，甚至刻意忽略了因此而形成的詩意「不一致性」(inconsistency)——例如〈出車〉第四章明言「雨雪載塗」，第五、六章卻都在描述春天的景象，以致遇到詩中描述的時令、場景與全詩「語境」顯有扞格的情況時，只好用迂迴曲折的方式加以詮釋，像歐陽脩解讀《小雅・出車》第六章般[4]。楊牧認爲，若「不涉論『成語』的存在，吾人將無法解決時序混淆的問題。」(Without Referring the existence of stock phrases, we would not be able to solve

3 C.H. Wang, *The Bell and The Drum: Shih Ching As Formulaic Poetry In An Oral Tradition* (Berkeley: University of California Press, 1974), p. 14.

4 參前揭書，p. 9。按：裴溥言在其所著《詩經相同句及其影響》中，亦曾簡要說明古人看待《詩經》句式重複的態度，如宋人趙孫舉《邶風・谷風》及《小雅・小弁》均有「毋逝我梁」四句，但僅視之爲「古之遺言」；清儒姚際恆注意到《豳風・伐柯》及《齊風・南山》皆有「匪媒不得」，亦只認爲係「當時習語」。最具代表性的是宋代學者王柏，他曾著《詩疑》，對《詩經》中凡有疑問處均不放過，就前述「毋逝我梁」句式重出的問題，他認爲：「〈谷風〉以夫婦相棄，故有『毋逝我梁，毋發我笱，我躬不閱，遑恤我後』之句。〈小弁〉之怨，乃以此四句綴于後，即與前意不貫，亦非所以戒父母也。必漢儒妄以補其亡耳。」他注意到詩句重複的現象，卻直斥爲後人妄補，未能進一步考慮可能存在的詩歌創作方式，未免可惜。以上參見：裴溥言《詩經相同句及其影響》，頁七二—七三。

the problem of the time confusion,...)[5]換言之，「套語創作」是引發意詩不一致性的主因，其為《詩經》創作的基本技巧，並且是「口述詩歌」(oral poetry)重要的表徵，而若要完全領會一首詩的意義，也絕不能忽略此一形式要素的分析，因為它同時具有將「主題化」意涵引進詩意結構的功能。此外，透過對《詩經》套語襲用狀況的觀察，許多存在《詩經》學研究領域的爭論－諸如「興」的定義、詩與樂的關係及成詩年代等問題，都能獲致一定程度的釐清。凡此皆為《鐘與鼓》一書著意關注的重點。

何以說「套語化創作」是「口述詩歌」的重要表徵？這是美國學者彌爾曼・培里(Milman Parry)研究荷馬(Homer)史詩所得到的結論，他指出：「文學之所以區分為兩大類，並非緣於兩種文化，而是因為有兩種形式：一是口述的，另一是書寫的。」(That literature falls into two great parts [is] not so much because there are two kinds of culture, but because there are two kinds of form: the one part of literature is oral, the other written.)，而古代詩歌的基本性質就是口述，其主要的語言特徵則為「套語化與傳統性」(formulaic and traditional)。[6]根據培里及其追隨者羅爾(Albert B. Lord)的接續研究，口述詩歌的套語化主要體現於三種創作模式：一是「習語」的襲用，如同前述《詩經》許多相同句子出現在不同詩章(篇)的情形；二是「套語系統」(formulaic system)之建立，它將許多不論意指(thought)或字詞(words)都十分接近、且具相同制式化功能(metrical value)的句子組合成一個可隨意置換的模式(substitution

5 同前注。
6 前揭書，pp. 15-16。

pattern)，行吟詩人只要記住這個模式的語詞替換程序，便不需要熟記過多的單一套語。例如南斯拉夫詩歌中，u Puilipu(in Prilip，在普里利)這個句式，只要任何一個城市名稱具有「與格」(dative)、且係三音節，均可用以替換Puilipu——不論是u Stambolu、u Travniku或u Kladusi皆然。又如a u dvoru(in the castle，在城堡中)可以用來置換a u kuli(in the tower，在高塔裡)或a u kuci(in the house，在房子內)，它們可以公式化為：

kuli dvoru kuci
a u

這就是所謂的「套語系統」。[7]

第三，「主題」(theme)創作。指在詩歌中經常反覆出現的事件、場景或具描述作用(descriptive)的段落。例如馬貢二世(Francis P. Magoun, Jr)所揭露的「戰場禽獸」(Beasts of Battle)主題：「伴隨屠殺場面而提及的狼、鷹與(或)渡鴉等禽獸。」(the mentions of the wolf, eagle, and/or raven as beasts attendant on a scene of carnage.)他自古英文詩中羅列了十二個述及此一主題的章句，並歸納出一個規律：一旦涉及或暗示(allude)戰鬥，詩的吟誦者便立刻提到「禽獸」，目的是「渲染戰爭場面」(embellish a battle-scene)[8]。楊牧則進一步參酌其他古英詩研究者的意見，認為除了渲染戰爭場面外，提到禽獸同時可以

7 以上參見Albert B. Lord, *The Singer of Tales* (New York: Atheneum, 1970), pp. 35-36.
8 見*The Bell and The Drum*, p. 20.

激化詩中複雜而多樣的氣氛，並引發聽(讀)者的「制約式反應」(to elicit a conditioned response)，觸動「聯想之聚合」(totality of associations)[9]。換言之，這些鳥、獸並非詩人親眼所見而被寫入詩中，而係以一種「格式化」的功能視詩意的需要而隨時被提及以加強詩歌的美感經驗，具有「非寫實」(lack of realism)的特性。大致而言，「主題」式的創作在基本原理上與「套語」相仿，同爲即席創作的詩人「記憶的手段」(mnemonic device)之一；不同的是，套語通常依循「詩律－句法」(metrical-grammatical)以構成詩句，主題則引導詩人的思維在快速的創作過程中構築「神話」(或譯「秘思」，myth)——以形成更大的結構[10]。

這三種情形在《詩經》中均具體可見，第一項尤可視爲「口述」特值的基本指標。過去歐美學者對重複出現的「套語」究竟要占一部詩歌的多少比例才能算是「口述」的標準有不同的看法，這主要是因各家界定套語的定義有別所致。爲了更具說服力地闡明《詩經》的口述傳統，楊牧採取了最嚴格的標準：只有同時出現於不同詩篇或詩章的句子，諸如「悠悠我思」及「慆慆不歸」之類(楊牧稱爲「全句套語」whole-verses formulas)，才列入他的統計範圍[11]。依此，他做成一個簡明的圖表：

---

9 同前註。

10 前揭書，p. 22。「聯想聚合」則參p. 125。

11 《鐘與鼓》將六種情形歸納爲套語：一、在數首詩裏重複出現的詩句；二、在同一首詩中重複出現的詩句；三、長度雖有差異，但其在語意上卻可相通的句式，如「我心傷悲」與「我心傷悲兮」；四、僅感嘆詞不同的句式，如「乃如之人兮」與「乃如之人也」；五、書寫上有差異，但意指相同，如「憂心殷殷」與「憂心慇慇」；六、詩句有若干字不同，但整句意指卻相同者，如：「云何其憂」與「云何其盱」。唯

《詩經》套語分析

類型	詩句數	全句套語	比例
國風	二六〇八	六九四	百分之二六點六
小雅	二三二六	五三二	百分之二二點八
大雅	一六一六	二〇九	百分之一二點九
頌	七三四	九六	百分之一三點一

總計上表，《詩經》共計七二八四句，而全句套語占一五三一句，比例約爲百分之二一，剛好符合Joseph J. Duggan所揭示的百分之二〇標準[12]。對照西方套語研究的成果，這個比例對楊牧而言，已足夠說明《詩經》所具備的口述創作特質(《國風》與《小雅》尤其明顯)。

第二項「套語系統」部分，楊牧以《詩經》常見的「言采其X」句型爲證，亦能充分對應之。且經由

(續)———

12 在統計《詩經》套語比例時，爲求愼重，他僅以符合前二項標準者爲依據。參見前揭書，pp. 41-42。前揭書，pp. 45-46。比較起來，裴溥言的統計要較楊牧寬鬆許多，依其標準，則《國風》中「相同句」的百分比高達百分之三〇；《小雅》更高，達百分之四四；《大雅》爲百分之一六；《頌》詩則分別爲百分之七(周)、百分之二(魯)及百分之一(商)。參見：《詩經相同句及其影響》，頁四五—四六。而事實上，楊牧也提醒讀者，若據Hainsworth分析荷馬史詩套語的標準，或依Watts的作法，將句式及文法結構類似的語詞也視同套語，那麼《詩經》套語的比例將至少高達百分之三〇。此見：*The Bell and The Drum*, p. 47。

《詩經》「套語系統」的建立，《鐘與鼓》進一步修正並闡明了羅爾在《故事歌手》（*The Singer of Tales*）一書中所提出定義十分模糊的「套語式語句」（formulaic expressions）的意涵。原本羅爾企圖以這個名詞來表示「根據套語範式所構成的一行或半行詩」（...a line or half line constructed on the pattern of the formulas）[13]。但何謂「範式」（pattern）？羅爾並沒有言明。楊牧於是透過對《故事歌手》中的舉例與其它論述的判斷，認定所謂的「套語式語句」乃是指「套語系統」再加上一部分口述文學特徵——或如「套語群」（the cluster of formulas）[14]——所形成。若借用《詩經》「套語系統」靈活運用的情況，那麼羅爾所揭示的名詞將更清楚，例如：由「之子」衍生的「之子X」、「之子于X」及「之子無X」等連結，圖例如下：

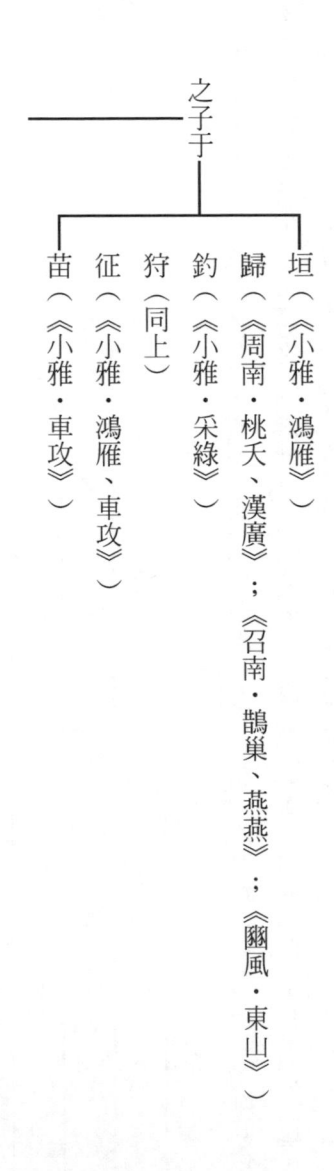

之子于
- 垣（《小雅・鴻雁》）
- 歸（《周南・桃夭、漢廣》；《召南・鵲巢、燕燕》；《豳風・東山》）
- 釣（《小雅・采綠》）
- 狩（同上）
- 征（《小雅・鴻雁、車攻》）
- 苗（《小雅・車攻》）

13 *The Singer of Tales*, p. 4.

14 所謂「套語群」，係指經常一起出現的一組套語，如《小雅・出車》後三章。羅爾認爲「套語群」是口述文學的表徵之一。參見*The Bell and The Drum*, p. 53.

無
- 歸（《召南・江有汜》）
- 裳（《衛風・有服》）
- 帶（同上）
- 服（同上）
- 良（《小雅・白華》）

這個套式系統源於一個固定的詞組「之子」，並因此而派生出「之子于X」及「之子無X」的套語系統，那麼「之子」即可視爲「套語式語句」。若再考量其與「彼其之子」、「彼留之子」、「必宋之子」等句的關係，則「之子」就具文法學上「獨立屬格」(genitive absolute)的性質[15]。

至於第三項，《鐘與鼓》書中專列了一個章節討論之，並透過對「山谷」、「泛舟」及「鶯鳥」等主題或子題(motifs，或譯爲「母題」，指次於主題的意象構成單元)的分析，深入說明「主題」是《詩經》創作重要的技巧之一，它並與學者爭論不休的「興」密切相關(後文將有論述)。

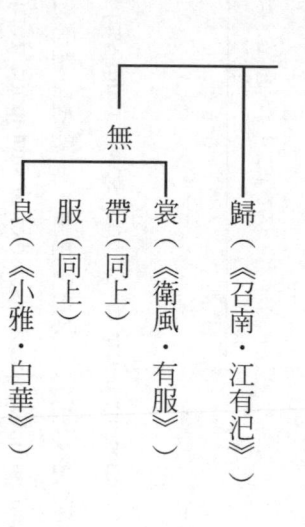

二、套語創作的「過渡時期」

15 參見前揭書，p. 51-52。

借用套語理論，使楊牧有機會揭示過去學者慣於忽視的《詩經》形式特質，並因此發現許多值得重新檢討的問題，其中有關於《詩經》學史的，也有關乎套語理論的。先就後者來說，前所言及關於「套語式語句」的修正即是顯例。此外，培里及羅爾所開發的理論，原本係用以探討西方史詩(敘事詩)，如何將之應用於體裁及韻律截然不同的中國古代抒情詩，無疑是個挑戰。對此，楊牧仔細檢討了西方學者應用套語理論研究荷馬史詩以外——諸如頌歌、聖詩——所得到的成果與所遭遇的問題，並藉以反思《詩經》運用套語分析的可行性。由於韻律形式與文化背景的差異，研究古英語詩歌的學者，如Creed之考察《貝爾武夫》(*Beowulf*)，遂不得不更改培里對套語的經典定義。楊牧認為，將理論運用於研究不同文化背景的詩歌，引發了新的概念，批評的方法與視野也因而得到擴展，因此，「應用同時也是修改。」(The critical act of application, in fact, is an act of modification.)[16] 依此認識，楊牧也在審慎考慮漢語特性及《詩經》的句法結構後，對培里的套語定義做了改變：將「被規律地使用於相同的韻律型態，以表達一既有之基本意念的一組文字。」(a group of words which regularly employed under the same metrical conditions to express a given essential idea.)調整為「由至少三個字所形成的一組表義單元，其在相似的韻律型態下，重複出現於一首或多首詩中，以表達一既有的基本意念。」(A formula is a group of not less three words forming an articulate semantic unit which repeats, either in a particular poem or several,

16 前揭書，p. 24, 26。

under similar metrical conditions, to express a given essential idea.）[17]

我以爲，楊牧的作法頗值得晚近習於借用西方理論詮釋中國文學的學者參考：理論的應用不能在完全不考慮文化差異的狀況下生吞活剝，不能僅片面粗識其梗概便全無保留地支使於原本與之毫不相干的文學系統裡。《鐘與鼓》幾乎花了一整章的篇幅詳盡討論套語理論在西方被開發、應用、修正的歷程，然後才極其審愼地移植到《詩經》的研究上。而在「移植」的過程中，套語理論獲得了進一步的發揚與修潤，使其更形完整而普遍可信，這是楊牧對這項理論的貢獻，也是比較文學「借彼彰此，而彼愈彰」的眞義所在[18]。

回歸前論。如吾人留意楊牧對《詩經》所做的套語統計，不難發現《大雅》與三《頌》的比例僅有百分之一二至百分之一三（若分別計算，則《周頌》百分之一五點一；《魯頌》百分之一六點八；《商頌》百分之二點六）[19]，遠遠低於百分之二〇的標準，那麼是否表示這兩類的詩並非口述的？而《小雅》與《國風》就全然都是口述詩歌？套語化程度眞的是判斷詩歌創作方式的唯一法則？楊牧當然注意到這個問題，而它正好可用來參照西方學者迭有爭議的「過渡時期」（transitional period，此處借用陳慧

17 前揭書，p. 43。

18 楊牧曾指出，「現代比較文學應該強調的是文學間共同（或不同）特徵的揭發和思考，以引導出某一文學理論的建立，進而了解兩種或三種文學的特殊精神——不論其爲和諧或爲衝突都一樣可貴。」從套語理論之引進《詩經》研究來看，其既「引導出某一文學理論」，並且令學者見識到東西方詩歌在格律及表現技法上的異與同，大抵已符合楊牧自己設下的比較文學內涵。引文參見：楊牧，〈衣飾與追求〉。收入《失去的樂土》（台北：洪範，二〇〇二），頁二二五—二四二。

19 參見 *The Bell and The Drum*, p. 48.

樺的翻譯)主張。

現存古代盎格魯薩克遜詩作中發現有詩人賽尼武夫(Cynewulfian)的古北歐字體簽名；馬貢二世的學生戴蒙(Robert E. Diamond)也在分析《耶穌2》(*Christ II*)、《愛倫娜》(*Elene*)、《茱麗安娜》(*Juliana*)與《使徒命運》(*Fates of the Apostles*)時發現這些顯然都是書寫的作品「均以傳統套語格式創作」(they were composed in the traditional formulaic style.)。馬貢二世於焉揣測古英文詩歌曾經歷一個「過渡時期」，當時詩人「口述自己的詩給自己、或給他人聽」(dictated his poems to himself, as it were, or to another person.)，以致同時存在「口述」與「書寫」兩種創作方式。但這個論點卻引發若干學者的質疑，他們因而認爲「套語創作」未必如培里等人所倡言，是口述詩歌的準則，反而有更多證據表明，不少套語化程度極高的作品，其實是出自擅長用書寫創作的古代詩人之手[20]。

《詩經》中是否存在如同古英文詩歌般的「套語書寫」問題？楊牧以《小雅》、《大雅》中各二首明顯提到作者的詩爲例——分別是〈節南山〉(家父)、〈巷伯〉(寺人孟子)及〈崧高〉、〈烝民〉(均爲吉甫)。他認爲，這四首應屬書寫創作的詩均明顯受套語化影響[21]，而且時代大致都在西周晚期，因此推論此時期或即中國古典詩歌的「過渡時期」，此時期的文人作者，尚未意識到「原創性」

---

20 以上參見前揭書，pp. 26-27。

21 實際統計這四首詩的「套語」數，〈節南山〉與〈巷伯〉均僅一句；〈崧高〉則有二句，〈烝民〉最多，計十一句。

(originality)的必要，因而經常借用專業歌手口語創作時所擅長的套語模式[22]。唯若要確定這個主張，必須先證明《詩經》具有口述詩歌的特質，且不宜僅根據「套語化」的程度來判斷，因為這將陷入「循環論證」的矛盾中。這不啻是個棘手的問題，因為並無太多證據可以確認這部被公認為中國最早詩歌總集的經典來自口頭創作。從外證來看，雖然《漢書・食貨志》提到古代有「振木鐸徇於路」、顯然是向民間采詩的官職；何休也認為「男女有所怨恨，相從而歌，飢者歌其食，勞者歌其事。」[23]因而提供了居上位者理解民俗輿情的憑藉；孟子所謂「王者之迹而詩亡」，清人宋翔鳳認為「迹」當作「迈」，即《說文》所謂的以「木鐸記詩言」的「古之遒人」，但詩是否必然采自於民間，仍是個極具爭議的問題，與孔子是否曾經刪詩的公案一樣難解。比較可行的辦法似乎是從「內證」部分尋找可資推敲的蛛絲馬跡，而這經常是《鐘與鼓》論證的基本方法。比較值得留意的是，楊牧提出幾首明顯屬於宴飲場合的詩，如〈鹿鳴〉、〈四牡〉、〈皇皇者華〉、〈魚麗〉、〈南有嘉魚〉及〈南山有臺〉等，其標題都是十分「套語化」的(它們均是詩句中一再重複的套語或套語化語詞)，這似乎顯示這些詩均是依其既有的曲調(tunes)，應用套語及主題口頭創作而成。而且，在現存《詩經》中，尚有六首詩「有目無辭」，楊牧認為這些也是曲調的標題，而非特指哪一首詩[24]。此外，在實際分析某些詩篇時，楊牧仍不忘提出若干《詩經》口述創作的跡證，例如在討論《齊風・南山》一詩後，他確信此詩是為了歌唱而即興寫就，

22 參見 *The Bell and The Drum*, p. 87.
23 見何休，《公羊解詁・宣十五年》，《十三經注疏本》(台北：藝文印書館，一九八三)，頁二〇八。
24 前揭書，pp. 29-30。

並可能是依仿原始群歌(primitive communal singing)方式而成[25]。又如《召南・采蘩》：「于以采蘩，于沼于沚。于以用之，公侯之事。」「于」字具有「綰合動詞」(junction-verb)的功能，將事物依次序作了統合，此爲套語詩歌常可見的形式。而本詩與《詩經》中多數詩歌一樣，都具有「堆垛」(adding)、「冗贅」(pleonasm)等風格，更是口述套語詩歌的特性[26]。

就某種程度而言，我認爲楊牧已清楚呈現了《詩經》的口述特質，至少他所提出自音律層面思考詩之本源的觀點令吾人相信《詩經》在完成文字記錄前，曾經有過「倚聲而作」的口傳階段；但我也不得不承認必然仍有學者會堅持上述「內證」的說服力仍嫌不夠。或許楊牧本身亦清楚這一點，以致當他在自序中提到《詩經》的口述特質時，只說是「可想見的」(conceivably)；至於《詩經》的「套語化」，則肯定是「明確可證的」(demonstrably)[27]。

暫略去口述與否的爭辯，透過「明確可證」的「套語」化現象的觀察與統計卻對過去許多與《詩經》相關的問題極具啓發性。例如：楊牧分析三《頌》的套語比例，發現《商頌》的「全句套語」最少(僅四句，其中只有二句與其它詩篇有關)，僅占百分之二點六(《周頌》百分之一五點一；《魯頌》百

---

25 參見前揭書，p. 73。楊牧指出，詩人用不具實際指涉意義的「南山」，及完全不符時節的「葛履」入詩，即是口述文學最重要的二種特徵，前者稱爲「欠缺對實際所指的詳述」(lack of specification in actual reference)；後者則是「欠缺寫實性」(lack of realism)。

26 前揭書，p. 57。

27 原文是："It is conceivably oral, and demonstrably formulaic." 前揭書，p. x.

分之一六點八），這或顯示其詩句被刻意重寫，證明現存的《商頌》在時代上遠較《周頌》、《魯頌》為晚，在魏源《詩古微》的考辯外又提出另一條證據。那麼〈周〉、〈魯〉二頌的時代是否也可用套語化的統計看出端倪？楊牧特別從「各類詩詩句重複」及「各類詩特有之全句套語」的比例來觀察，數字顯示《魯頌》重複出現的句子比例遠高於《周頌》（百分之一一點九與百分之二一點〇七）；至於代表某類詩的「方言化」（vernacular）與「口傳化」（oral）程度的「各類詩特有之套語」比例（比例愈低，表示其口傳程度愈高，亦即愈通俗、流傳愈廣，《國風》的比例最低，為百分之六點〇五），《魯頌》為0，《周頌》則為百分之一九點六。換言之，《周頌》雖有明顯的「套語創作」痕跡，卻擁有各類詩中最多不為人知、或不被借用（utilized）的全句套語，而《魯頌》則明顯極其通俗化。楊牧認為這些統計顯示《周頌》的時代早於《魯頌》，且與其把它與《周頌》歸為同類，不如將其歸於其他類別[28]。數字同時也讓我們看到《魯頌》在「各類詩詩句重複」部分的比例與《國風》、《小雅》相當（百分之一〇點八及百分之一一點六），若再考慮其風格亦接近《國風》與《小雅》「清楚明確」（manifest）的調性，卻有別於《周頌》的「緩慢」、「莊嚴」（solemn），對其成詩年代就更具參證價值了[29]。

三、「主題」與「興」

28 前揭書，pp. 48-50。

29 《魯頌》計四篇，彼此之間並無「套語」，但與它類詩篇則有六句相同，分別是與《國風》一句；與《小雅》二句；與《大雅》一句；與《周頌》二句。

從文學原理來看，「形式」與「內容」基本上是無可分割的。「套語」的襲用既造成《詩經》在詩體結構上的特殊形式，其允爲詩義脈絡組織之關鍵元素殆無可疑。簡言之，當詩人即席而歌時，其將大量套語引入某首詩中，並不僅在於滿足韻律(形式)上的要求而已，乃同時有著意指上的考量——其或者渲染某種特殊情調，或者引發欣賞者既定的聯想，以使整首詩的語境獲得完整的呈現，套語創作方式的運用，往往在於構成一個充滿詩意的「主題」(theme)。

「主題」是《鐘與鼓》關於《詩經》特殊創作手法研究的一個重要揭示，楊牧甚至認爲它即中國傳統詩歌觀念中的「興」。他指出，《詩經》有不少詩是借助「主題」創作而成，這些主題的數目或許不多，卻在詩中經常出現，最常見的是以樣貌多元的自然景物來預示某些固定的意指。考察《詩經》的作品如何透過藉這些套式化的主題意象類比而構成，對楊牧而言，是重新理解「興」之意涵的可靠方法之一[30]。

在說明「主題」與「興」的關係前，且容我們先釐清楊牧對《詩經》「主題」的見解。《鐘與鼓》在討論《詩經》「主題」時，首先引用了「習習谷風」這個套語，它分別見於《邶風・谷風》第一章及《小雅・谷風》第一、二、三章，均用以引發詩中個人的哀怨。《邶風・谷風》很明顯是一位棄婦的哀歌，《小雅・谷風》同樣以「習習谷風」啓首，在楊牧看來，這個「引導套語」(introductory formula)在此詩中的功能亦是喚起怨婦的悲傷，而非舊注中所謂的「刺幽王也」云云。楊牧推測，以「谷風」引領婦女的情感，可能與早期以「山谷」作爲婦女之隱喻有關，此由《王風・中谷有蓷》所描述的「有女仳離」可以得

---

30 見 *The Bell and The Drum*, p. 102.

到證實，因爲此詩亦是以「中谷」(即山谷)起興。準此，則「山谷」便可視爲怨婦詩的「主題」之一。

進一步觀察，《詩經》中的怨婦詩經常會提到植物的采集，這種情形在《小雅・我行其野》、〈白華〉與《鄘風・載馳》中均歷歷可見。其它三首怨婦詩，包括《邶風・谷風》、《衛風・氓》及《小雅・黃鳥》，雖無明顯提及如「陟彼阿丘，言采其蝱」(〈載馳〉)般的采集行爲，但卻仍透過隱喻性的手法將植物采集的意象融入詩境中(例如《邶風・谷風》：「采葑采菲，毋以下體」；或似《小雅・黃鳥》以「黃鳥黃鳥，無集於桑，無啄我粱」般暗示植物的存在)。由此可見，「采集植物」也是一個重要的主題，它甚至向下影響了漢代詩歌的表現手法，〈上山采蘼蕪〉是最典型的例子[31]。値得類留意的是，類似主題之被引入詩中，其句型通常是套語化的，這充分說明了「套語」與「主題」互爲表明的關係。

回到「興」的問題。《毛傳》在解釋《邶風・谷風》「習習谷風」時說「興也」，表明用這個套語啓首即是「興」的創作手法，而這個套語引領的其實是一個具有固定指意的主題，楊牧因而認爲「將主題視作《詩經》傳統創作手法，並藉以探究『興』的本質，允爲恰當。」(It also appropriate to inspect the nature of *hsing* by attending to the theme as a compositional device in the *Shih Ching* traditional.)[32]在接下來的論述中，《鐘與鼓》繼續分析了「泛舟」與「鳥」的主題，歸結出《詩經》中凡言及歡樂，則必引入「楊舟」意象、言及哀傷，輒言及「柏舟」；而鳥依種類分別表現喜慶或哀傷、思歸之情的重要結

31 參前揭書，pp. 102-106。
32 前揭書，p. 103。

論，其中尤其以「反哺之鳥」（the bird of the filial return）主題最受矚目。楊牧從《詩經》中挑出九首描述思念父母的詩，發現它們均有「托鳥起興」的手法，表列如下：

反哺之鳥		
詩編號（詩題）	鳥	功能
二《周南・葛覃》	黃鳥	興（毛傳）
三二《邶風・凱風》	黃鳥	興（朱注）
一二一《唐風・鴇羽》	鴇	興（毛傳）
一六二《小雅・四牡》	鵻	興（朱注）
一八三《小雅・沔水》	隼	興（朱注）
一八七《小雅・黃鳥》	黃鳥	興（毛傳）
一九二《小雅・正月》	烏	賦（朱注）
一九六《小雅・小宛》	鳩	興（毛傳）
	脊令	興（朱注）
	桑扈	興（朱注）
一九七《小雅・小弁》	鸒	興（毛傳）
	雉	興（朱注）

這些詩在表達思親之情時，同時也體現了深刻的歸思，除了〈正月〉以外，在十一處出現的禽鳥，都具有「興」的功能，它同時也是「主題化」的，如此便強化了「興」與「主題創作」之間的聯繫。在楊牧看來，每當詩中要表達孝親之思時，便引入鳥的意象，其作用就是將原屬直敘的情感「興」化。其之所以能爲人所解，主因鳥的主題意指業已具備能喚起聽者(讀者)特殊經驗的內在驅力，而這種力量則必須透過對不同詩中之相似特定子題的仔細比較方能體認，而這也是理解「興」之義涵的重要法門[33]。

案：過去學者對「興」的主張迭有爭議，顧頡剛認爲興只用來「協韻」而已，並無句意承接上的關係[34]。但王靜芝卻認爲「興」就是「接近之聯想」，即鄭樵《六經奧論》所謂「所見在此，所得在彼」者，「因事物之聯想而及於本題之事也。」[35]大抵學者間的歧見不出上述二者：具或不具意指功能。一九六九年，陳世驤先生另闢蹊徑，於中央研究院《歷史語言研究所集刊》發表專文，點出「興」與古代樂舞間的關係，著意強調其乃「初民合群舉物旋游時所發出的聲音，帶著神采飛逸的氣氛。」以後浸漸發展，「原始的謌呼轉化潤飾而成爲詩藝技巧和風尙，產生各種不同的意思，但我們仍體得出那是最原始『曲調』的基本成份。」若推測其形成，陳世驤認爲：

> 我們可以斷定「民歌」的原始因素是「群體」活動的精神，源自人們情感配合的「上舉」

---

33 參前揭書，pp. 119-121。

34 見顧頡剛，〈起興〉，《古史辨》(台北：藍燈書局，一九九三)，第三冊，頁六七二—六七七。

35 見王靜芝，《詩經通釋》(台北：輔仁大學文學院，一九八五)，頁十五—十六。

的衝動。但論「民歌」的「群體」因素，只能適可而止，因為在那「呼喊」之後，總會有一人脫穎而出，成為群眾的領唱者，把握當下的情緒，貫注他特具的才份，在群眾游戲的高潮裡，向前更進一步，發出更明白可感的話語。如此，這個人回溯歌曲的題旨，流露出有節奏感有表情的章句，這些章句構成主題，如此以發起一首詩歌，同時決定此一歌詩音樂方面乃至於情調方面的特殊型態。此即古代詩歌裡的「興」，見於《詩經》作品的各部分。[36]

細細體會陳論，不難發現其中隱約言及「口述詩歌」、「主題」等概念，後來都被楊牧承繼且做了更深入的發揮。特別需要點出的是，陳世驤認為「興」具有「反覆迴增法」(incremental repetitions)的特質，透過「複沓」、「疊覆」的方式，將「新鮮世界」所見所感化約為主題，並不斷擴大它，使意象與音響充分調和，以產生優美動人的詩歌，因此他建議以motif來翻譯「興」[37]。這個看法在一定程度上又與楊牧所論若合符節。

楊牧曾以《國風》中的草木意象之施用為考察對象，試圖從中檢視「興」的確切義涵，他發現，

36 本文原題"*The Shin-Ching: It Generic Significance in Chinese Literary History and Poestic*"，刊於中研究《歷史語言研究所集刊》第三十九本上（一九六九年一月），後由楊牧譯成中文，題為〈原興：兼論中國文學特質〉。收入《陳世驤文存》（台北：志文出版社，一九七二），頁二一九—二六六，引文見頁二四一。

37 同前註，頁二二七。

《國風》中凡屬「興」的詩，植物通常出現在詩句之末，例如《召南・野有死麕》：「林有樸樕，野有死鹿，白茅純束，有女如玉。」而通常一個擺在「樸樕」這個位置的草木總和下文的一行或數行有聲韻上的關係。所以，他主張「當植物出現於詩句之末，且與其他詩句有尾韻關係時必為『興』——大致來說頗見準於《國風》裡的作品。」[38] 再進一步分析，楊牧指出《國風》裡的草木大致與詩文的意義牽涉不大，這點頗能證明學者所謂興句主要為用韻目的的說法(例如：「鳲鳩在桑，其子在梅，在棘，在榛」與第二、三、四章詩中真正的指意毫無關係，這些樹木之出現主要就是為了協韻)，但並不證明此論完全週到，因為在《國風》裡也有不少開章的興句可以尋出與全詩之間合理的意義關聯。若自「山有……隰有……」這一泛見於《詩經》的句式來看，出現於這個句式中的植物往往符合其地理條件(如《唐風・山有樞》裡出現「樞」、「榆」、「杻」、「漆」及「栗」，除「栲」外均為北方植物)，並時具象徵意涵(如《邶風・簡兮》：「山有榛，隰有苓」，榛子為古代見面之禮，在詩中頗象徵求知遇之情)。而且，《檜風》中看不到「山」、「阪」，僅見「隰有……」，此因檜國在黃土平原，僅有低地而無山丘。是故「以植物起興固然和詩韻的要求有關係，但非必然只為了詩韻的目的，其他實際生態和人文因素也是不可能忽略的。」[39] 準此，楊牧最終的結論是：

38 見楊牧，〈國風的草木詩學〉。收入楊牧，《失去的樂土》(台北：洪範，二〇〇二)，頁二〇三—二二四。以上引述見：頁二一三—二一四。

39 前揭書，頁二二三—二二四。

按興之爲用原不是三言兩語能闡釋完全，它可以在詩的開章處，也可以在詩的結尾，〈碩人〉在結尾，《小雅・出車》也在結尾，而且二者皆以整段文字爲興，段落中草木的地位就相對地減少了，所以葭和菼是否協韻不是主要的問題。從這兩個例子我們可以進一步看出興的目的似乎是要美化詩的形式，有時甚至可以美化詩的內容。詩的效果往往因興之使用而加強，至少在中國傳統詩學裡如此。[40]

這段頗具判準性的論述發表於一九六七年，當時《鐘與鼓》可能尚未進行寫作，可視爲楊牧早歲對「興」義的初探。若結合稍後楊牧對「主題」的研析，不難看出在他的終極理念中，興應兼具詩「藝」與詩「意」。

我以爲，詩之所以爲詩，除其可歌可頌，與心之情感有著密切的發生學關係外，最重要的是它所具備的特殊形式與表現技法，而這正是文學所以有別於一般表述的本質所在。如果我們關注一首詩，僅僅留意其內在的意象與情緒，於詩藝一格抱著可無可有的心態，則對詩的領悟殆永不可能達致。《毛傳》與《朱注》之以「賦」、「比」、「興」標識《詩》的寫作手法，雖不見得全無可議，但至少他們均已發現了詩人特殊操縱文字的手段，後之論《詩》者，若不能自形式一層去思量其中的關鍵，兀自周旋於內容意義的指涉糾纏，那麼除了重蹈前人聚訟莫名的覆轍外，不可能有任何突破性的見解。從這點來

40 前揭書，頁二一九。

看，楊牧的眼光無疑甚具穿透力。

附帶一提，《詩經》中屬「興」的詩篇，以《國風》的八十三篇爲最多，占其類組的百分之五十二，占三〇五篇的百分之二七；《小雅》的三十八篇居次，占其組詩的百分之五一，在《詩經》總比例爲百分之一二點五。換言之，兩類型的詩中各有一半以上是「興」。而前已提及，《國風》與《小雅》的套語比例分占《詩經》首位與次位，這顯示套語化程度愈高的詩，其爲興的比例也愈高，若以《大雅》作爲反證，更形明確（《大雅》興詩僅占其類組百分之二六，占全詩的百分之二，而其套語比例則不及百分之一三）。考量「套語」與「主題」間的密切關係，那麼我們似乎爲楊牧以主題爲興的看法找出另一個可供參考的證據[41]。

四、「周文史詩」

我們在本文的開始處引用了楊牧《鐘與鼓》中的一段話，其中隱寄的兩個重點，一是「形式」，二是「比較」，事實上這也是楊牧研究《詩經》（當然也可擴及他所有的中國古典文學研究）最關切的兩個層面。透過形式的考察，楊牧每能於詩之組織、條理處看見詩人隱寄幽微意識之所在；而經由西方文學理念與精神之比較，則可進一步彰顯中國傳統文學獨有之特質，或其可與西學所揭示之思想共通的基

41 以上統計數字，參考裴溥言，《詩經相同句及其影響》，頁七七—七八。

礎。《鐘與鼓》固已交待楊牧在這個二個面向上的研究歷程與發明，唯若能進一步考察其他的論述，無疑更可看出他對《詩經》研究的獨到識見。

一般文學見解裡，中國並無西方長篇歌行之「史詩」(epic)，但楊牧卻慎重地自《詩經》中提出了「周文史詩」的觀點，並因此而開展出許多重要的見解。在楊牧看來，「史詩」的定義不在於篇幅與敘事結構，而在其是否具備「崇高的風格」，他強調：「史詩是一高尚作品的特型，其價值在所持的視境(vision)，而不在觸及面的大小或篇幅的長短，更不必講究甚麼『從中間開始(in medias res)諸如此類的手法。』」這個論據參自英國中古文學研究者克爾「史詩崇高的風格及語言的華貴高尚」之主張，成為楊牧揭示「周文史詩」及提出「另一種英雄主義」的基本視角，而二者間實乃互為表裡者[42]。

所謂「周文」，即著意強調與「武」對立的「文」一層，故楊牧云：「『周文史詩』強調文的觀念，武力的英雄主義遭到摒棄。」[43]但這並不表示中國古代史詩中欠缺英雄的歌頌，而是「詩人服膺聖人之教，讚美正面的文化價值，卻不歌詠戰爭。」[44]因而便開展出一種不同於持強使氣、凡事以武力為終極解決方法的英雄主義，所以《周頌．時邁》對武王的歌頌並不在其終結商王朝的軍事勝利，而在其「載戢干戈，載櫜弓矢」，偃兵息鼓、使天下重歸安寧的功蹟。正是這種重文輕武的文化特質，使得中

42 以上參見楊牧，〈另一種英雄主義〉(一九七五，單德興譯)。收入楊牧，《失去的樂土》，頁二五一—二七四。引文見頁二五三。
43 前揭書，頁二七四。
44 前揭書，頁二五七。

國古代詩歌（特別是《詩經》）「建立起特殊的修辭方式，包括意象（images），題旨（motifs）及譬諭徵象（tropes）。」[45]因而在《詩經》中，我們看不到任何對戰爭場景的仔細描繪，楊牧稱之為「戰情省略」（ellipsis of battle）。他觀察到一個重要的特色，即《詩經》中大部分的戰爭詩其實都是反戰的，戰鬥英雄的事蹟幾乎被略去不談，取而代之的是戰爭所帶來的哀傷與疲憊。伴隨這種幽微情緒所衍生的詩藝手法因而顯得極其委婉而間接，於是詩人通常運用「對照」與「排比」（contrast and juxtaposition）的技巧，「將現在與過去對照，來暗示人生的變幻無常；將此地與他方排比，以強調軍旅生涯的飄忽不定。藉著這種手法刻劃出兵旅的哀情，卻避免了實際戰事的描寫。」[46]最典型的例子就是同時見於《小雅・采薇》及〈出車〉中的一組呈對稱結構的套語：「昔我往矣，XXXX；今我來思，XXXX」，它把內在的情境和事件，藉類似雙行體的兩對照事件烘托而出。楊牧特別重提他在《鐘與鼓》中提出關於詩人如何運用套語與主題的創作方式，進而引發讀者（聽者）「聯想聚合」（totality of association）的理論來說明這個句式所具備的指意功能。同時，他也提到漢代詩歌〈戰城南〉、〈木蘭詩〉所使用的雙行體句式，來旁證《詩經》所開啓的戰爭描述傳統，而且一直到唐代，李白「去年戰，桑乾源；今年戰，葱河道。洗兵條支海上波，放馬天山雪中草」的歌行，依然沿襲「時間」與「空間」對比的法則（這種手法當然也見於《楚辭》）。比較特殊的是，李白〈戰城南〉詩中提到了食人腸腑的烏鴉，其意象仿自漢樂

45 前揭書，頁二五四。

46 前揭書，頁二五九。在〈古者出師〉（一九八五）一文中，楊牧重申這個觀點，讀者可參收入楊牧，《隱喻與實現》（台北：洪範，二〇〇一），頁二三一——二四四。

府〈戰城南〉：「爲我謂烏，……腐肉安能去子逃」，卻截然不同於《詩經》中的飛鳥意象。楊牧認爲，這裡所承襲的是《楚辭．國殤》，而非《詩經》典型的征夫歌詠，遂造成飛鳥意象的惡化。唯自其象徵的乃是戰爭造成的災禍這層來看，這種修辭方式的轉變卻比以前更有效地省略了戰情的描寫[47]。

正因觀察到中國詩歌的反戰傳統，楊牧遂爰此標準重新審視《大雅》，將〈大明〉、〈緜〉、〈皇矣〉、〈生民〉及〈公劉〉合稱爲「周文史詩」(*The Weniad*)。[48]這五首詩追蹤了周王朝的建國史，並強調一個特殊的道德規範——「憂患意識」，它同時也是這部史詩的主題，將詩的敘述秩序組合爲整體[49]。此一崇高的道德意識維繫周朝建國之初的百年發展，史詩藉由對后稷、公劉、古公亶父及文王的禮讚開顯這個意識的具體義涵，即「生」的「延續」，上述幾位爲周朝奠基的英雄人物，其受人景佩的事跡都在於這個義涵上，而非崇尚勇武鬥力與兵法戰略。即使〈公劉〉及〈皇矣〉中均提到了武器或戰事，〈大明〉更直接以戰場的情景作結，但在楊牧看來，它們的終極象徵仍非魯莽的武力歌頌，反而依循對戰爭一筆略過的傳統，體現出對文明的崇尚與對破壞的忌憚。換言之，武力乃「聖人不得已而用之」，一達安民目的，即應罷手。這是楊牧著意標舉的「另一種英雄主義」，凡不合於此者，概不能列

47 參前揭書，頁二六二—二六五。

48 參〈周文史詩〉，收入楊牧《隱喻與實現》，頁二六五—三〇六。案：*Weniad*一詞顯然仿自荷馬史詩*Iliad*，Wen指「文」，既暗示史詩讚揚的核心人物「文王」，同時也標舉楊牧以「文」爲史詩核心價值的主張。

49 前揭書，頁二九五。

存於他所謂的「周文史詩」中，《詩經》中兩組渲染周宣王武功的詩，即因此遭楊牧排除在外。從《大雅》〈崧高〉、〈烝民〉、〈韓奕〉、〈江漢〉、〈常武〉及《小雅》〈采薇〉、〈出車〉、〈六月〉、〈采芑〉的綜合分析中，楊牧認爲往昔學者所侈談的「宣王中興」絕不足爲訓，不僅因其未見諸史籍所載，即從《詩經》歌詠來看，周宣王不過是一位好大喜功且濫用武力的集權者而已[50]。僅以〈六月〉所述「文武吉甫，萬邦爲憲」云云，楊牧深切質疑：「蓋『文』、『武』既爲先王廟號，如此合併置於一末代戰將爲其頭銜，豈非褻瀆之甚？」復從形式觀之，「何況『萬邦爲憲』因襲《大雅・皇矣》所稱『萬邦之方』句式，而〈皇矣〉歌頌的正是『不大聲以色，不長夏以革』的文王。吉甫即使是一個能詩善戰的軍人，又怎麼可以自美自誇一至於此？」[51]經由互文比較思索，楊牧因而提出一個深具啓發的結論：

〈六月〉以誇大無度的手法濫稱宣王武功和吉甫南北擊玁狁的成績，詩人的言語和修辭正足以證明其侈靡乖張。我們以這層認識配合〈采薇〉和〈出車〉所表現的怨懟，檢查征人厭戰的疲憊和思婦的心神懸疑，則不難窺知宣王的北方軍事行動到底有多少正面價值了。[52]

---

50 案：楊牧對宣王的看法與爰此而生的論述，應受其業師徐復觀先生的影響。可參：徐復觀，〈封建政治社會的崩潰及典型專制政治的成立〉，《兩漢思想史》卷一（台北：台灣學生書局，一九七八）。

51 見〈古者出師〉。前揭書，頁二四〇—二四一。

52 前揭書，頁二四一。

宣王的武裝行動既不可取，那些爲他頌揚「功德」的詩歌，在楊牧看來，也就沒有太大的價值了，他甚至直斥〈采芑〉、〈江漢〉、〈常武〉等「率意以戰功爲威武之極致的詩篇」，是「詩的墮落」，並認爲變《雅》會成爲時代之產物，乃屬必然之勢[53]。

我們細味楊牧的文意，很清楚看見一個詩人對詩之爲詩的價值判準，竟有其崇高而令人不得不肅然起敬的中心思想寄寓其間，對照其在《陸機文賦校釋》中所言：「詩須拔脫浮俗，教誨時代，須爲生民立命，開往繼絕；詩須超越而介入，高蹈而參與。詩是讚頌，也是質問，詰難，批判的一種手段，……。」[54]則有關宣王如何如何之詩，何以被楊牧摒除於其所謂的「周文史詩」之外，又昭昭然矣！

五、《詩經》的修辭分析

「套語理論」的提出，使學者對《詩經》「成語」、「陳言」繁多的情形有了全新的了解，認識到它實爲古代行吟詩人一種特殊的創作方式，具有其獨特的美學功能，而不再以一種「時代錯誤」(anachronism)的眼光認爲其乃「剿襲」或「陳陳相因」的文學惡習，這無疑是楊牧《鐘與鼓》對《詩

53　前揭書，頁二四二。
54　見楊牧《陸機文賦校釋》（台北：洪範，一九八五），頁一一五。

經》研究者最大的啓發[55]。

同時，形式上的獨到見解，也將過去的研究自「詩義」的泥沼中拉拔出來，開啓學者重新思考《詩經》藝術手法的視野。我們當然不敢說以往的《詩經》研究欠缺形式的研索，但毫無疑問的，形式探討的最終目的卻總是落在詩義、主旨的確認上，對詩人如何完成一首詩，如何差遣語詞、巧構意象以達致非凡的美感表現往往無言以對。楊牧是詩的創作者，同時接受西方修辭學訓練有年，因此也較傳統學者更重視詩的體式，關注韻律、修辭、句法等形式問題，並且經常有發人未見之處。例如楊牧曾經留意《詩經》中凡述及「月份」的句子均未形成全句套語，以「六月」爲例：

六月莎雞振羽(《豳風・七月》)

六月食鬱及薁(同上)

六月棲棲(《小雅・六月》)

六月徂暑(《小雅・四月》)

---

55 案，楊牧在《鐘與鼓》一書中，曾多次表達對W.A.C.H. Dobson有關《詩經》若干主張的不能苟同，其中即包括套語與主題乃「文學之借用」(literary borrowing)，且僅係「著作者個人特徵」(the individuality of authorship)等看法。楊牧提出《小雅・四月》及《大雅・卷阿》的作者「家父」與「吉甫」爲證，雖有明確的作者，但這兩首詩的套語化程度卻不高。

它們均以「六月XX」的句式表述，但非全句套語，其它表達月份的詩句均然。相對的，《詩經》中表達情緒的詩則總是套語化的，例如「我心傷悲」、「我心傷兮」之類。楊牧認爲，這或許是因人對於自然、季節變化的客觀理解較諸其對人性或自身的情感更爲多元，同時也更具體而鮮明所致[56]。依此延伸，則何以《詩經》中有關「雨雪」的形容並未出現兩句嚴格定義上的套語；「山有XX」、「隰有XX」等句式亦呈高度替換性等問題，便顯得十分容易理解了。

楊牧的發現觸及了中國詩歌的原創特色：詩人往往被要求應對自然做客觀且眞實的反映，陸機在寫作〈文賦〉時著意強調「遵四時」、「瞻萬物」云云，所言即此，而一則關於「菊花」的公案則可以做爲旁證[57]。這也讓讀者明白，何以孔子要說讀《詩經》可以「多識鳥獸草木之名」，因爲詩人在歌詠自然時，全然是基於眞實的觀察。

前述乃楊牧從句式比較中所揭示的詩歌原質。至於詩人如何營構特殊句法、如何修飾語詞，換言之，如何「使詩之所以爲詩」，更是對「詩藝」鑽研有年的楊牧不能輕忽之處。從〈緜〉一詩的分析

56 見 *The Bell and The Drum*, p. 88.

57 據宋人陳鵠《西塘集耆舊續聞》卷一云，王安石曾有〈殘菊詩〉：「黃昏風雨滿園林，殘菊飄零滿地金。」歐陽脩見而戲之曰：「秋英不比春花落，傳語詩人仔細吟。」結果王安石不服，答以「永叔獨不見《楚辭》：『夕餐秋菊之落英』邪？」一場關於菊花是否會凋零的爭論於焉開。讀者可參：游國恩，〈說《離騷》秋菊之落英〉，收入《游國恩學術論文集》（北京：中華書局，一九八九），頁一八五—一八八。《西塘集耆舊續聞》原文未見，轉引自《楚辭評論資料選》（台北：長安出版社，一九八八），頁二四二—二四三。

中，充分可見楊牧對詩歌表現層面的留意，他指出：

和其它許多歌頌詩相比，〈緜〉一詩突破了一般歌頌詩體的傳統作法。一首詩裡，一代接一代的過程，往往可顯示出敘述技巧的發展，這是一種在中國詩中幾乎從未出現過的涉越句式。詩首章中的「瓜瓞」的隱喻是這種連接法修辭技巧的表現。詩人以瓜瓞順莖幹不斷緜延來象徵宗族譜系分枝中子孫的繁衍生長，並一一記錄歷來王公的事蹟；此一手法不但是一種修辭技巧的運用，更有助於形式結構的安排。英國文學傳統在論及詩體時所謂的「有機組織」（organicism，筆者按：此由英國詩人Samuel Taylor Coleridge所提出），……在〈緜〉這首詩裡，眞正的有機組織比英國文人所知道的還多。這植物不僅爲詩人心理上所認同，更被拿來作詩歌的隱喻，描述一個民族的成長，成爲敘述詩形式運作上的典範。

楊牧強調，這種將自然與人生合一的方式，是詩歌創作的重要技巧，並且係中國詩源於一種特殊的哲學觀念之表現，此即所謂的「人神同形同性論」（physiomorphism）[58]。這一段評論具體強調詩歌在形式與內容上的緊密聯結，並申張詩藝與詩旨間的互涉關係，是楊牧關

58 以上參見楊牧，〈周文史詩〉，頁二七七—二七八。

於《詩經》語言藝術頗具代表性的一段論述。過去學者在研閱《大雅》或《商頌》等較具文化義涵的詩歌時，往往採用史學或社會學、民族學的視角，將這類詩歌作爲見證周代歷史與社會的可靠資料，楊牧卻能留心技巧與表現的層次，頗令讀者有別開生面之感。茲再引一段論述，以見其於形式之獨見，評〈大明〉云：

> 此詩結構工整，分八章，奇數章每章六句，偶數章每章八句，六八交錯排列。這種交錯的形式保持了結構上的對稱；同時，逐句遞增漸強的節奏感，形成了一種成熟的「跨句連接法」，比〈緜〉所表現更爲可觀。……
>
> 「大邦有子」初看該是一個完整的句尾停頓，可是又好像「意猶未盡」；讀者期待在下一句找到結果，卻發現第四章竟不了了之就完了，而新起的一段竟重複一句「大邦有子」作爲開頭。結尾句變成了起首句。這種安排相當於現代電影中的「疊進技巧」（telescoping technique）。[59]

一段評述中，既涉句式之安排，又及節奏之考慮與表現技巧之發掘，若再結合其於〈論唐詩〉中關於「好詩」與「壞詩」在意象經營與結構鋪陳上的差別，於〈驚識杜秋娘〉中以一西方標點「冒號」闡發

59 前揭書，頁二八八、二八九。

〈金縷衣〉一詩的意象佈置，以及〈公無渡河〉中所作的「交替反響」形式分析，則楊牧看待詩藝的用心如何，當可不必贅述矣[60]！

我主觀地認爲，楊牧所以對詩歌形式——謀篇、修辭——多所關注，幾乎將之提昇到足與傳統詩歌研究專攻緣情體悟相匹敵的態勢，大致上應與他始終強調文學必須以理性節度的觀念密切相關。在一篇題爲〈文學與理性〉的論文中，楊牧提到：

> 文學固然是藝術想像力的發揮，文學仍有待理性的指引。藝術想像力不受理性規範之前，僅僅是幽邃的幻思，不著邊際，迷漫氾濫，很難產生偉大的文學。眞正接受理性修正導引的藝術想像力乃演化爲有機的詩思。惟當有機的詩思規則地運作的時候，文學才告成立。[61]

這個觀念不僅爲楊牧思索文學之由朦朧以至顯豁的原理時所體會，亦堅實地見諸其面對創作時的反省，他在詩集《涉事》的〈後記〉中說道：

> 我一邊試探，一邊放縱自己去沉湎於往事，磨練感性，並且時時以知性節制它，希望獲取

60 參見楊牧，〈論唐詩〉、〈驚識杜秋娘〉、〈公無渡河〉。收入《失去的樂土》，頁一五九—一八九。

61 參見楊牧，〈文學與理性〉，收入《失去的樂土》，頁六五—七〇。引文見頁六六。

二者之間的平衡……。

詩是當我發現他(案：指西方中世紀文學中的武士)與我之間在完成這過程的前後竟已創造了許多重複出現的差異，便有機地發生(亦即是詩之形成)以銜接彼此，塡補並且彌縫一些美學的和倫理的破綻，所作的努力。[62]

所謂「知性」，所謂「塡補」與「彌縫」，在我看來，都指向理性的思索。基於對楊牧古典文學研究的閱讀，以及對於他的文學作品(特別是詩)的細味，我有充分的理由相信，要領會楊牧的文學，無法割離他的創作，與研究[63]。

運用熟稔的比較文學與西方修辭學知識，楊牧對《詩經》做了與傳統國學研究十分不同的論析，並

62 見：楊牧，《涉事》(台北：洪範，二〇〇一)，頁一三五、一三七—一三八。

63 楊牧的詩擅於熔鑄中國文學典故及成語，乃爲精研其文學作品者之所習知。姑舉數例，如〈谷坐〉(一九九八，收入《涉事》，頁一二—一三)：「翻過這一頁英雄即將起身，著裝／言秣其馬／檢視旗幟與劍／逆流而上遂去征服些縱火的龍」，其中「言秣其馬」襲自《詩・周南・漢廣》；〈回歸〉(二〇〇〇，前揭書，頁五〇—五一)：「如一朵玉蘭萎去，在陶瓷邊緣／暗微香浮動，進入共同記憶」，則「暗微香」云云，櫽括宋人林逋〈山園小梅〉：「暗香浮動月黃昏」；〈松園〉(二〇〇五，收入：《介殼蟲》(台北：洪範，二〇〇六，頁一二〇—一二二)：「喬木之姿中夜猶放縱螢火突圍／自高處下沉，濃厚完美的脂腴／碰觸及感覺神經末梢，敏銳／無比，你看草地上零露漙兮」，末四字直接借用《鄭風・野有蔓草》。其餘例子猶多，不煩贅舉。類似出入古典的創作手法，在我以爲，初不僅因爲詩人喜愛閱讀中國古代詩歌，亦緣其以學者身分介入傳統國學研究所致。未來筆者將有專文討論，此處僅能暫時徵引如此。

且毫無疑問地獲致相當可觀的學術成果。二千年來，《詩經》的經典地位未變，但對它的研閱，則始終偏向「經學」式的探討，雖然曾有部分被視為異端者企圖從歷史懷疑或純文學式賞析的角度重新檢視這部經典的藝術價值，但與強調微言大義的經義傳統相較起來，仍屬式微。民國以後，許多學者借用民族人類學的理論研究《詩經》，獲得相當不錯的成果，似乎逐漸可以擺脫經學史觀的束縛；唯在《詩經》語言藝術及文學意境的研究上，雖然也有漸趨當道之勢，但粗略看來，其所運用的方法或理論仍在一定程度上受限於傳統國學的格局，以致難見擲地有聲之作。相較起來，楊牧以西方套語理論及形式分析研究《詩經》，確實為傳統國學開啓一個新的視野。

不過，在此必須強調的是，綜觀楊牧對《詩經》的閱讀，其基本領會並未離開古代的箋注，並且很少憑己意重新解釋一首詩的義涵，換言之，他始終立足在中國文學的基礎上。至於在引用西方知識上，我們又能輕易看出他對西學的深入理解，絕非以一知半解的新穎名詞便搪塞了事。這種融貫今古、會通中外的治學態度，在其可觀的學術成就外，特別值得當今希望借用西學以突破國學研究窠臼的學者細思——知己知彼，方能見微觀秘。

楊牧的文學創作馳名中外，但或許因此，學界往往忽略了他在學術上的成就，這是相當可惜的。我甚至必須再次強調，要理解楊牧文學的意涵與藝術，絕不能捨其學術研究而不觀。基於這個理由，所以草擬了本文，寔盼方家有以賜教焉。

重新活過的時光

——論楊牧的「奇萊前後書」

楊照（知名作家、《新新聞》周報總主筆）

德國小說家湯瑪斯曼在他的傑作《魔山》書後，有一段作者自述，其中提到了一項對讀者的「不情之請」：希望讀者不只讀一次《魔山》，能夠讀第二次。湯瑪斯曼不得不帶點歉意地解釋：當然如果這樣一本書根本不能吸引讀者讀完第一次，那就遑論甚麼第二次了，他的提議是針對那些受到吸引，覺得《魔山》夠深刻、夠有趣的讀者，正因為他們慷慨地付出了時間，讀完一遍《魔山》，湯瑪斯曼特別要求他們再讀一次。

這不是有點過分？《魔山》不是一本輕薄之書，排印得密密麻麻都還有八百頁的大書，讀者好不容易隨著湯瑪斯曼的敘述，經歷了瑞士高山上療養院中的種種思辨，曲折的成長過程，讀到最後一頁，正「呼」一口氣恭喜自己完成了這樣一趟閱讀旅程，卻赫然發現作者如此鄭重其事地提出要求：「請再讀一次吧！」該做何感想，又該做何反應？

湯瑪斯曼當然猜得到。所以接著他筆鋒一轉，講起了音樂。說他的書寫一貫和音樂接近，寫這部小說他很認眞地稱之爲「composition」，意謂著其精神其過程，更類似於創作一部音樂作品。爲甚麼是音樂？因爲聽音樂的人，對於自己有興趣的樂曲，不會只聽一次。他會聽第二次、第三次，甚至渾然忘記自己到底聽第幾次了。

湯瑪斯曼試圖藉由聽音樂的經驗，合理化他對讀者的閱讀要求。爲甚麼我們會重複聽同樣的音樂？因爲只有熟悉了曲子的基本旋律、曲子的基本走向，我們才開始有餘裕聽見更複雜、更深邃的其他元素。我們會聽見支撐旋律的和聲；會聽到調性的移轉變化；會聽到若隱若現，呼應對話的其他聲部；會聽到前後反覆出現的規則，或規則的破壞；會聽到巧妙設計的順序，也就是樂曲的結構。這一切不會、不可能在第一次聆聽時就浮現上來，剛接觸時，我們只能忙著接應一個接一個湧來的音符，感受況且不暇，何來思考之從容？

湯瑪斯曼提倡的，不完全只針對《魔山》，只針對自己寫的小說，而是一種具備普遍意義的，看待有情節有轉折變化的文本的態度。一種「重讀」的態度，第一次讀者必定追求，往往也只能追求，那人物的遭遇、劇情的開展與收述以及將要到來的下一頁的懸宕，那是我們「初讀」的經驗，也是「初讀」最大樂趣之所在。

不可能在「初讀」時就能照應照顧到語氣、文字、細密埋伏的象徵、描述與動作的互動或互抗，更不可能一邊讀一邊迂迴溯源。

「初讀」的經驗中，作者占有極大的權力。讀者一般只能順應著作者的安排，作單向的閱讀。這「單向」，不但是作者表達讀者接收，更重要的是，讀者全盤接受作者安排的方向，從第一頁開頭，經歷第二頁、第三頁，如是乖巧且安心依循，直到書的最後一頁、最後一行。

書寫，如同自然的時間，有著強悍、霸道的單一方向。至少到今天為止，文字的寫作與閱讀，基本上還是建立在不破的共同時間性上。一幅畫、一座雕塑、一棟建築，我們可以從不同角度、選擇不同路徑接收感受，然而，文字牢牢設定了嚴整嚴格的秩序，第一字到最後一字，歷歷可數，其形式基本上是拒絕被人隨意更動的。

像音樂，時間性的藝術，或者應該說，更像自然流蕩的時間本身。前一分鐘過完了才來後一分鐘，沒有可以顛倒錯亂的商量餘地，而且前一分鐘與後一分鐘形成的不是簡單的並列關係，而是必然的內在邏輯關係，前一分鐘作為後一分鐘的前提，後一分鐘的現實，植基在前一分鐘上，前一分鐘所存在、所發生的，是後一分鐘所有一切的前提，前一分鐘彰示後一分鐘，如此歷歷因果連結地淌流，湯湯而去，永不休止，而且，永不可逆。

書寫和自然時間在順序安排上的平行特色，讓我們很容易從時間映照書寫與閱讀，以為那也同樣是不可逆的。以為書寫下來的文字，同樣存在著那樣森嚴的前後邏輯關係。前面的文字鋪設了我們理解後面文字的條件，如此一路而去，閱讀中，我們就從最開始的無知，慢慢累積理解，直到終結於書末時，消解了無知，變成了面對這本書的「知者」。

我們以為，習慣地以為，這樣的閱讀經驗，也是不可逆的。從最前面讀到最後面。

但湯瑪斯曼提醒了我們似乎該嘗試設問：真的嗎？這樣的書寫與閱讀安排上的不可逆？檢驗設問的關鍵，就藏在「重讀」中。在時間性上，「重讀」是個弔詭的經驗。「重讀」開始時，我們已經走到過終點了。那個起點不再是原來的起點，至少已經徹底失去其原有的天眞無知。重新站在書頁的起點上，書寫內容失去了陌生的威脅與誘惑。我們已然知曉那些書頁裡有了甚麼，如果第一頁是前提、第二頁是結論，那麼看到前提的同時，我們早已明確掌握了結論。

如此一來，前提就不再是前提，結論也不再是結論。那個邏輯的關聯架構，隨著時間前後並置而被打破了。這正是「重讀」最重要的理由，也正是「重讀」最大樂趣所在。

我們不再受作者書寫順序的拘執了，也不再受到那線性時間序列的限制了，取得了一種特殊的自由。我們可以跳躍地組構自己的邏輯互證或互詰關係。本來寫在後面的情節、角色、景物，在「重讀」中可以倒過來燭照前面文字的意義，發現原來在前面就藏了些甚麼「初讀」中被我們忽略的線索、伏筆、互文、象徵或矛盾。

只有在「重讀」中，或說只有從「重讀」開始，讀者才取得了眞正介入的機會。那權力有了巧妙的逆轉，讀者超越了作者的安排框架，開始進行或自覺或不自覺的重組。在開頭的歡樂中不詳地「預感」終局的悲涼，因而對那第一次閱讀中不疑有他的歡樂有了深沉、黑暗的距離。也許是因由與後面的豁然開朗，而對前面的種種折磨有了一種安心的忍受，甚或嘲弄，對角色、對作者，以及對曾在閱讀那折磨時緊張、哀慟的自己的嘲弄。

明明是同樣的文本，然而「重讀」卻必然帶來不一樣的經驗。重者輕之、更重要的往往還在輕者重之。「初讀」中隨時念之在茲的劇情變化、人物遭遇，愛情是否得有結果、死亡與災難何時降臨，所有這些，在「重讀」中悉數失去了幻影光芒，退化成僵硬無聊，也就絕對不會改變的事實。相對地，許多

「初讀」時乍見下全無光澤的細節，一個動作、一道眼光、一句閒言，突然如浮雕般昂然逼在目前，令我們驚悸，那驚人的豐厚意義，那更驚人的前次閱讀時不可思議的忽視。

正因爲我們知道了結局，正因爲我們看到了全貌，細節就用奇特的方式擴大增長了。

一九四九年國共內戰打得如火如荼，河南的一所中學，看看局勢不對，決定仿效抗戰時期的做法，遷校到廣西去。

出發那天，學生們齊聚學校編組成大隊，前一天家人已經仔細打點了他們的長途行李，將銀圓小心縫進外套內裡，用棉被包裹捆札了一些冬夏衣物。臨走前，放不下心的媽媽們還是都趕到學校來了，跟半大不小的孩子們做最後的叮嚀。

其中一個媽媽想起來還有一件事沒備妥，匆匆對兒子說：「我到藥房買些上清丸，等會兒大隊走過藥房前面時拿給你。」媽媽走了，一會兒，大隊出發了，然而臨時有甚麼其他考量吧，出城的路線臨時改變了，沒有照原訂的從藥房門口經過，那個男生從此再也沒有見過母親，一輩子。

這是龍應台《大江大海一九四九》裡，透過瘂弦的口述回憶記錄下的一小段故事。讓人讀了難過。彷彿看到那個捧著上清丸等在藥房門口的媽媽的身影，怎麼等都等不到兒子，一直到永遠閉上了眼睛。更令人難過的，是體會到兒子的心情變化。離開的那一刻，知道大隊走了另一條路，他心裡大概不會有甚麼強烈的感覺，甚至可能還慶幸因此省了一段在眾目睽睽下讓媽媽將上清丸塞入懷裡的尷尬。他絕對不會知道自己剛剛錯過了一生中，最後一次看到媽媽的機會。

甚麼時候他才知道？甚麼時候他才感到痛？到達廣西後又倉皇上路，輾轉到了台灣時？知曉大陸淪陷時？發現自己已經三年沒有回家見到媽媽時？五年、十年、二十年？屈指一算，媽媽的年紀隨時可能離開人世時？

那種痛，跟其他痛苦都不一樣。非但不會因時間流逝而跟著淡化，反而隨時間而越來越痛。越來越害怕，難道眞的就這樣錯過了媽媽？那一錯過，難道就成了永恆？最痛的，是如果進一步想，就算當時大隊沒有改變路程，經過了藥店、拿了上清丸，其實也無法改變從此流徙，與媽媽天涯一方的長久等待，以及最終等待落空的結果。這些，離開的瞬間絕對不會知道，絕對想不到，只能、只會在時間中一點一點開展，一點一點折磨。

這是一個鮮明的例子，細節因爲結局、因爲知道了結局，而徹底改變了意義。發生的當下，那是一件多麼細瑣的事。錯過了藥局前面的媽媽，如此而已。細瑣變得巨大，緣由於那一錯過成了終身的錯過，或說，終身最後的錯過。事件的意義不是在當下時間中決定的，眞正的決定一刻來臨，其實是確定再也見不到媽媽了，那時，錯過的終極性，終極的遺憾龐然昂立，再也躲不掉了。

這時一個刺骨的例子，不過，卻不是出於書寫，而是出於歷史與生活現實的例子。原來，書寫和生活現實，還有可能從相反方向構成另一組平行，我們藉「重讀」打破書寫的霸道次序，扭轉了大小輕重，挖掘出被忽視與被遺落的；類似的經驗，也可能存在於生活現實上，因爲我們有記憶、我們有整理經驗與記憶，不一樣的策略、不一樣的工具。

生命本身，當然是按照線性時間發生的，前者永遠在前，後者永遠在後。但是人的強大記憶能力，卻有辦法，也總是不歇止地在調整、在搬弄原有的物理時間順序。我們不會總按照發生的時間進行記憶。記憶通常是跳躍的，也通常是任意組合的。

只是絕大部分人絕大部分的記憶，沒有自覺的意義探尋。就是跳躍進行，就是任意組合，過程中沒有思考的介入，因而也就不會在其中產生如同「重讀」般輕者重之、重者輕之的鏡頭轉換與意義浮凸。《奇萊前書．序》中，楊牧寫著：

……曾經有過的那些氣味和聲音必然是曾經有過的，卻可能在我們不經意的時候，在一種沉湎的疏離狀態裡，逐漸淡去，歸於遺忘。或是因爲心神過於耽溺追求的概屬有形，或是因爲意志屢次猶豫在路歧，我曾經往返彳亍，幾已頹唐放棄，雖然確切感知它飄浮，震動，存在我懷抱深處；又似乎本身就具有一種消弭意志的力量，解除我心神的武裝，若是我不謹愼提防，隨時以果決的心去試探它，碰觸它。在一段長久的時間裡，我就因爲擁有這樣的秘密而內疚，甚至在我們已經習慣於使用文字去摹寫大自然和人情內外的塊壘，痕跡，爲愛與同情，爲悲傷，可憐憫的災厄，美，缺憾，爲偉大的和卑微的尋到共同與殊異，嘗試下定義的時候，我還是遲疑著，雖然我知道我不願意枯坐等待那些就此消失無形，使一切必然化爲偶然。

這一大段話在表白甚麼？

表白了隱藏在這些自傳性散文書寫背後，最根本的動機。那是試圖保留在生命中從許多角度、累積許多經驗，沒有辦法得到一般「書寫正當性」的題材，「曾經有過的那些氣味和聲音」。缺乏「書寫正當性」，因爲「那些氣味和聲音」不能現身爲大自然和人情內外的塊壘，痕跡，不能提供愛與同情、悲哀、災厄、美、缺憾的定義，換句話說，因爲它們如此瑣碎，雖然必然存在，存在過，若不加以小心迴護，便很可能化爲偶然消散無蹤。

而如何讓必然不至於變成偶然？楊牧有很明確的答案：「我收斂情緒，沉思，仰首：奇萊山高三千六百零五公尺，北望大霸尖山，南與秀姑巒山和玉山相頡頏，永遠深情地俯視著我，在靠海的一個溪澗蜿蜒，水薑花競生的，美麗的沖積扇裡長大的，揮霍想像，作別，繼之以文字的追蹤，而當文字留下，凡事就無所謂徒然。」

是的，以文字記錄，將原本缺乏「書寫正當性」的瑣碎靈光片段以書寫給予其永恆存留的必然。這不是遊戲的悖論，而是眞實、具體的選擇，書寫也有著讓輕者重之的關鍵力量，影影綽綽無法捉摸以致之前未寫的，唯有靠現在書寫才能將之固定，使之確立。

這個絕非遊戲的悖論，使得書寫時間橫跨二十年的「奇萊前後書」有了異於一般回憶懷舊的策略與方向。這絕對不是隨記憶回到過去的現場，將那樣現場延遲多年後原本抄錄，先別論這種抄錄是否可能，而是楊牧在創作上先就否決了那是值得探索追尋的一條路。

如果只是那樣「回到現場」，那麼瑣碎片段仍然只能以瑣碎片段的本質被記錄下來，不能給予其存留的內在價值，就只是矮化弱化了書寫，無助於還原那必然曾經有過經驗的「必然性」。

「回到現場」的時間感，是類似於「初讀」那樣線性的時間，只是多了一層摺疊。楊牧要追求的，是遠比這樣複雜蜿蜒歧路橫岔臨界於迷路恐慌邊緣的時間。楊牧自述：「起初我要求自己，無論任何時間都必須以為除了眼前進行的這一件工作，還永遠從事著一未完，待續的系列，所以任何階段的任何一冊詩集都不僅只是那一階段作品的合輯，鬆動的人情世故和偶然的草木蟲魚，而必須是統攝於我一般構想中有根據，可以證明或影射的有機因素，相互關連，彼此牽制，務使一階段的心智走向能通過此一生物性的結合或分解，更形周延、明確，與其他時空下的思維模式互通，進一步交叉詮釋，朝向一未完成的和諧。」（〈中途〉）他對自己書寫時間層疊交錯，嚴謹如此。

還有更複雜的時間想像：「如何將最初的時間A與後來的時間B對稱排比，時間A指剛進來的時候，經過一段漫長的雨季，終於等到下一個似乎饒有陽光的午前，走進院子，這樣四處看著，觀察著，……都看見了，把那些一一封存，還來不及以文字捕捉，確認，固定在紙上。這樣封存到記憶裡，脆弱的記憶，強韌的記憶，想必曾經挪出如此大小的空間讓我當年的發現寬容地安置在那裡，經過我從不懈怠的心神加以展期氧化，轉變成為零散的意象，在時間B隨時不斷的招喚中，終於成熟為詩的幻想。我懷疑當我下筆的時候，我殷殷展開的是當年在時間A的遭遇，來不及記載的那些意象，但因為事實上都已經到了時間B的世界，也就不只是意象而已，卻由幻想的種類直接演化為詩，獨立而堅實，毫不游移的主題。」（〈破缺的金三角〉）

所以他同意、甚至信奉柯律治的想像力結構論，尤其重要的是基本與次要想像力之外還有「所謂的幻想，指那些從時空秩序釋放出來的記憶——……這所謂的幻想其實與一般記憶相同，素材全屬現成，通過聯想法則即可獲取；換言之，這些不妨看作是詩的機括或零件，精巧的思考邏輯，概念，暗示，和這裡提到的聯想等物，我說，正是古來極稱的神思……」（〈破缺的金三角〉）

記憶與幻想有著神思為其共處的曖昧領域，這是不可忽視的重點。於是在一長段近乎後設對書寫記憶此事的觀想上，楊牧明確，或該說更加曖昧地說了：「我一一記載那些，彷彿敘述著所有的實際，但我寫下的從來就不是我看見的，不是當時，不是即臨。我寫的不是我真正看見的，不是當時即臨。／我寫的不是當時即臨。」「不是當時即臨」，堅持反覆，如是者三。

「我以為我可以重新來過，無窮盡的開始，結束，又開始。」這簡短的話，幾乎就是「奇萊前後書」的創作宣言。楊牧寫的，不是生命第一次即臨所看到所感受的，他是用書寫重新活過那生命的時光，如同「重讀」，也像重聽已經熟悉了的音樂。他已經走過那時光旅程，也就已經知道了後來，不會也無需有「後來呢？」了。他要的是循環交疊的「重新來過」，將那記憶與經驗叫喚回來，貼入身體，用已然明知後來結局的洞見與慵懶，重新選擇，重新經歷。重來的時光，當然不會和前一次一樣，也沒有道理和前一次一樣。

當時即臨，充滿不確定充滿期待與恐懼。期待甚麼、恐懼甚麼，就只能看到聽到與那期待那恐懼有關的訊息。那是不自由、極其有限的，那更是被因果時間裹脅綁架的視野。

「奇萊前後書」中，楊牧以皎然的後見擺脫了因果時間，改以結構時間，錯雜交疊時間重新檢視、體驗這些記憶。讓自己重新走入東海校園，知曉自己和那大肚山光景關係後，創造性地檢選初見東海的印象。「……進入校園，其時還不見路邊有甚麼燈火燃起，但感覺一種暮靄的氣息，就再進入校園那一刻特別顯著，甚至好像那氣息也才剛佈置好，讓我適時進入。……其實這小河和樹木都是用心疏濬，栽植才有的。這樣寓不平凡於平凡的設計，誘使我們想像或期待，有一天當鳳凰木成蔭，夏天裡紅似烈焰的花朵簇擁盛開枝梢，落在水面，復與漣漪皆逝。到那一天，我必然早已離開了；……」

這樣一段話，動用了多少往復時態？從「其實」以降，就不再是剛進校們一刻會有的感受了，摻雜進了後來的理解，然後不落痕跡地一跳跳到了那假設想像中的未來，鳳凰木成蔭而人已畢業離開。這種時代的錯落，還不止於此，接著：「約麼就是四十年或者更久遠以後的事，我若是回來；即使不回來，我也將記憶這初識即刻，為這一些逐漸稀薄的影像和聲音，為它，屬於那精神的，或者完全屬於感官的頭緒。」時間在跳躍，跳到了更遠的未來，既是過去的投射想像，也是現在書寫的回歸。

繁複層疊，總是複雜如是。

我們不能、不該追問，「奇萊前後書」中，那麼久遠的經驗，久到楊牧五歲時，一九四五年，為甚麼會有如斯細節如歷的記憶，如何可能？相反的，正因為久遠，現實時間上退得如此遙遠，讓楊牧已經看遍看透了變化的來龍去脈，所以他能用寫作的時間B進入那半個多世紀前的時間A，不是作為一個五歲小孩，而是一個感官充分開發的成年人，重活一次那段時光。

湯瑪斯曼眞正在小說技法上實踐「重讀」概念的，是晚年的傑作《浮士德博士》，書中他創造現實生命「重活」氣氛的方式，是完全去除小說的懸疑性，往往在前一章的結尾他就將下一章要描寫的最戲劇性變化，先一言帶過。他的敘事者，早已知道一切，他也不掩藏他所知道的，不欺瞞讀者來創造懸疑效果。這樣的小說還能成立，因爲讀者了解那種回頭重活時光的層疊經驗。

楊牧也從不假裝生命裡有甚麼懸疑。再臨的時候，眞正的懸疑不在任何行爲、活動上，而在於思考、感受，一切都已經知道的生命材料，原來還可以不斷被活出新的意義，開發出永不枯竭的感受，將之化爲文字，最終文字本身顯現一種超越時間並含納時間的多元結構，我們再也回不去那單純、線性的自然時間裡了，也不會有任何衝動想要回去。

引用書目

一、楊牧著作

楊牧，《傳統的與現代的》（台北：志文出版社，一九七四）。
——，《楊牧自選集》（台北：黎明公司，一九七五）。
——，《楊牧詩集I：一九五六—一九七四》（台北：洪範書店，一九七八）。
——，《年輪》（台北：洪範書店，一九八二）。
——，《陸機文賦校釋》（台北：洪範書店，一九八五）。
——，《有人》（台北：洪範書店，一九八六）。
——，《一首詩的完成》（台北：洪範書店，一九八九）。

——，《完整的寓言》（台北：洪範書店，一九九一）。
——，《楊牧詩集Ⅱ：一九七四—一九八五》（台北：洪範書店，一九九五）。
——，《文學知識》（台北：洪範書店，一九九七）。
——，《隱喻與實現》（台北：洪範書店，二〇〇〇）。
——，《人文蹤跡》（台北：洪範書店，二〇〇五）。
——，《掠影急流》（台北：洪範書店，二〇〇五）。

二、古籍

司馬遷，《史記》（台北：大申書局，一九七七）。
朱熹，《四書集注》（台北：世界書局，一九七〇）。
李白，瞿蛻園等校注，《李白集校注》（台北：偉豐書局，一九八四）。
屈萬里，《尚書集釋》（台北：聯經出版公司，一九八三）。
范曄，《後漢書》。
傅隸樸選注，《賦選注》（台北：正中書局，一九七七）。
楊明照校注，《文心雕龍校注》（台北：世界書局，一九七二）。

三、近人論著

Keats, John. The Letters of John Keats, 1814-1821. edited by Hyder Edward Rollins (New York: Oxford University Press, 2002, Reissued 2009).

沈謙等編著，《敘事詩》（台北：國立空中大學，一九九〇）。

林衡哲譯，《與當代智慧人物對話錄》（台北：志文出版社，一九七四）。

柯慶明、蕭馳編，《中國抒情傳統的再發現》（台北：國立台灣大學出版社，二〇〇九）。

班雅明（Benjamin, Walter），《說故事的人》，林志明譯（台北：台灣攝影工作室，一九九八）。

高友工，《美典：中國文學研究論集》（北京：三聯書店，二〇〇八）。

夏志清，《文學的前途》（台北：純文學出版社，一九七四）。

徐復觀，《徐復觀文存》（台北：台灣學生書局，一九九一）。

陳世驤，《陳世驤文存》（台北：志文出版社，一九七二）。

陳均編選，《詩歌北大》（武漢：長江文藝出版社，二〇〇四）。

陳義芝，〈台灣「學院詩人」的名與實〉，《當代詩學》年刊第三期，二〇〇七年十二月，頁一—二三。

——訪問，〈詩藝與學識的問題〉，曾琮琇紀錄，《聯合文學》，二九九期，二〇〇八年九月，頁九四—一〇〇。

覃子豪，《覃子豪全集II》（台北：覃子豪全集出版委員會，一九六八）。

楊子澗，〈「傳說」中的葉珊與「年輪」裡的楊牧〉，張漢良、蕭蕭編著《現代詩導讀・批評篇》（台北：故鄉出版社，一九七九）。

楊照，〈浪漫補課〉，陳義芝著《我年輕的戀人》（台北：聯合文學出版社，二〇〇二），頁五－一三。

鄭慧如，《現代詩的古典觀照一九四九－一九八九・台灣》，國立政治大學中國文學研究所博士論文，一九九五年六月。

謝旺霖，《論楊牧的「浪漫」與「台灣性」》，國立清華大學台灣文學研究所碩士論文，二〇〇九年七月。

住在一千個世界上[1]

——楊牧詩與中國古典

陳義芝（台灣師範大學國文學系）

楊牧（一九四〇—）心懷傳統，尊重古典，以學問為後盾從事創作，如濟慈所謂「住在一千個世界上」，為學院詩人範型。本文論其美學觀照、學術師承，申說他對《尚書》、《詩經》中憂患意識的發揚，對初民聲籟的掌握，與魏晉抒情美典陸機〈文賦〉的輝映，進而詳析他選取古典人物史實或文本角色作自我內省的心象，說明他兼容抒情、敘事所創發的體式。作為華文世界傑出的詩人，楊牧的心路歷程與成就深具啓示意義。

---

1 本題引用濟慈（John Keats，一七九五—一八二一）書信語："I feel more and more every day, as my imagination strengthens, that I do not live in this world alone but in a thousand worlds."出自John Keats, *The Letters of John Keats, 1814-1821* (New York: Oxford University Press, 2002, Reissued 2009), p. 159.

一、引言：學院詩人範型

二〇〇八年詩人楊牧接受訪問時說：「學院詩人作學問、教書、也寫詩。學院詩人一開始被冠上這樣的稱呼帶有貶義，但觀察整體學院詩人的創作後，確實轉化了這種帶有貶義色彩的名稱，有其正向意義。」「英國十八世紀寫《墓畔哀歌》的詩人格雷(Thomas Gray，一七一六—一七七一)一輩子在劍橋大學，十九世紀詩人阿諾德(Matthew Arnold，一八二二—一八八八)，也在牛津大學主講古典與英國文學。學院裡頭是有詩人！」[2]

學院詩人的傳統源遠流長，中國文學史上的大文豪常是大學者、大政治家。今天，學而優則仕的追求不再，夏志清(一九二一—)說，詩人作家不必如古之韓愈、歐陽脩、司馬光兼為政治家。但仍應「保持古代文學家身兼學者的風度、品格」，如果終日筆耕，寫文章、小說只是供人消遣，是最無聊的事[3]。他痛責以消遣為目標的寫作，意指消閒文章不是文學，作品要真摯老練、要見功力才是。

新文學運動以來，胡適(一八九一—一九六二)、陸志韋(一八九四—一九七〇)、徐志摩(一八九七—一九三一)、聞一多(一八九九—一九四六)、馮至(一九〇五—一九九三)、卞之琳(一九一〇—二〇〇

2　陳義芝訪問，曾琮琇紀錄，〈詩藝與學識的問題〉，《聯合文學》第二九九期，二〇〇八年九月，頁九四。

3　夏志清，《文學的前途》(台北：純文學出版社，一九七四)，頁六八。

○）吳興華（一九二一—一九六六），以至於一九五○年代以後在台灣的余光中（一九二八—）、葉維廉（一九三七—）、楊牧（一九四○—）、張錯（一九四三—）等，確實是作學問、教書又寫詩；繼之以一九九○年代台灣「學院詩人群」的創組[4]，中國大陸「北大詩人群」的蓬勃[5]，學院詩的脈絡十分深刻。

學術訓練的意義，在心懷傳統並以創作成績證明傳統是可以活在當代，知識的腦袋不與創作相牴觸。海明威（E. Hemingway，一八九八—一九六一）說：「一個作家要是既能寫作，又能教書，那麼他應該可以同時做兩種工作；事實上，許多優秀的作家已經證明了這一點。」[6]惠洛克（John Hall Wheelock，一八八六—一九七八）說：「當一個作家寫作時，在他身上有兩部分在工作，這兩種工作的機能要均衡才好，一部分是一種衝動——某種驅迫一吐為快的情操，所謂創作的衝動；另一部分是批評的能力，它在內心中司判斷之職。」[7]批評的能力與學術訓練有關，這是肯定作學問對寫作有好處。學院是古典文學最後一個堡壘[8]，台灣學院詩人的風格，不止新古典主義一味，而是融合浪漫、古

4 台灣「學院詩人群」指一九九六年由八位任教於大學的詩人發起的社群。參見陳義芝，〈台灣「學院詩人」的名與實〉，《當代詩學》年刊第三期（二○○七年十二月），頁一—二三。

5 重要代表如：西川、臧棣、姜濤、胡續冬。參見陳均編選，《詩歌北大》（武漢：長江文藝出版社，二○○四）。

6 海明威接受記者喬治・普林波頓（George Plimpton）訪問對話錄，見林衡哲譯，《與當代智慧人物對話錄》（台北：志文出版社，一九七四），頁一二五。

7 惠洛克接受美國國家廣播公司訪問對話錄，同前註，頁二九。

8 夏志清語，出自《文學的前途》，頁六三。

典與現代多層面向，具有古典的縱深謹嚴、浪漫的奔放革新、現代的奇警超越。身在學院銳意於創作的傑出詩人，立足傳統、兼融古典、拓展新視野，不將才情耗費在形式的花招上，也不以唬人的小技誇言解構創造，楊牧最稱典範。

二、楊牧的創作之道

一九五〇年代，超現實主義在台灣詩壇多重因素促使下，成為最強大的一股現代詩潮。殘風末流所致，背離了語言規則、詩的原理，創作已非自覺自省的構思而為魚目混充。適時修偏的旗手，前有文學態度冷靜的覃子豪（一九一二—一九六三）[9]，後有余光中、楊牧。覃子豪以論述提出警示，〈新詩向何處去？〉一文[10]可為代表，余光中、楊牧則不僅以論述（例如余光中《掌上雨》，楊牧《傳統的與現代的》其中寫於一九五〇、六〇年代的文章），更以創作實踐之。余光中最突出的詩集是《蓮的聯想》[11]；楊牧的古典創發則散見於每一本詩集，任一時期他從未懷疑過傳統的價值。

---

9 楊牧說，覃子豪對現代詩的貢獻，除著作外，還有冷靜的文學態度，「他這種態度是健康的文學態度」。參見〈詩人覃子豪〉，《掠影急流》（台北：洪範，二〇〇五），頁一九。

10 覃子豪，《覃子豪全集Ⅱ》（台北：覃子豪全集出版委員會，一九六八），頁三〇七—三一一。

11 余光中詩與古典的融鑄，參見鄭慧如，〈現代詩的古典觀照1949-1989・台灣〉（國立政治大學中國文學研究所博士論文，一九九五）。

《葉珊散文集》收十五篇「給濟慈的信」，這批文章是金門服兵役時，讀《濟慈書信集》，咀嚼、感受、鼓盪、激湧而成的心思構造。顯示楊牧於大學三年級開始讀濟慈(John Keats，一七九五—一八二一)的詩，譯他的詩，演講他的詩，與濟慈對話，思索永恆的美[12]。二〇〇九年楊牧以〈加爾各答黑洞的文字檔〉一文，追索當年的足跡，談到青年時期的古典思維、現實關懷與想像世界，有一大段應和濟慈的話，提示「偉大的想像空間」：

在沒有學問爲後盾的情形下，我們有可能持續下墜萬丈深淵，接著又被颺起，卻沒有翅膀，這樣經驗了一種兩肩空無一物的人必然遭遇的恐怖；但有了學問，我們的肩膀是如此豐滿，就這樣颺飛過同樣的空間，完全不覺得害怕。科學新知如此，古典學術更無可疑，所以他總是夢想有一天終於可以讀到原文的荷馬，和中世紀以降的歐洲文學，像他閱讀古來的英文經典一樣，深入其精髓。否則？否則或許徜徉在山水之間，覺悟自己如此浪漫，儼然，古典地浪漫。否則？否則忽然覺悟自己那超越的孤獨乃是壯美的——風的呼吼是妻，窗櫺外的星星是孩子；這些構成一種美的抽象質素，雖然，他說，除了妻與子外，我自有千萬種別的東西充滿心臆，都是美的基本粒子。「隨著想像力一天比一天加強，我更

12 濟慈〈希臘古瓶頌〉名句：“Beauty is truth, truth's beauty.”

覺得我並不只住在這世界而已。我住在一千個世界上。」[13]

這是楊牧最新的「證道」詞，指出創作之道以學問作爲後盾，特別是古典學術的翺翔，使人不只住在單一的現世，而是住在一千個世界上。所謂的世界，不是外在世界，而是內在世界，是由閱讀所開展，歷史眞實所辯論，文學抒情所陶冶的心靈居所。

一九六四年楊牧離台赴美，先在愛荷華大學(Iowa)取得碩士，再在柏克萊(Berkeley)加州大學獲得博士。他形容柏克萊大學那四年(一九六六—一九七〇)比其他任何四年對他都重要，原因是「柏克萊使我睜開眼睛」，「更信仰知識的力量」[14]。一九六〇年代末收進楊牧第四詩集《傳說》中的詩，與中國古典互文，成爲他創作生涯廣受推重的第一個高峰。雖然《水之湄》時期，十八歲以前的楊牧遣詞造句即十分文雅，說故里是「蘆葦的清幽」，說薄暮是「鷺鷥緩緩的踱蹀」，說兩人在一起是「比影而立」，說冗長的告別「一易再易」，還有「琉璃宮燈」、「鮫人」的意象[15]；《花季》時期，二十歲出頭的楊牧有「子夜歌」古題，鯤鵬典故，花開水榭、共楫一舟、古　風月、深巷池苑等四言語法[16]；甚至《燈船》時期，赴美前夕的楊牧有彷彿古典愛情的傳奇：

---

13 楊牧，《奇萊後書》(台北：洪範，二〇〇九)，頁二〇六。

14 楊牧，《柏克萊精神》(台北：洪範，一九七七)，頁八八。

15 以上出自《楊牧詩集I》(台北：洪範，一九七八)，第一卷《水之湄》，頁四、九、四七、六五、七〇。

16 以上出自《楊牧詩集I》第二卷《花季》，頁一〇三、一二〇、一三〇、一三三、一五六、一五八。

「昨天在井畔洗衣，曾聽人說過
戰爭像花朵，盛開在
霜露關卡……我的情人
你可曾凍過？」（〈佳人期〉）[17]

腐朽的歸土地埋葬
再生的映在浣紗女的腰
渡河，賣藝；投宿，行乞
咀嚼生命的流亡
如咀嚼一株老枇杷的秋收（〈歷霜〉）[18]

但更進一步，不只是語言的直接感應，還有內在心象結構，觸及文化根本、體現人生價值，所謂「詩言志」可以交流、討論、惕勵或發揚的觀念，須是《傳說》時期，也就是楊牧柏克萊求學，三十而立之際及之後所寫的詩章。

---

17 楊牧，《楊牧詩集I》，頁二五〇。
18 楊牧，《楊牧詩集I》，頁二七八—二七九。

在進入楊牧的象徵化經驗，詮釋其創作心靈前，先探看他的知識淵源，如何建立這一美學觀照。

三、楊牧做學術論文同時以詩抒感

楊牧就讀東海大學，雖是外文系學生，就其文章記載，孺慕中文典籍，最受徐復觀先生（一九〇三—一九八二）啓發。就讀柏克萊加州大學，敦促其向學激揚生命歡愉的是陳世驤先生（一九一二—一九七一）。

離開東海大學後的楊牧，持續閱讀徐復觀「文學、歷史，以及藝術哲學有關的著作，更鑽研他於思想史方面所建立的體系，而且每每選擇了後者的題目修書問疑。」[19]徐復觀很稱讚這個學生，一九六四年他在〈回答我的一位學生的信並附記〉中，說楊牧不是中文系學生，卻一直認他這個老師，又說楊牧在現代文學創作「弄得很有點樣子」，「常想在中國古典中尋找一點甚麼」，以求突破，「再向前走進一步」[20]。楊牧寫給老師的具代表性的一封信是〈上徐復觀先生問文學書〉，向老師請教有關陳寅恪文學觀念、詩經商頌的年代問題，誠摯紀念當年追隨徐師選讀「古代思想史」、「老莊」、「韓柳文」三門課所獲益在：周人憂患意識的體會，玄思想像的開拓，文章風格體裁的揣摹[21]。以情懷思想而言，徐

19 楊牧，〈回憶徐復觀先生〉，《掠影急流》，頁六七。
20 徐復觀，《徐復觀文存》（台北：臺灣學生書局，一九九一），頁二二四。
21 楊牧，〈上徐復觀先生問文學書〉，《徐復觀文存》，頁二二四。

復觀揭示的周人「憂患意識」，曾爲楊牧再三闡發：一、〈論一種英雄主義〉，掘發中國政治推崇的是與「武」相對的「文」的觀念，偃干戈、行禮制才算大功告成，《詩經》中大部分的戰爭詩都反戰，李白〈戰城南〉詩更以「乃知兵者是凶器，聖人不得已而用之」收尾[22]。二、〈古者出師〉，是一九八五年應《聯合文學》「戰爭專號」而寫。一個大型的文學刊物以戰爭爲主題製作專輯，顯然因中外古今有豐富的戰爭書寫，烽煙捲地，廝殺激烈。楊牧卻說，中世紀以後西方傳奇史詩雖強調個人英雄主義的發揚，但古中國詩人「最關心的是祥和寧靜的生活方式」[23]。三、〈周文史詩〉，提出"The Weniad"一詞與西方的"Iliad"相映，以《詩經・大雅》中〈生民〉、〈公劉〉、〈緜〉、〈皇矣〉、〈大明〉五篇爲周先民承天命立國之英雄史詩，分別描寫后稷、公劉、太王、文王、武王的「歷史形象」。令人印象特深的是楊牧讚揚古公亶父(太王)避與戎狄征戰，率民遷徙至岐下，贏得「仁人之君」的稱美；又說〈大明〉涉及武王伐紂，但無血腥文字之渲染，展現藝術境界；而這些詩縷述之周王世德，唯執事之敬、內治之修，使四方人民親附，基業長保，其中喻示的警覺、惕厲，即所謂「憂患意識」[24]。

以上要義另見楊牧一九六八年十一月那首反英雄主義詩〈武宿夜組曲〉，此詩是他在柏克萊加州大

22 楊牧，〈論一種英雄主義〉，《文學知識》(台北：洪範，一九九七)，頁二〇三—二二七。

23 楊牧，〈古者出師〉，《隱喻與實現》(台北：洪範，二〇〇〇)，頁二四三。

24 楊牧，〈周文史詩〉，《隱喻與實現》，頁二七八、二九三。所謂「憂患意識」，可參詳《史記・周本紀》，武王伐紂後，還至鎬京，以殷爲鑑，時常憂慮，不能安撫百姓，完成天命付託，故難以成眠。見《史記》，(台北：大申，一九七七)卷四，頁一二九。

學攻讀博士學位，以《尚書・武成》爲文本從事古典訓詁研究的「副產品」。正產品是「學期論文計畫」。詩人學者深入故紙堆中的主題、典故、敘事情節、文字編造，在叩探、懷疑、超越、啓發之際，激發另一層創造的衝動，毋寧是十分自然的事。換言之，做學術論文同時，以詩抒感，正是學院詩人本色。

〈武宿夜組曲〉二十餘行，分成三章，全錄於下：

1

一月戊午，師渡於孟津

2

只聽到雪原的鐘鼓
不停地喧噪，而我們
已經受了傷
樹也受了傷，爲征伐者取暖。惟有
征伐自身不惋惜待涉的河流
兵分七路
這正是新月游落初雪天之際
我們傾聽赴陣的豐鎬戰士

那麼懦弱地哭泣
遺言分別繡在衣領上，終究還是
沒有名姓的死者——
孀寡棄婦蓺麻如之何？當春天
看到領兵者在宗廟裡祝祭
宣言一朝代在血泊裡
顫巍巍地不好意思地立起

3

莫爲雄辯的睡意感到慚愧
慚愧疲勞在渡頭等你
等你沉默地上船蒼白地落水
落水爲西土定義一名全新的孀婦
孀婦
莫爲凱歸的隊伍釀酒織布[25]

---

25 楊牧，《楊牧詩集I》，頁三七五—三七六。

楊牧截取〈武成〉後半所敘「既戊午，師逾孟津」[26]（按，白話的意思：到了戊午日，軍隊渡過孟津）爲組曲開筆，第一章只巍巍一行：「一月戊午，師渡於孟津」，嗣後也不細表戰情戰況，詩人哀矜之心至顯。第二章仍以簡筆敘寫，人與自然受傷皆因征伐之故，「鐘鼓喧噪」是征伐的意象。「唯有／征伐自身不惋惜待涉的河流／兵分七路」，這幾行最耐人尋味，唯有戰爭好戰，不自惋惜，此外不論是「赴陣的豐鎬戰士」或千載以下傾聽戰士哭泣的「我們」，都興浩嘆。第二章，敘事觀點從戰士的「我們」移動至旁觀的「我們」，第三章，從戰士的「你」轉移至「孀婦」。戰士儘管將遺言繡在衣領上，一旦戰死因無人理會仍是沒有名姓的死者；孀婦不必盼望軍隊凱歸，盼來的很可能就是「孀婦」這一身分，失去了丈夫從此只能靠自己獨力耕種桑麻。「蓺麻如之何」出自《詩經・齊風》，修辭上增添了情境的古意。領兵者「宣言一朝代在血泊裡／顫巍巍地不好意思地立起」，「血泊」譏刺戰爭殺戮，即使周武王伐紂，作戰時間甚短，前一天（癸亥日）布陣於商郊，第二天（甲子日）一舉而大功告成，但〈武成〉仍出現最怵目驚心的句子：「血流漂杵」（血流將盾牌都漂了起來）。孟子批評〈武成〉記載說：「以至仁伐至不仁，而何其血之流杵也？」朱熹注說〈武成〉的本意：「乃謂商人自相殺，非謂武王殺之也。」[27]不管誰殺，對於士兵來說一樣是死，所以《尚書・武成》與《史記・周本紀》都有把馬放歸於華山之南，把牛放牧於桃林曠野，昭告天下不再用兵的記載。楊牧詩所謂「不好意思」，寫領兵者周

26 屈萬里，《尚書集釋》（台北：聯經出版公司，一九八三），頁三二二。
27 朱熹，《四書集注》（台北：世界書局，一九七〇），頁二〇五。

武王的心理，也就是司馬遷所記載的：武王克殷後釋放被紂王囚禁的箕子，後兩年與箕子對話，箕子不忍說殷的惡報，「武王亦醜」（白話的意思：武王也覺得不好意思）。[28]楊牧另作〈武宿夜前後〉文，敘說〈武宿夜組曲〉詩「羼雜了古典經史記事體的虛文」，「將輕重有所避就，爲虛實臥藏的作用」[29]。證明他對遠古這場戰爭鑽探再三，沉吟再三。細味楊牧詩第三章描寫兵士疲勞、委頓，蒼白地落水的寓意，確實接續上《詩經》爲民抒發的反戰傳統。

四、楊牧對師承與眞理的發揚

一九六六年，楊牧入學柏克萊加州大學，受業於陳世驤這一段師生緣，源自徐復觀一封信的敦促。頭年六月，楊牧請見陳世驤，陳世驤惜才，與他約定愛荷華大學畢業後到他門下。陳氏既引導他讀《詩經》、《楚辭》、《文心雕龍》及唐詩，也鼓舞他繼續新詩創作，「以字的音樂做組織和內心自白做意旨是抒情詩的兩大要素」，「詩的目的在於言志，在於傾吐心中的渴望、意念或抱負」[30]。於是他學到各種課室裡闕如的古典和生命，窺見學術的神奇，以更積極的態度寫作，追尋人性的關注、愛與活力，古典文學不再是他以前認知的「舊文學」。

28 司馬遷，《史記》卷四（台北：大申書局，一九七七），頁一三一。
29 楊牧，《人文蹤跡》（台北：洪範書店，二○○五），頁二二—二四。
30 陳世驤，《陳世驤文存》（台北：志文出版社，一九七二），頁三二、三五。

通過各種文學理論的實驗和證明，陳先生使我認識另一面的文學趣味：文學並不是經籍，因爲它要求我們蓄意地還原，把雕板的方塊字還原到永恆生命，到民間，到獨特的個人，然後指向普遍的眞理。[31]

〈柏克萊——懷念陳世驤先生〉一文，情詞深切，楊牧無所保留地對老師沉實有力的引導發出讚嘆。他的新詩創作不但未擱下，反而因沉潛古典、融鑄古典，珍惜昨日、肯定今日，開發出新的修辭聲律、精神情采。《傳說》一集全是柏克萊時期之作；《瓶中稿》緊接在後，集一九七四年之前的作品，堪稱「後柏克萊」詩卷。〈夜歌之二：雪融〉、〈經學（夢遊儀徵阮大學士祠）〉、〈一種寥落（仿陶）〉這三首收在《瓶中稿》的詩[32]，頗有古典可證明。

〈夜歌之二：雪融〉，楊牧自云是格律詩的一種，與他夙夜抄寫《詩經》有關，創作思維受到初民聲籟影響[33]。參詳樂府〈子夜四時歌〉，分作春歌、夏歌、秋歌、冬歌，楊牧此作同時浸浴在春回、夏蟲、秋水的聲色想像，且遥以「雪融」狀夜思之紛競：「輕輕如知更頸項的淡黃」、「苔蘚的女神正懷想著魚躍鳥飛」、「仰望耳語唏嗦的火焰」、「拍翅航游於漸漸緊張的夜」。論形式，此詩分三章，每一章都呈現「六行、七行、一行」的組構；每一章的第二節都以「起初」一詞開始，以「乃潮濕淹沒

31 楊牧，《傳統的與現代的》（台北：志文出版社，一九七四），頁二二五。
32 楊牧，《楊牧詩集I》，頁四七九—四八二，五三一—五三二，五四八—五四九。
33 楊牧，〈瓶中稿．後記〉，《楊牧詩集I》，頁六二二。

了」連接第三節的「一個春回的夜」、「一個夏蟲的夜」、「一個秋水的夜」。這是《詩經》重章疊唱的藝術。楊牧既在章中重複，繼之以章末重複。在意境、感情上，則一章比一章推進、加深。

〈經學〉一首，禮敬清代樸學大師阮元(一七六四—一八四九)。阮元，江蘇儀徵人，匯通考據、義理、辭章，編著《十三經注疏》、《皇清經解》、《經籍纂詁》等，總結十八世紀以前的中國學術，為清代思想史上具里程碑意義的人物。楊牧在柏克萊加大，曾從漢學家卜弼德(Peter A. Boodberg，一九〇二—一九七二)攻訓詁，翻查《爾雅》、《說文》、《玉篇》等書，「以外證辨〈武成〉之所以偽，以內證分析〈武成〉的文字內容」，寫了四十幾頁報告，「精神幾乎崩潰」，一時大大地佩服起乾嘉時代的小學家[34]。阮元正是乾嘉時代樸學重鎮，主張一切義理之學必自訓詁始，楊牧說「我讀其書，深深傾倒」[35]，是很自然的事。「明駝守著大門庭／山鷹掩翅靜立／校勘十三經，比類韓魯齊」，詩一開始就有學府氣象，令人聯想到阮元創建過的「詁經精舍」、「學海堂書院」，然而此詩的情境不在造就人才的書院，而在祭祀一代名儒的廟堂，「一殿一堂都是悄寂無聲／炬火燒於鐵馬咽啞處」，阮元恢弘的傳統學術已經悄寂，風簷鐵馬亦已咽啞。詩人文化夢遊，情緒十分節制，歸結於兩行「疑似聯」：「周南召南十五國風／小雅大雅周魯商頌」，全是詩經指涉，暗寓此乃經學初始，一切學術的源頭。涵括義理、詞章，並且尊重考據工夫，楊牧蕭瑟讀經於異國之夜，悠然入夢於經學廟堂，其詩心唯深體傳統者

34 楊牧，〈漢學家卜弼德〉，《掠影急流》，頁四七。

35 同前註，頁六二三。

能體會、能分享。

再看〈一種寥落(仿陶)〉：「又總是菊和山的事情／偶爾如此震驚，莫非是因為／神曾經移駐於斯」，「菊」是東籬之菊，「山」是悠然而見的南山，移駐於斯的「神」不是天神，是「寂然凝慮，思接千載；悄焉動容，視通萬里」的神思[36]，是陶淵明(三七二—四二七)「形影神」詩的「神」。因為心神凝注，故能融會情景，物我兩忘。第二節：「一種焚燒的聲音／骨骼爆炸的顏色——／臨流顧其形影之辯論」，所謂臨流，指時間之流、詩學之流；陶淵明的「形影神」詩三首，一是〈形贈影〉，一是〈影答形〉，最後是〈神釋〉，楊牧於千載之下臨流而驚，思索陶詩探究的生死大限、存生的方法，雖然淵明有縱浪大化、委寄自然的開釋，但人為時間拘囚、被情感困累的本質是任何人都難免的，日落時分飲酒，如蛞蝓之有觸角感覺到寂寞，如陶淵明般因菊和山的悟感，有一番形影之辯論，也就十分有境界了。

這一類型的詩旨還原到永恆的生命，還原到詩經、樂府的民間，到獨特的神思經驗，都看出楊牧對師承與眞理的發揚。一九八三年他完成的《陸機文賦校釋》，是以其師陳世驤〈文賦〉英譯"Literature as Light Against Darkness"("Wenfu")及其師徐復觀所作〈陸機文賦疏釋初稿〉為基礎。楊牧自謂始自一九六〇年代直到一九八〇年代，每年都將〈文賦〉溫習一遍[37]。〈文賦〉揭示的抒情精義，在當代新詩

36 楊明照，《文心雕龍校注》(台北：世界書局，一九七二)，頁一九五。

37 楊牧說，「近二十年來因為教學研究的需要，幾乎每年都溫習一過」，見《陸機文賦校釋・自序》(台北：洪範，一九八五)，頁vi。此文記於一九八四，此後是否仍每年溫習則不得知。

人中，楊牧的把握、開展，料應最為深刻。

五、楊牧輝映前賢的現代「文賦」

陸機說文學創作「非知之難，能之難也」。苟非才高，不能有此會心。他著作〈文賦〉的目的，是要曲盡詩文之妙。雖說寫文章就像「操斧伐柯」，手中拿的斧柄可以作為標準，但更根本的是「良難以辭逮」不易言傳的藝術。〈文賦〉用的是駢文，駢文表意未必十分精確，但以之論藝，情境紛陳，反而提供了想像的思理。楊牧風行廣遠的《一首詩的完成》，以一種既有學術深度卻非學術論文的文體，談抱負、大自然、壯遊、歷史意識、社會參與及閑適等，顯然不為傳授現學現賣的臨床演練方法，而著重蘊藉陶養的心靈、整體美學的理念。雖然也析論意象、內容、音樂性、修改等具體的創作要求、批評借鏡，但「高手下棋何嘗循規蹈矩？作詩大略也是這樣」[38]。《一首詩的完成》起筆於一九八四年，完成於一九八八年，係接續《陸機文賦校釋》之作。

楊牧的《陸機文賦校釋》工作在徐復觀逝世後開始，約當一九八二—八三年，固為緬懷師恩，「敬獻二位恩師在天之靈」[39]，也因陸機「是一個身體力行的詩人，不是為評論而評論的學院纂修」[40]，古

---

38 楊牧，《一首詩的完成》（台北：洪範，一九八九），頁一四一。
39 楊牧，《陸機文賦校釋》，頁vii。
40 同前註，頁vi。

今詩人的想像、教養、抱負等精神志向實相接近。楊牧以《詩經》、《離騷》、《史記》、《文心雕龍》、《詩品》、《文選》等經籍相參，佐以後代詩家之注疏、西方詩學見解，闡釋，澄清，沉吟於上下文脈絡，破除成見，標舉文心，並指陳有不須置論不必辯護者。「陸機眞正的目的應在於通過個人的創作甘苦經驗以『論作文之利害所由』」[41]，楊牧做完〈文賦〉校釋，不可能不受到這一精神志向感動。於是仿里爾克(R.M. Rilke，一八七五—一九二六)寫給青年詩人的書信體，他開始寫「給青年詩人的信」十八篇，結集成《一首詩的完成》，傳授青年以創作的甘苦經驗，無疑是一輝映前賢的現代「文賦」。試看陸機〈文賦〉中的論點，所謂「佇中區以玄覽，頤情志於典墳」，楊牧發揚於〈歷史意識〉篇、〈古典〉篇；「遵四時以歎逝，瞻萬物而思紛」，楊牧發揚於〈大自然〉篇；「傾群言之瀝液，六藝之芳潤」，楊牧發揚於「現代文學」篇、「外國文學」篇；所謂「謝朝華於已披，啓夕秀於未振」，正是楊牧說的：「將我們的用心回溯更遠，於似乎不必要不可能的地方，發現一些新的訊息，一些挑戰」，「學習如何割捨一些次要，迴避一些末流」，「潛心古典以發現藝術的超越」[42]。呼應陸機「雖抒軸於予懷，怵他人之我先」，楊牧是這麼說的：

當代的文學我們也不能不予理會。這就回到我剛才對於主張面壁的人的懷疑，因爲閉門長

41 同前註，頁八。

42 楊牧，《一首詩的完成》，頁六七—六八。

慮雖好，總是割捨了切身現實。何況你若是一意孤行，執著地十年不窺牖戶，即使出關時志得意滿，又怎麼能保證捧出來的理論（按：漏植「不是」）早已被人家公開發表過了，整套暗器早就有了破解的法門，而且連黃口小兒都會？

陸機談「默會」：「若夫豐約之裁，俯仰之形，因宜適變，曲有微情」，指明藝術之奧祕有輪扁所不能言者。那麼，該如何轉折、互救，如何平衡、化解？楊牧《一首詩的完成》以〈論修改〉這一篇對具有實際創作經驗的人，感覺最眞切共鳴，他不只強調陸機「考殿最於錙銖，定去留於毫芒」的修改工夫不能免，更說挑剔修改自己的新作，其中有患得患失之心，難以辨明分際的奧祕。我說楊牧的「發揚」，指此。《一首詩的完成》往往借用〈文賦〉的語句，激盪充實，熟讀者不難發現。〈文賦〉講的創作方法全是詩的藝術。「暨音聲之迭代，若五色之相宣」，是經常被引用的句子，有人當成對照比喻[43]，意思是詩之韻律要像音樂的宮商調和，要像繪畫的宣染配合；楊牧則釋爲「論音聲迭代的重要性，以五色相宣爲比喻」[44]。〈文賦〉這兩句的上文，講文章多采多姿，體製變化不居，語言表達意思須巧妙精準，修辭講究鮮妍美好，所謂「其會意也尙巧，其遣言也貴妍」，拈出「巧」與「妍」，突顯藝術精緻的質地，在文學發展史上具劃時代意義。楊牧在紛亂顚狂的浪頭與重濁遲滯的水沫同流的年代，自立風格領

43 傅隸樸，《賦選注》（台北：正中書局，一九七七），頁二三三—二三四。
44 楊牧，《陸機文賦校釋》，頁五五。

一代風騷，其識見之堅定，其才情之暢發無礙，也有劃時代意義。論其抒情傳統之新製，可舉《陸機文賦校釋》出書那年（一九八五）所作〈秋探〉爲例：

我聽到焦急的剪刀在窗外碰撞
銳利那聲音快意在風中交擊
晨光灑滿草木高和低。我
頭外望，從茶杯裡分心
尋覓，牆上是掩映的日影顏色似凍頂
是剪刀輕率通過短籬或者小樹的聲音
持續地，一種慈和的殺戮追踪在進行
持續地進行。我探身去看，聽到
那聲音遽爾加強，充滿了四鄰
卻又看不見園丁的影[45]

「焦急」、「銳利」、「快意」寫秋之質地，「急」、「利」、「意」、「擊」、「低」、

45 楊牧，《有人》（台北：洪範，一九八六），頁二八。

「籬」、「地」與「影」、「頂」、「音」、「踪」、「行」、「鄰」、「丁」兩組韻編織更迭，主意象是一位剪樹園丁，而實無園丁，表意之精審、語言之鮮妍，令人驚絕。詩的後半：

山毛櫸結滿血紅的樹子
老青楓飄然有了落葉的姿勢
蒼苔小徑後是成熟的葡萄架
兩綑枯枝堆放著，在松下
大半菊花已經含了苞
我走進院子尋覓，牆裡牆外不見園丁的蹤
影，只有晨風閃亮吹過如涼去了一杯茶
那碰撞的剪刀原是他手上的器械，是他
他是季節的神在試探我以一樣的鋒芒和耐性[46]

紅、青、紫、黃等物色相宜，呈現明確的秋景，續說不見園丁的蹤影，隨即映現晨風，原來風就是持剪的園丁。這是想像，《文心雕龍》思接千載、視通萬里的「思理之致」。不僅意念翻空出奇，而且

---

46 同前註，頁二九。

形文、聲文、情文的表現文質彬彬。歐陽脩賦秋聲有無可奈何的嘆息，楊牧說「季節的神在試探我以一樣的鋒芒和耐性」，呈現另一種生命情采。

學者高友工說《文心雕龍》中的〈神思〉、〈情采〉二篇是中國抒情美典的重點，又說《文心雕龍》雖然比陸機〈文賦〉恢宏，但集中對創作過程的描寫上還是以〈文賦〉最透徹[47]。高友工之所以稱「美典」，意指不僅是一個個人的審美看法，而是一套「可以傳達繼承的觀念」，讀者閱讀作品即是重新經驗作者的心理活動，因爲創作是以自我現時的經驗爲本體，目的是「保存此一經驗。而保存的方法是『內化』與『象意』。」[48]

「內化」是「事出於沉思」的過程，將所敘之事經過內心的涵融、情思的轉折，經過取捨、醞釀、變化，事理不再是硬梆梆的概念，知識不再是不切己的、沒有感受的資訊，作品中心繫乎作者中心，作品之所以感人是有一鮮活的情境，而此情境中又鮮活地有一可照映讀者的中心個體。所謂抒情自我(lirical self)指此[49]。

「象意」簡單地說，是將記憶中過去的經驗與當下的感官感應、生命情境的聯想，用適當的語言表達

47 高友工，〈中國文化史的抒情傳統〉，《美典：中國文學研究論集》（北京：三聯書店，二〇〇八），頁一一三。

48 同前註，頁九二—九三。

49 有關「抒情自我」的分析，除高友工，《美典：中國文學研究論集》外，另可參閱柯慶明、蕭馳編，《中國抒情傳統的再發現(上)》（台北：國立台灣大學出版中心，二〇〇九），頁二七三—三八一，張淑香、蔡英俊、呂正惠專論。

出來。象意以象形、象聲爲基礎，統攝心思、個性、情感、理想、志向，而爲一種生命境界。這就是古人所謂的「詩言志」，也是楊牧自述詩的追求過程，所謂進入「一個思維的和高度想像的創作模式」[50]。

六、楊牧的抒情自我與表現體式

探察楊牧「抒情自我」的表現，可從第四本詩集《傳說》著眼，大約起自一九六六至一九七〇年在柏克萊加州大學攻讀博士階段，以迄一九七八年遇見夏盈盈，結束一段獨居歲月，完成《禁忌的遊戲》時。身在學院他研讀、教學的是古典，創作的題材取自古典，也就很自然。

(一)青鞋布襪的志向：〈續韓愈七言古詩〈山石〉〉

〈續韓愈七言古詩〈山石〉〉寫於一九六八年，據楊牧的散文〈抽象疏離　下〉說是「設想韓愈貶官的心境」，「揣摹一個儒者的風度和口氣」，「更保證詩的抒情或言志功能」，「採取一獨白的體式」[51]，則所設想、所揣摹、所抒發，當然也疊映了個人的生命情節。韓愈的〈山石〉詩二十句[52]，取詩首兩字作題，但非詠山石而是記遊山寺，前四句：「山石犖确行徑微，黃昏到寺蝙蝠飛。升堂坐階新

50　楊牧，《奇萊後書》，頁二二六—二二七。
51　同前註，頁二三四—二三五。
52　這是各種選本中常見的一首，《唐詩三百首》列在七言古詩卷第二十一首。

雨足，芭蕉葉大梔子肥……」，寫山徑難行，黃昏寺院情景，接著寫僧侶的接待：「僧言古壁佛畫好，以火來照所見稀。鋪牀拂席置羹飯，疏糲亦足飽我饑……」，古剎清幽，食宿雖簡卻也適情適意。楊牧的續詩就從「我與寺僧談佛畫」起筆，二十八歲的他在現世中並沒有甚麼「寺僧」可相談話，倒是在柏克萊學府中，有許多或慈祥或嚴厲的老師可論學。韓愈詩「天明獨去無道路，出入高下窮煙霏」；楊牧續詩，擴衍成「腳濕衣冷想的竟是城裡的／蜂群在梔子花間漫舞／竟是一婦人之坐臥／一幃幔之升降……」[53]，以蜂群飛花、婦人坐臥的遐思對照古人「登衡山，謁楚神」滿佈泥濘的志向，看得出來他借影子替身表達對學業壓力的質疑：

假使我不能從我的閱讀經驗裡體會古典或現代文學的蘊藉內涵，以各自合宜，有效的表現方法，轉益多師，再一次出發去搜索，尋找我的新詩，爲自己的文學理念和形式下定義，則學院的紀律和專屬特權，傳統文學累積加諸於我的啓示，和快樂，豈非多餘。[54]

韓愈從「山紅澗碧紛爛漫，時見松櫪皆十圍。當流赤足踏澗石，水聲激激風生衣」的畫境中體會到「人生如此自可樂，豈必局束爲人鞿？」「鞿」是馬的絡頭，意思是何必被人套住頭牽著走？楊牧續詩：

53 楊牧，《楊牧詩集I》，頁三六三。
54 楊牧，《奇萊後書》，頁二三〇。

忽然憶及楊柳樹和
激激的流水也曾枕在耳際教我
浪漫如早歲的詩人一心學劍求仙
金釵羅裳和睡鞋就是愛情？
我的學業是沼澤的腐臭和
宮庭的怔忡[55]

表達如果學業只是一堆死的文獻——「沼澤的腐臭」，如果一心只懷著「學而優則仕」的追求，那當然要怔忡了。緊接著的兩行「我愛團扇／飛螢」，抒情言志，令人聯想杜牧〈秋夕〉詩：「輕羅小扇撲流螢」，暗藏的是「臥看牽牛織女星」相會之思。

但律詩寄內如無事件如鄜州
我只許渡江面對松櫪十圍
坐在酒樓上
等待流浪的彈箏人

---

55 楊牧，《楊牧詩集I》，頁三六四。

並假裝不勝宿醉
我不該攜帶三都兩京賦
卻愛極了司馬長卿[56]

杜甫五律〈月夜〉：「今夜鄜州月，閨中只獨看。遙憐小兒女，未解憶長安。」鄜州望月，並無事件，只除了想念一事。詩中的敘事者在酒樓上，等待彈箏人，否定〈三都賦〉、〈兩京賦〉的麗辭假象，他愛的是有眞生命、對愛情眞有所追求的司馬相如。這樣解釋，是對照詩的前一章最末而得。這樣解讀，即見出楊牧在社會體制中的「掙扎」。但如果不以司馬相如情挑卓文君爲觀點，凸顯情愛價值，而以其賦見賞於君王，作爲對韓愈的嘲諷，那又是另一種解讀，也能反照出青鞋布襪的志向。

(二)初志初衷的檢驗：〈延陵季子掛劍〉

〈延陵季子掛劍〉寫於一九六九年，此詩傳誦久遠，論評甚多，無須多做詮釋。一九七七年楊子潤作論文〈「傳說」中的葉珊與「年輪」裡的楊牧〉，指出楊牧〈延陵季子掛劍〉借事立言，引用的典故有與史實不合處，但目的卻是要表達自己的心聲[57]。多年後，楊牧回顧他「在一種戲劇性的獨白體式裡

---

56 同前註，頁三六五。
57 楊子潤，〈「傳說」中的葉珊與「年輪」裡的楊牧〉，張漢良、蕭蕭編著，《現代詩導讀・批評篇》（台北：故鄉出版社，一九七九），頁三四七—三五〇。

一方面建立故事情節，促成其中的戲劇效果，一方面於細部絕不放鬆，期能將言志抒情的動機在特定的環境背景（包括時間，場域，和人際互動的關係）表達無遺」[58]的階段，首先提到的就是〈延陵季子掛劍〉：

> 我擅自增加一枝節，即以季子北遊之餘既心嚮往於北地胭脂，和齊魯衣冠，更不期然爲孔子講學所吸引，誦詩三百，變成「一介遲遲不返的儒者」。孔門弟子七十人獨不見季子之名，何況根據《左傳》，季子於襄公二九年觀樂於魯，孔子方八歲，所以延陵季子當然不可能是子路和子夏等人的同門。我增加這一節，純係爲戲劇張力的思考。[59]

詩之情節雖以史實爲本，卻無妨添枝加葉，增加戲劇張力，以成就一個進入典故人物位置，扮演其處境，表現其情志，發抒其感懷的新角色。這個角色即是作者本人。缺乏學術涵養、人生遠志、人格精神者，也許可以借助現代西方理論變形，規矩學步以成詩，但很難在中國這一蘊藉精深的抒情傳統裡成爲大家。以此觀之，楊牧是華文詩壇獨步之人。他不但繼承了抒情傳統，還發揚了抒情傳統。所謂發揚，指他創造了一種文體風格。楊牧的文體風格見諸於白話與文言語氣渾融、起死回生的獨特字眼、分

---

58 楊牧，《奇萊後書》，頁二三三。
59 同前註，頁二三四。

明清剛而又迴環跌宕的韻律和透入心脾的縝密思致，很難一語道明。一九七〇、八〇年代，他顯然鮮明的文體風格，就是：敘事爲了抒情、戲劇爲了言志。雖然中文詩的寫作強調賦、比、興，自先秦、漢魏六朝、唐宋元明清，並不缺「敘事／抒情」合璧的篇章[60]。但通常一旦著重敘事，篇幅加長，則欠缺抒情的密度、迴盪的韻致。楊照說，一九五〇、六〇年代台灣現代詩不具備現實性與敘事性，甚至極力避免它；又說，「浪漫主義厭惡敘事性，厭惡占著明白主體位置的發言，這種厭惡延續感染了後起的現代主義」，直到一九七〇年代典範挪移，「大量的中國古典意象復活，古詞古詩逐漸滲透運用進現代詩裡，詩的抒情性，也由現代主義式的斷裂荒涼轉爲溫婉優雅」[61]。楊照爲了探討一種詩的特色及其問題，因而採取了二分法說明，將典範挪移的關鍵說是關傑明、唐文標引發的現代詩論戰以及《中國時報·人間副刊》創辦的敘事詩獎[62]。這兩點固然是重要的社會因素，確有其推波作用，但一九六〇年代兩位關鍵詩人的成功實驗對一九七〇年代出發的詩人潛默性的吸引，動力更強，吸引力更大。本文第二節已指出，一位是余光中以《蓮的聯想》風靡讀者；另一位就是年齡小余氏一紀的楊牧。本節舉例的詩頗有早於「關、唐事件」者，而全都在《中國時報》成立敘事詩獎之前。楊牧是最被稱頌的浪漫主義詩

---

60 參見沈謙等編著，《敘事詩》（台北：國立空中大學，一九九〇）。

61 楊照，〈浪漫補課〉，收錄於陳義芝，《我年輕的戀心》（台北：聯合文學出版社，二〇〇二），頁一〇一一三。

62 一九七二年九月關傑明發表〈中國現代詩的幻境〉於《中國時報·人間副刊》，引發現代詩論戰。唐文標指責現代詩的四篇文章，密集發表於一九七三年七—九月。《中國時報》創辦敘事詩獎，時爲一九七八年。

人，他不避諱敘事性、有主體位置、古典語詞與意象，又不致生出楊照所擔心、所顧慮的問題，原因就在他有破有立，他破了一九五〇年代台灣現代詩抒情與敘事涇渭不合流的風貌，採取戲劇獨白體爲他所選擇的人物安排一個「瞬間」情節，激湧其掙扎、衝突，凝聚一有教示意義的倫理信念。不生典故套襲之感，沒有空疏、平鋪或冗雜的口吻，很重要的原因是他創出了一種新體式。是否「風格名家」，以是論定。

楊牧所謂的戲劇獨白體式，其內在形式爲：

> 以我一己之意逆取那人物之志，謹愼地，但有時也不免就放縱詩的想像，使它與所謂可信的史實競馳，冀以發現普遍於特殊，抽象於具體，希望獲致詩的或然，可能之眞理。63

所謂「逆取」，是預先設定抒情言志的企圖。從楊牧一九七四年作〈林冲夜奔〉、一九七七年作〈鄭玄寤夢〉，我們可以明確地找到對映他生命歷程的事情。一九六九年四月寫〈延陵季子掛劍〉的楊牧，二十九歲，在柏克萊加州大學通過博士資格考前夕，即將撰寫博士論文。從楊牧自訂〈年表〉，一九七〇年「八月離加州赴麻薩諸塞州，任麻州大學中國文學及比較文學講師。始與林衡哲醫生合編『新

63 楊牧，《奇萊後書》，頁二三六。

潮叢書』，委由志文出版社印行」的記載[64]，可見何去何從的思索，初志初衷的檢驗，確是寫詩當下楊牧反觀自我的課題。

(三)悲愴典型的塑造：〈林冲夜奔〉

一九七一－一九七四年楊牧的生涯大事有：一、從任教的麻州大學轉往西雅圖華盛頓大學(University of Washington)；二、將使用了十七年(一九五五－一九七一)的筆名「葉珊」改為「楊牧」；三、主編《現代文學》現代詩回顧專號，又與余光中合編《中外文學》詩專號；四、主編中國現代詩英譯選集*Micromegas*，由美國麻州大學出版；五、三度返台；六、發表《年輪》。

這些大事顯示他尋索的方向，在一種安身立命的價值意義「邊界」上。我們很難一一具體指陳，但從《年輪》這本獨樹一格的「心影錄」[65]，可以找到佐證的心影。這本書的主題是愛、慾與死亡，是從柏克萊到西雅圖的生活經驗，面對人性表裡、社會壓力、充具精神提昇與抗議批判的意識，他眼中的世界有人自殺，有人殘殺別人，有人被自己親近的人忘恩負義地戳刺，有人剝削，有人抵制，有人謀害，有人哀號。學業已成、事業初立，他內心湧動的與外在強加的限制交爭著：

64 楊牧，〈年表〉，《楊牧自選集》(台北：黎明文化事業公司，一九七五)，頁四。
65 楊牧，《年輪》(台北：洪範，一九八二)，頁一七八。

就有一種不服的情緒，戰爭著自己，奮鬥著自己。朋友們不知道在做甚麼，有的在流浪，
有的在流血，在的在流淚。最初是很關心惦念著他們的，甚至爲他們構想最新奇的生命，
像廟宇一般恆久肅穆的生命，像鐘一樣堅持不懈的生命……[66]

對外的惦念，回身也就是對自己的探問。林冲是他構想中的一個肅穆的生命。〈林冲夜奔〉收入《瓶中稿》。〈瓶中稿自序〉：「有那麼許多年，人是失落的，是受苦的，是寂寞的，因爲看不到涯岸，只是自覺存在一不可辨識的經緯度交會的黑點上。」[67]〈林冲夜奔〉完成前，楊牧另有〈風在雪林裡追趕〉（一九七一年）及〈十四行詩十四首〉（一九七三年）：「啊地獄請你爲天堂下一場雪」[68]的抒發，「風」、「雪」這般初起的意念、縈迴的意象，到了〈林冲夜奔〉，終於匯聚集中表現。

林冲蒙冤受害、逼上梁山的故事讀者可參閱《水滸傳》第六、七、八、九、十、十一回，至於楊牧詩最後「七星止泊，火併五倫」，則見第十八回〈林冲水寨大併火，晁蓋梁山小奪泊〉，林冲把嫉賢拓能、容不得豪傑的山寨頭領王倫殺了，爲梁山泊留住晁蓋、吳用、公孫勝、劉唐、阮小二、阮小五、阮小七這七條漢子。所謂「自覺存在一不可辨識的經緯度交會的黑點」，即命運交會點，〈林冲夜奔〉詩

66 同前註，頁一二八。
67 楊牧，《楊牧詩集I》，頁六一八。
68 同前註，頁五二六。

深刻表現的也是命運的軌跡、大自然的護佑。第一折以風、雪聲主敘：「我是風，捲起滄州／一場黃昏雪——只等他／坐下，坐著葫蘆沉思／我是風，爲他揭起一張雪的簾幕，迅速地／柔情地，教他思念，感傷」，「我們是滄州今夜最焦灼的風雪」，「我們是今夜滄州最急躁的風雪」。第二折是山神的感嘆：「我枉爲山神／親見的」，「我枉爲山神看得仔細」，「我枉爲山神只能急急」，「我枉爲山神，靈在五嶽」，能救林冲的竟是風雪(壓垮了草廳，使他尋古廟安身，逃過草料場火劫)，是不該絕的命。第三折是林冲投向風雪，俯伏於命運的心情。第四折「雪聲．偶然風、雪、山神混聲」，表現莊肅而悠遠，一時的風波雖過去，人間的事情並未完了：

風靜了，我是
默默的雪。擺渡的人
彷彿有歌，唱蘆斷
水寒，魚龍嗚咽
還有數點星光
送他行船悄悄
向梁山落草

山是憂戚的樣子[69]

歌聲斷續，行船悄悄，人生一個階段繼之以另一階段，一波又一波，誰是擺渡的人？是魚龍還是星光，是行船還是不得不的意志？其況味唯恆久矗立的山嶽其憂戚差堪形容。楊牧借林冲的口吻：「他年若得志，威震泰山東」，寄寓自己在海外的孤獨，以《水滸傳》敘事爲本，另創風、雪、山神等多重角色，成就豐繁的戲劇聲音，把一個古典章回人物寫成千千萬萬年輕人闖蕩世界不畏年災月厄的悲愴典型。讀上引八行（全詩一八六行）：「雪」與「咽」，「蘆斷」與「水寒」，「星光」、「悄悄」和「落草」的韻致，以及明麗而淒清的物色，即見其能廣爲傳誦，躋身經典[70]，在其清新創造予人迷魅的意境。

(四) 布衣雄世的自負：〈鄭玄寤夢〉

〈鄭玄寤夢〉是楊牧發現的另一個「瞬間」情節。這首詩不如〈林冲夜奔〉好讀，原因是鄭玄較不爲人知。鄭玄（一二七—二〇〇），字康成，東漢末年著名的經學家，獻身學術，遍注群經（包括古文尚書、毛詩、論語、三禮、春秋等），講究氣節，不愛慕名利，以布衣雄世，不但贏得大將軍何進、徐州

---

69 同前註，頁六〇一。

70 〈林冲夜奔〉入選各種詩選本，一再地被用作教材，或朗誦表演。

牧劉備、北海相孔融、權傾一時的袁紹的敬重，連黃巾亂黨遇見他都伏地下拜。《後漢書》記載：鄭玄小時候受父命，在家鄉做過管訟事、收租稅的小官。初投扶風馬融門下，並不能入其室，及至馬融召集弟子演算渾天(古代的一種算法)不合，有人推薦鄭玄算術高明，他才獲召登樓演算。花了七年時間鄭玄學成東歸，馬融感嘆道：「鄭生今去，吾道東矣。」史書記載鄭玄「秀眉明目，容儀溫偉」，袁紹大會賓客時，延請上坐，三百餘人奉觴敬酒，鄭玄飲酒一斛(十斗)，「而溫克之容，終日不怠」，有一賓客(汝南應劭)自我介紹說是「故太山太守應中遠」，鄭玄笑著回答：「仲尼之門，考以四科，回賜之徒不稱官閥。」意思是孔門弟子比的是德行、言語、政事、文學，不講官位門第。建安五年(庚辰，即西元二〇〇年)春天，鄭玄夢見孔子告訴他：「醒來，醒來，今年是辰年，明年是巳年。」自知命當終，不久即臥病，時袁紹與曹操擁兵對峙於官度(今河南鄭州中牟縣北)，鄭玄被逼隨軍，六月病逝[71]。

楊牧從鄭玄夢醒那一刻寫起，敷展出庭中花樹、新月照著石礫的情景，若非自我投射，懷著典範的期許，他沒必要來處理這一古人。試看詩中有「我」的句子：「這豈是我北海鄭康成千秋萬歲的事業」，「我羞於做一名斟酌較量的嗇夫」，「扶風之於我／毛詩一端而已」，「即令我和子游子夏同列／孔子的門牆，聖人恐怕也會說：／『起予者玄也！』」，「中國在我的經業中輾輾反側。『起起』」[72]。鳌析學術系統，品評人格風標，楊牧介入其中，獻身於春夜鄭玄至死方休的莊嚴情境，「夜中一棵開花

71 范曄，《後漢書・張曹鄭列傳第二十五》。

72 楊牧，《楊牧詩集II》(台北：洪範，一九九五)，頁二二六—二三〇。

的奇樹站在微風中／芙蓉在池塘裡沉睡等待天明」[73]，詩人在文化的著述傳揚中看到了前景，那也是「布衣雄世」的自期、自負。

(五) 生命血色的映襯：〈南陔〉

續韓愈〈山石〉詩十年後，楊牧寫了一首在《詩經》中有目無辭的詩：〈南陔〉。讀前詩不免仍受韓愈的事蹟拉扯，讀後者完全是楊牧在「傾吐心中的渴望、意念或抱負」。一九七八年楊牧結識夏盈盈，這對一個有情的詩人學者，是驚心動魄的大事，是改造磁場新增的一個核心點。謝旺霖說〈南陔〉是楊牧「對古典的鍾情，對理想的嚮往」[74]，這一點固無疑，說到楊牧詩中的「僞裝」，我另有詮解，那是戀愛中詩人的自我揭密：詩中的「我」是他自己，詩中的「你」最可能的對象是夏盈盈。這時，愛情剛剛萌發，無法相偕同行，他獨自讀書於「北國」窗前，她則已去到南方——「或許是黃薔薇大草原的中央」，或許是「海岸寬闊的三角洲」[75]，草原或海洲未必爲空間實景，應是內心圖像，也無妨連結女體遐思，總之是一個又遙遠又切近的南方。遙遠，因距離作者居停的美國遙遠，切近是因心理牽繫、在腦海裡日思夜夢。詩中出現一行但丁情詩原文，接續在「有時還偷偷

---

73 同前註，頁二三〇。

74 謝旺霖，〈論楊牧的「浪漫」與「台灣性」〉（國立清華大學台灣文學研究所碩士論文，二〇〇九年七月），頁七七。

75 楊牧，《楊牧詩集Ⅱ》，頁二〇〇。

低吟張衡的四愁」[76]，如謝旺霖所闡釋，楊牧追求的不是孤立的學業而已，乃具外發力量，介入社會，發揚人文主義的精神。我完全同意這是一個學術追求者的依歸，唯探察楊牧的「抒情自我」，這首詩中的情感不只是自我人格的表彰，還有私愛的映襯，「你」去到南方，對我而言，你是一首逸詩。屬於人的思念，同樣值得珍視，而無損於我讀書、做學問的抱負。詩中的「你」即是「我所思兮」。我無法禁止想你，但我仍將堅持讀書，冷靜從容。所謂的「努力僞裝」指此。

人間情愛一如〈南陔〉有目無辭，必待各人創作，各人填寫。楊牧的〈南陔〉交織了生命所發生的事，帶有重要的自傳訊息，如此解讀乃更見其血肉充實，不一定要歸到美人君子、珍寶仁義的大道理。

班雅明（Walter Benjamin，一八九二—一九四〇）說：「研究抒情作品的目標是幫助讀者進入某種詩意的心境，使得後世可以參與詩人當時的忘我激情。」詩讓讀者透過文字掌握的現實，既是詩人的現實，也是讀者的現實，這就是詩在不同時代、不同讀者眼中始終具有嶄新意義的原因[77]。

韓愈的〈山石〉與《詩經》的〈南陔〉，在楊牧詩意的心境中反映的現實，不必束限爲一千年前或三千年前詩人的現實，而是楊牧的現實——始於青鞋布衣的抉擇，以至於布衣雄世的自負，學問爲我所

76 但丁詩句，謝旺霖譯作「我所有的心思祇能用來訴說愛」。張衡〈四愁詩〉四章各七句，每一章都以「我所思兮……」開頭：「我所思兮在太山，欲往從之梁父艱……我所思兮在桂林，欲往從之湘水深……我所思兮在漢陽，欲往從之隴阪長……我所思兮在雁門，欲往從之雪雰雰……」。

77 班雅明，〈波特萊爾《巴黎景象》札記〉，收錄於氏著，林志明等譯，《說故事的人》（台北：台灣攝影工作室，一九九八），頁五九。

用，情愛的追求體會更增加了學者詩人的血色。

七、餘論：楊牧創作的啓示

當代詩人多注目屈原、李白、杜甫、李商隱、蘇東坡、李清照等家喻戶曉的詩人，以之為對象，述其身世，表其情志，翻轉其意象，映照一新生命。很少及於《尚書》、《左傳》的史實，漢代及清代的經學人物。取材《詩經》，則未嘗挑戰過佚失的〈南陔〉。能兼容敘事開發抒情新聲如〈林冲夜奔〉者，絕無僅有。

如本文所掘發，楊牧的古典浸潤，形成其思想結構、心靈體系、人生境界，不僅再造詩的形式美，更揭示現代人生自省的意義。楊牧採用的「古典」，分明是一獨立的經驗存在，經他加入想像，使人物史實或文本角色成為自我內省的心象。他所成就的不是貌似古人、神似古人，更不是舊瓶新酒，而是「在形式上，成就一種新的語言；在內容上，表出唯有現代所有的情感與眼界」[78]。後人讀楊牧詩不一定讀出相同的內容、意義，但總為詩行深處的文化理想，以及情感洶湧充滿迂迴轉折空間的藝術美感勾攝。「外在的客觀目的往往臣服於內在的主觀經驗」[79]，古代的心靈經驗轉成現代的關鍵情思，不僅屬

---

78 參見陳世驤，《陳世驤文存》，頁一五二。

79 高友工，《美典：中國文學研究論集》，頁九五。

於作者，也呼喚著讀者。

至於像《有人》第四輯「新樂府」選收之作（〈出門行〉、〈大子夜歌〉、〈烏夜啼〉、〈大堤曲〉、〈巫山高六首〉、〈關山月〉、〈行路難〉），以古詩句為引，襯托其心靈情境[80]。或如〈近端午讀Eisenstein〉將原屬文言的語詞「死矣」挪用進現代的語系[81]，或呼應李商隱〈杜工部蜀中離席〉的詩意，作〈暑中離席〉贈余光中[82]，或開發當代人對罕用語詞如「心兵」的認識[83]。這些都是不辯自明的例證。即使夢中得句「為追逐一名窮寇／我倉卒選擇了坐騎……」，反覆於其腦海自動構成的句子，也映照著古典章回的意境[84]。

總之，在抒情傳統的閱讀裡，絕不能小看了深情吐露、純眞告白所具有的寄託。楊牧是有意識地應用傳統，活化傳統。

80 楊牧，《介殼蟲》（台北：洪範，二〇〇六），頁六〇—六四。

81 例如〈近端午讀Eisenstein〉第二節寫屈原「歌唱到河邊，沮喪，憤怒之餘／遂對準最亮，最美麗的／漩渦縱身躍下，死矣」，「死矣」兩字斷然決絕。見楊牧，《涉事》（台北：洪範，二〇〇一），頁八〇—八一。

82 楊牧遙遙牽繫唐人詩意，變「蜀中」的空間指涉為「暑中」的時間指涉。見楊牧，《完整的寓言》（台北：洪範，一九九一），頁一〇四—一〇五。

83 楊牧，〈心兵四首〉，《介殼蟲》，頁六〇—六四。

84 楊牧，《完整的寓言》，頁五〇、一五七。

「傳統非繼承便能贏得；如果你想要它，你就必須通過心志的努力始能獲取。」我們略知古典文物之美，教養廟堂之深，精神源流之遠與長的人，眞是通過許多磨難，處心積慮才勉強到達這一點。[85]

作爲當代華文世界頂尖的創作詩人，他所獻身投入，見證了學習不必有中文系、外文系之分，創作不必有現代與古典的躊躇，使用的文字不必有文言與白話的爭執。詳加體察楊牧的創作歷程，則中學教科書文言文、白話文選文之原則、比例，也就沒有執持一端的固陋。而大學人文科系，究竟應給予學生何等訓練，也有一生動實例可參照。

85 楊牧，《一首詩的完成》，頁六三。

生死愛慾的辯證

——楊牧詩文的協奏交響

陳芳明（政治大學台灣文學研究所）

《年輪》的藝術

《年輪》出版於一九七六年，楊牧三十六歲；《星圖》付梓於一九九五年，他五十五歲。兩書相距十九年，頗能反映他在中年前後的感情起伏與心境變化。細讀兩部作品，風格非常特殊；既像散文，又近乎詩，文體不易歸類。詩文交融的形式，介於隱蔽與彰顯之間；那種欲說未說的語藝，在楊牧文學中極爲罕見。其中道盡歲月的躊躇與生命的執著，又暗藏複雜情感與深層慾望，可能不是訴諸單純的句型或語法就可勝任。

內在情感的蓄積與釀造，需要時間的推移。必須在臻於成熟之際，詩與散文才有可能渲染成篇。情動於中，發言爲詩。對楊牧而言，詩亦可衍化成散文。這兩部作品問世時，使許多讀者覺得困惑，未能理解作者的意圖。即使當做散文來閱讀，由於文字密度甚高，意象極度濃縮，與過去的系列散文頗不相近。《年輪》與《星圖》縱然完成於不同年代，卻是探測楊牧深奧生命的典範之作。

抒情傳統並非只能作情感發抒來解讀；而所謂情，也不必然停留於情感層面。楊牧文學能夠產生迷人的引力，就在於經營文字之餘，他還容許讀者深入生命底層，探索其內心世界的強悍與脆弱；也容許窺見埋藏在血脈裡的情慾流動，如何幽微地呈現生與死的相互辯證。肉體腐朽之帶來絕望，幾乎是一切詩人的永恆主題。古典詩人往往傾向於喟嘆時間、季節、歲月之易逝，卻對有生之年的激情愛慾視若無睹。傷春悲秋在抒情傳統中可能負載極為深沉的生命意義，然而充滿勃勃生機的肉體卻反而被排斥在傳統之外。詩人楊牧，在三十歲以後開始以積極態度處理愛慾生死的問題，為台灣的抒情傳統注入可觀的萬千氣象。尤以《年輪》與《星圖》二書，坦然揭示他的生命觀與身體觀，勇於面對許多詩人與散文家長期規避的議題。

《年輪》落筆的年代，始於一九七〇，終於一九七五，完全使用箚記與筆記來書寫。看似散漫的文字，卻有深刻的關切埋伏其中。全書分成三章：〈柏克萊〉、〈一九七一至七二〉、〈北西北〉，正好以漫長旅途的三個驛站為據點。柏克萊是加州大學的校園，也是他離開愛荷華後投入西方學術訓練的起點。他在中國文學傳統與西方文學經典之間，學習如何相互比並對話。漂流於陌生的土地，生命內部引發的好奇與恐懼自是可以理解，當外面世界以奇異的態度對他質疑，詩人不可能不會察覺自己的生命結構正在劇烈改造。那段時期也是越戰疊疊高升的時候，多少美國青年受到徵召，投入那場毫無意義的戰爭。親眼看見他的同輩無端捲入戰爭，迫使自己必須思索生命的存在及其意義。其中有一個重要思考邏輯是，如果生命死亡，愛情就隨之消滅。生之慾，其實就是情愛之慾。見證那麼多生命被驅趕走上死亡的道路，似乎也感受有多少人間愛情遭到人工式的滅絕。加州大學的學生進行反戰示威，勇敢與警察對峙，護衛著他們的愛與生命。

散文中出現一位令人動魄的美國二等兵弗蘭克・魏爾西，相信那是從新聞報導獲知的消息。弗蘭克在一九六八年中南半島鄉村裡，射殺四個小孩與一位年輕媽媽，也目睹他的軍曹誤踏地雷而炸破膛肚。一個月後，他受動退伍。再過三個月，意即一九六八年十二月，弗蘭克在高速公路上車禍身亡。從別人的死亡到自己的死亡，是在時空交錯的短暫刹那完成。這樣書寫時，想必是死神俯臨生命最爲接近之際。楊牧寫下如此深刻的字句：

……這時你只能想到，愛罷，把對方的蒼白與絕望摟進胸懷。渾身的汗油膩地交融，互相摧毀如海獸，愛就是抗議，向逼近的死亡抗議。皇皇的火在四面白牆上燃燒，這是情慾的煉獄，通過一層鬼魅的行列……，你就更接近天國，……[1]

面對死亡的時刻，戰爭與性愛構成強烈對比。同樣都是在摧毀對方，戰爭是創造死亡，性愛則是在創造生命，在最接近天國之際，兩種取向都發生重大迴轉。

1　楊牧，《年輪》（台北：四季，一九七六），頁五四。

如果把《年輪》視爲一首連綿不斷的愛與死之歌，亦不爲過。在異域毫無止境的旅行，不僅是指他從學院訓練的結束，也是他獲得教職而尋到棲止的一個過程。那種旅行是生活的旅行，是知識與經驗同時生長的旅行。然而，愛與死之歌的旨意，卻又不只是限於生活，而是擴張到他的生命之旅。因此在柏克萊博士生活的週遭，籠罩著遠方戰爭的氣息。即使他到達遠在麻州安罕斯特任教時，愛與死的主題從未偏離。

在很多時刻，他選擇單獨旅行。以薄弱的身軀去抵禦天地中氣溫與風雪的試煉，從肌膚傳達到靈魂深處異域感覺，其實也是鍛鍊他的心智趨於成熟的嚴酷形式。在柏克萊，他以反越戰的運動作爲生命的自我觀照。他不是旁觀的留學生，校園浮現出來的激憤與抗議，簡直是扶搖直上的生命吶喊。

當他抵達新英格蘭的麻州各地，他忽然難以忍受與世隔絕的那種寧靜。在巨大林木深處，望外探望，仍然是一排白楊木與白樺木。那種窒息感，使他想到死亡。於是，在封閉的空間哩，他忽然爲自己設計一個陵寢：

> 在樹林裡。寬若九尺。長約十二尺。鳳尾草是好的。不必有色。尤其不喜玫瑰。在一般情況下簡單的野生植物是可以的。惟種植與修葺不必。2

2 楊牧，《年輪》，頁一四六。

加州與麻州的對比，立可判別。在柏克萊，生命的追求行動遠遠高過他對知識的關懷。遷徙到麻州時，時空落入一片寂靜的境界。在那裡，他有足夠的餘裕去面對死的問題，並且還從容為自己設計一個墳墓。在時光落寞之餘，死神反而更溫柔地貼近他。那是一九七一年的記事。

第二年，他從美洲大陸的東北東遷移到北西北，一個富饒鮭魚的西雅圖海岸，生命獲得全新的迴旋。在海外漂流將近十年，終於找到一個旅行定點。他告訴自己：「發覺全部意象神往的復活。」（頁一五四）

對於性別取向，他在西雅圖遇見一位比較文學教授是一位同性戀者。他傾聽教授的自白：「同性戀也許是自然的；許多人居然到了中年以後才發現，原來他當初對於同性戀愛的鄙夷，乃是他故意壓制他底性向特徵。」「我愛的是男人——我和他們在一起覺得快樂。」（頁一六二）接收到這樣的信息，他愕然發現生命的存在原來有其各自樣式，而情愛表達也有其各自方式。

這冊箚記書寫，對許多讀者稍嫌凌亂深奧。但隨筆式的散文，原就不求完整結構，在斷裂與跳躍思維裡，反而更眞實地彰顯他內在的情緒起伏。《年輪》以旅行的地點標示他人生態度的衍化變異。在楊牧文學生涯中，這冊箚記是他年輕歲月的重要突破象徵。在此之前，他的詩集《水之湄》、《花季》，以及《燈船》的大部分，可以見證少年純情的延伸。《年輪》出現後，生命的色澤加深，或竟如他自己承認：「和自己過去十年的生命，也這樣絕決地分開了。」（頁一五五）詩不再是靜態之美的藝術，而是可以在涉事之餘不需放棄其原有絕美。

正是其中的文字是如此凌亂懸宕，許多縫隙可以容許介入豐富的想像。那種排列的散文，如果予以分行，亦當是屬於詩。長期受到忽視的這冊散文，在他的創作中份量可謂不輕。其中在柏克萊他留下一首經典詩作〈十二星象練習曲〉，爲日後又開啓另一首〈蛇的練習三種〉，遲至一九八八年發表。

散文的藝術也許是詩的延伸，反過來說，詩藝是散文書寫的濃縮。其中分野如何決斷，當由詩人主觀意志來判別。可以承認的是，詩行的精練簡約，夾帶著一定的節奏，有時比散文還更能貼近讀者心靈。〈十二星象練習曲〉放在《年輪》裡，也許有些突兀。如果回歸到書中，就可發現這首詩是〈天干地支〉的第二首。其中第一首係以甲、乙、丙、丁的排列，描述家鄉妻子對戰地出征的丈夫報以激烈的渴望，而第二首則是以子、丑、寅、卯的次序繪出戰地男子的性愛憧憬。散文裡的弗蘭克，是一九六〇年代美國青年的生命象徵；儘管以許多文字來概括他的生與死，卻無法與〈天干地支〉的藝術相互比並。

〈天干地支〉這首詩並未全部收入詩集《傳說》，現在只存〈十二星象練習曲〉一詩孤懸，天干部分則全然不留。楊牧顯然已警覺前後兩首詩的藝術，其實已見高下。在割捨與不捨之間，自有他主觀的判斷。但是，三十年來在讀者閱讀的經驗裡，〈十二星象練習曲〉已升格爲經典之作，不容置疑。同樣屬於身體詩，天干出現的字句似乎過於直接：「黎明以前請愛我摧毀我」（頁一〇七），以及「黎明以前請愛我蹂躪我」（頁一〇八）。或者如下的詩行：

流亡的暴雷駐足，屏息
忽然打碎我無聊的肉體：
十萬條盲目的小蛇蠕動，起自每一個方向

像我們開花的深邃游來，集中
咬嚙至冰冷而死

以蛇的意象隱喻男性精蟲，頗為傳神，卻無法超越眞實。但是緊接的六行，則具有誘人的想像：

這旅次何其黑暗，通向
子宮的未知，而你只是另一條
盲目的小蛇醒自我我永恆的昏厥
通過蝙蝠的夢境，通過哨崗
向北方潛逃

迷人的詩行具有雙重暗喻，黑暗的旅次既指向時代，也象徵女人。對於隨時面對死亡的戰地士兵，家鄉的妻子恆以溫暖包裹他。天地有多黑暗，能夠包容他的卻竟只是子宮的歸宿。這首詩不易成功，是從男性的思維來臆測女人，似乎無法進入眞正的女性意識。女性胸懷有多寬容，有多溫暖，都是來自男性的想像。對比之下，〈天干地支〉的第二首就容易奏效，畢竟從男性的感覺出發可以觸探戰地士兵對生的嚮往，對死的恐懼，對愛的憧憬，對慾的沉湎。這種雙元思維的進行，使〈十二星象練習曲〉頗多可觀。

楊牧在《傳說》〈後記〉承認，這首詩是「在一個春雨早上完成」。既是練習曲，當然可視為習作。然而它帶來龐大的藝術重量，幾乎使讀者無以承受。主要原因在於全詩放射出繁複而歧義的抒情，已臻美不勝收的地步。星象並不必然是星象，它影射了性愛的婀娜多姿，也暗示生命的起承轉合。全詩第一首第一節，就已註定它要成爲傳誦或模仿的傑作：

我們這樣困頓地
等待午夜。午夜是沒有形態的
除了三條街以外
當時，總是一排鐘聲
童年似地傳來

被黑夜深鎖的我們，其實是一對男女。午夜沒有形態，只因它過於漫長。就在困頓的時刻，一陣鐘聲傳來，像濃厚的鄉愁那樣，怦然令人憶起童年。這種落於言詮的解釋，顯得何等笨拙。散文形式有時不免是拖泥帶水，不勝負荷。惟詩多愁精簡，以「童年似地傳來」銜接於鐘聲之後，所有寂寥的感覺、惆悵的滋味，表達了對時間的無奈。緊接跳入下一節，一場動魄的性愛展現於前：

轉過臉去朝拜久違的羚羊吧
半彎著兩腿，如荒郊的夜哨

我挺進正北
露意莎——請注視后土
崇拜它，如我崇拜的健康的肩胛

——〈子〉

天上星象永遠都在暗示地上人事。表面是牡羊座的方位確認，其實是我與露意莎之間的互動。我以后土自居，露意莎則居於皇天的位置，纏綿的姿態若隱若現。困頓的生命淪陷於掙扎之中，又聽到鐘聲從隔街傳來，鄉愁因此而更爲濃郁，在荒涼的時間裡，訴諸歡愛，始能抵禦。當午夜移入金牛座時，寂寞情緒無端襲來：

我以金牛的姿勢探索那廣張的
谷地。另一個方向是竹林
飢餓燃燒於奮戰的兩線
四更了，居然還有些斷續的車燈
如此寂靜地掃射過
一方懸空的雙股

——〈丑〉

情與景的交融，在詩行中有極其上乘的演出。竹林與車燈的出現，顯然是爲了稀釋過於激切的情慾。歡愛臻於高潮時，可以望見窗外在夜間急馳而過的車燈，彷彿感受到旅途奔波時的孤單。燈光恰好投射在「一方懸空的雙股」時，兩種畫面重疊在一起，巧妙地製造了蒙太奇效果。饑渴的慾望與不名的車燈相互銜接，既抽象又具象；反之亦然，慾望是何等眞實，車燈又是多麼空虛。兩種意象的對比，使求生意志更形強烈。詩的張力於此顯現，性愛的淫穢因此而得到淨化。

午夜移行到雙子座時，詩行頓呈轉折。在星相手冊裡，雙子座符號通常都以兩人擁抱的意象表現出來，手足彼此牽絆，軀體相互連繫。但是，詩中卻有譴責的語意：「匍伏的伴侶」、「不潔的瓜果」。邪惡的極致，其實是歡樂的頂峰。詩然刻意選擇負面文字，爲的是彰顯情慾的正面意義。「匍匐」的姿態，帶出如下傳神的詩行：

啊露意莎，波斯地氈對你說了甚麼
泥濘對我說了甚麼

——〈寅〉

邪惡還不止於此，在巨蟹座的詩行畫面更爲逼眞：

請轉向東方，當巨蟹
以多足的邪褻搖擺出萬種秋分的顏色

——〈卯〉

詩的想像僅依賴單純的文字還不足以承載。尤其在表達情慾時，既要做到隱蔽，又要達到彰顯，誠屬不易。螃蟹的八爪，恰如其分描寫出男女的肢體。這種假借的技巧，有賴詩人敏銳的聯想。如果不具天文知識，或欠缺透徹的洞察，很容易落於言詮。「多足的邪褻」結合「搖擺出萬種秋分的顏色」，這種句法使沉淪與昇華獲得平衡。

欲說未說的語藝，正是這首詩出奇致勝之處。有時是影射，有時是隱喻，無非是要製造象徵的最佳效果。在天秤座的時段裡，詩人直接訴諸令人心旋搖盪的句法：
食糧曾經是糜爛的貝類
我是沒有名姓的水獸
長年仰臥。正午的天秤宮在
西半球那一面，如果我在海外……
在床上，棉花搖曳於四野
天秤宮垂直在失卻尊嚴的浮屍河
——〈午〉

「貝類」、「水獸」都屬於性的暗喻，而「棉花搖曳於四野」更是放膽的描述。「浮屍」強烈象徵戰場的慘況，又是反射性愛的終結。如果把詩行與《年輪》散文中二等兵弗蘭克的命運相互銜接，則性愛已不是求生的欲望，而是死亡的追逐。散文與詩之間的邏輯，至此得到支撐。詩的手法，頗能揭示盛年時期的楊牧心情。一如魯迅前說，希望之爲虛妄相同；楊牧建立起來的愛慾生死的辯證，全然相生相剋，典型反映了六〇、七〇年代之交的歷史風景。詩可能不需要做如此脈絡式的閱讀，即使純就身體詩學來看，亦有其自主的詮釋。然而這首長詩，首先是附屬於散文，稍後才抽離出來，納入詩集《傳說》之中。因此可以進一步解讀，在死亡陰影下，性愛是一種生命的抵抗。豐饒的精力在床上消耗時，不亦就是果敢的身軀在戰場上奮鬥？這種雙軌發展，本身就有干涉政治的意味。

練習曲最後一首，以雙魚座作爲終結。楊牧最擅長的歧義抒情技巧，至此有了完美演出：

露意莎，請以全美洲的溫柔
接納我傷在血液的游魚
你也是燦爛的魚
死於湖濱城市的廢烟。……

——〈亥〉

現代文明的最大產物，便是工業與戰爭。工業越發達，武器製造就越精密。在一九六〇年代，美洲的工業城市，也是排放污水與廢煙極嚴重的地方。詩行的反諷指向兩頭，美國青年如果被派遣到戰地，命運正是死亡。但是，即使選擇留在城市，則又受到環境汙染的侵害。全美洲的溫柔接納遊子歸來之後，其實並不可能提供更好的待遇。廢煙帶來的慢性自殺，也許更甚於戰場上的戮殺。詩中的男女雙魚，耽溺於歡愛，可能是對戰爭的批判，卻又以情慾的終結諷刺工業文明的下場。全詩以下面六行總結整首練習曲的演出：

我們已經遺忘了許多：
海輪負回我中毒的旗幟，雄鷹
盤旋若末代的食屍鳥
北北西偏西，露意莎
你將驚呼，發現我凱旋暴亡
僵冷在你赤裸的身體

——〈亥〉

從情慾的眞實，回到社會的現實，更可發現愛慾生死之間的和諧與矛盾。生之慾與愛之慾既是共存，也是對峙。個人的抵抗，畢竟無法與龐大的現代文明對決。詩行中最爲矛盾的語法是「凱旋暴亡」，一方面暗示男性在高潮之後的萎頓，一方面則是所謂戰勝並不必然求得生存，反而創造更多死亡。在現實社會裡，勝利歸來的理想證明是虛構。即使是戰勝的國家，都要付出慘重犧牲的代價。「雄鷹」暗喻男性，但又是指涉美國，如果可以這樣解讀，〈十二星象練習曲〉的批判意識無疑是高度而強烈。若是純做身體詩來理解，肉慾盛宴未嘗不是抒情傳統的另一延伸。楊牧的《年輪》提供一個文學範式，亦即詩與散文並非截然分立的文體。二者之間相互會通，相互支撐，正是楊牧詩學的特色。即使以斷章、筆記方式經營散文，在沒有嚴整的結構內部，其實暗藏一種美學秩序。詩文之間的協奏交響，協助他建立一個繁複的象徵系統。

《星圖》的寓言

從《年輪》到《星圖》之間，楊牧還構造另一冊箚記散文《疑神》（一九九三）。但是《疑神》並非抒情之作，而是透過對不同宗教的觀察，嘗試建立一種人文美學。楊牧是無政府主義者，恐怕也還是一位無神論者。他對一切無上的權力都表示懷疑，對於無上之美也感到猶豫。唯一不容懷疑的，便是至上尊崇的詩。在詩神之前，楊牧終於也有虔敬謙卑的時刻。

到達《星圖》時，他再度開闢另一種詩學，與《年輪》略有不同。〈十二星象練習曲〉完成於〈柏克萊〉之後，或者確切而言，詩是箚記的延伸。《年輪》中的第三章〈北西北〉，出現一位女子在人與蛇之間蛻變，幾近神話。楊牧在半島旅行時投宿，夜間聽到隔壁女子歡愛的呻吟。第二天晨起，遇見那位女子，大約二十五歲，「臉上有一種和善助人的神色，透露出她優雅的教養」（頁一七八）半夜的冶蕩之聲與白天的純潔之色，使詩人產生亦正亦邪的聯想，遂開啓他對蛇的想像，彷彿那女子變成一條蛇：

> 彷彿一條蛇，在趕赴一個承諾了的血祭。會有一種祭禮即將展開，有人

爲蛇的冰冷注射溫暖，改變她的性格。快樂的女子穿出樹林，又消逝在
樹林裡，急促細碎的腳步，好興奮，好放心。[3]

蛇與女子之間的互爲蛻變，成爲詩人的永恆想像，必須要遲至一九八八年，才完成三個段落的〈蛇的練習三種〉（收入一九九三年《完整的寓言》），又是另一首練習曲。這一條雌性的蛇，猶似一位舞者：

她必然有一顆心，必然曾經
有過，緊緊裹在斑斕的彩衣內跳動過
等待輪迴劫數，於可預知的世代
消融在苦膽左邊，彷彿不存在了
便盤坐在卵石上憂憤自責。爲甚麼？
芒草搖搖頭不置可否

——〈蛇〉

蛇在詩人眼中具有人格，身穿舞衣跳動，而且等待輪迴的恰當時機蛻變爲人。首先有散文，釀造一

3 楊牧，〈北西北〉，《年輪》，頁一七九—一八〇）。

段時間，終於蛻化爲詩。這是楊牧營造出來的詩藝。從蛇到人的演變，猶似從散文到詩的轉化，詩人自有其內在的輪迴觀。藝術的浮現，可以借用各種形式成爲具體的存在。詩人本身就是創造者，說有詩，詩就來了；說有散文，散文就來了。詩人是小小的造物者，在他的文學世界裡，往往會出現小小規模的創世紀。

《星圖》的誕生，也是來自一位舞者。然而，詩人這次的創作則反其道而行，首先有詩，然後才有散文。他在一九八八年寫出〈單人舞曲〉，又在一九九〇年完成〈雙人舞〉，三年後他衍化出長篇散文《星圖》。詩並不等於散文，而散文也並不與詩等值。但是從詩學基礎來看，彷彿是各自盛放的花朵，在思維土壤裡都是根鬚盤錯交纏。唯有詩人最清楚自己詩文的蛻變過程。從創作痕跡來看，讀者也隱隱察覺期間的相互連結。許多批評家都盡量避開《星圖》的解讀，主要原因在於長篇散文的結構相當龐雜。在千頭萬緒的格局裡，很難掌握整體的精神所在。

楊牧自己發展出來的獨特「蛻變詩學」，確實有其迷人之處。在進入他的龐雜散文之前，詩反而提供了一塊恰當的踏石。〈單人舞曲〉中的舞者，自始就是一個被神譴責的靈魂，在記憶裡的森林穿梭。詩的第二節最後四行，彷彿神諭那般，強悍又溫和：

記憶裡潮濕的沙灘
留下一串暗淡
的足印，寂寥。「你來，」神曰：

「你來，我有話對你說」

在詩藝的領域，楊牧並不疑神。一切藝術的錘鍊，也許有一無上的神在諭示。絕世的演出，絕美的完成，可能不是卑微的人能夠單獨企及，背後可能有神祕的力量賦予生命。詩人面臨創作時，往往接近下筆如有神的境界，在神祕的時刻使藝術降臨。描摹流動的舞姿之際，文字也許極其衰弱；楊牧竭其所能，希望文字如錄影那般，讓舞者創造的藝術躍然紙上：

她的兩手擺動如魚之鰭
當海流溫度突變，她的
兩手放鬆，示意，就將速度也減低了
俄然衝刺，轉彎，以短尾划水
乃默默搖曳如凝立於大荒遠古的珊瑚
肢體成赧紅色
骨節因純情而消滅
這肢體
原是
她

最好的
語言

——〈單人舞曲〉

他以換行的技巧來控制節奏速度，畢竟舞蹈的快慢絕非平面文字能夠直追。詩中藉用魚的意象，概括舞者的柔軟肢體。當舞者速度加快時，前面的詩句特別長；只要不換行，就必須一氣呵成讀完，節奏自然而然非常迅速。當舞者緩下舞步時，詩句越變越短，而且不斷換行，阻礙詩的速度，詩中音樂也跟著緩滯下來。爲了形容肢體的柔軟，於是出現一行這樣的詩句：「骨節因純情而消滅」。純情湧現時，體內的骨節竟然無端消失，柔若無骨的感覺油然而生。情感與肢體的相互影響，竟有至於此者。至少詩人賦予確切的答案，柔骨來自柔情，因而才有之後的詩句：這肢體／原是／她／最好的／語言。一個完整的句子切斷成五行，傳神地讓舞曲漸漸緩慢而靜止。

觀舞之餘，詩人亦情不自禁投入舞曲中，舞者的姿態勾起他的記憶：

乃驚駭而起，縱身過我偶然投射的
影子，偶然投射
那年
在荷花池中（當月光
注滿草地復向池中流）

因浸水而失去靈性的影子
她順手拾起，飛越流螢
冰刀，毛線針，水仙
——黑色的舞者——
「你來，」神曰：
「我有話對你說」

——〈單人舞曲〉

舞者躍起，與那年他投射在荷池的影子銜接起來。現實與記憶至此產生交錯，原來詩中的神，不僅創造藝術，也主控記憶。或者更爲確切地說，那是記憶的舞者，也是舞者的記憶。時間的過去與現在，也因此而纏結在一起。純情、記憶、肢體、舞姿終於重疊相接。文字可能是平面而靜態，如果能夠賦予生動的速度與形象，當可翻轉成爲立體而動態。楊牧的文字實驗，可確定的是，又一次嘗試成功。

〈單人舞曲〉中的我如果是旁觀者，〈雙人舞〉出現的我，則是共舞者。前者是記憶重現，後者是現實介入。共舞的我彷彿是主導者，她的舉手投足與抑揚頓挫，都配合我的進退而演出。詩中第二段，彷彿是她獨自舞蹈：

這時背景的晨霧
也已經散去大半，枝枒依稀

摹仿你食指張開的手勢——
左右移動如暹羅，並以肩胛示意
我聽見岩層在黑土下吶喊釋放
當巨川切過高原，水與火交會
你低頭，在睡醒之間快轉
陽光迸濺，一如齒輪接喋
雷霆和閃電將你密密包圍

——〈雙人舞〉

詩行之間的暗示，幾可辨識是一首身體詩。「吶喊釋放」、「水火交會」、「睡醒之間」、「齒輪接喋」，都強烈彰顯雙人的迎送舞姿，纏綿交織的激情溢於言表。從文字的精練來看，詩藝似乎不能與〈十二星象練習曲〉相互比並。〈雙人舞〉依賴的是明喻，練習曲則完全訴諸暗喻；明暗對照，中間確有技巧上的落差。但是，進入第三段，我眞正現身，使舞者角色主客易位：

這一切都在我允許之下
完成了，我超越時空的靈魂
乃是你的手勢和步伐一切的嚮導
這時遠處傳來了小河水聲

你驚覺蓄力，躍起
順著我的目光向前疾走
並在我指定的一點煞住，翻身
落下，反採行舟之姿
沿小河入平湖
向菱荷深處

詩中的我，似乎取代〈單人舞曲〉中神的位置，對共舞者予取予求，接受我的「允許」、「嚮導」、「指定」。當共舞者煞住並翻身，劇烈的舞踊遂進入和諧平靜的境界，由河入湖，世界為之開闊。

《星圖》是楊牧詩藝的一次總集成，其中有〈十二星象練習曲〉的延續，也有〈單人舞曲〉與〈雙人舞〉的擴張。全書始於太陽由巨蟹宮進入獅子宮，結束於太陽緩緩進入處女宮。由於文字負載詩意濃厚的色彩，全書是屬於散文體，卻帶有不分行的詩之傾向，作品主旨遂受到干擾而打散。不過，《星圖》的結構是從 a 到 z 在進行，細細拉出一條時間的秩序，可以視為一天範圍內的循環思維。在 a 段，詩人揭示全書的意圖：「一天十二個時辰不停呼吸著自己循環的燥氣，那樣專一淬礪地預備著，終於使我（一個卑微的仰望者）也變得心神不寧，感覺到宇宙之間一種持續的慾恿，脅迫，強制我思索愛、生死、創造。」[4]

集中於討論愛慾生死，使詩人早年的關懷又再度歸來。但是，早年創作《年輪》時，還處在激越的的戰爭年代。士兵的死亡，故鄉的疏離，都在影射自己對生命的恐懼。完成於一九九三年秋天到一九九四年春季的這部長篇散文，詩人已經跨過五十歲，年少時期的夢與理想已經滌蕩淨盡，面對的是更為深沉的生命辛勞。然而，唯一還未參透的主題恐怕還停留在愛戀及其延伸出來的苦痛。

以我為定位的這部作品，不斷進行靈魂的詰問。字裡行間隱約出現的她，既是一位舞者，又是詩人分裂出來的自我。在對話時，參與的有你，也有自我。但是仍圍繞在情愛的議題。其中的自我S，比起現實中的我A還更果敢放膽。隱藏在靈魂深處的自我，充滿豐富的愛戀幻想，卻又勇於表達。而我只能借物起興，熾熱之情必須求諸於音樂與舞蹈。即使是聽到一首希臘歌謠，竟可以感覺其中的情感：「有時沾染了潮濕的顏色，如雨漬，淚痕，殘餘的腺液，一種摻和了炫耀和乞喚的聲音，誇張著靈魂與肉體，一種雜揉了呼救和示威的聲音，哀哀宣告人生際遇的是非，深淺有無；我聽到生死俯仰的喉音，但必然是全面起自丹田的，衝過蕩漾的胸臆，塞滿一串燈火搖曳，不安，無奈的夏夜。」（頁五二）

同樣在音樂聲中，又隱隱望見一位舞者出現：

……她仰臥在隆起的沙丘上面，張大眼睛瞪著雲霄看，髣髴兩臂長伸，手掌張開反置在蓬

4　楊牧，《星圖》（台北：洪範，一九九五），頁一。

散的長髮上。然後，不知不覺，她的喉管也發出斷續的吟詠，配合音樂節拍低唱，嘴唇微張，代替鼻竇，喘氣。她平躺的乳房渾圓柔軟，隨時要因爲肢體形勢的靜態變更成參與動作而戰慄顫抖，但往往以盤旋搖盪居多，如潭水漣漪，以山果墜落的乳頭爲中心，由紫丁香的深暈向淺白擴散，止於圓周臨界之終點，亦即愛人最容易迷失的地方[5]。

舞者在散文裡始終是居於焦點位置，不斷吸引我的注目。甚至在某些段落，自我S與她竟是相互重疊。我與自我的對話，幾乎就是我與她的互動。我是何等專注凝視著她的舞姿，簡直是投入她的生命一起共舞。散文以慢動作的速度，描摹舞者的翻轉，以至注意她肉體的肌膚波動，及於最爲細微的下體寒毛。我與舞者之間的距離，完全沒有舞台的間隔，而是如同貼身的觀察。兩人並未有任何互動，卻因爲細節的描述，更能反映我與舞者的親密情感。〈雙人舞〉詩中的意象如果與散文中的她對照，似乎可以斷定這是身體詩的具體擴張。舞蹈是一種挑逗，一種引誘，終至使我苦惱，而不得不對自己進行責問：

> 叩問我怎樣才能辨識啊怎麼樣才能確認那迴旋轉動於生死韻律的舞者
> 怎麼樣斷定我們曾經相知並且始於迢遙之時間未經磨損之前始於那完整的幻覺世界以清潔

---

5 楊牧，《星圖》，頁五二。

的星光與水紋與花瓣與稻穗裝飾夜晚和白晝春天和秋天[6]

完全省略標點符號的這一長串文字，可以窺見我內心的焦灼與急躁。我與她之間的情感找不到可以定位的地方。《星圖》是由讀書筆記，英詩翻譯，古典閱讀，與情感的升降起伏揉雜在一起。較諸《年輪》，這是一冊沒有答案的散文。較諸天上的星辰羅列，我的生命反而陷入混沌茫然的狀態。散文到達尾端之前，出現一行諭示：「為了生命的緣故，你說：我知道你為甚麼努力工作，而且知道你所有的文字都是生命，天下只有我懂。」（頁一六四）如果《星圖》的結構如此複雜，不是尋常讀者可以輕易涉入，則眞正能解讀的人可能只有一位。所有的情感都因生命的存在而存在，所有的慾望也因肉體的延續而延續。生死不易參透，愛慾亦難以理解。從三十六歲到五十五歲的楊牧在此辯證過程中，生產異於同世代詩人的富饒文學。當所有的歡樂與苦惱退潮時，眞正的文學生命從此都保留下來。

6 楊牧，《星圖》，頁一二六。

孤獨的幾何

——楊牧詩的數學美學

石計生（東吳大學社會系）

從綴飲、授業與登涉等生活視角，以一種作者與研究對象來往的書寫方式出場，本文所提出的探索楊牧詩的「數學美學」，指的是通過數學中的幾何原理：點、線、面與空間之間的位相關係，穿透楊牧詩時有詰屈聱牙的文字表象，裸露其中的日常與哲學沈思美學奧義。葉珊作為楊牧的生命連體，其與常人更為接近的有血有肉追尋，被視為是造就楊牧孤獨的幾何詩學的必要構成；而楊牧經由王靖獻的學術閱讀，加深了他的輪廓，逐漸的抽象洞察，印象浮水印為詩，仍不忘回眸凝視葉珊的具象入世，受困迫的愛與熱情。兩者相互滲透，內容與形式互為動力，雖隨著生命史變化有所傾斜。

對於情感的完全依靠到完全抽離，是冷暖線條與點面的交織作用，它必然會達到某種美學空間的了悟，其中可有詩的抒情與敘事。楊牧詩「冷抒情」地由水平線逐漸向任意離心的線過渡的戲劇暗示還不是秘密的全部，因具象空間裡的鮮豔色彩終要飄浮在畫面的空白中。本文指出，楊牧數學美學所掌握的是等待詩回家的火候，行走的森林、多層次、複疊音的詩的內面空間鍛鍊完成；不是螢火、月亮，而是成為自身是發光體的太陽，成為詩的原型，抽象超越一切，又成為具體的一切，印象疊合，滿溢著色彩的美術讓詩轉透明為秘密全部，以孤獨的幾何學。

——石計生

精神匱乏的時代。精神不斷地從較高的部分滑向較低的部分，整個三角形就凝止不動了。這個時代裡的人耳目失聰，只關心物質利益……在三角形上部的最頂端，有時只有一個人。他歡快的眼光是內心無比憂傷的不露痕跡的標記。

——康丁斯基（Wassily Kandinsky），〈運動〉，《藝術的精神性》

有時難免相信，原來人的自限孤獨只爲了重新肯定他傲氣的價值而已。怎樣把自己從人間隔離開來，然後用自己的血液將這面牆突破，重新去接觸世人，這大約正是某一種人的野心。

——楊牧，〈兩片瓊瓦〉，《葉珊散文集》

空間是深度的同義語，因而也是向深處擴展的那些元素的同義語。

——康丁斯基（Wassily Kandinsky），〈畫面〉，《藝術的精神性》

通過楊牧的可能，是少數人完成眾人不抱希望愛他的事業。

楔子[1]

「那天非常寒冷。台北。外雙谿。文舍前。錢穆故居旁。紅楓落滿地。對於楊牧老師。我說。約好訪談的這幾個月來。我第一件決定做的事情就是儘量忘記他這個人與作品。就像想儘量忘記奎澤石頭般。然後等這天來時我還會記得甚麼。我以爲我甚麼都忘了。結果我甚麼都記得。通過必要的遺忘而獲得的印象才是眞正的印象。我記得。班雅明。單向街。弧燈下。認識一個人的方法就是不抱希望地愛他。關於詩與詩人。不會從生命裡消失。世界還在那裡。消失的只是我們的輪廓而已。我瞥見殘存的第一片楓葉飄忽不定地委地兮無語。我就回到了雄中時期的植物園。斜倚在參天老樟樹下閱讀赫塞、楊牧與傑克倫敦。如此孤獨的自己。我瞥見殘存的第二片楓葉飄忽不定地委地兮無語。我就回到了重考大學時期的補習班旁的釣魚池。因爲閱讀楊牧《海岸七疊》過於入神而掉進了池中惹得所有人哈哈大笑。我傻傻地從水中爬起來繼續閱讀感覺好像信仰詩的神聖受洗般。從此身體裡那個詩人奎澤石頭就眞正誕生了。剩下的只是命運安排的在台大文學院前的短暫素面相見。你大二的時候。〈給奧菲利亞的十四行詩〉。讀森林系時的梅石道上你急急搜索每個屋頂與黃昏掃瞄每雙瞳孔與腳步。甚至。遞給每個陌生人

1　主要參見〈楊牧紀錄片：訪談奎澤石頭〉，二〇一〇年二月四日，石計生部落格〈後石器時代〉：http://www. cstone.idv. tw/1364。

一朵你手植的薔薇，因為羞澀的沈默是你唯一的言語。當夕陽落入廢墟時你從戰火歸來。一株燒的火紅的木棉冷眼旁觀你。文學院前斜倚門口廊柱抽著煙看著花坪的楊牧收下了你自費出版的詩集。你羞澀地騎著腳踏車就逃跑了。再見面又過了十八年。他為你的第一本正式出版的詩集《在芝加哥的微光中》寫了〈奎澤石頭記〉的序。而你卻逐漸忘記曾經用生命書寫〈雪菲爾悲歌〉。碰觸。世界只能醉臥在那裡。語無倫次。感覺退位理性昇起你轉化為一個學者。我瞥見殘存的第三片楓葉飄忽不定地委地兮無語。我就回到了外雙谿的學院之路。你那晚不願接聽楊牧的電話沒禮貌讓他等了十分鐘因為學院裡的不公對待瀕於離開學術界你知道接了電話就會壓抑不住痛苦崩潰哭了出來你過了一週收到一封楊牧的信說「成人的世界是險惡的，路有很多條可以走」你捧著信字句反覆閱讀就在外雙谿山水之間對著野薑花哭了出來這是親炙龐大心靈的現實溫暖。而終於逐漸茁壯的奎澤石頭也寫了四本詩集。我則以美學批評掩蓋急於裸露自我的光芒。有次在他家時楊牧很溫和地對我言外之意地說些當時不懂的話。我揣測意思是由創作走向批評表現頹勢。一種對於生活與存在的純粹性的提醒。又過了些年。奎澤石頭。你終於理解了。那些抽象化記憶裡愛情的絕對預設是不可抗拒的分離意識。風生水起。楓紅此時瘋狂地萎地兮無語。詩是唯一的。其鍛鍊就是從最為根本，簡潔，幾何原理的地方著手。先忘記。再記起。先擱筆。再書寫。等待詩的回家。〈孤獨〉。我說。是楊牧最好的一首詩。不是嚴謹詩學上的最好，而是奎澤石頭眼睛通過自己的感覺成為理論家後看到了孤獨的幾何。孤獨這首詩裡的點線面幾何學原理的作用。其所觸發的是一個無窮無盡的廣遒新世界。死亡的左右蘊含著新生。黑暗裡包容光明。曾經的接近恨的感覺一筆上升為體諒的愛。不帶感情的感情。我因為深受震撼而無法言語。繼續擱筆。那應該是。你說。你所見的楊牧詩藝的邊界了。美學評論家的直覺。那天非常寒冷。台北。外雙谿。文舍前。錢穆故居旁。紅楓落滿地。我說這一切所紀錄的不應是一種楊牧造神運動，而是通過不抱希望地愛他，從人的角度看待這個表面嚴肅，卻處處是溫暖的長者，我私淑艾的詩學恩師，雖然那天在他家裡面對幾個他眞正都成爲教授的外文系學生感覺異常孤獨，如此邊陲。胡適說，這是五十歲後的人做的事。楊牧遞給奎澤石頭一杯馬丁尼後相視而笑莫逆於心。舉杯。就口。放下。一條漂亮的線條眼前一閃即逝。孤獨。如這訪談尾聲裡逐漸風止的起身。乾枯的。半乾半黃的。鮮紅的。紅透的楓葉。我踩在上面感覺那裡有人在啜泣。奎澤石頭抬頭。參天的楓樹間隙灰濛天空裡一朵魚狀雲游過。沙沙地聲響此起彼落浮沉素白花朵我把它藏滿懷。要節制自己容易浪漫的情感。楊牧說。你悲傷地點頭。跟這群其實不是很清楚是誰的楊牧紀錄片拍攝團隊道別。告別很冷的台北去向更冷的南方。你上車。往蘭陽平原的一個詩人的葬禮而去。

PART I 綴飲

1.

楊牧在某篇散文段落或者專訪裡似乎曾經說過，因爲對於數學的厭惡，使得他曾經逃課至太平洋的花蓮海邊隻身涉險，孤獨接受浪花洗禮，想像風暴席捲，讓自己「找一個他們夢想不到的地方，把自己藏起來」[2]，那個地方，後來證明，就是詩。詩，對於楊牧而言，就是思想，信仰與力量。但究竟詩從哪裡來？你曾提供過多種解答。那天，己丑年中秋颱風前夜的晚宴造訪，你在楊牧家透明落地窗客廳聆聽〈蝴蝶夫人〉的端坐時，看著每次來他同樣的動作：於柏克萊求學時期養成的習慣，端著透明高角杯，慢慢綴飲一杯加了橄欖的馬丁尼。這次對著窗外拔次漸高、花色黃褐相間秋之台灣欒樹，然後開始噓寒漫談。但這個尋常重複的舉杯就唇動作，卻讓你靈光乍現瞭解了一件事，或許過去你用布爾喬亞、班雅明、浪漫、寫實或其他甚麼主義[3]去詮釋楊牧的詩尚有一個地方不曾知曉；弔詭地，和數學有關，那是楊牧詩中展現的感情、布局、用典和譬喻的精簡和精確性，那是一個年少躲藏任誰也找不到你的地方，經過數十年錘鍊形成：孤獨的幾何。

2.

「孤獨不涉情感，孤獨是一種由點成爲線，再回到點的運動。」這時，你腦海裡浮現這樣的句子。而且，同時想起楊牧所引的艾略特(T.S. Eliot)所說的「藝術的感情沒有個性。但一個詩人若不將他全部

2 楊牧，〈藏〉，《昔我往矣》（台北：洪範，一九九七），頁二三。

3 石計生，楊牧三論：〈布爾喬亞詩學論楊牧〉、〈光影疊錯中的雪季身影：楊牧現代詩藝術論〉、〈印象空間的涉事——以班雅明方法論楊牧詩〉，《藝術與社會：閱讀班雅明的美學啓迪》（台北：左岸，二〇〇三），頁八五—一三三。

身心投入他所從事的工作，便無從企及這沒有個性的境界。」[4]你面對窗外的青山與參天老榕樹坐好，秋之暖陽早晨，再度端詳楊牧那首著名的詩〈孤獨〉[5]，竟像素面相見，又是熟悉的場景裡確定地畫寫下這樣的線條／感受。這首詩裡其實只有一個簡單的動作：楊牧在家裡尋常的傍晚又照例喝了一杯加了橄欖的馬丁尼——讓孤獨從心裡出來走到酒杯，再從酒杯送回心裡。

如你這時讀的康丁斯基《藝術的精神性》這樣說：「水平線因而是一種能夠在不同方向向上延伸的冷而基礎的支座。冷與平構成了水平線的基調，它可稱作是以它最簡潔的形式表現出運動無限性，冷峻的可能性。」「垂直線，它豎起來正好與水平線構成直角，在那裡，平直被豎高所代替，即，冷為暖所代替。因此，垂直線以它最簡潔的形式表現出運動的無限的、溫暖的可能性。」[6]

將孤獨比擬為一匹「背上有一種善變的花紋」的「衰老的獸」，潛伏在「我亂石磊磊的心裡」，所言者是常人皆有的「一個人」時的感覺：「眼神蕭索，經常凝視／遙遠的行雲，嚮往／天上的舒卷和飄

4 楊牧，〈歷史意識〉，《一首詩的完成》（台北：洪範，一九九八），頁六五。

5 孤獨是一匹衰老的獸／潛伏在我亂石磊磊的心裡／背上有一種善變的花紋／那是，我知道，他族類的保護色／他的眼神蕭索，經常凝視／遙遠的行雲，嚮往／天上的舒卷和飄流／低頭沉思，讓風雨隨意鞭打／他委棄的暴猛／他風化的愛／孤獨是一匹衰老的獸／潛伏在我亂石磊磊的心裡／雷鳴剎那，他緩緩挪動／費力地走進我斟酌的酒杯／且用他戀慕的眸子／憂戚地瞪著一黃昏的飲者／這時，我知道，他正懊悔著／不該貿然離開他熟悉的世界／進入這冷酒之中，我舉杯就唇／慈祥地把他送回心裡 楊牧，〈孤獨〉，《有人》（台北：洪範，一九八六）。

6 康丁斯基（Wassily Kandinsky），吳瑪悧譯，《藝術的精神性》（台北：藝術家，一九八五）。

流／低頭沉思，讓風雨隨意鞭打／他委棄的暴猛／他風化的愛。」這些浪漫優雅的句子只是一種表象、因人而異卻又雷同的感覺、情緒，這裡詩的構成是一種鋪陳，是一種運動前夕的「點」的醞釀。從孤獨的幾何學來看，這潛伏，蠢蠢欲動的「點」出發，會有兩種可能：一是水平線，二是垂直線。

「雷鳴剎那，他緩緩挪動／費力地走進我斟酌的酒杯／且用他戀慕的眸子／憂戚地瞪著一黃昏的飲者／這時，你知道，他正懊悔著／不該貿然離開他熟悉的世界／進入這冷酒之中，我舉杯就唇／慈祥地把他送回心裡」。雷鳴剎那導引，孤獨的獸費力移動，其衰老可能不是生理的，而是心理，甚至是結構上的疲憊。不該貿然離開他熟悉的世界所謂者是進入馬丁尼酒杯裡的苦澀的美感，具象世界裡咀嚼，綴飲終將化爲烏有的存在，原來熟悉世界裡嚮往遙遠的眞與善浪漫結褵流浪，和杯酒之中實際的美與愛的平常規律並不是同一件事，而這時詩才躍然成形構成。詩回歸最爲原始的不帶感情的數學邏輯，卻弔詭地蘊含了藝術夢寐以求的眞善美。冷冷的水平，向上延伸的冷而基礎的支座，是必須的鍛鍊；而豎起來正好與水平線構成直角，那是「舉杯就唇」的尋常動作，在那裡，平直被豎高所代替，冷爲暖所代替，慈祥地把那隻衰老的獸送回心裡：點走向線，線又回到點。嚮往遙遠的彼時或者曾爲天上的舒卷和飄流的水平吸引其冷峻猶然，而這時楊牧孤獨的幾何垂直線，不論親炙或者私淑的人都知道，一直都是溫暖的。

3\.

這是颱風中秋前夕，你和楊牧走在敦化南路的寬敞大道上目睹的，粲然蕭索欒樹晃影，關於孤獨的幾何，關於藝術的精神裡的點與線，然後逐漸成爲「面」。這線隨著路燈慢慢延伸變成了影子，拉長至一定距離後又變成了線，水平的斑馬線與垂直的月光線交織，隨著楊牧身影的移動與月光難以察覺的挪移，與你的佇立距離逐漸成為一個面，一個銳角三角形，並且很快地就變成了立體錐形，然後烏雲遮掩，蕭索巒樹在預料之中的雨勢霧起裡花落滿地，然後想像的形狀煙消雲散，只餘最為堅固不變的數學美學：楊牧的背影，是這個時代藝術的精神裡在上部的最頂端孤獨的背影。

你這時繼續閱讀康丁斯基：「一個巨大的銳角三角形分割成彼此不等的幾部分，其頂點和最小的部分朝上——這就是對精神生活總括和準確的描繪」；「精神匱乏的時代。精神不斷地從較高的部分滑向較低的部分，整個三角形就凝止不動了。這個時代裡的人耳目失聰，只關心物質利益」「在上部的最頂端，有時只有一個人。他歡快的眼光是內心無比憂傷的不露痕跡的標記。那些離他最近的人也不理解他。」7

過去隱約猜想是這樣，現在完全知道，楊牧的給人最初的不苟言笑印象並不是偽裝，而是眞實的不受情緒影響的自然；從繁複多變的現象還原，來到數學顚撲不破的原理，賦予藝術軟化科學的能力，以耐心等待詩的幾何的造訪，有時賦予神秘的色彩，如風霜雨雪、洪水地震的疑神神學，揉合，醞釀，發酵，通過內面空間讓點、線、面構成詩的畫面。有時只有一個人，他詩裡總是平靜的眼光是內心無比憂傷的不露痕跡的標記。這一個人，不僅僅是藝術上的幾何精簡掌握甚為含蓄的完美隱喻抽象指涉，生活上則延伸對於眞善美的追求嚴謹守著入世處事的簡單原則，有時看的出來，他忿忿不平，甚至指名道姓，關於政治、棒球與古典失落的愛，孤獨的右外野手孤獨地等待捕捉奇襲彈跳或者高飛高難度接殺的

7 康丁斯基（Wassily Kandinsky），〈運動〉，《藝術的精神性》，頁一二。

一刻。離他越近的人越理解，楊牧總以「眼神蕭索，經常凝視／遙遠的行雲」與「慈祥地把他送回」的雙重眼光凝視這個精神匱乏的時代，當暴猛的愛被風化，在風雨鞭打中被委棄，人耳目失聰，只關心物質利益，無法浪漫，追求時；這時，楊牧就任由那匹背上有一種善變的花紋的名曰孤獨的獸重出江湖，順著垂直線，一道閃電從天而降，雷鳴刹那，讓他挪動走進斟酌的酒杯，且用他戀慕的眸子，憂戚地瞪著一黃昏的飲者，高聲歌唱，無懼風雨，如你沈醉聆聽〈蝴蝶夫人〉的端坐，不曾察覺年復一年，對著窗外拔次漸高、花色黃褐相間秋之台灣欒樹，然後開始問暖漫談，慈祥地把他送回心裡，孤獨的幾何，抽象由點成爲線，再回到點的運動，這時，你終也受到了邀請，慢慢綴飲一杯加了橄欖的馬丁尼。

PART II 授業

1.

這時是庚寅年春的四月，你重拾已經停開多年的《藝術社會學》課堂的感覺，到了這一刻，關於楊牧，理解具象必須澱積在抽象表現之必要。你和三、四十個大學生一起觀看二〇〇〇年公共電視錄製的《文化容顏》裡的訪談紀錄片之後，問：「爲何楊牧三十二歲後要放棄作爲一個深受大家喜愛的葉珊，而選擇做一個文壇的陌生人楊牧？這兩個人的詩有何不同？」[8] 你在H211教室來回兀自踱步著，鞋子

8 楊牧，本名王靖獻，台灣花蓮人，一九四〇年出生，一九七二年於美國柏克萊大學攻讀博士時改筆名葉珊

咚咚踏觸木板的深沈聲響讓你不著急獲得答案。你眺望窗外高過六層樓的常綠貝殼衫，知道其後有寵惠堂，操場，台灣巒樹，外雙谿，凋蔽的中影文化城，重陽南山，以及有點陰雨的後面的白雲藍天，想像著那年以來的盛氣凌人、恃才傲物的日子，是怎樣像箭簇般飛離現在的你呢？你溫和中帶點嚴肅地等待幾個叫了名字學生的答案，多在意料之中地偏離。偶而有音樂系來選修的突然佳音，於聚精會神用心觀看後說出葉珊轉變爲楊牧是因爲，楊牧自陳「自覺到過去那些都不要了，即使那帶來再大的聲譽；詩人最重要的事是抵抗，不是從派出所抵抗到街頭，而是抵抗自己，過去那些抒情，有意識地被有結構的敘事所取代。如果還執著於過去的聲譽，那是很危險的事情」，類似這樣，影片裡的答案就在那裡。

2\. 人爲何會視而不見？習於進行選擇性的閱讀或遺忘？或者得到答案後就停止思考，造訪的腳步從此停頓轉個彎去尋覓其他可能？

(續)

爲楊牧。關於詩的部分：以葉珊爲名出版的包括《水之湄》（台北：藍星詩社，一九六〇）、《花季》（台北：藍星詩社，一九六二）、《燈船》、《傳說》等四卷；加上《瓶中稿》（台北：志文，一九七七）等以上五卷輯爲《楊牧詩集I》（台北：洪範，一九七八）。而《北斗行》（台北：洪範，一九七八）、《禁忌的遊戲》（台北：洪範，一九八〇）、《海岸七疊》（台北：洪範，一九八〇）《有人》（台北：洪範，一九八六）等以上四卷輯爲《楊牧詩集II》（台北：洪範，一九九五）。之後有《時光命題》（台北：洪範，一九九七）、《完整的寓言》（台北：洪範，一九九一）、《涉事》（台北：洪範，二〇〇一）和《介殼蟲》（台北：洪範，二〇〇六）等。到二〇一〇年爲止，楊牧共出版十三本詩集，兩本合集。

楊牧，就在外雙谿這背山面水的美麗大學講堂，二〇〇〇年時你就已經請他來這裡做過題爲「文學道路」的演講，擠得水洩不通的國際會議廳，低沈安穩的語調他指出了「一個詩人要有很多面具」的「面具說」，類似班雅明（Walter Benjamin）評論波特萊爾（Charles Baudelaire）的「只要他想，詩人擁有隨時可以是自己又是他人的無可比擬的權柄。」[9]而過了十年，你因爲重看那影片而想起了久已遺忘的這段話，卻並沒有提出跟學生討論。那是因爲這裡是一種「楊牧詩史」式的討論，一種線性時間的幽靈正纏繞在H211教室的上空，所謂的三十二歲之前的葉珊與三十二歲之後的楊牧詩風的變化。

你在滿堂靜默的間隙追憶，有幾次去楊牧家時，他順手拿起一些葉珊時期的詩集給你，如《水之湄》、《花季》和翻譯詩集《西班牙浪人吟》等。你常在夏秋冬春的時序裡不時從檀香書櫃中取出閱讀。而那日在光影紛陳的美崙街午後庭院，被曬得翠綠半透明的楓樹與深紫九重葛交織著風鈴聲的暖通通木椅上你逐字讀著其中的篇章，如〈教堂的黃昏〉（一九六二）等。

〈教堂的黃昏〉，寫於一九六二年。你誕生的那年，那時葉珊，是二十一歲的楊牧。「疲乏的土地啊，磐石的陰影下繁榮著罪惡的罌粟花／草地上躺著一個唱過聖詩的漢子／他昨夜來歸，像一個受傷的鏢客／落荒奔離撕殺的沮洳場」[10]「美麗的已不在是寺廟與教堂。它們也不再莊嚴，莊嚴的是你們自己

9　Walter Benjamin, Harry Zohn (trans.), *Charles Baudelaire, a Lyric Poet in the Era of High Capitalism* (London: Verso press, 1989., p. 55.

10　葉珊，〈教堂的黃昏〉，《花季》，頁七五—七六。

的存在。」[11]同時卻也交雜著要是個「有愛有恨的武士，流血流淚的夜鶯」[12]的願望；這是一個青年詩人即將認識自己的宿命——以詩爲師，爲宗教——的不是那麼確定又希望是的無神論的告白。如此眞實如此時台下這些二十出頭的大學生，渴望著被瞭解，在這商品爲神的時代，「他們也許純屬你個人的情感，但你願有人來分享——你就是這麼一個不知足的人，你喜歡知道……」[13]。關於詩的作爲你們自己莊嚴存在的記號，這已經是葉珊某種抽象思考的開始，或者說邊界了，而歌詠沒有目的，完全聖潔的美與使人忘你的愛情，其只能單薄意象的情感語言的長期使用終究引發了葉珊的自你抵抗，內在革命。

「但爲何〈行過一座桃花林〉裡『那小園如三月柳，你在風中哭過』的美麗的句子，老師您後來就覺得不如〈幾何〉了呢？」上週上課時一個學生天眞無邪地追問。「或許也不是不如，而是追問美麗的句子之外還有甚麼呢？」你回答的同時也想起自己曾經的十九、二十來歲，於椰林大道杜鵑花城讀書時，深陷於情感泥沼力圖拔離所錘鍊的美麗的字句如「挨家挨戶蠻横的搜索，那奧菲利亞／我們諒以蒙塵的愛」[14]，「請將妳的愁眉皺在我的稿紙上／且讓我用心寫一首詩將它撫平」[15]。你說你讀歸來，你讀行過一座桃花林，感覺那殘缺的星移，感覺眞的在風中哭過的你，期待渡河來尋的雲朵，如你曾經漫

11 葉珊，〈後記〉，《花季》，頁一三三。
12 葉珊，〈譯序〉，F．嘉西亞．羅爾卡著，葉珊譯，《西班牙浪人吟》（台北：藍星詩社，一九六六）。
13 葉珊，〈後記〉，《花季》，頁一三三。
14 奎澤石頭，〈給奧菲利亞的十四行詩〉，《在芝加哥的微光中》（台北：書林出版，一九九九），頁二二二。
15 奎澤石頭，〈戀〉，《在芝加哥的微光中》，頁一九二。

步在校園裡恍惚不安，以刀劃向自己痛楚凌遲，爲了愛，然而愛卻完整於無可挽回的遙遠裡，愛情的絕對預設是不可抗拒的分離意識。那些刻骨銘心的美麗的句子註記著青春人生，卻是一種迴旋沈溺的情緒，一種漩渦，詩的死亡本能的魔力，沈淪的快感，不幸福原理，跨越三個時區落空的思念，這些是葉珊所象徵的所有人年少時期的共同寂寞。

創造美麗的句子捕捉凍結住一種追求的情緒，這是所有寫詩的人都會經歷的事，但如何通過要不落俗套的自覺而有意識地放棄某種書寫方式，改變，突破，以一些新的，不同於以往的方式進行創作，〈幾何〉可以是楊牧對於這一命題的回答。

「從扁平到景深，說的更清楚一點，將美麗但扁平的句子提升爲具有景深但仍然美麗的句子，一種歷史與空間性的打開，成爲敘事與結構性的鋪陳，不再只是看見自己的悲歡，也不是全然成爲社會的寫實，是人的自我的感覺與客觀世界的交融，至少，楊牧逐漸走向這一詩學的道路上。」你繼續說。

你憶起上星期講課時，你選了楊牧五首詩，歸來[16]（一九五六），來到一座桃花林[17]（一九六〇），幾

---

16 說我流浪的往事，哎！／我從霧中歸來……／沒有晚雲悻悻然的離去，沒有叮嚀；／說星星湧現的日子／霧更深，更重。／記取噴泉剎那的撒落，而且泛起笑意，／不會有萎謝的戀情，不會有愁。／說我殘缺的星移，哎！／我從霧中歸來……　葉珊，〈歸來〉，《水之湄》。

17 當我行經一座桃花林，孤獨忽然／化爲一顆寂寞的昏黃星，亮在遙遠的山頭／挽不住的夜色啊！落葉辭空山／飄零像那沒有顏色的雲朵／有人在河岸吹簫，晚霞寂寞地照著——／小園如三月柳，你在風中哭過／不再飄泊，不再飄泊／當我行過一座桃花林，晚霞／寂寞地照著——照著一片破葉／我就在這樹下躺臥，讓你來尋我／因爲我的孤獨就是那顆星／你就快快渡河來尋我，渡河來尋我　葉珊，〈行過一座桃花

何[18]（一九七二），孤獨（一九八六）和松園（二〇〇五）等，第一個小時你講前三首時，課堂上來了六名學生，該到的都到了，講得都忘神了。第二，三個小時時，講到第四首來了五十個學生，詩的氛圍卻逐漸消失了，它只在某些人身上預選地存在。你仍然以傳道授業解惑之精神完成課程，在極端值中尋找平均數。鐘響。最爲完整的傑作〈松園〉詩轉透明爲秘密全部於是就等待未來再說，況且這樣的講課的眞正驚人之處在於，不只是對學生講課，而且是對自己身體裡的奎澤石頭說話。詩的幾何學原理。點線面構成詩的內面空間，讓扁平的歸來產生多層次的松園景深，讓主體的我讓位給客體的你或他，人格指稱裡的空間格局，你說，是以揚棄（aufhebungen）[19]爲主要環節的辯證過程，葉珊與楊牧絕非取代關係，而是在時間之流中同時具有保留，否定，提昇現象的過程。所以到了孤獨詩的時代，楊牧仍保有葉珊的浪漫色彩，他風化的愛，與你在風中哭過。也轉變爲我殘缺的星移，你的複疊音出場。詩轉透明爲秘密全部，但這一切眞正的困難在於，即使理解了孤獨的幾何學的詩原理，仍然無法寫出詩，詩學分析與探索可

（續）

林〉，《花季》，頁六八—九。

18 這樣崇拜肉體這樣完好的裸體／如躞蹀之魚將愛情透露給／反射鏡裡的族類，而終於—／臨窗的繡球花一朵一朵凋零，而終於／啓明星探頭窺覷，而終於／這樣完好這樣枯萎的裸體／因午後那鴿鈴／殘留的一條輔助線／反射／在／你時常觸礁的海面／作跑步狀：足脛和手臂／構成完全相等的對角／這樣崇拜這樣的裸體／如風來時急急擁抱白帆的桅檣／如靦腆地注視著深水裡／那樣滑行著的自己／彷彿也是歡喜　楊牧，〈幾何〉，《楊牧詩集Ｉ》。乃一九七五年出版的《瓶中稿》時期作品。

19 揚棄（aufhebungen）此字的德文原意在英文世界有三層意義：（一）保留preserve，（二）否定（deny）和（三）提升（promote）等，此是事物在時間之流中變化的關鍵環節。詳參石計生，《馬克思學：經濟先行的社會典範論》（台北：唐山書店，二〇〇九），第二章。

以另闢蹊徑，但詩的創作能力是有機的，預選的，無法理解的，如王靖獻之無法理解楊牧，石計生之無法理解奎澤石頭。

〈幾何〉對於大學生已經是一首難懂得詩。那時你繼續說著，是楊牧的學者自我王靖獻三十二歲在美國柏克萊大學求學時的作品。「學者與詩人的結合造就花蓮大理石渾厚、確定、優美的性格。」[20]「從盧卡契(G. Lukács)的觀點來看，是擺盪於The Platonist和The Poet間的創作者。而Platonist是學者是批評家，他所追求的是certainty，生命之確定性；詩人則天性看待事物圓融，關照全體，他追求uncertainty，總是在遊蕩之不確定性生活中，化個人悲喜為普遍化的詩作」[21]，你深信，王靖獻的學術成就，從另一個角度有意無意間拓展了楊牧詩的思想深度，穿透現實能力與本體直觀視野，那是人生命運裡轉折後多重身分認同(學者與詩人)相互滲透的必然結果。

「〈幾何〉看到第一段就不懂了，老師，〈行過一座桃花林〉字句直白比較容易理解。」

〈幾何〉你看是一首受困迫的愛者的情詩，與同樣是情詩的〈行過一座桃花林〉最大的差別在於數學幾何原理的詩學運用，產生了初步的景深畫面與空間感，這是〈行過一座桃花林〉所沒有的。〈幾何〉詩裡形式力量開始作用，美麗的句子作為一種點綴內容的生產性掛慮被形式馴服，結構力量出場。〈行過一座桃花林〉裡的「當我行經／過一座桃花林」只是扁平的句子覆踏，而〈幾何〉裡的「這樣崇

---

20 石計生，〈布爾喬亞詩學論楊牧〉，《藝術與社會：閱讀班雅明的美學啓迪》，頁八七。
21 石計生，〈布爾喬亞詩學論楊牧〉，《藝術與社會：閱讀班雅明的美學啓迪》，頁八九。

拜肉體這樣完好／枯萎的裸體」的覆踏則指向三重景深的變化，次第推遠／靠近：一在室內的自我審視與脫離現實的完好裸體期盼，二在啓明星出現後的回到失落的現實裡枯萎的裸體指向窗外的世界，三是海邊健美慢跑得裸體想像自我分裂爲兩個自我面對被困迫與自由的愛。

〈幾何〉裡的數學幾何原理的詩學運用，如「因午後那鴿鈴／殘留的一條輔助線／反射／在／你時常觸礁的海面」「作跑步狀：足脛和手臂／構成完全相等的對角」「如風來時急急擁抱白帆的桅檣／如靦腆地注視著深水裡／那樣滑行著的自己／彷彿也是歡喜」。從具象幾何的「輔助線」「完全相等的對角」到象徵化的「桅檣」「滑行著的自己」垂直／水平線交錯，層次分明地將從詩中可以想像的有繡球花，水族箱與人的海邊小屋場景，通過鴿鈴帶領視線往外推，至觸礁的海面，白帆與深水，遂因此打開了空間的景深，裡面有崇拜肉體完好的裸體卻從一朵一朵凋零的繡球花生活裡成爲枯萎。而解開這首情詩的另一關鍵在於「啓明星」，它意指晨昏第一顆星的太白金星或更合乎這詩的西方說的維納斯（Venus）星，作爲愛與美的化身，其出場的探頭窺覷，卻讓完好肉體轉爲枯萎，是爲失戀之證據。而爲詩神所眷顧的楊牧，從類似奧林匹克賽跑選手健美完好的身體與幾何動作「作跑步狀：足脛和手臂／構成完全相等的對角」崇拜中掙脫，於風來時急急抱住「白帆的桅檣」——熱情的垂直線不悔——但卻於此時自我分裂出另一個自己：「深水裡／那樣滑行的自己」——水平冷冷的愛——理性又感性地愛，冷抒情的水平線彷彿也是歡喜。這歡喜，一方面是反諷，關於被困住的愛及其失落，何其悲劇追求沈重流動的歡喜；另一方面是自由，眞的喜歡著成爲魚能滑行的模糊淚水與海水的自己，深水，就是一種誰也找不到自己的躲藏之境，就是詩本身，詩就是自由。

你對著少數專注聆聽的學生說著，而滿座的一室卻滔滔不絕閒聊者眾。

葉珊作爲楊牧的生命連體，其與常人更爲接近的有血有肉追尋，可被視爲是造就楊牧孤獨的幾何詩學的必要構成；而楊牧經由學者王靖獻的學術閱讀，加深了他的輪廓，逐漸的抽象洞察，印象浮水印爲詩，仍不忘回眸凝視葉珊的具象入世，受困迫的愛與熱情。兩者相互滲透，內容與形式互爲動力，雖隨著生命史變化有所傾斜。

當葉珊理解，詩成爲一種信仰的要件，除了情溢乎辭的眞摯美與愛的追求、語言的錘鍊外，還有構成之必要，抽象之必要，安靜之必要後，楊牧才得以誕生。

你開始對此時藝術社會學課堂學生的偏離答案歸類：感情，脆弱，不能滿足，需求與社會規範，說這些常識或過於社會學的藝術理解，當然不足以解釋楊牧取代葉珊的理由，這詩的生命史的轉變來自於自覺的抵抗需要：那所謂浪漫的堅持的抒情詩人葉珊的文字語言已經走到了連詩人自己都無法忍受的地步了，語言產生了惰性，繼續下去終究是以抒情粉飾裝模作樣的同語反覆與過度具象的折磨，從〈行過一座桃花林〉到〈幾何〉，你說，浪漫精神被隱藏在數學幾何的詩的原理裡，因爲美麗的句子被安頓於細節合宜的形式，更顯得熠熠發光。況且「成爲藝術不受約束和必須的喘息的巨大自由不可能是絕對的。每個時代都授之於這種自由以一定的尺度。」[22]形式或內容，詩人自己就會授與自己這種自由以一定的尺度。

---

22 康丁斯基（Wassily Kandinsky），〈朝向精神的轉折〉，《藝術的精神性》，頁二五。

坐在西雅圖的家的偌大庭園藤椅上，二〇〇〇年那燦爛的北美陽光映照在楊牧的臉龐娓娓道出一種敘事的要求，敘事需要結構，需要早在一九八五年就已經被他提出來的歷史意識[23]，成爲一個說故事的人的實驗，詩人楊牧就這樣誕生。筆名的更改後面隱含著一個詩人的自覺選擇？或者說因爲信仰詩日積月累寫詩終於領悟到葉珊精彩的字句不足爲恃，那不過是黑格爾(F. Hegel)《美學》[24]第四卷裡描述成爲詩人所該具備的「豐沛的想像力」「深度的語言修養」而已；要維持對永恆與美的持續嚮往，要能有上山下海耑索眞理的精神，還需加上那《美學》原理的第三條「理性架構成篇的能力」，成爲抵抗自你知曉敘事結構之重要性的詩人楊牧，這樣才是完整的自你。

3.

但一旦被下了類似上述的定論，你飄移忐忑的靈魂馬上又覺得不妥，雖然這解釋進一步深化了葉珊

---

23 「任何一個人過了二十五歲假如還想繼續以詩人自居的話，歷史意識乃是不可或缺的條件。歷史意義還包涵一層認知，不但認知過去之所以爲過去，也認知過去是存在於你們眼前。……歷史意識是你們對時間永恆保有的意識，也是對短暫現世保有的意識，同時它更是一種將永恆和現世結合看待的意識。」楊牧，〈歷史意識〉，《一首詩的完成》(台北：洪範，一九九八)，頁五五—五六。本文根據書中記載，寫於一九八五年。

24 黑格爾(F. Hegel)，〈詩〉，朱孟實譯，《美學》(*Aesthetics*)卷四，朱孟實譯，(台北：里仁書局，一九八三)。

到楊牧的變化，但其中隱藏著一種進步史觀論述的危險，那沈溺在唯心論至高無上唯哲學、宗教與藝術爲依歸的「絕對精神」(absolute spirit)中的黑格爾，將創造力條列化的分析有助於解讀卻無助於探索詩人眞正的創作奧秘：一首詩的完成絕非要件一＋二＋三的加法於是就得到詩篇作品的這樣過程。詩的能力是不可分割的，它是有機的，相互滲透的，多孔性的，馬賽克鑲嵌式的，道可道，非常道的。唯有如此，楊牧才能自信地說出「一個詩人要有很多面具」的「面具說」，詩在他手裡成爲流動的水的抽象形式，可以是無窮無盡的線條或幾何圖案，而抒情抑或敘事的對立在此作爲具象的內容，融化爲其中的構成。說抵抗自己追尋敘事只是一種視角，某種作者詮釋自身時的盲點，敘事之中必然包含抒情，抒情之中也必然擁有敘事，抽象生於具象，具象潛伏抽象。

是以葉珊與楊牧並非決然的斷裂或轉變，形式與內容互爲因果生成創作動力，葉珊——楊牧作爲一個生命連體，其孤獨的幾何學包含著具備空間疊合的歷史意識，「歷史意義還包涵一層認知，不但認知過去之所以爲過去，也認知過去是存在於你們眼前。……歷史意識是你們對時間永恆保有的意識，也是對短暫現世保有的意識，同時它更是一種將永恆和現世結合看待的意識」，這是具備空間化時間(spatializing time)能力的意識，掌握你曾說過的類似班雅明的「印象空間」(space of impression)：「印象空間」是揉合主體與客體的印象交疊之浮水印創造詩的烏托邦。在不同的時間與空間所得的印象，經由對於現實性的過去的引用的瞬間氛圍的記憶，或浪頭襲來般偶發的追憶的力量，出入意識與潛意識之間，醞釀，發酵，以千錘百鍊的詩句[25]。

葉珊也自陳：「有時難免相信，原來人的自限孤獨只為了重新肯定他傲氣的價值而已。怎樣把自己從人間隔離開來，然後用自己的血液將這面牆突破，重新去接觸世人，這大約正是某一種人的野心。」[26]那時關於詩的秘密方要解開，正是楊牧生命史中對於詩的證悟中獲得。

「認識一個人的唯一方法就是不抱希望地愛他。」[27]

課堂上你腦海裡澎湃洶湧地自你想像論證了那麼長的篇幅，卻是《藝術社會學》課堂討論的剎那，之後就第一次提前下課了。一哄而散的學生，空蕩蕩的教室仍有幾個懂得狐疑的靈魂留下來討論。你並沒有透露腦海裡的想法，而是溫和而嚴肅地繼續延伸黑板上的線性時間的邏輯。而窗外的常綠貝殼杉兀自站立，也飛來了一隻有著紅嘴與長長藍白交間尾巴的台灣藍鵲，那滑翔展翅斂翼身影修長優雅形象溫暖著你堅持不點名的心，你決定真正的講課現在才開始，把這空間當作一篇文章，圈點這裡，問號那裡，滿意於留下來的蕭索和你一起，探討，通過楊牧的可能，是少數人完成不抱希望愛他的事業。

---

25 參石計生，〈印象空間的涉事——以班雅明方法論楊牧詩〉，《藝術與社會：閱讀班雅明的美學啓迪》，頁一一六。

26 楊牧，〈兩片瓊瓦〉，《葉珊散文集》（台北：洪範，一九七七），頁二二二。

27 Walter Benjamin, "The Arch," in E. Jephcott and K. Shorter (trans.), *One Way Street and Other Writings* (London: Verso Press, 1985).

PART III 登涉

1.

你和楊牧見面時鮮少談詩論道，總是在生活中飲宴話家常。

多年前，但地點有點忘記了，是在楊牧家、紅豆食府或者甚麼敦化南路一帶吃飯的場合，你跟楊牧說最近貼在自己外雙谿研究室牆壁上的詩是〈松園〉[28]，楊牧在跟你聊聊花蓮松園的地景的同時，他用溫和專注的眼神叮著你看對你說：「那裡面有些新的東西。」你那時不知怎麼把話接下去，因爲不知道那是甚麼，只知那詩是如此優美深奧。楊牧也沒說甚麼，微微一笑，彷彿預言，有天你會知道的。這事情就這樣一直被你放在心裡。每次講完課在面山背水的坐好，寫作看書，總會與牆上的松園不期而遇，將其中詰屈聱牙的字句查的清楚，詩已經看得滾瓜爛熟卻總是不解其後奧義。然後有一年過年從高雄回來台北，學校說要粉刷研究室內部牆壁，就把松園放回左邊第三個抽屜，彷彿現象學裡的「懸置」(bracketing)[29]般，將受到習性，知識與習俗等作用的「自然態度」加以「放入括弧，存而不論」，以

---

28 楊牧，〈松園〉，《介殼蟲》（台北：洪範，二〇〇六），頁一二〇—一二二。

29 懸置，就是中止自然態度下的判斷，使你們的屬於自然態度本質的總設定失去作用。而自然態度(natural attitude)是每個人日常生活中的視爲理所當然(take it for granted)的存在態度，也是將自己與他人的溝通視爲理所當然。參胡塞爾，李幼蒸譯，《純粹現象學通論》（北京：商務印書館，一九九二）。

清澄空白的心靈等待如迷航的帆返回港灣，遺忘的返回，詩終要裸露其秘密的全部。

2\.

這天終於來臨，緣起於日復一日的登涉。在外雙谿校園，下午五點一到，你習慣拿起柱杖，戴上斗笠，就往重陽南山走。這方奇特的山勢你鍛身多年，終於發現其中奧妙，呼應道家身體找到「眞我」的「由任返督」的運動[30]。二〇一〇年有天你由校內登山口的七十度斜坡上山，徐行連續彎轉過三關後抵達山廟，那摶扶搖而直上的臍後督脈辛勤逆行上昇，濕透的衣服有種脫俗洗滌塵慮的愉悅。在萬物之上的廟埕空地上你回首瀏覽早升的暮色，由近而遠，重陽南山山腳孕育你精神事業的學院，爲外雙谿懷抱野薑花開滿向陽的黃昏，那溪注入更爲遙遠的歷史，淡水河以蜿蜒之姿點綴星羅棋布的人間世，那是士林，關渡，那是北投，淡水，這不是秘密的全部，遠處還有挽留的山，不捨的水勢，截彎取直後受傷了的基隆河，在觀音、大屯、七星與陽明諸山看顧下痊癒，這一切在暮靄薄霧裡星辰閃爍著自然奧義書，

30 道家身體是建立在奇經八脈的任督二脈運行的基礎上，所謂「督脈在臍後，任脈在臍前」，即在人體正面的「任前督後」。而道家身體，是內丹學的具體操練，最基本的作法，即爲「周天之法」：如小周天「言取象於子、丑、寅十二時，如周一日之天地也。」意思是像一天的時辰般的韻律，讓身體經由氣的導引方向，由任脈朝向督脈的方向逆行規律運動，如此循環不已，生生不息。道家相信，經由氣的「由任返督」的逆行，「順則亡，逆則仙」，可以經由鍛鍊身體找到眞你。參石計生，〈超現實救贖之道：從班雅明寓言詩學到道家內丹學〉，收錄於周曉虹、成伯清主編，《社會理論論叢》第五輯（北京：中國大百科全書出版社，二〇〇九），頁一七九。

也是《內經圖》[31]裡的身體地景，內即是外，外即是內。你默然讚嘆這景色，這暮色，星象，河水與森林豐茂植被讓楊牧〈松園〉完整前段滿佈這空間：

那一次回頭看到暮色在早升的
星象裡加劇，獵户的箭囊即將著色
完成以毿毿重疊的針葉爲前景
尾端銜接鞞琫閃光維玉與瑤
這不是秘密的全部，遠處
還有挽留的山，不捨的水勢

你曾經匍匐且蜿蜒如無聲的河流
細數髮茨溫存在上以常綠
喬木之姿中夜猶放縱螢火突圍

31 《內經圖》其中的象徵身體地景的人體，代表道家身體靜養功行思想與技術的眞諦，以廋辭、謎語和隱語等在圖式與論述上大量出現，是宋明以來道家的典型風格。參石計生，〈保守求生：論道家身體轉向及其比較文化實踐〉，《中正大學中文學術年刊》二〇〇八年第一期（總第十一期）（嘉義：中正大學中國文學系，二〇〇八），頁一六九。

自高處下沉，濃厚完美的樹脂
碰觸及感覺神經末梢，敏銳
無比，你看草地上零露漙兮

這時暮色所引發的是班雅明的「印象空間」與你年少時寫的〈布爾喬亞詩學論楊牧〉裡提及的「詩的內面空間」（poetic inner space），而且你斷定，楊牧當年的微笑裡的秘密，就是用一首詩深化詮釋了你二十三歲時知道但不是那麼明瞭到底是怎麼回事的創作的內面空間，以孤獨的幾何學。

原來詩人里爾克（R.M. Rilke）所提出內面空間（inner space）[32]，你近二十年來不斷體悟，思考與衍生為「詩的內面空間」（poetic inner space）的詩創作的本體論。你年輕時曾這樣想：詩的創作歷程是一種意象（image）→象徵（symbol）→作品（work）的過程，其中從雜多紛亂的意象到將抽象具體化的象徵過程，需捨棄外在干擾向內探索，要長時間在詩人內在醞釀、發酵才可能達成。詩人越向內探索，越覺其無窮無盡。猶如一株樹的本幹，在冬天，逐漸剝落與自你內在生命律動不能同質的東西，落葉般剝落時，霧氣中之儼然主幹，其法相是揚棄掉所有樹葉，附屬品，而呈現一個美的本體世界，這獨立存在的輪廓，就是詩的內面空間[33]。而這日復一日的登涉與讀書，你終也進一步理解，那意象，象徵與作品的

---

32 參里爾克著，方瑜譯，《馬爾泰手記》（*Die Aufzeichnungen des Malte Laurids Brigge*）（台北：志文出版社，一九七四）。

33 參石計生，〈布爾喬亞詩學論楊牧〉，《藝術與社會：閱讀班雅明的美學啓迪》，頁九〇。

轉換，不僅僅是在本體論層次的詩創作，而且還是身體的精神性展現。詩的內面空間是寄居在身體空間的知覺運動，如梅洛龐蒂（M. Merleau-Ponty）[34]指出，那內在體驗所形成的知覺（perception），它的意向性所指向的是我們存在的世界，並在其中，去知覺和反思自己的活生生的生命經驗。進而，知覺帶著創造性能將「可見的」轉換為「不可見的」，也可以倒過來進行轉換，身體的知覺，將人的存在於瞬間向自我呈現出來，讓行走與心靈交織的印象空間疊合，醞釀，發酵，知覺因此讓書寫具有深度[35]。詩的內面空間是霧氣中之儼然主幹，也是風中雨中吹不亂的榮耀裡的流動的精神，行走的森林。

如這裡楊牧的〈松園〉行走，詩人雖越向內探索，越覺其無窮無盡，猶如一株樹的本幹，夏秋冬春循環，變化，而行走的樹，身體的移動，正是「可見的」意象轉化為「不可見的」象徵的重要環節，或者打破線性思維的由抽象返回具象，以閱讀古典文學經典加深現實——詩存在的藝術輪廓，這一切都是詩人胸壑之中的自在運動，設想與完成，這是身體的本體，詩的本體現實與超現實流動。唯有如此，詩的內面空間賦予楊牧與眾人同時在花蓮的松園行走後，卻能寫出〈松園〉，以「藝術給予那種世俗眼光視而不見的東西存在的可能。」[36]

---

34 M. Merleau-Ponty, *Sense and Non-sense* (Evanston, Ill.: Northwestern University Press, 1964), p. 50.

35 M. Merleau-Ponty, *Phenomenology of Perception* (Evanston, Ill.: Northwestern University Press, 1962), chap. 1.

36 梅洛龐蒂（Maurice Merleau-Ponty），劉韻涵譯，張智庭校，《眼與心：梅洛龐蒂現象學美學文集》（北京：中國社會科學出版，一九九二）。

而「空間是深度的同義語，因而也是向深處擴展的那些元素的同義語。」[37] 印象空間先行，詩裡第一段疊合獵戶星座、松園針葉實景與閱讀《詩經》經典的幾重印象，這些都是向深處擴展的數學美學元素。

爲何是這些印象？因爲這些都是詩人楊牧閒逛松園時所見與學者王靖獻熟稔的文學經典等隨手可得的元素。其如何安置這些印象細節是個創作秘密，但分析其組成是數學美學的詩學可能。分析是後設的，創作是不可解的。

獵戶座，Orion，這是位古希臘神話裡的偉大獵手，臂力過人，爲某神嫉妒設計謀害後，被宙斯提升至天界爲美麗的星座。獵戶，因他的非常顯著，也且位於赤道上，是夜空中最出名、最耀眼的，全世界的人都能看到的，認得的星座，這也暗示著〈松園〉裡關於詩學空間鍛鍊的普遍性。獵戶星座，那些星星經由人的想像配置(constellation)[38] 成有可以掛在腰帶上的箭囊，右手舉劍，提起左腳左手拿著盾牌昂首挺胸，雄赳赳站著的獵人。在松園裡的楊牧，回首暮色裡的獵戶星座，隨著「獵戶的箭囊即將著色」，感覺夜色的逐漸接近已越深沈，星光映照在毿毿重疊，密集翳蔽的針葉構成的松園上，這時獵戶

37 康丁斯基(Wassily Kandinsky)，〈畫面〉，《藝術的精神性》，頁二二三。

38 constellation原意即爲星叢，被班雅明引伸爲具備美學意義的「配置」，指的就是爲了說明某些意象，若像天上的星星構成的星座，星叢般集合了類似的語言，建立了某種秩序，就能想像其意義。在詩學上，它不能產生確切的圖形，只能若隱若現，生產不能回復的獨一無二的意義。參Walter Benjamin, *Charles Baudelaire, a Lyric Poet in the Era of High Capitalism*, p. 55.

與松園針葉等的印象又巧妙與楊牧閱讀的《詩經》典故疊合，「尾端銜接鞞琫閃光維玉與瑤」，其中的「鞞琫」「維玉」「瑤」語出《詩經》的〈大雅・生民之什・公劉〉篇，原句爲「何以舟之？維玉及瑤，鞞琫容刀，篤公劉」。獵手或武士，同樣的英雄形象，當楊牧接近松樹的針葉林抬頭往上看的時候，就看見針葉的尾端及其後上方的星雲，那夜空裡的古希臘神話獵戶星座腰繫箭囊的傳奇與楊牧心中曾經秉讀《詩經》裡的古典武士公劉形象——佩帶著美玉和寶石，還有鑲嵌玉飾的好佩刀——疊合。

這些印象空間的疊合，你對著重陽南山的暮色與美麗的台北盆地心領神會，爲何「這不是秘密的全部」，因爲不論是星象或者心象所之，掌握具象空間還不是秘密的全部，「還有挽留的山，不捨的水勢」，人必須超越自以爲已經完整的眼界，具象空間之外(或者之內)還有更爲多層次，這時預告複疊音的詩的內面空間已經被撐開。

一開始以「你曾經」，楊牧〈松園〉第二段基本上是個具象空間裡的回顧，基本上，你幾乎確定這是楊牧對三十二歲之前的自己，象徵熱血入世的青年人葉珊的懷念與邀請進入松園：那是一個充滿追求無限的、溫暖的可能性的垂直線與掙扎於無限性，冷峻的可能的水平線構成的曾經的時代：「你曾經匍匐且蜿蜒如無聲的河流／細數髮茨溫存在上以常綠／喬木之姿中夜猶放縱螢火突圍／自高處下沉，濃厚完美的樹脂／碰觸及感覺神經末梢，敏銳／無比，你看草地上零露漙兮。」

從數學的幾何理解，「你曾經匍匐且蜿蜒如無聲的河流／細數髮茨溫存在上以常綠／喬木之姿」的位相關係，是「冷抒情的」(coldly lyrical)表現：蜿蜒無聲河流與在上以喬木之姿，那是在「由水平線逐漸向任意離心的線過渡，其特性正逐漸被改變成某種較暖的情緒，它的熱情逐漸增加，最後達到某種戲劇性的暗示。」[39]

那戲劇性的暗示就是「草地上零露溥兮」。

完全依靠著感情，水平的又兼是任意波狀線的曲線的河流，匍匐且蜿蜒冷峻無聲兼具心靈震顫追尋的衿持[40]，爲垂直交通的常綠喬木與中夜螢火的下沈線條碰觸熱情，那想成爲「有愛有恨的武士，流血流淚的夜鶯」的葉珊，記憶中成就細數髮茨溫存，垂直線是曾經的放縱具象與敏銳抒情，直達感覺末稍神經，那樣才氣縱橫地意象創造者，詩意捕捉者，那沈吟之間的楊牧回憶著，那追問自己是誰同時渴望愛情的葉珊，達到具象之美的極致，「你看草地上零露溥兮」。「野有蔓草，零露溥兮」，那是《詩經》〈國風．鄭風．野有蔓草〉情詩篇章的境界，指的是一對相戀的情人於野地裡有草蔓延，露水珠顆顆滾圓的地方相會。這個世界是以垂直線，水平線與曲線的眞正複雜的線所構成。「眞正複雜的線以兩種方式進行處理：一是隨意地置於空白中，而以獨特方式處在畫面之中的點，同樣也有可能游離畫面，『飄浮』在空白中。」[41]那露珠的稍縱即逝的圓，暗示著具象空間裡的或東或西隨意放置與游離的短暫，所有悲歡離合，所有喟嘆與歡欣，再鮮豔的色彩也是飄浮在畫面的空白中，那並非詩學的秘密的全部。

---

39 康丁斯基（Wassily Kandinsky），〈線〉，《藝術的精神性》，頁一五七。

40 作爲幾何學的波狀線的曲線，在構成一幅作品中有規律的元素是純刺激的，這一手段在這些元素之中造成一定的心靈震顫，帶給整個凝固空氣一種鬆弛感，如果運用過量，反而可能適得其反。總之，在這裡人們仍完全依靠感情。康丁斯基（Wassily Kandinsky），〈畫面〉，《藝術的精神性》，頁一七五。

41 康丁斯基（Wassily Kandinsky），〈畫面〉，《藝術的精神性》，頁二二三。

3.

眼神從霞彩消失的方向收回，連同與〈松園〉共存的心緒，你把乘涼許久的斗笠戴上，掄起柱杖，提步往看來平凡無奇的下山的道路走，平緩但是漫長有如人體臍前任脈，需要掌握的是道家身體的火候，楊牧〈松園〉的下半段說的正是詩學裡的這件事。詩的火候是書寫、塗抹、擱置、安頓細節、等待與再等待的過程。

「月光遲遲聚守幾乎無風的池塘／爲了自你鑑照各自稀薄地擠向水中央／假如你說就像失眠的魚你們也曾經側耳／傾聽松濤止息後的夜絕無懷疑／可能隨蒲葦的影子移動，暗微／天地間這樣永遠不停做工」。重新整修過後的松園確實松林之中有一池塘，漫步其中的楊牧看見常人所看不見的，一種類似神學的「原來你們不是顧念所見的，乃是顧念所不見的；因爲所見的是暫時的，所不見的是永遠的」[42]的詩學力量。葉珊，一個象徵你的年青杜鵑花城讀書時的熱情追求，顧念所見，夢想成就甚麼不得而自殺兩次的符號，這時來到一「幾乎無風的池塘」，安靜之域；而出場的光亮不再是忽明忽暗的螢火，而是

42 所以，你們不喪膽；外體雖然毀壞，內心卻一天新似一天。你們這至暫至輕的苦楚，要爲你們成就極重無比，永遠的榮耀。原來你們不是顧念所見的，乃是顧念所不見的；因爲所見的是暫時的，所不見的是永遠的（Therefore we do not lose heart. Thought outwardly we are wasting away, yet inwardly we are renewed day by day. For our light and momentary troubles are achieving for us an eternal glory that far outweighs them all. So we fix our eyes not what is seen, but on what is unseen. For what is seen is temporary, but what is unseen is eternal.）。〈哥林多後書〉四章十六—十八節，《新約聖經》（恢復本）（台灣福音書房發行，二〇〇五）。

明亮卻非發光體的月光，經過這麼幾十年的鍛鍊，遲遲堅守，自你鑑照，擠向水中央，找到這美的本體世界，這獨立存在的輪廓，詩的內面空間構成，葉珊完整蛻變爲時時回首的楊牧。

這過程何其艱辛，如你二十年如一日的道家身體鍛練，是一種不斷向內探索的過程。身體的火候是應順自然節氣時的精氣神轉化的操練；而詩的火候是書寫、塗抹、擱置、安頓細節、等待與再等待的過程。彷若這松園池塘裡失眠的魚，側耳聆聽，汲汲尋找內面空間，那不受干擾的地域，經由絕對的孤獨，傾聽松濤終止的夜，等待再等待，刹那無聲，絕對安靜，抽象神秘；如你的這時的林間漫步，默想三十六歲的那日丹院的六門緊閉，自由出入這身體的屬於自己終不是自己的「與大化合一」的生命理解。但這刹那的感動，抽象空間的絕對仍須回到人間世接受黑暗考驗，與具象紛亂的空間交織。因此月光的鑑照池塘，也會隨著蒲葦的影子移動暗微，這就是天地間萬物生生不息運作的眞實。

而詩人不同於常人的地方在於，他以文字實踐這眞實的抽象性，以同時記憶與遺忘的本領。

你的登涉因此來到了尾聲。身後的重陽南山光影疊錯的鍛身成爲記憶，那豐富生態在每次的掄杖徐行中又成爲眞實，追逐竹子花的狗兒奔跑竄行，蜈蚣，台灣藍鵲，田鼠，刺眼陽光，山雞，大葉橄欖，癩皮狗，崩塌地，殘月，晚霞，欒樹，暴雨，相思花，觀音山，夢與眞實，狂風，七星山，微風和與偶遇的山中陌生人。你戴著斗笠走在故宮博物院前的馬路上，經過許多大型遊覽車與拿著旗子的觀光客的嘈雜側目，你微笑以對，信步往這一切的終點同時是起點，學院內登山口，畫了一個逆行完整的圓，如身體由任反督的周天，進入的艱難，回到的安靜。日復一日。

「關於記憶和遺忘比例尺的兩面／證明分毫無差距：蝤蠐夢中翻身／將紅鳩吵醒遂一口被它吃了的

同時／另外一種鳥開始以複疊音彼此呼叫／太陽快速射入林地上方，美術與／詩轉透明為秘密全部」，換好衣服，喝口白開水你回到學院的研究室，把左邊第三個抽屜裡的〈松園〉剪報拿出，然後面山背水地坐好，朗誦最後一段，沈思默想。最難的隱喻。蝤蠐、紅鳩與另一種能彼此呼叫複疊音的鳥，其間關連。

在一個衡量記憶與遺忘的方寸之間的比例尺，屬於縮小的世界的詩的內面空間運作，蝤蠐，這出自《詩經．衛風．碩人》的典故「手如柔荑，膚如凝脂，領如蝤蠐，齒如瓠犀，螓首蛾眉，巧笑倩兮，美目盼兮」，講的是女性脖頸之美泛指美麗的女子，屬於葉珊具象追求之極致，如前述之零露漙兮。而紅鳩可謂是人生在世紛擾不堪、眾口鑠金的社會性存在，它是台語所說的紅斑鴿或斑甲，是台灣鳩鴿科鳥類中最多的一種，性群棲，飛行迅速，常於地面行走、啄食，為素食主義者，吃植物的種子、果實等。素食的、社會性存在的紅鳩之吃掉古典《詩經》裡象徵美人頸項的蝤蠐違反自然常態，是以是在夢中完成。而其虛實辯證所指向的是一種能夠收集不同，多元的意象轉化為象徵的印象疊合在轉化為作品的能發出「複疊音」的另一種鳥，藉由感應到能照耀一切的太陽強大的力量。

「複疊音」仍然是來自楊牧所熟稔的《詩經》，那裡面的詩歌充滿將相同的音節重疊起來而形成的詞，如「關關雎鳩」（《周南．關雎》）、「氓之蚩蚩」（《衛風．氓》）等，這複疊音被轉化為自然空間景象：如你這時的視野穿越百葉窗外的黑暗，想起你的另一種學術空間「文舍」那裡巨大楓樹林間昨天午後的溫暖陽光，以及台灣藍鵲複疊音的此起彼落應和，太陽快速射入林地上方。出場的光亮不再是忽明忽暗的螢火，也非明亮卻非發光體的月光，而是太陽，眞正恆亮的發光體，是創造詩人奇特的練劍術的力量來源：「這國王出入之地，窮人所在的醫院也去，有錢人高貴的宮殿也去，這樣的人稱之爲詩人，他的光芒可以照耀大地，太陽照耀之處沒有選擇性，太陽照耀如同一種慈悲的滋味，…如同波特萊爾，透過了他的奇特的練劍術，獨自去學習，沒有任何人可以教你，將太陽的力量吸納進來，這個過程完成後你是一個解放的人，你是一個得到作品的人，『創作是痛苦的最大解除』，你是一個自由的人。」[43]

詩的普遍性與自由，楊牧的〈松園〉因此可說是找到了其整個詩學的「原型」（archetype）[44]：原型不是由其內容所決定，而是由它們的形式所決定，並且僅僅是在極其有限的程度上。而原始意象則是由它們的內容所決定，不過只有在它成爲有意義的，並因此充滿了亦是的經驗材料時才是這樣的。原型可指涉某種處境，某種形象或意象，或者某種有象徵意味的觀念。原型具有巨大的情感意味。它們是典型的人類經驗，甚至可說是超人類的，或者說具有宇宙意味的經驗。〈松園〉詩裡能發出「複疊音」的另一種鳥，藉由感應到能照耀一切的太陽強大的力量，就是這樣神話如詩的存在的原型寫照，讓現代人已經和自己的神話如詩存在的原型分離，因此生命中欠缺自身的意義和意味。通過閱讀〈松園〉主體的夢回來與這種絕對的神性根基的聯繫，日復一日。如你信步往這一切的終點同時是起點，學院內登山口，

43 石計生，〈波特萊爾的練劍術：巴黎漫步與現代詩創作〉，《閱讀魅影：尋找後班雅明精神》（台北：群學出版社，二〇〇七），頁一三五。

44 C.G. Jung, "The Hui Ming Ching, Commentary by C.G. Jung," in Richard Wilhelm trans, *The Secret of Golden Flower* (London: Routledge and Kegan Paul press, 1931), p. 124.

畫了一個逆行完整的圓，如身體由任反督的周天，進入的艱難，回到的安靜。日復一日。多層次，複疊音的內面空間鍛鍊完成，終究獲得光鑑一切的太陽的能量，成爲發光體自身，超越一切，又成爲具體的一切，意象轉爲象徵，醞釀，發酵，印象疊合，滿溢著色彩的美術與詩轉透明爲秘密全部，以孤獨的幾何學，你引康丁斯基[45]對著登涉後的讀著〈松園〉的自己說：

每一個深入自己藝術傑作隱密內在的人，都是創建正向高空升騰的金字塔的令人歆慕的勞動者。

完全黑暗了的外面世界，這時一隻落單的台灣藍鵲不知從何而來到老榕樹上，熱情的紅嘴與搖擺舞動著長長藍白交間的羽翅如美麗的句子獨立彈奏著，在流動的精神性，在行走的森林，在你窗外複疊音高，髣入雲霄。

45　康丁斯基（Wassily Kandinsky，畫面），《藝術的精神性》，頁三〇。

參考書目

石計生，〈超現實救贖之道：從班雅明寓言詩學到道家內丹學〉，《社會理論論叢》，周曉虹，成伯清主編，第五輯（北京：中國大百科全書出版社，二〇〇九），頁一七九。
石計生，《馬克思學：經濟先行的社會典範論》（台北：唐山書店，二〇〇九）。
石計生，〈保守求生：論道家身體轉向及其比較文化實踐〉，《中正大學中文學術年刊》，二〇〇八年第一期（總第十一期），中正大學中國文學系，嘉義，二〇〇八，頁一六九。
石計生，〈波特萊爾的練劍術：巴黎漫步與現代詩創作〉，《閱讀魅影：尋找後班雅明精神》（台北：群學出版社，二〇〇七），頁一三五。
石計生，〈布爾喬亞詩學論楊牧〉，《藝術與社會：閱讀班雅明的美學啓迪》（台北：左岸出版社，二〇〇三），頁九〇。
石計生，〈印象空間的涉事—以班雅明方法論楊牧詩〉，《藝術與社會：閱讀班雅明的美學啓迪》（台北：左岸出版社，二〇〇三），頁一一六。
楊牧，《有人》（台北：洪範書店，一九八六）。
楊牧，〈歷史意識〉，《一首詩的完成》（台北：洪範書店，一九九八），頁五五—六。
楊牧，《介殼蟲》（台北：洪範書店，二〇〇六）。

楊牧，〈兩片瓊瓦〉，《葉珊散文集》（台北：洪範書店，一九七七），頁二三二。
楊牧，〈藏〉，《昔你往矣》（台北：洪範書店，一九九七），頁二三。
葉珊，《水之湄》（藍星詩社，一九六〇）。
葉珊，《花季》（藍星詩社，一九六二）。
葉珊，《西班牙浪人吟》，F. 嘉西亞·羅爾卡著，葉珊譯（藍星詩社，一九六六）。
奎澤石頭，〈給奧菲利亞的十四行詩〉，《在芝加哥的微光中》（台北：書林出版社，一九九九），頁二一二一。
奎澤石頭，〈戀〉，《在芝加哥的微光中》（台北：書林出版社，一九九九），頁一九二。
梅洛龐蒂(Maurice Merleau-Ponty)，《眼與心》梅洛龐蒂現象學美學文集；劉韻涵譯；張智庭校（北京：中國社會科學出版社，一九九二）。
胡塞爾(Edmund Husserl)，《純粹現象學通論》，李幼蒸譯（北京：商務印書館，一九九二）。
里爾克(R.M. Rilke)，《馬爾泰手記》（Die Aufzeichnungen des Malte Laurids Brigge），方瑜譯（台北：志文出版社，一九七四）。
康丁斯基（Wassily Kandinsky），《藝術的精神性》，吳瑪悧譯（台北：藝術家出版，一九八五）。
黑格爾(F. Hegel)，〈詩〉，《美學》（Aesthetics）卷四，朱孟實譯（台北：里仁書局，一九八三）。
M. Merleau-Ponty: *Sense and Non-sense.* Evanston（Ill.: Northwestern University Press, 1964）.
M. Merleau-Ponty: *Phenomenology of Perception.* Evanston（Ill.: Northwestern University Press, 1962）.

C.G. Jung: The Hui Ming Ching, Commentary by C.G. Jung, In: *The Secret of Golden Flower*. Richard Wilhelm trans.（London: Routledge and Kegan Paul press, 1931）, p. 124.

Walter Benjamin: The Arch. In: *One Way Street and Other Writings*, E. Jephcott and K. Shorter（trans.)(London: Verso press, 1985）.

Walter Benjamin: *Charles Baudelaire, a Lyric Poet in the Era of High Capitalism* Harry Zohn（trans.)(Verso press, London, 1989）, p. 55.

文學自傳與詮釋主體

——論楊牧《奇萊前書》與《奇萊後書》

鍾怡雯（元智大學中語系）

楊牧的《山風海雨》出版於一九八七年，是爲《奇萊前書》（二〇〇三）的開端，《奇萊後書》[1]則於二〇〇九年出版，歷經二十餘載，詩人的「文學自傳」終告完成。對於詩人兼散文家的楊牧而言，這系列定位爲「文學自傳」，而非「自傳」的寫作，毋寧是十分值得討論的問題。《奇萊後書》的寫作始於二〇〇三年，在《奇萊前書》與《奇萊後書》之間，尚有張惠菁的《楊牧》（二〇〇二），傳記理應提供更多貼近詩人生命的線索，剖白創作心路以及風格轉折，既然如此，爲甚麼在傳記出版之後，楊牧仍然要寫下《奇萊後書》？

《山風海雨》之前，楊牧已經出版了十本詩集[2]，五本散文，一本戲劇，除了創作之外，尚有論述

1 兩書合稱時，以下均用「奇萊書」。

2 不包括選集《楊牧詩集 I：1956-1974》（一九七八）。

數種。在《奇萊前書》寫作過程中，則先後出版了六本散文和三本詩集，這些豐碩的成果都是創作者理念和情感的表達，它們都參與建構了「楊牧」。那麼，爲甚麼還需要文學自傳？

《年輪》時期的楊牧期許自己要寫一篇很長很長的散文，打破散文體式的限制，《年輪》是他求變的實證。在形式上，「奇萊書」則是比「很長很長的散文」還要長，野心更大的鉅著，那是楊牧「求變」文學理念又一實踐，挑戰「求新」的成果；置放在現代散文的發展史裡，這樣的巨幅結構有它開創性的文學史意義。那麼，這兩本文學自傳究竟要完成甚麼？對楊牧而言，文學自傳和自傳的差異在哪裡？對這兩個概念的思考和理解，間接影響了「奇萊書」的寫作風格。其次，在現代散文史上，「奇萊書」如何跟前輩作家沈從文、周作人等形成的現代散文傳統，形成遙相對話的關係，則是本文擬討論的第二個問題。此外，楊牧除了是詩人、散文家，亦是學者，則學者的角色又是如何迂迴曲折的參與了散文的創作？本論文將從這三個角度出發，論述文學自傳與詮釋主體之間的關係。

一、爲甚麼文學自傳

「奇萊書」應該是楊牧在寫作過程中，半途萌生的概念，組稿成書，不是一次到位的寫作。回顧《奇萊前書》和《奇萊後書》的創作歷程，或許可以從中可以尋找到更明確的線索。《奇萊前書》原爲三部散文，分別是《山風海雨》（一九八七）、《方向歸零》（一九九一）和《昔我往矣》（一九九七）。我們可以推論，楊牧一開始並沒有《奇萊前書》的寫作計畫，當然更沒有《奇萊後書》的腹稿，因此一開始，三書是獨立寫成，分別出版的。更準確的說法，是《山風海雨》寫作過程中漸次醞釀，而終於成形的構想。《山風海雨》原來的定位是「詩人自剖心神，體會記憶，展望未來之作」[3]，《方向歸零》為「楊牧自傳體散文第二部」，《昔我往矣》則明確指出這是「楊牧文學自傳『奇萊書』之第三部，代表一特定系列之收束，完成」，從一本散文到自傳，而終於文學自傳，可見楊牧對這三書調性的思索和轉變，最後乃於《昔我往矣》完成時，同時延伸出「奇萊書」的命名，定位為文學自傳。值得注意的是，這三書原來命名為「奇萊書」，而非《奇萊前書》。至於後書，則是三本個集合併為一部前書時，延伸出來的計畫。我們也可以說，奇萊「前」書，是「後」書這個想法催生的。

《奇萊後書》寫的是十八歲以後，業已離開花蓮的詩人楊牧，則《奇萊後書》跟前書的關係，除了時間的延伸之外，主要是精神層次和散文美學上的呼應，兩書體現了創作者溯時間長河不屈不撓的追尋和搜索；其一體成形的書寫形式，更顯示作者對這系列作品的思考，重新定位。楊牧強調他要完成的，不是回憶錄，不是指涉特定的人事，「我想要藉此把自己分析一下，到底在人生過程中有哪些關鍵之點？以及自身的感觸，生命的印記等等」[4]。換而言之，是現在的寫作主體楊牧，閱讀從前的自己，重新就文學心靈的塑成這個面向，賦予其意義。關鍵點是現在，不是過去，是此刻正在書寫的楊牧決定了過去的樣貌。因此，奇萊前後書最後的定位是文學自傳，而非自傳；是文學心靈的自剖和成長，而非生

3 楊牧的散文集和詩集，往往在作者簡介裡納入作品簡介，作品簡介則要言不煩，準確的點出作品旨意，奇萊書系亦然，從其措辭和行文來看，應為楊牧所撰。以下所引均出自三部散文之摺口。

4 郝譽翔〈因為「破缺」，所以完美——訪問楊牧〉，《聯合文學》二九一期（二〇〇九年一月），頁一九。

命歷程的回顧[5]。

那麼，自傳和文學自傳有何差異？這兩個概念對楊牧的奇萊書寫作風格又有甚麼具體的影響？或許我們應該從自傳談起，再論及文學自傳的意義。

自傳(autobiography)原來是一個繁複、界定困難的書寫範疇，傳統上的自傳價值在於它所呈現的眞相，它是另一種相對眞實的書寫模式。自傳(autobiography)的希臘詞源乃是指作者「書寫」（graphia）「自己」（autos）「生平」（bios）[6]，這個詞本身充分顯示作者身兼讀者和傳主兩個身分，作者書寫(或講述)自己的過去，同時也在閱讀自己的過去，因此自傳其實膠合了過去和現在的我，現在的我評價過

5 探索文學心靈的觀點詳見鍾怡雯〈無盡的追尋——論楊牧《搜索者》〉，此文指出「三本文學自傳《山風海雨》、《方向歸零》和《昔我往矣》則沿續《搜索者》搜索的精神，去追尋自己的文學歷程，從文學傳記中探索一個文學心靈的長成。在形式上，《星圖》、《疑神》、《山風海雨》、《方向歸零》和《昔我往矣》都實現了楊牧在《年輪》時的期許：要寫一篇很長很長的散文，打破散文體式的限制。這幾本繼《搜索者》之後的散文集，皆可視爲一本很長很長的散文，分別統一在一個主題和多變的技巧上」，論文收入，鍾怡雯，《無盡的追尋——當代散文的詮釋與批評》（台北：聯合文學，二〇〇四），頁九八—九九。

6 本文有關自傳的觀點主要參考Philippe Lejeune, Katherine Lean（trans.）, *On Autobiography*（Minneapolis: University of Minnesota Press）以及 Paul John Eakin, *Fictions in Autobiography: Studies in the Art of Self-Invention*（Princeton: University of Priceton Press, 1985），相關討論亦可參考李有成，〈自傳與文學系統〉和〈巴特論巴特的文本結構〉，二文均收入李有成，《在理論的年代》（台北：允晨，二〇〇六）。自傳主要依據事實與資料寫成，亦可根據作者個人的回憶爲主。懺悔錄、回憶錄、日記、家族歷史等具可歸入自傳範疇，詳見http://en.wikipedia.org/wiki/Autobiography。

去的我這兩個特質。既然如此，自傳就不可能成爲過去的客觀紀錄，而是自身歷史的評論者。研究自傳二十多年的法國學者樂俊(Philippe Lejeune，一九三八—)直接了當的表示：「我們怎麼可以認爲自傳文本是由過去的生活所構成?究其實，是文本生產了(作者過去的)生活。」[7]

根據樂俊的理解，自傳裡總其有兩個時間，一是傳主的現在，一是傳主的過去，自傳的重點不在重現過去的眞相，而是「現在的我」如何評論／形塑「過去的我」。自傳強調的是「書寫的當下」。因此「奇萊書」的創作意圖，而非楊牧的歷史，決定了它的風格。以下引〈中途〉這段文字，或許可以略窺一二：

> 我不能不承認看到文字與現實之間似乎已經横生一層更嚴厲，緊密的對立關係，一種恆在彼此的平預，來自我們調整了的思考角度，似乎就在恍惚之際，把長久被我接受爲器械的訓練以觀察，分析，判斷現實的理論放在一邊，更進一步相信，不管多麼活潑或呆滯的知識訓練，龐大的資訊和邏輯排比，其實都是多餘的，除非我能通過文字把那接受與排斥的經過完整表達，如一首有歸屬的詩的完成。[8]

引文出自《奇萊後書》最後一章，文學自傳的眞正收束，這段象徵式的文字經過解碼，可以歸納爲

7 Philippe Lejeune, *On Autobiography*, p. 131.

8 楊牧，〈中途〉，《奇萊後書》(台北：洪範，二○○九)，頁三八八。

二：首先，「奇萊書」的目的不在記憶或講述自己的生平，一如我們所理解的自傳那樣，具有詳細的家庭狀況，出生年月，就讀學校，生平經歷，戀愛或婚姻等等細節，換而言之，敘事(敘述過去的事件)不是「奇萊書」的重點。現實(過去的歷史)如何被文字(語言)敘述，現實與文字之間如何產生頡頏，調整，或者轉化，以便達到此刻的我如何評價過去的我的「論述」效果，才是重點。其次，作為文學自傳，「奇萊書」的目的，乃是揭示「一個詩人如何完成」，或者用自傳寫作的思考，「一個詩人如何『被』完成」這個主旨，誠如引文的象徵式說法「除非我能通過文字把那接受與排斥的經過完整表達，如一首有歸屬的詩的完成」。

以下再引一段〈中途〉，以便進一步論證「奇萊書」如何以「文學」自傳，以其一貫的象徵式寫法，迂迴思考「一個詩人如何完成」這個主旨：

> 我一心準確投射的大結構，包括早期對抽象觀念的探索，或毋寧就是驚悸叩問：對憂鬱，寂寞，或死亡一類神靈網羅於胸臆，提升層次，賦各別以形狀，為我所用；以及我持續數十年掌握的一種文類，在戲劇獨白裡發掘人心際遇，依次戴上假面，放在舞台上，靜觀轉移，變化，與其他角色互動，產生詩的精神層面。9

---

9 楊牧，《奇萊後書》，頁三八四。

似乎在《奇萊後書》的最末，楊牧愈清楚文學自傳的功能，包括其創作美學的敘述、對詩的信仰，所有的文學成果（包括論述、散文、翻譯，甚至編選文集）的目的，均在完成／提升詩的高度，所有的努力都指向至高無上的詩，包括「奇萊書」的寫作。或許我們可以說，這兩部書是楊牧的「詩論美學」，「以自己的散文箋注自己的詩」，只不過他使用了自傳的外殼，散文的形式。

在時間的設定上，國小和第二次世界大戰，或許寄寓了「人生識字憂患始」的用意，憂患者，即愛與愁，是爲敏感的詩心之起源。這是寫作主體對自身過往歷史的見解，是書寫時，「當下」的詮釋。李有成在〈自傳與文學系統〉指出，「自傳作者的敘述行爲無法擺脫書寫當時的歷史時空，自傳文本雖屬歷史敘事，在形式上仍具有論述的功能。」[10] 對楊牧而言，「奇萊書」固然是「一個詩人如何完成」的過程，對現代散文史而論，這卻是另類的「自傳」，顛覆了自傳以時間的線性發展，寫實，以事件爲基礎的寫法，而成爲「非常楊牧」的文學自傳，一種混合象徵，隱喻，抽離現實，甚至把詩、散文、議論和小說融合在一起的獨特文體。

然而「奇萊書」的內部寫作風格，仍然是有差異的。書寫風格的差異進一步證明了這部文學自傳乃是「組稿成書，不是一次到位的寫作」的觀點。

《山風海雨》基本上維持以事件爲經，時間爲緯的特質，記事的特徵相對於《方向歸零》和《昔我往矣》仍然是明顯的，而且「追憶」的痕跡較爲明顯，跟我們認知的自傳模式較近：

10 李有成，〈自傳與文學系統〉，《在理論的年代》，頁四二。

可是我終於明白，許多東西正在快速失去……當我長大的時候，或者當我開始年老的時候，白髮慢慢占領我風塵的兩鬢，眼睛可能也花了，那時我自然還會把握住這永恆的顧念和思懷，沒有悔恨，沒有悔恨，卻有些傷感。[11]

沒有悔恨，三十多年以後一個夏天之暮在Westport記憶曩昔。終於是沒有悔恨的，可是傷感從那裡來？猛回頭，彷彿還看見自己躺在那沙灘高處，大地又搖了一次，春風吹著，然而海嘯只是謠傳。我翻過身來　頭瞭望，花蓮在，並沒有沉進海底。[12]

把以上引文跟《奇萊後書．中途》相比，我們可以發現，《山風海雨》的敘事性相對比較強，如果自傳寫作是論述和敘事這兩個語言系統共謀的結果，則《山風海雨》是重敘事而輕議論的，戰爭，地震，原住民，性的啓蒙，夢和幻想，具體的情節／細節，情感上充滿對花蓮的依戀。整體而言，《山》的敘事基調非常一致，帶著感傷閱讀自己的過去，其目的在展示詩的端倪如何被發現。

然而，到了《方向歸零》，帶著感傷的敘事比例降低，敘事形式也有了改變。《方向歸零》總共有六篇，其中〈她說我的追尋是一種逃避〉和〈大虛構時代〉是類寓言的難以歸類的文體，它貌似散文，然則充滿象徵和隱喻；兩文結合來看，〈她〉是對詩的追尋，而〈大〉則敘述一個安那其的理想，兩文

11　楊牧，〈詩的端倪〉，《山風海雨》，頁一六九。

12　楊牧，〈詩的端倪〉，頁一七三—一七四。

顯示「寫作時期」(一九八九—一九九〇)的關懷和思考，「沉毅地創作思考性日甚一日的抒情詩和敘事詩，寫寓言箚記，以及我風格獨特的懺悔錄，一種追度結構，以光譜和音色爲修辭的黼黻，以之推動命意，一種有先後，上下，表裡，從容凸顯主題的文章」[13]。這段引文或許可以說明自傳的語言，基本上是敘述和論述兩個系統的結合／切換，以上引文採用的是論述系統，這段引文的敘述者當然不可能是國中時期的王靖獻，而是五十歲的創作者楊牧。

最直接的證據是《昔我往矣》(寫作時間：一九九二—一九九七)的〈Juvenilia〉[14]。此詩由九首詩構成，每首詩均標明創作日期，時間從一九五六到一九五九，正是楊牧第一本詩集《水之湄》的寫作時間。然而《水之湄》並沒有這九首詩。兩種可能：這九首詩是《水之湄》的遺珠，另一則是「擬」《水之湄》的詩作，則這九首詩或可稱爲「擬《水之湄》九首」。

《昔我往矣》既已定位爲文學自傳，應爲擬作無疑。〈Juvenilia〉的作者是被五十二到五十七歲的楊牧創造出來的虛擬葉珊，如果沒有細究，我們很可能就以爲那就是一九五六到一九五九年之間的詩作。樂俊就曾表示，自傳寫作往往便於作者虛構：

> 寫作時，一個人通常等同於好幾個人，即使只有作者，即使寫的是他自己的生活。那並不

13 楊牧，《方向歸零》(台北：洪範，一九九一)，頁一七八。
14 即年輕時的作品。

是因爲「我」分裂成數個的私密對話，而是寫作本來就是由不同階段的姿態組合而成，寫作因此同時聯接了作者和文本，以及作者想要達到的需求。[15]

樂俊直指文本是作者「意圖」呈現的另一個自我，因此文本中的「我」其實更接近作者意圖呈現的「理想作者」。自傳宣稱的眞實，反而便於作者的虛構，它戴著自傳的面具行小說之「虛」，讀者很難去質疑／考證作者的經驗事實(experiential fact)。誠如樂俊所說，寫作是由不同階段的姿態組合而成，則楊牧以爲擬詩最能完整呈現《水之湄》時期的自己。寫作本來就具有「修補」現實的特質，〈Juvenilia〉重新回到《水之湄》時期，敘事者「我」是個轉換詞(shifter)，「我」有時是王靖獻，有時是書寫者楊牧，「我」同時是作者和被書寫的主體，前者置身於過去，後者屬於現在，這兩者之間不必然是絕對的對應關係，卻可以經由自傳寫作的虛擬性，讓作者可以「與從前的自己重逢」。

二、與前行者的對話

本文第一節論述「奇萊書」的寫作歷程，指出其旨在揭示「一個詩人如何完成」。處理的是內部問題，我們應該進一步把它放在現代散文史的發展脈絡，尋找跟歷史可能產生的對話，形成更完整的論述角度。

---

15 Philippe Lejeune, *On Autobiography*, p. 188.

這個觀點的成立，主要建立在以下的考量：每一個時代的作家都有他對話的對象，五四作家是楊牧這一輩創作者的前行者，對話的方式可能是影響，也可能是修正或反撥。就一個風格獨特的創作者而言，這種廣義的影響論必然屬於極難考掘的深層結構，類似潛意識，被壓制到最低層，或者夢對現實的變形和化妝，難以辨識和拆解。在創作初期或許「有跡可循」，中後期之後，被鎔鑄到作家自身的風格裡，產生根本的質變，則其爲影響，可能是反撥或修正。一個成熟作家的形成過程，往往非常複雜；每一部著作都有「當下」的條件，外在的因素之外，心境的轉折和變化才是關鍵。這個關鍵在楊牧身上，卻又是最難神秘，最難破解的密碼。

其次，楊牧除了是詩人，散文家，同樣重要的身分是學者。我們不能忽略學術對創作產生的影響。這種影響並不直接顯現在創作上，而是以類似幕後製作的方式參與了作品的構成，非常楊牧的說法，那是秘密。然而，秘密猶有痕跡可尋，《奇萊後書》多篇散文細膩的觸及學院生涯，以及學術訓練的過程。對學術的追求和搜索，在思考方法或態度上，影響了他的風格。閱讀「楊牧」，應該一併考慮學者王靖獻，如何參與製作「奇萊書」。

我們應該再回到「奇萊書」。〈胡老師〉提到高中國文老師胡楚卿，透過胡老師，楊牧跟現代文學史產生了聯繫。胡老師湖南人，跟沈從文是同鄉，在那個年代，沈從文的著作是禁書。楊牧偶然發現了沈從文，偷偷讀了《八駿圖》和《邊城》，後來又透過胡老師借來《龍朱》、《虎雛》和《湘行散記》（唯獨沒有《沈從文自傳》），在楊牧的創作譜系上，能跟楊牧「奇萊書」產生聯想的，首先是《湘行散記》，以及《沈從文自傳》的自傳體形式；其次，則是沈從文寫故鄉湘西鳳凰，而楊牧書寫故鄉花蓮。

除了自傳的形式之外，沈從文追求愛與美的文學信仰，楊牧庶幾近之。〈胡老師〉以近四頁的篇幅，引用沈從文的《湘行散記．鴨窠圍的夜》，特別值得注意的，是下列一段：

> 大約午夜十二點，水面上卻起了另外一種聲音。彷彿鼓聲，也彷彿汽油船馬達轉動聲，聲音慢慢近了，可是慢慢的又遠了。這是一個有魔力的歌唱，單純到不可比方，也便是那種固執的單調，以及單調的延長，使一個身臨其境的人，想用一組文字去捕捉那點聲音，以及在那長潭深夜一個人為那聲音所迷惑時節的心情，實為一種徒勞的努力……[16]

以上引文總共出現兩次，第二次是作為〈胡老師〉一文的結尾，描寫一種亟欲以文字捕捉世間聲音的強烈念頭，跟楊牧試圖以文字留下聲色光影的細膩寫法近似；其舒緩的節奏渲染一種惆悵而茫然的情緒，亦是楊牧散文的特質。其次，《湘行散記》是沈從文母親病危時，他再次返回湘西的回歸之作。楊牧〈胡老師〉完成於一九九五年十二月，離一九九六年楊牧接任東華大學文學院院長不久，合理的推測，九五年底，他應有從美國返回花蓮的打算，則〈胡老師〉一文引《湘行散記》以自況重回花蓮的意味，不言而喻。

或許，沈從文可視為文學啓蒙的來源之一。〈胡老師〉首先是對胡老師的追憶，透過〈胡老師〉牽引出沈從文，然而〈胡老師〉並不止於記人。此文放在《昔我往矣》，是楊牧隔著時間長河跟沈從文的

16　楊牧，《昔我往矣》（台北：洪範，一九九七），頁一〇一。

對話，如此曲折，如此繁複，那是楊牧的散文美學，「文章寫得簡潔不難，但要寫得意思複雜，文采豐富則相當困難。」[17]

沈從文擅長以白描捕捉現象，強調自己是鄉下人，對現世光色的著迷使他的風格緊貼著的現實，充滿鄉野氣，他自稱「我就是個永遠不想明白道理，卻永遠爲現象所傾心的人」[18]。楊牧則喜歡逼近事物的本質，展示詩人細膩的情感，學者綿密的思考。一個景物或一件事情在楊牧的筆下經常要停頓許久，經過反芻，凝視，逼近，反複探問景或事的核心本質，攫取意義，再以內斂的文字，緩慢的節奏完成。他長於內省或抽象思索，《山風海雨》追尋「詩的端倪」表示：「我第一次發覺現實世界只是人生的一小部分，除了耳目能及的表相以外，人所追尋探求的還可以包括許多抽象的東西。」[19]詩人凝視自己的過往，把細節逐一編排，重新賦予意義，決定「現實世界只是人生一小部分」，對抽象的追尋，以及知識的興趣，才是無盡的搜索。楊牧的學者氣質表現在創作上，是「永遠爲抽象所傾心的人」。

「奇萊書」關心的是「一個詩人如何完成」，完全排除跟此議題無關的現實人事，我們讀他寫〈左營〉，寫那輩的詩人情誼，然而對於家庭，卻甚少著墨，除了母親。即使是母親，都是樣貌模糊的寥寥幾筆[20]。跟沈從文爲現象所傾心的自傳體，殊爲不同。《沈從文自傳》屬於我們熟悉的自傳體格式，順

17 楊牧，〈散文的創作與欣賞〉，《文學的源流》（台北：洪範，一九八四），頁八八。

18 沈從文，《沈從文自傳》（台北：聯合文學，一九九六），頁七四。

19 楊牧，〈一些假的和眞的禁忌〉，《山風海雨》（台北：洪範，一九八七），頁一三四。

20 《山風海雨》提到母親是透過他坐的凳子，那是母親用力刷洗乾淨的，如此而已。正面寫母親，則是在

時間之流從出生、當兵寫到北京之前，寫人生的前二十年，著力於具體的人事。楊牧更專注的是太陽和光影的變化，山川樹木和雲光霞色，放慢文字的速度，拉開跟現實的距離。「沉溺思考」[21]，形成他節奏緩慢，內省很強的風格，讀者一旦進入，情感很容易跟著走，隨其起伏，楊牧的散文無法快讀，主要的原因在此，譬如以下引文：

這時太陽還沒有升到天頂，猶豫蹣跚，蓄意將午前那寧靜的時光徐緩地拉長，拉長到最大的限度，徐緩地，在北半球遲遲的夏天，本來微涼的空氣終於轉爲乾燥，像一張巨大的蟬蛻。太陽還沒有攀升到天頂，光線從左邊密林外擠迫進來，無聲墜入河裡。那光碰到水流，就以無窮的活力掀起一片一片璀璨錦繡，粼粼擴散。我想，也許就在那光與水接觸一剎那，柔弱的粒子被那流勢，那衝力或者說是那趕赴的意志提醒，就自動增強千萬倍，點點反射，並且將光度超越升高，在我眼前猛烈地跳動，提示著生命，時間，創造。我不得不撥動心思的琴弦，面對光與水的反擊，讓一些概念運作，以鏗鏘之聲，環繞著生命，時

（續）

21 引文見〈抽象疏離　上〉，《奇萊後書》，頁二二〇。「我也不了解他們是什麼樣的人。」見：張惠菁，《楊牧》（台北：聯合文學，二〇〇二），頁三七。〈十一月的白芒花〉（收入《亭午之鷹》），即便如此，〈十一月的白芒花〉也是以白芒花爲主軸，以抒情爲底色，母親則是作爲傷感的來源。母親的形象對讀者而言仍是模糊的。對於他的父母親，他甚至表示：

間，創造這些題目，逐漸從虛無變成眞實，然後退去，回歸虛無。[22]

引文還原爲畫面，則是一個學者倚窗的觀察和思索。這種敘事方式停留在一個「點」上，以點爲中心而往外放射，把具象轉化爲抽象。前面四行是現象，後五行則是想像，想像同時有兩個層次：一是「我想」，是景物引起的直接想像，一是「不得不撥動心思的琴弦」，以下的敘述則是抽象的演繹。出入於抽象與具象，脈絡的轉折隱約幽微，標點符號對文氣作了恰如其份的調節，使其裁接無縫，嚴謹細密，一種紀律的美學[23]。那是學術訓練轉化而成的散文美學，這種紀律的美學用來約束容易漫漶的長篇散文，把抽象的概念，或者感覺，收攏在一個或數個經過選擇的主要意象裡，附著於事物，使之具體，或者可以稱之爲抽象的紀律。

楊牧近似獨白的敘事風格，長篇鉅製的形式在抽象演繹，探索生命、時間、創造和死亡等幾個永恆而巨大的主題時，很容易流於幻覺，因此以紀律美學約束其蕪雜渙散。或許他自許爲右外野的浪漫主義者，不少評論也就順勢把他定位爲浪漫主義者，證諸楊牧散文的內斂和獨白式的象徵寫法，特別是到了

22 楊牧，《奇萊後書》，頁三五八。

23 《奇萊後書．破缺的金山角》的文字：「何況我已經明白，無論如何，我需要紀律。我需要紀律，藉以維繫我一般的構想使不墜，約束我可能導向歧途的幻覺，避免重複和矛盾，任何可能對這追尋有益的觀念，符號，或意象」(頁三五八)。

《奇萊後書》，他的精神毋寧更接現代主義，喜歡抽象疏離[24]。對文字和結構極度的追求，已經到了展示「純粹的散文美學」的地步，《奇萊後書》終篇〈中途〉有段文字可以證明：

> 起初因爲習於抽象，執意在可定位的寓言裡構架簡單的象徵，而不懈的意志總是追尋著的，循那可能的路線，偶爾上天入地，縱使屢次迷途而不悔，在抽象世界裡描摹，複製不可歸類的，屬於個人的追尋，一種歷程，屬於自己的神秘。[25]

這段引文持續《搜索者》（一九八四）搜索的精神，接近宗教的執著和虔誠。《星圖》和《疑神》以象徵和寓言作爲散文體的寫法，已經次第實踐楊牧「在可定位的寓言裡構架簡單的象徵」。在現代散文史上，《星圖》和《疑神》確實是「不可歸類」。作爲文學自傳的「奇萊書」，理應最接近現實和具象。不然。「奇萊書」傳達的，竟是一種把文學視爲信仰的神性。時間原是他的散文和詩的核心命題，非常弔詭的，楊牧的散文卻往往予人「無時間性」的讀後感。所謂的無時間性，指的是歲月沒有在楊牧文字留下的痕跡／遺跡，作爲文學自傳，「奇萊書」當然有實際上有線性時間，可是線性時間到了楊牧的筆下，卻無法顯現其流動性。

---

24 《奇萊後書》即有〈抽象疏離〉上下兩篇，顯示楊牧對抽象思考的興趣，內心跟現實的距離。

25 楊牧，《奇萊後書》，頁三八三。

楊牧對文字的高度信仰抹除了時間感。讀者不會意識到創作者的年齡，它散發的光暈(aura)，讓它變成時間之外的藝術品，審美的對象，美學的客體。這是楊牧跟沈從文最大的差異，根本原因在於楊牧是「永遠爲抽象所傾心的人」，而沈從文則是「永遠爲現象所傾心的人」，楊牧的氣質近學者，沈從文則始終堅持自己是鄉下人。

現代散文史上另一個可以跟楊牧產生對話的，是周作人。《奇萊後書．翻譯的事》提及林以亮從香港寄來周作人譯的《希臘的神與英雄》、《希臘女詩人薩波》以及《伊索寓言》，按照楊牧自身提供的線索，他跟周作人的結緣可以溯至周作人對希臘神話研究，乃有論文〈周作人與古典希臘〉（一九七三）；十年後編《周作人文選》兩冊（一九八三），而有〈周作人論〉代序[26]。周作人顯然是楊牧頗爲心儀的作家，甚至在〈周作人與古典希臘〉爲他「漢奸」的身分辯護，指出他「被日本小巧優美的文化吸引，傾倒，有時又爲日本人的輕薄而痛心憤懣；周作人的希臘學術是在日本得到啓蒙的」[27]，這份對日本的情感最終變成周作人的苦難。楊牧對周作人理解的同情，始於學術研究；幼時家裡同時講日本話和閩南語，或是另外一個感性的遠因。

然而，楊牧跟周作人最契合之處，則是散文觀點：

26 〈周作人與希臘神話〉與〈周作人論〉均收入《文學的源流》。
27 楊牧，〈周作人與希臘神話〉，頁一三一。

周作人是近代中國散文藝術最偉大的塑造者之一，他繼承古典傳統的精華，吸收外國文化的神髓，兼容並蓄，體驗現實，以文言的雅約以及外語的新奇，和白話語體相結合，創製生動有效的新字彙和新語法，重視文理的結構，文氣的均匀，和文采的彬蔚，爲二十世紀的新散文刻劃出再生的風貌，所以五十年來景從服膺其藝術者最眾，而就語調之成長和拓寬，同時的散文作家似無出其右者。周作人之爲新文學一代大師，殆無可疑。[28]

引文出自楊牧的〈周作人論〉。這段對周作人散文的評價，我們可以直接移用到楊牧。中西文化的融合，文言和外語相濟的語體文，乃至對文氣和文采的要求，彷如楊牧評價自身的散文[29]。周作人對待傳統的態度跟胡適等有頗大的差異，他主張白話散文可以上溯古文傳統，「下有明朝，上有六朝」，明朝三袁和六朝散文都是他推崇的源頭；主張五四散文從古典吸收營養，因爲中國一直有強大的散文傳統[30]。

---

28 楊牧，〈周作人論〉，頁一四三。

29 楊牧，〈現代散文的創作與欣賞〉《文學的源流》。此文原爲演講稿，所論現代散文美學的最佳實踐者，則是楊牧自身的散文。

30 詳細論點參見陳平原，〈現代中國的「魏晉風度」與「六朝散文」〉，《中國現代學術之建立》（台北：麥田，二〇〇〇），頁三二九—四〇二；季劍青，〈近代散文對「美文」的想像〉，收入夏曉虹等著，《文學語言與文章體式——從晚清到五四》（合肥：安徽教育，二〇〇六），頁九三—一一五；舒蕪，〈兩個鬼的文章——周作人的散文藝術〉，《周作人的是非功過》（沈陽：遼寧，二〇〇一），頁二九三—三五七；以及錢理群，〈周作人與五四文學語言的變革〉，《周作人研究二十一講》（北京：中華書局，二〇〇四），頁一三〇—一四三。

同時在〈美文〉（一九二一）強調中國散文應該學習外國作家，特別是英國作家的隨筆（周作人稱之為論文）。楊牧亦有「下有明朝」的類似見解；楊牧推崇周作人的雜學與雍容，同樣可挪用到自身。

這些都還無法很關鍵的論證周作人跟楊牧的淵源。周作人和楊牧可以共用的文學特質，應是「閒適」。在現代散文史上，「閒適」幾乎成為周作人散文風格的定調，也是周作人的處世態度；在楊牧那裡，閒適既是生活態度，亦是散文美學：

> 詩人需要一些精神鬆弛的時候，一些忘卻利害的時刻，總之，他需要一些閒適。王國維說：「是故觀物無方，因人而變。」詩人要像莊子惠施看視濠上之魚，產生無所謂是非的思辨之樂，不必急於結網。是的，就是那樣一種有知無欲的心情，面對客觀世界，在有可能的情況之下，把握閒適，甚至設法擴大閒適的時空，延長到無限，使我們喧囂的現實也轉變為華胥之國。[31]

從引文約略可見楊牧散文何以氣定神閒，何以思緒總是把現實轉向抽象的思考。「把握閒適」的楊牧擅長倚窗沉思，很可以跟周作人在苦雨齋聽苦雨喝苦茶的情調作對比，只不過楊牧沒有周作人閒適中的苦澀。楊牧完成的是空靈，一種逸出時空的古典美感。他發現周作人「對文法和修辭的濃厚興

---

31 楊牧，〈閒適〉，《一首詩的完成》（台北：洪範，一九八九），頁一二二。

趣」[32]，同時因爲希臘寫作方法的吸引，想把句子的標點和段落悉數刪除，讓中國古籍回復原貌，可見周作人對古典傳統的眷戀。「胡適之體」自然不能滿足周作人，周作人的小品文是「有意的背離透明乃至『庸熟』的『胡適之體』，並主動地從傳統文言中汲取資源。」[33]

楊牧的學術訓練甚受中國古典的影響，〈複合式開啓〉述及師從徐復觀和牟宗三等名師，甚至跟中文系學生一樣圈點古籍[34]。其中徐復觀對他的人格形塑和古典繼承的啓發最大，「二十多年來我處在一種戰戰兢兢的精神狀態裡讀書寫作，有一大半是希望能減少來自徐先生責罵，多得到他的讚揚」[35]。他和周作人同樣從傳統文言汲取資源，則楊牧編《唐詩選集》（一九九三），絕非隨意或偶然。周作人和楊牧均寫散文、詩、文學評論，精於翻譯，兼編纂選集；兩人同時具有學者的背景，然而周作人在文學史的定位基本上是散文家，楊牧則自許爲詩人。

---

32 楊牧，〈周作人與希臘神話〉，頁一〇八。

33 季劍青，〈近代散文對「美文」的想像〉，頁一一五。

34 楊牧的博士論文研究《詩經》，《奇萊後書．複合式開啓》對自身學術素養的薰陶和養成有著頗多的著墨，東海大學對楊牧最大的影響，或許正是古典，包括中國思想和文學的啓迪，「我下定決心讀古書，其實就是執行那渺茫的對於普遍和無窮的追尋，古書指的是古典文學」。楊牧，《奇萊後書》，頁一一六。

35 楊牧，〈敬悼徐復觀先生〉《文學的源流》，頁一七六。

結論

「奇萊書」指向現有的創作體式有所匱乏或欠缺，不足以乘載詩人更巨大的創作意圖或文學理念，無法網織更豐富完整的意義，因此需要創造一種切合「此時此刻」的文體形式，重新評論／形塑從前的自己。「奇萊書」仍然具備了自傳解碼的功能，它揭示了「一個詩人如何完成」的意義，同時也展示文學自傳並非一槌定音式的寫作過程。跟前行者沈從文和周作人隔著時間長河的對話，則同時參與構成了「楊牧」。

對於楊牧而言，「奇萊書」是詩的自傳，作家的心靈史，揭示一個詩人如何涉時間長河無盡的追尋；對於讀者而言，「奇萊書」卻有它自身的文學意義。它是散文，不必附屬於詩；在現代散文史上，「奇萊書」示範了一種文學自傳典型，評論楊牧不可缺的金三角。

參考書目

Eakin, Paul John. *Fictions in Autobiography: Studies in the Art of Self-Invention*（Princeton: U. of Princeton, 1985）.

Lejeune, Philippe. *On Autobiography* Trans. Katherine Leary（Minneapolis: U. of Minnesota, 1989）.

李有成，《在理論的年代》（台北：允成，二〇〇六）。
沈從文，《沈從文自傳》（台北：聯合文學，一九九六）。
夏曉虹等著，《文學語言與文章體式——從晚清到五四》（合肥：安徽教育，二〇〇六）。
郝譽，翔〈因爲「破缺」，所以完美——訪問楊牧〉，《聯合文學》二九一期，二〇〇九／〇一，頁一八—二三。
高友工，《中國美典與文學研究》（台北：台大，二〇〇四）。
張惠菁，《楊牧》（台北：聯合文學，二〇〇二）。
陳大爲，〈詮釋的縫隙與空白——細讀楊牧的時光命題〉《風格的煉成：亞洲華文文學論集》（台北：萬卷樓，二〇〇九）。
楊牧，《一首詩的完成》（台北：洪範，一九八九）。
楊牧，《人文　跡》（台北：洪範，二〇〇五）。
楊牧，《山風海雨》（台北：洪範，一九八七）。
楊牧，《文學的源流》（台北：洪範，一九八四）。
楊牧，《文學知識》（台北：洪範，一九八一）。
楊牧，《方向歸零》（台北：洪範，一九九一）。
楊牧，《年輪》（台北：洪範：一九八二）。
楊牧，《奇萊前書》（台北：洪範，二〇〇三）。

楊牧，《奇萊後書》（台北：洪範，二〇〇九）。
楊牧，《昔我往矣》（台北：洪範，一九九七）。
楊牧，《星圖》（台北：洪範，一九九六）。
楊牧，《柏克萊精神》（台北：洪範：一九七七）。
楊牧，《傳統的與現代的》（台北：洪範，一九八二）。
楊牧，《搜索者》（台北：洪範，一九八四）。
楊牧，《楊牧詩集》（台北：洪範，一九八六）。
楊牧，《楊牧詩集Ⅰ：一九五六—一九七四》（台北：洪範：一九七八）。
楊牧，《葉珊散文集》（台北：洪範：一九七七〔一九六六〕）。
楊牧，《疑神》（台北：洪範，一九九三）。
楊牧編，《周作人文選》（台北：洪範，一九八三）。
鍾怡雯，〈無盡的追尋——論楊牧《搜索者》〉《無盡的追尋——當代散文的詮釋與批評》（台北：聯合文學，二〇〇四）。

聯經評論

練習曲的演奏與變奏：詩人楊牧

2012年5月初版　　定價：新臺幣450元

主　編　陳芳明
發行人　林載爵

叢書主編　沙淑芬
校　對　林易澄
封面設計　蔡婕岑

出版者　聯經出版事業股份有限公司
地址　台北市基隆路一段180號4樓
編輯部地址　台北市基隆路一段180號4樓
叢書主編電話　(02)87876242轉212
台北聯經書房　台北市新生南路三段94號
電話　(02)23620308
台中分公司　台中市健行路321號
暨門市電話　(04)22371234ext.5
郵政劃撥帳戶第0100559-3號
郵撥電話　(02)23620308
印刷者　世和印製企業有限公司
總經銷　聯合發行股份有限公司
發行所　台北縣新店市寶橋路235巷6弄6號2樓
電話　(02)29178022

行政院新聞局出版事業登記證局版臺業字第0130號

本書如有缺頁，破損，倒裝請寄回台北聯經書房更換。　ISBN 978-957-08-3996-8 (平裝)
聯經網址：www.linkingbooks.com.tw
電子信箱：linking@udngroup.com

國家圖書館出版品預行編目資料

練習曲的演奏與變奏：詩人楊牧/
陳芳明主編．初版．臺北市．聯經．2012年6月
（民101年）．432面．14.8×21公分（聯經評論）
ISBN 978-957-08-3996-8（平裝）

1.楊牧　2.文學評論

848.6　　101008395